Sam Feuerbach

Der Dieb und der Söldner

Band 1 der Gaukler-Chroniken

B bene Bücher

Speziellen Dank an Bene und Jasmin
sowie Wolfgang Drüppel

Coverdesign: Giusy Ame/Magicalcover.de
Bildquelle: © depositphoto

Druck: Print Group Sp. z.o.o.
1. Auflage 2019

info@benebuecher.de
www.benebuecher.de
www.samfeuerbach.de
ISBN: 978-3-947515-11-0

bene
Bücher

Das Schlachtfeld

Mit beiden Händen schmierte Raghdall das Blut der Leiche in sein Gesicht. Angenehm warm trocknete es auf den Wangen. Der Geruch stieg ihm in die Nase, metallisch, schwer, klamm – ein Odem der Gewalt. Es dämmerte, die Schatten auf dem Schlachtfeld wuchsen zusehends, wodurch sich seine Chancen verbesserten. Leider nur geringfügig, schließlich gehörte er zu den letzten Verbliebenen, somit verfolgten sie ihn alle. Auf keinen Fall durften sie ihn finden. Er musste es einfach schaffen. Bäuchlings zwischen die beiden Toten gequetscht, mit schwarzem Ziegenleder bekleidet, die verräterischen hellen Hautpartien unter Erde und Blut verborgen, beruhigte er seinen Atem.

Langsaaam. Ich bin ein Bär im Winterschlaf. Ein Bein des Erfolgs ist Geduld.

Und Letztere hilft, den richtigen Moment abzuwarten.

Was ist eigentlich das andere Bein des Erfolgs? Vielleicht: Mach dir nicht so viele Gedanken?

Wie auch immer, er traute sich nicht, den Kopf zu heben. Noch nicht. Erst mussten sie sich abwenden, denn die kleinste Bewegung zwischen all den Toten verriete ihn sofort. Schließlich verharrten Leichen vollkommen still –

zumindest nach einem Kampf mit den Gordonen. Keine Verwundeten, keine Gefangenen, keine Überlebenden. Eher zuckten Grabsteine auf dem Friedhof als ein besiegter Gegner auf dem Schlachtfeld.

»Wir kriegen dich, wir finden dich«, schallte es siegesgewiss zu ihm herüber.

Prompt vernahm er Schritte. Sie kamen näher. Tapp. TAPP. TAPP. Unwillkürlich presste er sich auf den Boden, wurde eins mit den blutigen Schatten. Seine Nase grub sich in die Erde, er sah nicht hoch, zumal es nichts nützen würde und das Weiß seiner Augen ihn verraten konnte. Zwischen Warten und Hoffen hielt er die Luft an. Die Schritte entfernten sich. TAPP. Tapp. Tapp.

Kaum merklich hob er den Kopf und sah der Gestalt hinterher. Um ein Haar hätte ihn Sordan der Unerbittliche entdeckt. Dieser stand etwa zwanzig Schritte entfernt und stieß mit dem Fuß die Leiche eines Kriegers zur Seite, der unnatürlich verrenkt in einem Graben lag. Dabei schnaubte er verächtlich. Der Tote beschwerte sich nicht, sondern krallte sich an seinen Turmschild, dabei hatte der ihm auch zu Lebzeiten nicht helfen können.

»Hier ist er nicht!«, knurrte Sordan laut in die Richtung, aus der er gekommen war.

Erleichtert setzte Raghdalls Atmung wieder ein. Unter dem Krieger mit dem Schild tat sich ein kleiner Hohlraum auf. Dieser Platz war Raghdalls erster Gedanke für ein gutes Versteck gewesen. Den Göttern sei Dank, dass er sich zunächst dagegen entschieden hatte. Geräuschlos und flink wie eine Eidechse kroch er nun dort hinein; der Körper des

Kriegers und das Turmschild verdeckten ihn. Ein bereits durchsuchtes Versteck war ein gutes Versteck. Von hier aus konnte er den Bereich rund um die alte Eiche einsehen, ohne selbst entdeckt zu werden. Einige Krähen hüpften herum. Aufgeregt über dieses Festmahl schlugen sie mit den Flügeln, während ihre Schnäbel in totes Fleisch hackten. Hoffentlich fiel es nicht auf, dass sie Abstand zu seinem Versteck wahrten. Was war das? In der Nähe saß ein schneeweißer Vogel auf einem Baumstumpf und beobachtete das Geschehen.

Raghdall verharrte in dem Hohlraum. Nun galt es, den richtigen Moment abzuwarten.

Eine Ewigkeit verging. Mindestens zwanzig Herzschläge.

Die Häscher entfernten sich Schritt für Schritt in die andere Richtung. Augenblicklich stand dort nur eine Wache. Konnte er es wagen?

Der tote Krieger stank bestialisch. Urin, Schweiß und Kot erzeugten den beißenden, säuerlichen Geruch des Schlachtfeldes, mit dem Raghdall aufgewachsen war. Für solche Fälle hatte er gelernt, seine Nase zu schließen, obgleich diese keine Lider besaß. Der Stinker hatte keine Chance gehabt, die Dörfler noch weniger. Um die barbarischen Gordonen besiegen zu können, bedurfte es einer zehn Mal so großen Anzahl an wehrhaften Streitern, ausgestattet mit guten Rüstungen, guten Waffen und guter Moral. Er betrachtete den Turmschild und verzog das Gesicht. Zerbeulter, verrosteter Schund. Das Schwert des Kriegers hatten die Sammler mitgenommen, vermutlich schmolz es der Schmied gerade ein. Stahl war wertvoll. Im letzten

Tageslicht betrachtete Raghdall das Gesicht der Leiche. Die Augen geöffnet, die Kinnlade heruntergeklappt, die Gesichtszüge friedlich. Der Tod machte alle gleich – locker und harmlos und ruhevoll. So entspannt hatte der Krieger sicherlich seit vielen Jahren nicht mehr ausgesehen. Lediglich die Blutspur vom rechten Mundwinkel bis zum Hals und der tiefe Schnitt quer durch die Kehle störten das Bild. Die Sammler gingen bei jedem Feind auf Nummer sicher.

»Der Schweinehund muss hier irgendwo sein«, grummelte Sordan in die Stille. Glücklicherweise stiefelte er dabei weiterhin in die entgegengesetzte Richtung.

Jetzt? Konnte er es in diesem Augenblick in die Freiheit schaffen? Reichte der Vorsprung gegen Sordan den Unerbittlichen? Den Rastlosen! Den Suchenden!

Es zuckte ihm in den Beinen.

Der Wunderarzt

Kommt, Ihr Leut, schaut alle her! Werdet Zeugen vortrefflicher Heilkunst. Seht, welch Segen ich Euch bringen darf. Ich danke dem Herrn.« Ein wenig Demut in den anpreisenden Worten kam stets gut an. Zufrieden blickte Raffael umher. Die Menschen drängelten sich auf dem Marktplatz von Siebenstadt um seinen Pferdewagen, fast so, als gäbe es etwas umsonst. Gab es aber nicht. Die Fachwerkhäuser waren gut gepflegt, die Straßen gut gepflastert, hier nagte niemand am Hungertuch.

Was ihm weniger gefiel, waren die schmallippigen Gesichter der anderen Marktleute und ihre leeren Stände. In Handel und Handwerk herrschte zurzeit Flaute, denn die Neugier trieb die Kundschaft zu Raffael.

Er stand auf der Ladefläche seines Karrens neben einer Kiste mit verkorkten Phiolen. Die grünliche, ungesund aussehende Flüssigkeit schimmerte unheilvoll. Dabei war das Gegenteil der Fall. Das Schicksal effizienter Medizin – sie musste eklig aussehen, eklig riechen und eklig schmecken. So half sie am besten – zumindest, seine Taschen zu füllen.

Die Sonne meinte es gut an diesem Tag, nicht zu heiß, nicht zu kalt, eine angenehme Brise wehte ihm um die Nase. Erfahrungsgemäß hatten die Menschen bei einem solchen

Wetter bessere Laune und zeigten sich spendabler.

Hätte er gewusst, dass dieses Nest von so vielen Leuten bevölkert wurde, hätte er sich auch einer seiner anderen Professionen widmen können. Bei derartigen Drängeleien war es ein Leichtes, den ein oder anderen Geldbeutel zu ergattern. Unbewusst ballte er die Finger zur Faust, nur um sie dann wieder zu spreizen. Schließlich waren seine flinken Hände sein Hab und Gut, um an das Hab und Gut seiner Mitmenschen zu gelangen. Nicht, dass jemand ihn für geldgierig hielte, wo er sich doch zu den großzügigen Menschen zählte. Großzügig setzte er sich über den Unterschied zwischen deins und meins hinweg – gute Güte, das klang ja schon furchtbar ähnlich. Großzügig legte er die Gesetze zu seinen Gunsten aus, und großzügig sah er über kleine Macken hinweg. Seine eigenen kleinen Macken, wohlgemerkt. Beispielsweise seine feste Überzeugung, dass Nehmen besser war als Geben. Na gut, vielleicht nicht besser als Ausgeben, vor allem, wenn es sich um fremdes Geld handelte. Die Kunst bestand darin, an Letzteres zu gelangen, ohne einer Hand, eines Ohres oder eines Kopfes verlustig zu gehen. Er spitzte die Lippen, als wollte er ein Lied pfeifen. Gern reduzierte Raffael seine Lebensweisheiten auf die einfache Formel: Tu, was du willst, lass dich nur nicht erwischen. In seinem Gewerbe waren Vorsicht und Vielseitigkeit erste Diebespflicht. Seine eigenen Gedanken ließen ihn erneut den Mund verziehen, das Wort Dieb stieß ihm auf. Egal wie er es drehte und wendete, er konnte nicht verleugnen, dass es auf die ein oder andere Weise negativ besetzt war, vor allem bei seinen Mitmenschen. Daher bevorzugte Raffael die Bezeichnung Gaukler. Schließlich konnte er Feuer spucken, jonglieren, seiltanzen und besonders schnell wegrennen. Ganz richtig, seine artistischen Fähigkeiten hatten ihm nicht nur eine Menge Münzen auf diversen Jahrmärkten beschert, sondern ihm auch mehrfach den Hals gerettet. Sein Repertoire an Betrügereien war so vielschichtig wie eine Zwiebel. Egal ob er seine Geschäftspartner auf dem Jahrmarkt, in der Kirche, auf Reisen oder in einem Gasthaus traf, stets agierte er mit ehrlicher Überzeugung. Vermutlich gehörte diese Einstellung, gepaart mit Flexibilität, zu seinem Erfolgsrezept, denn noch fehlten ihm mit seinen dreißig Jahren keine Körperteile. Mit einer Hand fuhr er sich durch sein braunes, halblanges, widerspenstiges Haar, als prüfte er, ob der Kopf noch dran war. War er – worauf sollte sonst das Haar wachsen. Die meisten morallosen Diebe, die es nicht wagen sollten, sich Gaukler zu nennen, trieben es in ihrem Metier zu weit, sodass sie den Zorn des Grafen oder der Stadtoberen auf sich zogen und urkundlich gejagt wurden. Folglich folgte Raffael seinen eigenen Regeln: es nicht übertreiben mit der Großzügigkeit, nicht innerhalb eines Landstriches auf zu vielen Hochzeiten tanzen. Und wenn doch, machte er sich stets auf alles gefasst: Braut küssen, Braut entführen oder der Festivität schnellstens den Rücken kehren, wenn es brenzlig wurde.

Das Land war in über hundert Grafschaften und Herzogtümer zersplittert, deren Grafen und Herzöge sich gegenseitig hassten. Vor allem, weil sie sich nicht das Schwarze unter den Fingernägeln gönnten. Somit herrschte Neid, Aggression und Misstrauen im ganzen Land. Ein derart belastetes

Zusammenleben erschwerte seine ehrliche Arbeit. Stets tobte irgendwo ein Krieg. Mindestens einer. Mit seiner feinen Nase hatte Raffael es bislang geschafft, dieser groben Verschwendung menschlichen Lebens tunlichst aus dem Weg zu gehen.

»He, Wunderheiler. Was sind das für Fläschchen?«, riss ihn ein Bauer mit schütterem Haar aus seinen Gedanken. Die Kordel um den Bauch des Mannes spannte gewaltig und an seinen schwielenfreien, rosigen Händen klebten keine Ackerreste, nicht einmal unter den Fingernägeln. Betuchte Kundschaft liebte Raffael, obgleich diese meistens besonders misstrauisch agierte. Raffael suchte den Blick des Bauern. »Verzeiht mein Herr, doch ich fürchte, die sind nichts für Euch.«

»Woher wollt Ihr das wissen?«, fragte der Mann pikiert.

»Sehr kostspielig, da sehr kostbar.«

»Sehe ich so aus, als hätte ich kein Geld?« Der Stolz des Bauern hatte einen Stich abbekommen. »Kommt ganz drauf an, was dieses grüne Zeug kann.« Verärgert, doch umso neugieriger blickte er auf die Phiolen.

Raffael ignorierte ihn, denn er hatte es bereits in den Augen gesehen. Mit großen Pupillen hatte der Dicke den Köder geschluckt und zappelte nun am Haken. Noch wollte Raffael ihn nicht herausziehen. Woher er dieses Talent hatte, seine Mitmenschen zu ergründen und zu spüren, was sie bewegte, wusste er nicht. Es gab Momente, in denen er glaubte, Gefühle regelrecht greifen zu können.

Vertrauensselig lächelte er in die Menge. Sein Gesicht strahlte eine wundersame Rechtschaffenheit und Ehrlichkeit aus. Sein gepflegtes, dunkelbraunes Lederwams mit dem hellen, gezackten Gugel darüber tat sein Übriges. Wenn er Geld gehabt hätte, würde er sich die ganze Kiste Phiolen selbst abkaufen.

»He, Wunderheiler. Raus damit, für was soll Eure Medizin gut sein?«, fragte der Bauer.

Diesmal reagierte Raffael – mit einem gewinnenden Lächeln. »Sie vertreibt die Krankheitswürmer aus Eurem Leib. Also Zahnschmerzen, Halsschmerzen, Leibschmerzen, selbst gegen den grauen Star kann sie helfen.« Er hob den Zeigefinger. »Nicht zu vergessen: Sie wirkt vorbeugend gegen Syphilis und Ruhr.« Das sollte reichen, nur nicht übertreiben.

Skepsis machte sich im Gesicht des Mannes breit, Raffael wandte sich wieder der Allgemeinheit zu. »Heute bringe ich mein berühmtes Elixier zu Euch, liebe Leut. Lasst Euch sagen, in diesen Fläschchen wartet der erbitterte Feind der Krankheitswürmer.«

»Bauer Mengfried hat schon recht, das kann jeder behaupten«, rief ein vorwitziger Bursche aus der zweiten Reihe.

»Ah, Euch hat der Wurm des Misstrauens befallen. Wie tief nagt er bereits? Wie sehr hat er Eure Seele gelöchert und geschwärzt?«

»Öhm, nichts … was Ihr heilen müsstet.« Der Kerl wurde rot, einige lachten.

Ein Mann von mindestens fünfzig Jahren mit einem Seesack auf dem Buckel trat vor und bat mit belegter Stimme: »Ich b-b-benötige Eure Hilfe. Eine ü-ü-üble Krankheit lässt m-m-mich, äh, m-m-mich …«

»Oha! Verstehe. Ein unangenehmes Gebrechen – verursacht durch den hinterhältigen Stotterwurm.« Besorgt verzog Raffael das Gesicht. »Ich kann nicht garantieren, dass meine Medizin gegen diesen hinterhältigen Parasiten wirkt.«

»B-b-b-bitte. Versucht es.«

»Na schön, es kommt auf den Versuch an. Steigt herauf.«

Der Patient ließ seinen Sack stehen und kletterte mühsam auf die Ladefläche des Pferdewagens. Ächzend richtete er sich neben Raffael auf. Die Haare könnte er mal wieder waschen, genau wie die Kleidung. Seine Gesichtsmuskeln zuckten unkontrolliert in alle Himmelsrichtungen.

Einfühlsam sagte Raffael: »Ihr seid ein schwer gezeichneter Mann. Ich werde sehen, was ich für Euch tun kann. Da ich in Eurem Fall die Heilung nicht garantieren kann, kostet Euch die Behandlung keinen Kupferling.«

»D-d-das ist sehr g-g-großzügig.« Die Mundwinkel taten, was sie wollten, der Stotterwurm spielte dem armen Kerl übel mit.

»Trinkt dies!« Raffael hielt eine seiner Phiolen in den strahlenden Himmel. Warm, gütig und verheißungsvoll spiegelte sich die Sonne darin. Der Wunderheiler wartete, bis sich das gespannte Gemurmel der Dorfbewohner gelegt hatte. Plopp, er entkorkte das Fläschchen und reichte es dem Stotterer.

Jetzt, da es so weit war, verließ den Patienten der Mut. Selbst die Zuckungen konnten die Ungläubigkeit und das Misstrauen nicht überdecken. Vorsichtig roch der Mann am Flaschenhals, um dann erschrocken die Augen zusammenzukneifen und das Gesicht noch mehr zu verziehen.

»P-p-p-puh!«, meinte er.

»Aha«, antwortete Raffael. So ein alles erklärendes, fragendes Aha.

Die meisten Zuschauer lachten, was weitere Menschen anlockte. Sie sehnten sich nach Frohsinn. Selbst Schadenfreude war selten geworden in diesen Zeiten.

»Wollt Ihr die Medizin nun einnehmen? Oder die einmalige Gelegenheit, Euch von diesem Leiden zu befreien, verstreichen lassen?«, fragte Raffael mit ruhiger Stimme. Keineswegs wollte er den armen Mann unter Druck setzen.

Mit einem Ruck führte der Stotterer das Fläschchen zum Mund, seine Hand zitterte wie die Worte aus seinem Mund. Rasch kippte er sich den gesamten Inhalt in den Rachen. Es dauerte ein paar Herzschläge, dann stöhnte er laut: »BAH! Pfui Teufel!«

Das Kichern in der Menge nahm zu. Diese Vorführung hier gefiel ihnen besser als die der Spielleut mit ihrem Theater gar nicht so weit entfernt.

»Er stottert nicht mehr«, stellte eine Frau in der ersten Reihe erstaunt fest.

Ein Raunen ging durch die Menge. Wie gebannt starrten die Dörfler zu den beiden Männern hinauf.

»B-b-bin ich g-g-geheilt?«, zuckte der Patient.

Kollektives Stöhnen machte die Runde, eine Mischung aus Enttäuschung und Belustigung. Doch Obacht – Raffael spürte auch anschwellenden Zorn über diese Posse.

Schon rief jemand von hinten. »Betrug! Das Zeug hilft nicht.«

»Schwindel.«

»Quacksalber! Dafür gibt es kein Geld – höchstens Prügel«, spuckte Bauer Mengfried aus.

Mit bestem Gewissen hob Raffael die Hand. »Liebe Leut', habt Geduld. Die Einnahme des Wunderelixiers kann nur der erste Schritt sein. Es wird den Stotterwurm aufspüren, ihn packen und austreiben.« Mit gewichtiger Miene befahl er dem Stotterer: »Schüttelt den Kopf!«

Der alte Mann schüttelte den Kopf so, als wollte er nicht mit dem Kopf schütteln.

Erneut kehrte gespannte Ruhe ein.

Mit fester Stimme sagte der Wunderheiler: »Es geht weiter. Setzt Euch und legt den Kopf in den Nacken.«

Der Mann ließ sich stöhnend auf der Ladefläche des Karrens nieder und sah ihn blinzelnd an. Dabei zuckte sein Kopf gen Himmel. Gespannt stellten sich die hinteren Reihen auf die Zehenspitzen. Raffael breitete beide Arme aus, um sie dann vor dem Gesicht des Patienten zusammenzuführen. Mit Daumen und Zeigefinger der rechten Hand packte er die Nasenwurzel und drückte. Die linke Hand griff unter das rechte Nasenloch und zog etwas daraus hervor. Das Gemurmel rund um den Pferdewagen schwoll an. Aufmerksam nahm Raffael die neuerlichen Stimmungen der Menge wahr. Neugier, Erstaunen, Skepsis, Ekel.

Gut so – sehr ausbaufähig, dachte er.

Vorsichtig zog der Wunderheiler weiter, der bleiche Wurm in seiner Hand wurde länger und länger.

»U-u-u-u-h!«, stotterte der Stotterer, hielt jedoch ganz still.

Immer mehr des unerwünschten Parasiten rutschte aus

seiner Nase. Jetzt zuckten die Mundwinkel des Patienten wie ein Fisch an Land.

»Noch ein kleines Stück«, rief Raffael. »Ein besonders fieses Exemplar von Krankheitswurm haben wir hier.«

Es dauerte nur noch einen Moment, bis er das Tier in voller Länge aus der Nase gezogen hatte. Mit spitzen Fingern präsentierte er seine Beute der staunenden Menge. Der Wurm wand und kringelte sich in seinem Griff.

»Iiiih!«, befand ein Großteil der anwesenden Damen im Chor. Da herrschten keine zwei Meinungen.

»Das gibt's doch gar nicht!«, staunte Bauer Mengfried.

»Unglaublich!«

»Schrecklich, so etwas im Kopf zu haben.«

Von allen Seiten folgten weitere Kommentare.

»Ja und? Was beweist das?«, brachten die Zweifler in den hinteren Reihen hervor.

Mit ungläubigem Blick auf den ekligen Wurm erhob sich der Patient. »Ja, genau. Was beweist das? Ihr wollt mir doch nicht weismachen, dass ich …», er schüttelte sich, »diese widerwärtige Made in meinem Kopf hatte?«

»Zum Glück nun nicht mehr, guter Mann. Lobet den Herrn. Ich bin froh, dass ich Euch helfen durfte.« Als wäre nichts gewesen, ließ Raffael das Tier in die leere Phiole plumpsen. »Ich werde den Wurm später untersuchen. Vielleicht kann ich mit den neuen Erkenntnissen mein Elixier noch weiter verbessern.«

»Heißt das – ich bin geheilt?« Der Alte sprang auf. Ohne mit der Wimper zu zucken, starrte er zuerst in die Menge und dann auf den Wunderheiler.

»Ich bin froh, dass mein Elixier gewirkt hat«, sagte Raffael dankbar, als wäre er selbst gerade geheilt worden.

Der Mann fiel ihm um den Hals und dann auf die Knie. »Was soll ich sagen, mein Herr? Danke. Diese Medizin schickt der Himmel. Darf ich Euch jetzt bezahlen?«

»Ich habe sie Euch kostenlos versprochen.«

»Nein, nein. Zu tief stehe ich in Eurer Schuld. Sagt, was Ihr für dieses Wundermittel wollt.«

»Nun gut. Die Herstellung ist aufwendig, doch zwei Silberlinge sollten genügen.«

»Das ist nichts im Vergleich zu meiner Heilung«, jubelte der ehemalige Stotterer. »Habt Dank! Ein Wunder.« Er drückte Raffael zwei Silberlinge in die Hand.

Die Menge fiel in den Jubel ein. Die Menschen umarmten sich vor lauter Begeisterung, egal ob sie sich kannten oder nicht. Weit hinten verfolgte ein bunt gekleideter Mann mit einer Feder am Hut das Geschehen mit vor der Brust verschränkten Armen. Im Gegensatz zu den anderen schaute er äußerst missmutig drein. Dem Kostüm nach zu urteilen, handelte es sich um einen der Spielleut von dem kleinen Theater am anderen Ende des Marktplatzes.

In diesem Moment brach eine Frau in der ersten Reihe den Bann. »Ich nehme zwei davon.«

»Ich will auch eine Flasche!«, rief die Dame daneben.

Hektisch drängelte sich ein breitschultriger Glatzkopf mit einer ledernen Schmiedschürze nach vorn. »Platz da, ich war als Erster hier. Für mich zwei Tränke.«

Bauer Mengfried plusterte sich auf, sodass er fast die Kordel an seinem Bauch sprengte. »Und ich habe als Erster gefragt. Ich nehme gleich drei.«

Heimliches Frohlocken erfüllte Raffael. Zwei Silberlinge waren viel Geld. Für fünf bekam man schon ein ordentliches Pferd. Dieser Geldregen tat gut. Kaum hatte er der Kiste eine Phiole entnommen, wechselte diese schon den Besitzer. Im Nu war die Wundermedizin ausverkauft – er hätte die doppelte Menge unters Volk bringen können. Einige murrten, da sie leer ausgegangen waren.

»In spätestens vier Wochen bin ich wieder hier im …«, verflixt, wie hieß das Nest doch gleich?, »… im wunderschönen Siebenstein – mit neuen Wunderelixieren gegen die fiesen Krankheitswürmer dieser Welt.«

In Wirklichkeit dachte er gar nicht daran, hier konnte er sich ein Jahrzehnt nicht mehr blicken lassen. Der Name kam nicht von ungefähr – die meisten Leute würden sich schnell über seine Wundermedizin wundern, vor allem über deren zuverlässige Wirkungslosigkeit. Im Moment jubelten sie noch. Der ehemalige Stotterer drückte ihn zum Abschied noch einmal herzlich an die Brust, sprang mit einem Satz vom Pferdewagen zu seinem großen Sack und warf ihn sich mit einer Hand über die Schulter. Ein Schafhirte in der ersten Reihe haute dem Alten gönnerhaft auf die Schulter. Ein schöner Tag.

Die Eiche

Immer noch bot der tote Krieger mit seinem Schild ein geeignetes Versteck. Raghdall streckte den Kopf heraus – nun hatte sich Sordan der Unerbittliche weit genug entfernt. Er gönnte sich noch ein kurzes Zögern, dann erfüllte ihn pure Entschlossenheit. Sein Blut floss schneller, Wärme durchströmte ihn, die Haarspitzen kribbelten. Er kroch unter dem Schild hervor und stürmte los. Sordan hörte ihn erst, als er schon vier, fünf Schritte über das feuchte Gras gelaufen war. Abrupt fuhr der Unerbittliche herum, Wut im Gesicht.

Schneller. Ich muss es schaffen.

Mit einem Riesensatz über einen querliegenden Leichnam hetzte Raghdall über das Schlachtfeld auf die alte Eiche los. Der Baum, Inbegriff von Standhaftigkeit und Leben, galt als rettendes Ufer. Unbedingt musste er ihn vor dem Suchenden erreichen. Noch zehn Schritte. Die anderen Häscher hatten ihn natürlich längst entdeckt, doch die konnten ihm egal sein, im Augenblick kam es allein auf Sordan an; nur der konnte ihm gefährlich werden. Der Unerbittliche versuchte, ihm den Weg abzuschneiden. Donnerschlag, wenn er es schaffte und sich zwischen ihn und den rettenden Baum schob, war alles verloren. Raghdall rannte noch schneller.

Mehr ging nicht. Dabei achtete er peinlichst genau darauf, wo seine Stiefel aufkamen. Ein Fehltritt, und sein Scheitern war unwiderruflich. Der Erfolg hatte zwei Beine. Ganz recht – zwei schnelle Beine. Knapp vor Sordan dem Unerbittlichen erreichte er den schmalen Pfad, der direkt auf die alte Eiche zuführte. Mit unveränderter Geschwindigkeit raste er auf den Baum zu. Sein Herz schlug schneller als das der Feldmäuse, die er früher oft gefangen hatte.

Abbremsen! Mit beiden Handflächen hielt er sich an der knorrigen Rinde des Baumes fest und brüllte aus voller Kehle seinen Triumph heraus: »FREI!«

Stolz drehte er sich um, wollte seinen Sieg gebührend feiern, oder noch besser, sich gebührend feiern lassen. Er blinzelte mit den Augen.

Wieso sehe ich niemanden? Wo sind die plötzlich alle? Selbst Sordan hat sich in Luft aufgelöst.

Ein Griff in seinem Nacken wie von einer Schmiedezange. »Wie oft habe ich dir verboten, auf dem Schlachtfeld Verstecken zu spielen?«

»Aber … Vater. Die anderen …«

»Ich sehe nur dich. Die anderen interessieren mich nicht. Oder willst du deine Kameraden verraten?« Wulthan, der Anführer der Gordonen, schaute ihn streng und kalt an. Im Grunde guckte er immer streng und kalt mit kleinen, weit auseinanderstehenden Augen in tiefen Höhlen. Sein dunkles Haar hing zu einem Zopf gebunden bis zu seiner Hüfte. Die wulstigen Kriegsnarben im Gesicht, darüber die kantigen Wangenknochen mit der breiten Nase sowie der muskulöse Nacken mit dem kurzen Hals und die langen behaarten

Arme erinnerten an düstere Geschichten über Werwölfe. Im Halbdunkel sah der Mann besonders furchteinflößend aus.

Wahrlich! Wulthan der Unbesiegbare flößte Furcht ein. Uthelia behauptete, Raghdall sehe seinem Vater ähnlich, vor allem durch die dunkelbraunen Augen, die Gesichtsknochen und die Statur. Das erfüllte ihn mit Stolz. In wenigen Wochen, wenn sich sein Wiegenfest zum elften Mal jährte, würde er die Kriegsnarben empfangen. Als Sohn des Anführers standen ihm neun zu. Jeweils vier quer über beide Wangen und eine auf dem Kinn. Mutter würde Schwarzerde in die Wunden reiben, sodass sich das Narbengewebe verdickte. Wie bei Sordan, der hatte die Zeremonie schon im vergangenen Jahr erleben dürfen. Seitdem hatten ihm die Götter auch den Namenszusatz gewährt – der Unerbittliche. Die Narben verhinderten den Bartwuchs und zeigten dem Stamm, den Feinden und dem Rest der Welt, dass er keine Schmerzen kannte, dass er ein Gordonenkrieger war, dass er vor nichts und niemandem Angst hatte. In den meisten Fällen reichte das finstere Aussehen, gepaart mit dem Ruf der blutrünstigen Horde, aus, um Furcht und noch mehr Schrecken zu verbreiten, was den halben Sieg bedeutete. Bis auf einen Zopf in der Mitte würde Mutter ihm beim Narbenfest feierlich den Kopf kahl rasieren. Danach würde er sich endlich Krieger nennen dürfen.

Welcher Namenszusatz mir wohl bei der Zeremonie zugesprochen wird?

Er dachte an seinen jüngsten Erfolg – niemand hatte ihn gefunden.

Raghdall der Unsichtbare.

Die Welt hasste seinen Vater und jedes Mitglied seines Volkes wie den schwarzen Tod. Nein, eher noch mehr, denn die Pest verschonte aus unerfindlichen Gründen etwa ein Drittel ihrer Opfer. Die Gordonen nicht – das barbarische Nomadenvolk aus dem fernen Osten, das in dieses Land eingefallen war wie Wanderheuschrecken.

»Ist das dein Blut im Gesicht?«, fragte Wulthan.

»Nein, ich … wollte mich besser tarnen. Sordan durfte mich doch nicht finden.«

»Dafür habe ich dich gefunden!« Die Ohrfeige klatschte laut. Getrocknetes Blut bröselte. Raghdalls Kopf flog zur Seite, doch der Junge verzog keine Miene, nur seine Augen füllten sich mit Tränen. In der Hoffnung, Vater sähe es nicht, blickte er schnell auf seine Füße.

»Du trägst eine besondere Verantwortung. Du bist der Erstgeborene des Stammeskönigs! Ungehorsam dulde ich nicht.«

Weitere Erklärungsversuche führten nur zu weiteren Strafen, wusste Raghdall der Geohrfeigte. Mit gesenktem Kopf folgte er seinem Vater ins Lager. Manchmal wünschte der Knabe, er wäre nicht der Sohn des Hordenführers. Es gab niemanden, den Wulthan so hart anfasste wie ihn. Von vornherein machte der Anführer der Gordonen der Welt klar, dass er niemanden bevorzugte, vor allem nicht sein eigen Fleisch und Blut.

Zwischen den schwarzweißen Zelten aus Ziegenfellen und den Pferdewagen flackerten mehrere Feuer. Im Lager herrschte Ruhe, einen großartigen Sieg gab es nicht zu feiern.

Der Kampf gegen die jämmerliche Truppe des Dorfverbandes war keine Herausforderung gewesen, eher ein nettes Scharmützel. Der Gegner hatte nur über zwei Dutzend ausgebildete Kämpfer verfügt, darunter der Krieger mit dem alten Turmschild. Die anderen waren mit Schaufeln bewaffnete Bauern und Hirten gewesen. Ach nein, manche hatten mit rostigen Heugabeln gedroht. Nicht lange, denn sie hatten bereits verloren, bevor sie sich mit grauen Gesichtern auf dem Schlachtfeld formierten. Sorgenvoll, angstvoll, Hose voll. Sie waren nicht einmal in die Nähe eines einzigen Gordonen gekommen. Die Pfeile hatten sie vorher erledigt. Doch die richtige Schlacht stand noch bevor, denn der Herr dieses Landstrichs, ein Graf namens Gottfried, würde aufgrund des Überfalls erbost alle seine Soldaten mobil machen.

Eine feste Heimat kannten die Gordonen nicht, im Grunde wanderten sie über den Kontinent, stets auf der Suche nach leichter, lohnender Beute. Ein räuberisches Volk, das sich nahm, was es zum Leben brauchte. Und gerne mehr. Er hörte das Wiehern der Pferde. Stolz erfüllte ihn beim Gedanken an die Tradition der Reiterarmee. Die Gordonen verbrachten einen Großteil ihres Lebens auf dem Pferderücken. Es gab Gerüchte, sie würden sogar im Sattel kacken, indem sie einfach den Hintern seitwärts rausstreckten. So ein Blödsinn. Die Wahrheit war: Ein Drittel ihres Daseins ritten sie, ein Drittel kämpften sie, ein Drittel schliefen sie. Wobei es auch hieß, wenn es darauf ankam, kämpften die Gordonen reitend im Schlaf.

Wulthan schritt zur großen Feuerstelle in der Mitte des Lagers und setzte sich auf den Thron. Niemand außer ihm durfte auf dem Konstrukt aus Überresten besiegter Feinde und gefällter Bäume Platz nehmen. Die Armlehnen bestanden aus Oberschenkelknochen, die in kleine Totenschädel mündeten. Vater legte gern die Hände auf diese Stuhlknäufe, als würde er ihnen über die Köpfe streicheln, während er mit Zeigefinger und Mittelfinger in den Augenhöhlen pulte.

Der Größe der Schädel nach müssten die beiden etwa in meinem Alter gewesen sein.

Schnell verdrängte Raghdall den unangenehmen Gedanken. Die Gordonen waren Meister im Verwerten der Gebeine ihrer Feinde, egal ob Mann, Frau oder Kind.

»Holt ihn!«, grunzte Vater.

Raghdall hob den Kopf. Wen meinte er? Gab es ausnahmsweise einen Überlebenden, einen Gefangenen? Tatsächlich brachten Merzuk und Torbak – die beiden galten als rechte und linke Hand des Hordenführers – einen Soldaten. Der Mann mittleren Alters versteckte sein Gesicht hinter einem Vollbart. Bleich wie die Knochen des Throns kaute er auf seiner Unterlippe herum. Er trug nur noch seine Hose und einen verbeulten Topfhelm auf dem Kopf. Sie hatten die erbärmliche Erscheinung nicht einmal gefesselt. Torbak schlug ihm von hinten einen Knüppel in die Beine, sodass er auf die Knie fiel. Der Feind zitterte. Der Feind schluchzte. Der Feind weinte.

Gleich ruft er nach Mama, dieser Schwächling ohne Ehre.

Bisher würdigte Raghdalls Vater den Gefangenen keines

Blickes. Stattdessen brüllte er: »DURST!« und klatschte ungeduldig auf die Totenköpfe am Ende der Lehnen.

Sogleich servierte ihm Sorsa, eine der drei Sklavinnen, ein besonderes Gefäß – eine aus einer Schädeldecke gefertigte Schale. Vater hatte sie selbst vor drei Jahren aus dem Kopf eines besiegten Grafen hergestellt, indem er die Weichteile, Gesichts- und Kieferknochen mitsamt den Zähnen entfernt hatte. Stück für Stück hatte er die Kanten abgebrochen, um die gewölbte Schädelform zu erhalten.

Rote Flüssigkeit schwappte träge in der Schale.

»Wer bist du?«, fragte der Anführer der Gordonen den Soldaten mit kehliger Stimme, während er erstmalig die Knopfaugen wie zwei Dolche auf ihn richtete.

Der Gefangene schluckte einen Teil seiner Angst hinunter. »Haupt…mann Richard«, er suchte offenbar nach einer passenden Anrede, »Herr.«

»HERR!?« Wulthans Zornesfalte über der Nase vertiefte sich bedrohlich. »Bloß Herr? Wer gibt deinem Grafen Befehle?«

»Nur … der König, doch der Thron ist zurzeit vakant.«

Was redete der? Ob Vater wusste, was *wakannt* hieß?

»Und wer gibt deinem König Befehle?«

Der Soldat schluckte und überlegte. »Vielleicht … ein Kaiser?«

»Dann nenne mich gefälligst Kaiser Wulthan der Unbesiegbare, du Schmeißfliege.«

Heulen, Stampfen und Gejohle erschollen. Die Gordonen huldigten ihrem Anführer.

Richard nickte brav, brachte jedoch kein weiteres Wort

heraus.

Mit beiden Händen führte der Anführer der Gordonen die Schale zum Mund, ohne sein Gegenüber aus den Augen zu lassen. Schlürfend und schmatzend nahm er einen großen Schluck, wobei ihm ein Teil des Inhalts die Mundwinkel hinunterlief. Nun sah er aus wie nach einem Blutsturz.

Ungläubig riss der Soldat die Augen auf. Er konnte sich gar nicht entscheiden, welchem Gefühl er die Oberhand überlassen sollte: tiefer Fassungslosigkeit, tiefem Ekel oder tiefem Entsetzen. Nach kurzem Zögern wählte er tiefe Furcht.

»HUNGER!«, brüllte Wulthan.

Umgehend servierte Sorsa einen blutigen Klumpen rohes Fleisch. Vermutlich eines der erbeuteten Tiere der Bauern, doch ganz sicher konnte sich Raghdall beim Anführer der Gordonen nicht sein. Vater zückte einen Dolch und schnitt sich eine dicke Scheibe ab. Im nächsten Augenblick biss er herzhaft hinein.

Nun glänzten nicht nur Mundwinkel, Kinn und Hals blutig, sondern auch die Zähne.

Richard war so beeindruckt, dass er beinahe kotzen musste. Der Kampf gegen den Würgereiz verformte und verfärbte sein Gesicht bis zur Unkenntlichkeit.

»Erkläre deinem Grafen, dass ich bald sein Blut aus diesem Schädel trinken werde.« Wulthan prostete Richard zu.

Der Hauptmann brachte ein hektisches Nicken zustande. Er atmete schwer. Die Hoffnung, hier lebend herauszukommen, verlieh ihm neue Kraft. Ein Flüstern: »Ja, Kaiser Wulthan der Unbesiegbare.«

»Es sei denn, die feige Ratte kauft sich frei.« Ein Wink mit dem Kopf, und Sorsa reichte dem Hauptmann einen Holzeimer. »Fülle diesen Eimer mit Gold auf, pures Gold bis zum Rand, dann verschonen wir deinen Herrn und seine Drecksbande. Das Ganze bis morgen zur Mittagsstund.«

»Ja … Kaiser Wulthan«, beeilte sich der Soldat zu sagen.

»Fort mit ihm!«

Merzuk und Torbak packten den Mann an den Armen, trieben ihn zum Rand des Lagers und verabschiedeten ihn mit einem freundschaftlichen Fußtritt.

Ein Raubtiergrinsen, dann spuckte Wulthan das Fleisch aus und zeigte auf das restliche Stück auf dem Tisch. »Übers Feuer damit. Und bringt mir etwas Gemütlicheres zum Sitzen.«

Gelächter und anerkennendes Grunzen reihum.

Raghdall verstand. Zunächst hatte er sich gewundert, warum sie den Soldaten überhaupt am Leben gelassen hatten, denn für Gnade gab es in der Horde keinen Platz, kein Verständnis, keine Tradition. Wie pflegte Vater zu sagen: Besiegte Gegner sinnen hasserfüllt auf Rache. Daher zählt jeder verschonte Feind dreifach. Doch in diesem Fall versuchte er, ohne Schlacht durch pure Abschreckung an pures Gold zu gelangen. Wulthan war der goldgierigste Mensch, den es gab. Und der durchtriebenste. Gern würde Raghdall lauschen, was der Soldat seinem Grafen von dem aufschlussreichen Besuch im Lager der Gordonen berichtete, allem voran von deren Trink- und Essgewohnheiten.

»Dein Gesicht ist blutverkrustet. Komm mit.« Die weibliche Stimme hinter ihm riss ihn aus seinen Gedanken.

Mutter! Er liebte ihre Stimme, sanft und warm, selbst im kältesten Winter. Und immer ein Trost, zumindest, als er noch klein gewesen war. Sie war wunderschön, wenngleich sie keine Narben im Gesicht hatte. Die Flammen der Feuer und Fackeln spiegelten sich in ihren Pupillen, den großen Ohrringen und dem mit Perlmutt verzierten Stirnband. Uthelia war die oberste Schamanin der Gordonen, ihr Wissen um die Heilkunde hatte schon einigen Kriegern der Horde das Leben gerettet. Zudem konnte sie aus den Eingeweiden toter Tiere die Zukunft vorhersagen – sie wurde beinahe so verehrt wie ihr Gemahl, Wulthan der Unbesiegbare.

»Ja, Mutter.«

Bevor er ihr in die Jurte folgen konnte, stupste ihn Sordan der Unerbittliche von der Seite an. Er grinste über alle Narben. »Ich habe dich nicht erwischt, dafür aber dein Vater. Hehe.«

»Ihr seid einfach abgehauen wie Feiglinge.«

»Wieso abgehauen? Wir sind ihm nur tunlichst aus dem Weg gegangen. Schließlich haben wir Verstecken gespielt.« Er grinste erneut. Noch schmutziger als beim ersten Mal. »Aber du warst gut. Wir haben dich nicht gefunden, bis du dich freigeschlagen hast.« Kameradschaftlich klopfte er ihm auf die Schulter.

Raghdall konnte nicht anders. Er verspürte Stolz. Es kam nicht so häufig vor, dass er gegen die älteren Jungen gewann. Und Lob gab es bei den Gordonen seltener als ein Pferd mit fünf Beinen.

Die Jurten der Gordonen bestanden aus Holzstangen und Fellen – einfache, fensterlose Behausungen, gleichwohl hoch in den Himmel gebaut. Durch die Öffnung im Dach fiel tagsüber etwas Licht, nun zog dort der Rauch des kleinen Feuers ab, das ein warmes Leuchten verströmte.

Im Wasser der großen Schüssel betrachtete Raghdall sein kindliches Gesicht. Kämpferisch fletschte er die Zähne. Schon wirkte er mächtig furchterregend, etwa so wie ein verliebter Schmetterling. Zumindest machte er weniger Eindruck auf das Wasser als das Wasser auf ihn. Mutter hatte darauf bestanden, dass Raghdall sich zum zweiten Mal in dieser Woche das Gesicht wusch. Die Höchststrafe – die Spuren des Tages, die Heldentaten der Schlacht einfach mir nichts dir nichts vom Körper zu tilgen, mit so etwas Überflüssigem wie Wasser.

Auf solch eine absurde Idee können nur Weiber kommen.

Vorsichtig tunkte er die Fingerkuppe in das bedrohliche Nass und betupfte damit seine Wange.

»Ragh, richtig waschen«, meinte Uthelia, ohne aufzublicken. Mit einer langen Nadel nähte sie einen dicken Lederflicken auf irgendein Hosenbein. Oh, es könnte sich um seins handeln.

Ragh nannte sie ihn. Früher hatte ihn das nicht gestört. Doch in seinem Alter sollte der Name endlich länger werden, je länger desto besser. Raghdall der Gewaschene zum Beispiel. Beherzt tauchte er beide Hände in die Schüssel und warf sich das Wasser ins Gesicht. Angeekelt schüttelte er sich wie ein nasser Hund. »Mutter, manchmal …

verwundert mich Vater.«

Nun sah sie auf. Ein Seufzer verließ ihre Kehle, ein Schatten huschte über ihr Gesicht. Leise sagte sie: »Ich kann mir denken, was du meinst. Sieh es so: Als Anführer unseres Volkes lastet eine große Verantwortung auf Wulthans Schultern. Wir mussten unsere Heimat im Norden verlassen, die Winter wurden immer länger, das Wild immer weniger, allen voran die Rentiere und Auerochsen. Kaum noch Fleisch gegen den Hunger, kaum noch Felle gegen die Kälte. Dein Vater führte uns gegen alle Widrigkeiten hierher, denn willkommen geheißen wurden wir nirgendwo. So lernten wir schnell: Geschenkt wird uns nichts, folglich müssen wir uns nehmen, was wir zum Leben brauchen.«

»Gold können wir nicht essen, und es schützt auch nicht gegen die Kälte.«

Sichtlich erstaunt über die Gedanken ihres Sprösslings sah sie ihn an. »Das, was du für Gold kaufen kannst, macht satt und wärmt. Merke es dir für den Rest deines Lebens: In diesen Gefilden zählt nur Gold.«

Wenig später ließ sich Raghdall auf sein Nachtlager aus Fellen und Stroh nieder. Der Schlaf kam zuverlässig wie der Sonnenuntergang jeden Abend.

Borsti und Ingrid

Mach langsam, Diego.« Das Lied vom fröhlichen Goldfisch pfeifend saß Raffael auf dem Bock seines Karrens. Die Zügel hielt er locker in der Hand, im Grunde überließ er Diego die Hoheit über das Gefährt. Im Schritttempo ging es nach Westen. Etliche Fuhrwerke hatten ihre Radspuren hinterlassen, sodass der Verlauf der Straße gut zu erkennen war. Die Abendsonne schien noch erstaunlich warm auf sein dunkles Lederwams, und der Wind zupfte angenehm in den Haaren. Mit wachem Blick schaute Raffael abwechselnd nach vorn, zur Seite und auf die Ohren seines Wallachs.

Vor zwei Jahren hatte er ihn für gutes Geld auf dem Viehmarkt ersteigert. Ständig einen geklauten Gaul direkt vor den Augen oder unterm Hintern hätte ihm ein schlechtes Gefühl beschert. Warum, wusste er nicht so genau. Er liebte dieses Pferd, jeden einzelnen Kupferling war es wert. Und Silberlinge und Goldlinge … nein, es war unbezahlbar. Von Beginn an stand es ihm treu und vielseitig einsetzbar zur Seite. Vor allem besaß Diego eine untrügliche Nase und unbestechliche Ohren. Wenn er irgendwo Gefahr witterte, legte er die Ohren an. Schließlich trieben sich in allen Grafschaften und Herzogtümern Wegelagerer und andere

Halunken herum – eine unehrliche, unmoralische Welt, in die Raffael vor knapp fünfundzwanzig Jahren als einziges Kind eines braven und rechtschaffenen Müllers hineingeworfen worden war. Alles, was er in seiner Jugend geschmeckt und angefasst hatte, war von einem feinen weißen Pulver überzogen gewesen. Erinnerungen durch eine Wand von Nebelmehl erfassten ihn, eine gestrenge Mutter und ein gütiger Vater. Leider war die Mühle bei irgendeinem unwichtigen Scharmützel zwischen zwei Herzögen niedergebrannt worden. Das infernalische Bild hatte sich in sein Gedächtnis gebrannt. Riesige, rotierende Feuerflügel, glutentfachend, sich selbst verzehrend, wieder und wieder, bis nur noch Kohlestücke vom Himmel regneten. Dazu die Schreie der Mutter, während die Soldaten über sie herfielen. Von der Mühle war nichts übriggeblieben außer einer Wolke weißen Rauches, vermengt mit schwarzer Asche.

Hatte dieses einschneidende Erlebnis bei ihm dazu geführt, auf gar keinen Fall sesshaft zu werden? Müller wollte er fortan jedenfalls nicht mehr werden, er war doch nicht mit dem Puderbeutel geklammert.

Die gemütliche Geschwindigkeit mit ihrem gemütlichen Schaukeln machte schläfrig. Mitten in Raffaels zufriedenem Gähnen legte Diego die Ohren an und blieb einfach stehen.

Sofort war der Gaukler hellwach. Ohne guten Grund würde sein Pferd nicht anhalten. Diego dachte stets mit, davon war Raffael überzeugt. Seine Hand schloss sich um den Griff des Kurzschwertes an seiner Hüfte.

Und schon geschah es: Ein Mann trat mit vorgehaltener

Klinge aus dem Gebüsch. Entschlossen rief er: »GELD ODER LEBEN!«

Der Kerl sah ein wenig heruntergekommen aus. Seine Haare könnte er mal wieder waschen, genau wie die Kleidung. In der rechten Hand hielt er einen speckigen Lederbeutel, der vor zwei Generationen vermutlich als Seesack gedient hatte.

»Dann gib mir schon das Leben.« Raffael rollte mit den Augen. »Oder besser – steig einfach auf.«

»Wie war ich? Ich m-m-meine als Stotterer?«

»Prima wie immer, Krims. Die Theaterleut können noch was von dir lernen.«

Jahrelang war Krims als Buckelkrämer mit einem Korb voller Krimskrams durchs Land gezogen. Dieses Feilbieten der unterschiedlichsten Waren hatte ihm seinen Namen beschert. Wie er richtig hieß, wusste Raffael nicht, was unter Gauklern kein Problem darstellte – die meisten hatten ohnehin mit ihrem vorherigen Leben abgeschlossen. Er vertraute seinem Partner bedingungslos, darauf kam es letztlich an.

Krims' Lebensphilosophie bestand aus billig einkaufen und teuer verkaufen. »Und wie war Borsti?«, fragte er, während er den Sack hinter sich auf die Ladefläche wuchtete.

»Ebenfalls hervorragend. Ich gebe zu, bei unseren ersten Auftritten war ich skeptisch, doch inzwischen hat er seine Rolle wahrlich überzeugend drauf.«

Krims strahlte übers ganze Gesicht. Er lehnte sich nach hinten und streckte den Arm nach der Kiste mit dem verbliebenen Fläschchen aus. Liebevoll betrachtete er den bleichen Regenwurm darin. »Borsti ist der Beste.«

Raffael nickte. »Geduldig hat er in meinem Ärmel auf seinen Auftritt gewartet – bis ich ihn dir mal wieder aus der Nase gezogen habe.«

Abermals drehte Krims sich zur Ladefläche um und schnürte den Ledersack auf, dem er einen dickbauchigen Glasbehälter, dreiviertel mit Erde und Blättern gefüllt, entnahm. Behutsam ließ er Borsti aus der Phiole in sein eigentliches Zuhause gleiten. Der Korken, mit dem er das Gefäß verschloss, war ebenso breit wie sein Grinsen. »Jetzt hast du es nicht mehr so eng, mein Freund. Und genügend Luft bekommst du auch.« In den Korken hatte Krims jede Menge kleine Löcher gebohrt. Zufrieden betrachtete er sein Haustier, das schon mit dem Kopf in der Erde verschwunden war. »Er ist etwa fünf. Wie bei einem Baum kannst du an den Ringen sein Alter erkennen. Die treue Seele bringt mir Glück.«

»Fünf Jahre schon? Sag mal, wie alt werden Regenwürmer eigentlich?«

Krims' Pupillen wanderten in die Ferne der Vergangenheit. »Mein erster Wurm hieß Ingrid. Sie ist fast dreizehn Jahre alt geworden.«

Raffael hob die Augenbrauen. »Was? Unglaublich.«

»Ja, dass ein Wurm es so lange mit mir aushält.« Krims rieb sich die Nase und frohlockte: »Die Kiste ist leer, das heißt, alle Fläschchen sind weg. Hehe, da haben wir aber billig eingekauft und teuer verkauft.«

»Wahrlich, wahrlich, alte Krämerseele. Zwei Silberlinge für ein wenig Wasser mit zermatschter Entengrütze. Das ist gewaltig.« Raffael schnalzte mit der Zunge. »Die Menschen bezahlen gern und gut für die Ware Hoffnung. Und weißt du was? Es gab sogar schon Fälle, da hat allein der Glaube an die Medizin geholfen. Daher hält sich mein schlechtes Gewissen in Grenzen.«

»Wieso schlechtes Gewissen? Wie oft hast du mich geheilt?«

»Sieben Mal.«

Zum Beweis zuckte Krims nicht einmal mit den Wimpern. »Na, siehst du, Raff. Ich denke, die Zehn können wir noch vollmachen, dann sollten wir uns etwas Neues einfallen lassen.«

»Ja, es wird von Mal zu Mal riskanter.« Er überlegte, ob er eine Schnute ziehen sollte, denn eigentlich mochte er den Namen Raff nicht. Der klang so furchtbar gierig, bei Krims schwang jedoch eine Menge Herzenswärme mit, wenn er ihn so nannte. Also ließ er es und rief stattdessen: »Auf geht's. Aber mach langsam, Diego. Wir haben es nicht eilig.«

In aller Pferdegemütsruhe nahm der Karren wieder Fahrt auf.

»Hier, verteil das Geld.« Raffael gab Krims den Lederbeutel voller Münzen.

»Ach, ich nehme mir zehn Silberlinge, den Rest lasse ich dir. Wir müssen ohnehin von einem Teil des Geldes neue Phiolen kaufen. Das Übrige legst du am besten in unser Geheimversteck. Du weißt, die Welt ist nicht ehrlich.«

So war Krims. Ihm waren andere Dinge wichtiger als Münzen. Schon kratzte er zärtlich mit dem Fingernagel an der Wand des Wurmglases und gurrte: »Borsti, Borsti,

Borsti.«

Raffael verdrehte die Augen, als könnte er die Gesellschaft des Verrückten kaum ertragen, doch sein Schmunzeln strafte ihn Lügen. Der liebenswerte Krims mit seinem Albino-Wurm war ihm ans Herz gewachsen. Seit über eineinhalb Jahren reisten sie gemeinsam umher und hatten schon die eine oder andere gute und schlechte Situation gemeistert.

»Übertreibst du nicht manchmal ein wenig?«

»Nein, nein. Von Borsti können wir viel lernen.«

»Aha«, antwortete Raffael. So ein alles erklärendes, fragendes Aha.

Natürlich fühlte sich Krims zu weiteren Erklärungen berufen. »Borsti besitzt weder Arme noch Beine, ist stockblind und hat dennoch nie schlechte Laune, sondern ist immer gut drauf.«

»Woran merkst du das?«

»Hat Borsti mal gejammert oder sich beschwert?«

»Na ja, reden tut er nicht viel.«

»Siehst du.«

Raffael ließ dies als Beweis gelten. Borsti übertrug nun mal seinen Frohmut auf sein Herrchen. Und Krims dann auf seinen Freund. Ihm wurde warm ums Herz.

Krims machte es sich auf dem Bock bequem. »Wie gesagt, wir brauchen neue Phiolen. Im nächsten Städtchen geht es zum Glasmacher.«

»Und neue Entengrütze ist auch vonnöten«, ergänzte Raffael.

»Na gut, dann also beim nächsten Teich zum Entengrützenmacher.«

Der Gaukler betrachtete die vertrauten Gesichtszüge neben sich. Immer ein verschmitztes Lächeln auf den Lippen, dieser Krims, es sei denn, der arme Kerl litt an zuckendem Stottern.

Gegen Abend tauchte das Städtchen Grabensee auf. Etwas kleiner als Siebenstadt, doch immer noch groß genug für einen Glasmacher und den eindrucksvollen Auftritt eines Wunderheilers samt Krims und Borsti.

Die beiden kehrten in einem einfachen Gasthof am Stadtrand ein und machten es sich in der Schankstube gemütlich. Es gab einen Fleischeintopf ohne Fleisch, dafür waren die Portionen riesig.

Brav löffelte Raffael seine Schüssel leer. »Ich bin satt«, stöhnte er zufrieden. »Schön, dass du bei mir bist, Krims.«

Sein Gegenüber strahlte. »Wir beide sind ein gutes Gespann. Seit ich mit dir unterwegs bin, habe ich kein Heimweh mehr.«

»Was nennst du denn Heimat, mein Freund?«

»Den Norden, den tiefen Norden. Heiß im Sommer, kalt im Winter.«

»Lebt deine Familie noch dort?«

»Nein, leider sind sie alle nicht mehr. Seit fünfundzwanzig Jahren ist mein Vater tot, immerhin ist er fast sechzig Jahre alt geworden. Und mein Bruder ist gestorben, als ich sechs war.«

Zunächst schwiegen beide. Ein angenehmes, einvernehmliches Schweigen, dem Raffael gern lauschte.

Nach einer Weile verspürte er das Bedürfnis, auch etwas von sich preiszugeben, vermutlich gerade, weil Krims ihn nicht drängte. »Ich stamme aus einer Müllerfamilie. Urgroßvater, Großvater, Vater, alles Müller.«

Krims hörte zu. Der alte Krämer war ein gnadenlos guter Zuhörer.

»Ich war elf, als unser Hof bei einem der vielen Kriege überfallen wurde. Meine Mutter hatte die Reiter kommen sehen und mich früh genug in den nahen Wald geschickt. Dort gab es ein geheimes Erdversteck. ›Ich komme dich holen, sobald sie weg sind‹', waren die letzten Worte, die ich von ihr gehört habe. Als ich in der Nacht hervorkroch, sah ich die Mühle brennen, die glühenden Flügel drehten sich noch eine Weile. Vater hatten sie vorher darin eingesperrt, sodass er bei lebendigem Leib verbrannte. Mit seiner Frau hatten sie noch etwas vor. Aus der Ferne konnte ich es gut beobachten, das Feuer beleuchtete … das Szenario.« Raffaels Stimme wurde für einen kurzen Moment brüchig. »Sie … lachten, während sie Mutter schändeten. Zum Schluss wurde sie ebenfalls verbrannt, einfach in die Glut geworfen wie ein Stück Brennholz. Ihre Schreie gellten noch viele Monate in meinen Ohren. Am nächsten Morgen waren die Soldaten verschwunden. Aber von meinem Zuhause und meinen Eltern war nichts übrig.«

Krims nickte. Er verstand es. Er zeigte es. Auch ohne Beileid und Mitleid. Es war schön, dass er einfach nur da war.

Raffael räusperte sich: »Was war mit deinem Bruder?«

»Er war doppelt so alt wie ich und in allem, was er tat,

mein großes Vorbild. Immer hat er sich um mich gekümmert. Auch er wurde ermordet, von einem Barbarenvolk, unter unvorstellbaren Qualen. Mein Vater war zu jener Zeit Hauptmann bei einem Grafen. Er hat seinen Tod nie verwunden, weil er ihn nicht retten konnte.«

Beide hatten ihr Päckchen zu tragen, und damit hakten sie das Thema Vergangenheit ab. Raffael fühlte sich nicht schlecht dabei, ganz im Gegenteil, es tat gut, sich Krims anzuvertrauen. Wobei er ihm nicht alles erzählt hatte. Vielleicht später.

Für die Nacht teilten sie sich ein kleines Gästezimmer im Anbau und legten sich zu früher Stunde schlafen.

Als sie am nächsten Morgen in der Wirtsstube frisches Brot und Ziegenkäse aßen, beschlossen sie, den Glasmacher aufzusuchen. Krims hatte vor langer Zeit zwei Jahre als Schürer gearbeitet, daher verstand er etwas von diesem Handwerk. Dies und seine gewinnende Schrulligkeit halfen durchaus, um mit den Glasmachern ins freundliche Gespräch und somit ins lukrative Geschäft zu kommen.

»Sag mal, Krims. Was macht ein Schürer eigentlich? Das Feuer umrühren?«

»Hehe. So ähnlich. Der Schürer sorgt stets für die ideale Temperatur im Schmelzofen – in allen Phasen der Glasherstellung. Anfangs heiß, vor allem die Kohleteilchen müssen rückstandslos verbrennen, danach, bei der Verarbeitung, darf die Glasmasse weder zu zäh noch zu flüssig sein.« Eine ganze Weile berichtete Krims von seinen Erfahrungen in dieser Zunft. Raffael staunte, welch ungeheurer Aufwand für die Glaserzeugung betrieben wurde. Um aus Sand und Asche Glas zu schmelzen, brauchte es hohe Temperaturen, was wiederum einen speziellen Ofen erforderte. Sie hatten es bei der Anreise bemerkt – die umliegenden Wälder waren bereits gerodet und zu Holzkohle verarbeitet worden. Daher zogen die Glashütten nach wenigen Jahren an einen neuen Ort, denn ohne steten Brennholznachschub ging es nicht.

»Die herkömmlichen Preise für Phiolen können wir uns gar nicht leisten«, führte Krims aus. »Doch ab und an lagern sich ungelöste Sandkörner ab und sorgen bei der Verarbeitung für Höcker in den Glaswandungen. Oder Gasblasen verursachen durch eine zu niedrige Ofentemperatur milchiges oder wolkiges Glas.« Er hob den Zeigefinger. »Diese minderwertige Ware ist unsere Chance. Immer dran denken – billig einkaufen und teuer verkaufen.«

»Wie könnte ich das vergessen, alter Halunke.« Raffael überlegte. »Ich merke, du verstehst viel davon. Warum bist du nicht bei diesem Handwerk geblieben?«

»Hm, der Verdienst eines Schürers ist nicht überwältigend, dafür dass du dir den ganzen Tag die Körperhaare, Wimpern inbegriffen, wegflammst. Zudem benötigst du zur Herstellung von Glas eine Menge anderer Handwerker, die alle mitverdienen: Holzfäller, Wirker, Köhler, Kölbelmacher, Einbläser und Meister. Und das sind noch nicht alle.«

»Aber die Gewinne sind doch entsprechend hoch.«

»Ja, ja, im Grunde schon. Hauptabnehmer ist die Kirche. Neue Gotteshäuser benötigen Unmengen an Glas. Farbiges Glas für riesige Fenster – sündhaft teuer und aufwendig herzustellen. Danach heißt es beten, dass die Mühe bezahlt wird.«

»Was? Die vielen Handwerker müssen auch noch beten, dass sie ihr schwer verdientes Geld bekommen?«

»Nein, nein. Die Kirche betet, dass Gott bezahlt.«

Raffael fasste sich an die Stirn. »Gute Güte!«

»Sie beten immer noch, seitdem warte ich auf meinen Lohn.«

»Wieso habe ich mir das nur gedacht.«

In einer Welt, in der sogar Gott die Zeche prellte, waren Wunderheiler und Stotterer noch höchst anständig unterwegs. Beide grinsten sich an.

»Immerhin stammt aus dieser Zeit Borstis Heim. Unter normalen Umständen hätte ich mir einen Glasbehälter in dieser Größe niemals leisten können.«

Raffael nickte.

Tatsächlich schaffte es Krims, beim Glasmacher eine Kiste zweitklassiger Phiolen zu einem akzeptablen Preis zu erstehen. Entsprechend gut gelaunt fuhren die beiden mit dem Pferdekarren durch das Stadttor auf die große Wiese vor Grabensee. Dort spannten sie Diego aus und ließen ihn grasen. Beide setzten sich auf die Ladefläche und überlegten, wie sie das Wunderelixier diesmal veredeln sollten. Die bewährte Entengrütze hatten sie bisher auf keinem Teich entdecken können.

»Wir könnten beim Tuch- oder Kleidermacher ein wenig Waid kaufen, damit wird das Wasser bläulich«, schlug Krims vor.

»Sag nicht, du kennst dich auch mit der Färberei aus.«

»Na klar. Glas, Wolle, Leinen, Seide, Haare färben – womit kann ich dienen? Notfalls färbe ich auch deine Seele.«

»Lass mal, die ist bereits tiefschwarz«, meinte Raffael. »Wenn wir alles in Grabensee einkaufen, wird ein Auftritt hier zu riskant. Wir hinterlassen zu viele Spuren«, gab er zu bedenken.

»Ach was. Es muss ja nicht immer der zentrale Marktplatz sein – wir suchen uns ein belebtes Plätzchen am Stadtrand. Und dann Vorhang auf.«

Raffael runzelte die Stirn. »Was für ein Vorhang?«

»Ach, das sagt man so unter Theaterleuten.«

»Na dann.« Der Gaukler wippte langsam mit dem Kinn, doch wohl war ihm bei der Sache nicht. »Einverstanden, wir treten außerhalb der Stadtmauer auf und Diego bleibt angespannt, sodass wir notfalls schnell verschwinden können.«

Krims strahlte: »Was heilen wir diesmal? Wie wäre es mit Blindheit?«

»Das ist zu dick aufgetragen, Krims.«

Sein Freund streckte tastend beide Arme nach vorn. »Aber, aber ich kann kaum noch etwas sehen, nur Nebel mit unheilvollen Schatten. Oh, Herr, hilf … mein Augenlicht, der graue Star setzt mir arg zu, die Schönheit der Welt verschließt sich für alle Zeiten vor mir. Verborgen und verloren die Farben der Blumen, die Rundungen der Frauen, der Glanz der Kinderaugen.«

Sein jammernder Ton ließ Borsti verwundert den Kopf aus der Erde strecken – oder war es der Schwanz?

Krims gurrte: »Schon gut, Borsti. Alles gut.«

Raffael verdrehte die Augen. »Na schön. Besorg das Zeug, Krims. Auch blaue Medizin kann helfen.«

»Kommt herbei, Ihr Leut, schaut alle her. Werdet Zeugen, vortrefflicher Heilkunst. Seht, welch Segen ich Euch bringen darf. Ich danke dem Herrn.« Ein wenig Demut in den anpreisenden Worten kam stets gut an.

Deutlich weniger Menschen als in Siebenstadt hatten sich um den Pferdekarren versammelt, doch erfahrungsgemäß genug für ein einträgliches Geschäft. Eine Kiste mit verkorkten Phiolen stand neben ihm, die bläuliche Flüssigkeit schimmerte unheilvoll.

Wie besprochen stand Diego grasend mit angelegtem Geschirr zwischen den Stangen der Deichsel. Vertrauenerweckend lächelte der Wunderheiler in die Menge. Sein Gesicht strotzte nur so vor Rechtschaffenheit und Ehrlichkeit. Wie immer wartete Raffael geduldig auf den ersten Wortbeitrag. In der vordersten Reihe standen drei Feldarbeiter mit ihren Sensen. Einer kaute skeptisch auf seinen Lippen herum. Der Gaukler machte eine auffordernde Geste.

Der Mann räusperte sich. »Sieht aus wie Wasser mit Tinte.«

Raffael zuckte innerlich zusammen – diese Idee musste er sich merken. Tinte zum Färben war weniger kostspielig, ein paar Tropfen pro Phiole müssten reichen. Mit freundlichem Lächeln ohne Ironie oder Überheblichkeit wandte er sich dem gescheiten Burschen zu. »Wollt Ihr eine Feder hineinstecken und Eurer Liebsten ein Gedicht schreiben, mein

Herr?« Mit Sicherheit konnte der Kerl weder schreiben noch dichten.

Dies sahen einige Zuschauer ähnlich, sie grinsten laut.

Das saß. Der Feldarbeiter sagte kein weiteres Wort mehr, auch seine beiden Kumpel beschlossen, lieber zu schweigen.

»Was meint Ihr, verehrte Bürger von Grabensee? Von welchen Gebrechen würdet Ihr gerne geheilt werden? Welchen Krankheiten möchtet Ihr vorbeugen?«

»Der Ruhr!«, hieß es ganz vorn.

»Der Steuer!«, rief einer von hinten.

Das Gelächter im Rund hellte die Stimmung auf wie der Sonnenaufgang den Morgen. Auch Raffael musste kichern. Die Erheiterung wirkte Wunder, sogleich entspannten sich die Menschen, wurden frohmutiger, freundlicher, empfänglicher.

»Am Rezept gegen die Steuer arbeite ich noch. Doch diese Arznei«, stolz zeigte er auf die Kiste mit den Phiolen, »vertreibt die Krankheitswürmer aus Eurem Leib. Stellt Euch vor: Zahnschmerzen, Halsschmerzen, Leibschmerzen, selbst gegen den grauen Star hilft sie.« Er hob den Zeigefinger. »Nicht zu vergessen: Sie wirkt vorbeugend gegen Syphilis und …«, freundlich zwinkerte er den Zuschauern in der ersten Reihe zu, »… die Ruhr.«

»Nehmen wir an, Ihr sprecht die Wahrheit, was soll das Wundermittel kosten?«, kam ein Tuchhändler direkt zur Sache.

Grübelnd legte Raffael den Kopf schräg. »Mehr eine philosophische denn eine kaufmännische Frage. Wie viel seid Ihr bereit, für das höchste Gut auf Erden zu geben?«

»Wovon redet Ihr? Was für ein hohes Gut?«, blaffte der Mann.

»Die Gesundheit, Euer Wohlergehen, selbstverständlich.« In diesem Moment verkörperte Raffael das blühende Leben. »Was nützt Euch all das Geld, wenn Ihr schwer gezeichnet darniederliegt, und die Krankheitswürmer in Euren Schädel kriechen.« Raffaels Stimme wurde brüchig. Seine Mundwinkel, Schultern und Arme sackten hinunter; der schleichende Tod wurde ansichtig.

Düsteres Gemurmel, die gute Laune drohte zu verfliegen. Die hohen Verluste durch die Pest saßen der Bevölkerung noch in den Knochen. Unwidersprochen – Gesundheit war das höchste Gut.

Raffael sprang in die Luft, das Holz des Karrens knarrte verdächtig. Er jubilierte: »Dagegen hilft mein Elixier aus über zehn Wirkstoffen.« Er streckte beide Hände gen Himmel und spreizte die Finger, um aufzuzeigen, wie unbegreiflich viele das waren. Früher hatte er von über dreißig Ingredienzien gesprochen, doch bis dahin konnte ohnehin kaum einer zählen.

»K-k-könnt Ihr mich heilen?«, fragte eine Stimme in der Mitte der Schaulustigen. »Eine ü-ü-üble Krankheit lässt m-m-mich, äh, m-m-mich …«

Raffael stemmte die Arme in die Hüften. Auch weil er verhindern musste, dass Borsti in seinem linken Ärmel versehentlich zu früh seinen Auftritt bekam. »Oha! Verstehe. Ein unangenehmes Gebrechen – verursacht durch den hinterhältigen Stotterwurm.« Besorgt knetete Raffael seine Unterlippe. »Ich kann nicht garantieren, dass meine Medizin gegen diesen hinterhältigen Parasiten wirkt.«

»B-b-b-bitte. Versucht es.«

»Na schön, es kommt auf den Versuch an. Steigt herauf.«

Der Patient trat vor. Er trug einen alten Seesack, den er vor dem Wagen abstellte. Nun machte er Anstalten, mühsam auf die Ladefläche zu klettern.

Von seinem erhöhten Punkt aus konnte Raffael sie als Erster sehen – die Stadtwache. Verflixt. Sechs Männer mit Piken, angeführt von einem bunt gekleideten Kerl mit einer Feder am Hut, näherten sich schnellen Schrittes. Der Spielmann aus Siebenstadt hatte sie verpetzt, da gab es keine zwei Meinungen. Raffaels Herz klopfte. Jetzt wurde es eng. Aufgeregt flüsterte er. »Krims, mach schon. Komm auf den Wagen, wir müssen hier weg. Sofort!«

Schnell kam die Stadtwache näher. Der Mistkerl mit der Feder zeigte zuerst auf Raffael, dann auf Krims. »Das sind die beiden. Sie betreiben zusammen ihr abgekartetes Spiel. Mit ihren Betrügereien haben sie bereits die Bürger von Siebenstadt um ihr sauer Erspartes gebracht.«

»IHR DA!«, rief einer der Soldaten, vermutlich der Hauptmann.

Raffael zog Krims mit beiden Armen auf die Ladefläche und rief: »Diego, los!«

Das schlaue Pferd wusste genau, dass die Männer nicht auf dem Bock saßen, sondern sich hinten auf der Ladefläche befanden, und lief daher behutsamer an als sonst. Knarzend setzte sich der Karren in Bewegung.

»NEIN! Der Sack! Ich darf Borstis Heim nicht zurücklassen. Und den Rest.« Mit diesem Aufschrei ließ sich Krims wieder vom Wagen fallen und hastete mit zwei Riesenschritten zu seinem Seesack.

»Bleib stehen, Diego!«, befahl Raffael, obwohl er wusste, wie verhängnisvoll diese Entscheidung sein konnte. Damit war das Überraschungsmoment vorüber. Sie hatten nur noch wenige Wimpernschläge, bis einer der Dörfler oder ein Soldat Diegos Geschirr ergreifen würde, um ihn am Weiterlaufen zu hindern.

»He, was soll das?«, beschwerte sich einer der Zuschauer. »Es wurde gerade spannend.«

»Versteht Ihr nicht? Das sind zwei Betrüger«, erklärte der Spielmann und ruderte mit den Armen.

WUMMS! Krims wuchtete den Sack auf die Ladefläche und versuchte hinaufzuklettern. Erneut packte Raffael ihn unter den Achseln und zog nach Leibeskräften, wobei diese noch nie übermäßig mächtig gewesen waren. Mit dem Oberkörper lag Krims bereits auf dem Wagen und wackelte mit den Beinen. Hoffnung keimte in Raffael auf. »Los Diego, Trab!«

Sofort zog das Pferd den Karren wieder an. Noch machte niemand Anstalten, sie aufzuhalten.

»Sie wollen fliehen! Das ist der Beweis. Es müssen zwei Galgenschwengel sein«, stellte einer der Feldarbeiter lauthals fest.

»STEHEN BLEIBEN! Im Namen der Stadtwache von Grabensee!«

Die Soldaten liefen rasselnd hinter dem Karren her. Einer der Männer kam näher und stieß mit langem Arm die Spitze seiner Pike in Krims' Rücken. Das hässliche Knirschen, als der Stahl in den Körper eindrang, verursachte Raffael Schmerzen, als sei er selbst getroffen worden. Diego beschleunigte. Da die Stadtwache in ihren Rüstungen zu Fuß unterwegs war, erarbeitete sich der Karren einen Vorsprung. Mit letzter Anstrengung zog der Gaukler seinen Freund vollständig auf die Ladefläche. Sie gewannen immer mehr Abstand zu den erbosten Bürgern und den wütend drohenden Soldaten. Diegos Hufe wirbelten weiter die Straße entlang. Zunächst holte Raffael tief Luft, er bereitete sich auf das Schlimmste vor, ehe er sich zu Krims niederkniete und die Wunde begutachtete. Er kannte sich ein wenig mit Heilkunde aus, zumindest so viel, um seine Betrügereien als Wunderheiler glaubhaft zu gestalten. Nein, er stellte sein Licht unter den Schemel. Immerhin hatte er über ein Jahr lang einen Medikus begleitet, der während dieser Zeit die eine oder andere schwere Wunde versorgt hatte. Sogar einem Dutzend Operationen an Kopf, Brust und Bauch hatte er beiwohnen dürfen. Zehn Patienten hatten die Eingriffe nicht überlebt.

Obwohl der Wagen hin und her wackelte, schnitt Raffael mit einem Dolch Krims' Hemd auf, ohne weiteren Schaden anzurichten. Die Wunde sah noch schlimmer aus als befürchtet. Die Klinge am Ende der Pike war tief in den Körper seines Freundes eingedrungen und hatte die Wirbelsäule erwischt. Der Rücken glänzte tiefrot.

Krims lag nach wie vor auf dem Bauch und stöhnte erbärmlich. Er schaffte es, ihm den Kopf zuzudrehen. »So … ein Mist.«

Mit Tränen in den Augen sah Raffael ihn an.

Sein Gesichtsausdruck sagte offenbar mehr als tausend Worte, denn Krims ächzte: »Sieht … nicht gut aus, oder?«

Durch den Schleier vor seinen Augen erkannte der Gaukler, dass sie nicht verfolgt wurden. Dann betrachtete er wieder seinen Freund. Und schüttelte verzweifelt den Kopf.

»Ich … kann meine Beine nicht bewegen, auch die Arme nicht. Nur den Hals.«

Raffael spürte es, Raffael wusste es. »Oh, mein Freund. Ich werde dir nicht helfen können«, schluchzte er. »Es tut mir leid.«

»Muss … es nicht. Wir hatten eine gute Zeit zusammen. Die … die beste.« Vor Erschöpfung schloss Krims kurz die Augen, sammelte Kraft und flüsterte: »Du bist wie ich … nur ein kleiner Gauner. Und doch … der ehrlichste und vertrauenswürdigste Mensch, den ich je getroffen habe. Dabei … kenne ich dein Geheimnis. Es ist gut!«

Raffael zuckte mit den Schultern. Als ob das jetzt wichtig wäre. Hundert Erinnerungen und zehn Gedanken stürmten auf ihn ein. Letztere schmerzten alle und einer besonders. Er konnte es noch immer nicht glauben. Krims war auf dem Karren bereits in Sicherheit gewesen. Aber nein, um das dämliche Glas für den dämlichen Wurm zu holen, war er wieder hinuntergesprungen.

Als verstünde er, dass es gerade um ihn ging, streckte der Regenwurm den Kopf aus Raffaels linkem Ärmel hervor.

»Ah, da ist der Kleine.« Mit glänzenden Augen betrachtete ihn Krims. »Raff, versprich mir, kümmere … dich um Borsti. Bitte.«

Ein Regenwurm. Nur ein Regenwurm. Nichts als ein

Regenwurm.

»Bitte. Versprich es.«

Eine Träne tropfte von Raffaels Kinn. Seine Spucke schmeckte wie Säure. »Natürlich, Krims. Borsti wird es gut bei mir haben. Ich verspreche es.«

Nun setzte Krims wieder sein sanftes Spitzbubenlächeln auf. »Danke. Er ist mein Erbe. Er wird … dir Glück bringen.«

So wie dir, dachte Raffael in seinem Schmerz.

»Auch alles andere im Seesack ist dein. Schau … es dir an.«

Die Stimme wurde immer leiser, Raffael hielt sein Ohr an Krims Lippen und hörte ihn hauchen: »Und … folge dem Stern. Es wird sich lohnen, glaube mir. Das ist … deine Bestimmung. Folge dem Stern.« Krims' Augen wurden glasig. »Es … gibt noch so viel, was ich dir …«

Doch Krims schwieg. Für immer. Und Raffael kannte nicht einmal seinen richtigen Namen. Jemand schnürte sein Herz zu wie einen Rollbraten und trampelte dann darauf herum. Krims war gestorben. Und mit ihm sein einzigartiger Humor, sein einzigartiges Wesen, sein einzigartiges Wissen – nicht nur über Glasherstellung und Farben. Der Tod spülte diese Einzigartigkeit einfach in den Rinnstein. Nie mehr würde er stottern oder zucken. Erneut brannten Raffael die Tränen in den Augen. Obwohl nicht an der See geboren, war er nahe am Wasser gebaut. So war es nun mal.

Diego trabte tapfer die Straße entlang, weg von diesem Ort der Unglückseligkeit. Mit wütendem Schnauben betrachtete Raffael den speckigen Seesack, danach den bleichen Wurm in seiner linken Hand. Seine Stirn glättete sich. »Ich habe es dir versprochen, Krims. Du kannst dich auf mich verlassen.«

Entschlossen wischte er sich mit dem Ärmel die Tränen aus den Augen.

Randvoll

Der Morgennebel hatte sich noch nicht ganz verzogen, doch das Gras war halbwegs trocken. Vereinzelte durch die Wolkendecke brechende Sonnenstahlen sorgten für ein diffuses Licht. Das sollte Raghdall weder stören noch irritieren. Aufgeregt rutschte er auf dem Rücken seines Pferdes hin und her, was bei den hochgezogenen Sattelköpfen vorn und hinten gar nicht so einfach war.

Sei ganz ruhig, die Gurte sitzen fest, die Bogensehne ist trocken und auf der Wiese gibt es keine Kaninchenbaue.

Er betrachtete die Strohscheiben auf Dreibeinen links und rechts. Seine Aufgabe bestand darin, möglichst viele Pfeile dort zu versenken, während er durch einen engen Parcours über die Wiese ritt. Natürlich im Galopp.

Torbak, sein Lehrmeister, grummelte: »Denk dran, hinter der ersten Kurve setzt du dich am besten rückwärts aufs Pferd, sonst erwischst du niemals alle Ziele.«

Ja, weiß ich. Selbst wenn ich mich im Sattel wie ein Kreisel drehe, treffe ich niemals alle Ziele, dachte der Junge.

Raghdall hatte reiten gelernt, bevor er gehen konnte – seit seinem zweiten Lebensjahr saß er im Sattel. Selbst Zentauren waren kaum enger mit ihren Pferden zusammengewachsen.

Mit sechs Jahren hatte Vater ihm sein erstes Reittier geschenkt, diesen Tag würde er nie vergessen. Ein kleines, knochiges Krummbein, doch für Raghdall das schönste Ross der Welt. *Schrecke* hatte er es getauft, weil es völlig verrückt nach Heu war. Aus einem kindlichen Instinkt heraus hatte er den Namen aber für sich behalten. Knapp ein Jahr war das Ganze gut gegangen, bis es kam, wie es kommen musste: Von einem Unwetter überrascht, brachte Raghdall Schrecke in einen nahegelegenen Stall. Liebevoll streichelte und beruhigte der Knabe das Pferd, während es draußen blitzte und donnerte. »Du bist die Beste, Schrecke. Heute Abend bringe ich dir einen Apfel.«

Was er nicht wusste, Vater befand sich im Verschlag nebenan und bekam alles mit.

Umgehend stellte ihn Wulthan zur Rede: »Du hast dem Tier einen Namen gegeben? Gibst du deinen Stiefeln oder deiner Kacke auch Namen?«

Fassungslos blickte ihn Raghdall an, unfähig, auch nur ein Wort herauszubringen.

Wulthans Augen verengten sich noch mehr – kleine Murmeln aus Stahl. Er zog einen Krummsäbel aus dem Gürtel und zeigte auf Schrecke. »Gefühle machen schwach und erpressbar. Dieses Stück Vieh ist nichts. Hiermit tötest du es. Sofort!«

Seine Tränen erzürnten Vater. Sein Kopfschütteln erboste Vater. Er zwang ihm die Waffe in die Hand, die kleinen Finger passten kaum um den Griff, dann umschloss er mit seinen Pranken Raghdalls Handgelenk samt Fingern und trieb die Klinge mit einem gewaltigen Hieb tief in

Schreckes Hals. Die treuen, großen Pferdepupillen guckten voller Vertrauen und Verwunderung, bevor sie brachen. Alle vier Beine des Pferdes knickten gleichzeitig ein.

Unfähig, sich zu bewegen oder etwas zu sagen, stand der Knabe vor dem zuckenden Tierleib.

»Du trägst eine besondere Verantwortung. Du bist der Erstgeborene des Stammeskönigs! Ungehorsam dulde ich nicht.«

Damals hörte Raghdall diese Worte zum ersten Mal.

Sein jetziger Reituntersatz hieß einfach Gaul. Gaul drei, um genau zu sein. Gaul zwei musste letzten Sommer geschlachtet werden, nachdem er sich bei einer ähnlichen Kampfübung das Sprunggelenk verletzt hatte, als er in einen Kaninchenbau getreten war.

»Träum nicht! Los jetzt!«, befahl Torbak.

Ein kurzer Druck mit den Oberschenkeln, und das Pferd galoppierte aus dem Stand los. Es wusste, was von ihm erwartet wurde. In der linken Hand hielt Raghdall den Reflexbogen der Gordonen. Eine berüchtigte Waffe, die dem Kriegerstamm bereits viele Siege ermöglicht hatte, selbst gegen doppelte Übermachten. Knapp ein halbes Jahr hatte der Bogenmacher Gantila an dem Stück gearbeitet. Ein Meisterwerk aus verschiedenen Hölzern, Knochen, Sehnen, Horn und Fischgrätenleim. Gantilas Kunstfertigkeit hatte die Waffe weit über den Stamm hinaus berühmt gemacht. Der Bogen war noch zu groß für Raghdall, dennoch hatte er so lange damit geübt, bis die Finger bluteten. Auf dem Pferd ließ sich die Waffe gut handhaben, denn der Teil unterhalb des Griffes war deutlich kürzer als der obere. Die spezielle Biegung erzeugte eine enorme Spannung. Der Bogen jagte die Pfeile in die Welt hinaus, ohne dass sein Besitzer die Sehne allzu weit zurückziehen musste. Nichts fürchteten die Feinde mehr, als die platzierten Pfeilhagel der Gordonen.

Schon näherten sich Ross und Reiter der ersten Strohscheibe auf der rechten Seite. Raghdall stellte sich in die ledernen Steigbügel, dadurch glich er die Bewegungen des Pferdes besser aus und erlangte die nötige Festigkeit. Die ersten Schüsse zischten mit dem typischen Heulen zwischen den Ohren seines Pferdes hindurch. Er nahm sich nicht die Zeit, den Pfeilen nachzublicken. Sein Gefühl sagte ihm, dass sie ihr Ziel trafen. Die erste Kurve. Kehrtwendung. Die Beschaffenheit des Sattels ließ es zu, dass er sich auf dem Rücken des Pferdes drehte. Schon sausten die Pfeile über Kruppe und Schweif ihrer Bestimmung entgegen.

Eine Hassliebe verband ihn mit der Übung – diese perfekte Mischung aus Geschwindigkeit und Treffsicherheit. Im Grunde widersprachen sich die beiden Anforderungen, was er liebte, denn genau das machte den Reiz aus. Raghdall knirschte mit den Zähnen. Ritt er jedoch zu langsam, meckerte Vater. Schoss er zu langsam, meckerte Vater. Ritt er im rasenden Galopp über die Wiese und traf nicht alle Scheiben, meckerte Vater. Stets hätte es ein Treffer oder ein Schuss mehr sein können.

Während des stürmischen Rittes schlug er die Sehne nur kurz an wie ein Saiteninstrument, zog dann den nächsten Pfeil aus einem am Sattel befestigten Köcher, um ihn auf die Reise zu schicken. Und wieder und wieder. Die Wucht der dreikantigen Geschosse war verheerend. Sie durchdrangen die herkömmlichen Rüstungen der Feinde mit Leichtigkeit und durchschlugen selbst deren Hartholzschilde.

Eben noch hatte ihn Vater mit kritischem Blick am Ende der Wiese beobachtet, nun war er verschwunden. Keine Zeit zum Wundern. So schnell er konnte, schoss er noch zwei Pfeile in Richtung einer Strohpuppe, die in alter Tradition das letzte Ziel darstellte. Volltreffer in den Kopf. Raghdall hatte nicht mitgezählt, daher warf er einen Blick in den Köcher. Nur sechs Pfeile übrig – somit hatte er eine neue Bestleistung geschafft. Torbak, der inzwischen eingetroffen war, sah ihn nur stumm an, das war Lob genug.

Raghdall sprang vom Pferd. In der Regel folgten nun die Schwertkampfübungen. Hierfür besaß er ein Kurzschwert aus bestem Stahl, mit dem er für sein Alter hervorragend umgehen konnte. Vor allem seine flinken Beine halfen ihm, Schlägen auszuweichen und den Gegner mit schnellen Angriffen zu überraschen.

Doch sein Ausbilder knurrte: »Keine weiteren Kampfübungen für heute. Folge mir.« Er schwang sich auf sein Pferd.

In lockerem Trab ritten sie über das Feld zurück ins Lager der Gordonen. Schon von Weitem spürte Raghdall die Unruhe. Die Menschen zog es ins Zentrum der Jurten und Zelte. Rechtzeitig, bevor die Sonne am höchsten stand, war Hauptmann Richard tatsächlich wiederaufgetaucht, zusammen mit einem rotgesichtigen Jungen, der den Eimer schleppte. Vier Krieger geleiteten die beiden zur Mitte des Lagers vor den Knochenthron. Der Anführer der Gordonen hatte bereits Platz genommen und betrachte die Neuankömmlinge gelangweilt.

Richard probierte einen Kniefall und eine Verbeugung gleichzeitig. »Kaiser Wulthan der Unbesiegbare. Ich bringe Euren geforderten Tribut.« Er wandte sich seinem Begleiter zu. »Zeig dem Kaiser das Gold.«

Der Rotgesichtige trat vor und stellte den Eimer vor Vaters Füße. Beinahe widerwillig lehnte der sich vor, um einen flüchtigen Blick hineinzuwerfen. »Euer Graf will sich also freikaufen und ein Niedermetzeln seiner Truppen vermeiden. Sehr vernünftig.«

»Ja, Kaiser Wulthan«, beeilte sich Richard zu sagen.

»Wie ihm geheißen, hat er daher den Eimer bis obenhin mit Gold gefüllt.«

»So ist es, Kaiser Wulthan.«

»Bestens, demnach ist das Gefäß voll.«

»Wie Ihr es verlangt habt.«

»Folglich passt also nichts mehr hinein.«

Richard nickte, doch irgendwie fiel seine Zustimmung verhalten aus. Mit blasser Miene überlegte er offensichtlich, worauf Wulthan hinauswollte.

»Mein Ansinnen hieß Gold für Blut.« Vater schnalzte mit der Zunge. »Ich denke, Euer Graf hat das nicht verstanden.«

»Was … was meint Ihr?«

»Wir werden sehen.« Warmherzig tätschelte Wulthan die beiden kleinen Schädel am Ende der Lehnen, als lobte er deren frühere Besitzer. Dann erhob sich der Anführer der Gordonen. Neben dem Thron stand sein Kriegshammer, der sich plötzlich in seiner Hand wiederfand. Mit dosiertem

Schwung krachte die Waffe gegen die Schläfe des Rotgesichtigen. Lautlos sank der Junge ohnmächtig zu Boden.

In heller Verzweiflung rief Richard: »Was tut Ihr? Bitte … verschont ihn. Er ist mein Sohn. Wir tun alles, was Ihr wollt.«

»Du kommst also zu mir zurück und bringst sogar dein eigen Fleisch und Blut mit.« Wulthan fletschte die Zähne. »Warum gerade ihn?«

»Der Graf … er hat mich gezwungen, ihn mitzunehmen. Fürchterlich getobt hat er … Wir seien alle Versager, weil wir die Schlacht verloren haben.«

»Ein wahrer Herrscher«, nickte Vater. »Verkriecht sich in der Burg und schickt seine Vasallen, sprich Bauernlümmel, in den sicheren Tod.« Er hob den Kriegshammer in die Luft und brüllte: »GEGEN UNS! DIE UNBESIEGBAREN GORDONEN!«

Alle Krieger röhrten wie brunftige Auerochsen – ohrenbetäubende Stimmengewalt. Wie auf ein Kommando – plötzliche Stille.

Der Hauptmann flehte: »Bitte, mein Sohn ist erst zwölf Jahre alt. Er ist ein guter Junge und weiß gar nicht …«

»HÖR AUF ZU JAMMERN!«, fuhr Wulthan den Hauptmann an. »Noch lebt er.« Doch im nächsten Atemzug befahl er seinen Kriegern: »Hängt den Jungen auf.«

»Aber … aber, bitte … wir haben getan, was Ihr wolltet. Bitte … nicht an den Galgen mit ihm. Er ist noch so jung.« Der Soldat erstarrte kreidebleich. Die ihm bekannte Welt stürzte gerade ein, er befand sich im freien Fall.

»Galgen? Wir sind doch keine Barbaren.« Vater gab sich

untröstlich. »Die Gordonen hängen niemanden am Hals auf. Ich nehme dich lediglich beim Wort und werde prüfen, wie voll der Eimer ist.«

Völlige Verständnislosigkeit bei Richard, der immer noch keinen Boden unter den Füßen spürte.

»Bei uns sind die Füße wichtiger.« Wulthan schnippte mit den Fingern und deutete auf das Holzgestell drei Pferdelängen vom Thron entfernt.

Merzuk und Torbak packten den bewusstlosen Jungen, umschlangen die Fußgelenke mit einem Seil und hängten ihn kopfüber an den Querbalken. Jetzt, da ihm das Blut in den Kopf lief, wurde er dunkelrotgesichtig, wobei seine Arme schlaff über dem Eimer baumelten.

»Gold für Blut oder Blut für Gold. Wo ist da der Unterschied?«, fragte Vater in einem Ton, als dachte er Zeit seines Lebens über diese Frage nach. Seufzend nahm er den Eimer und stellte ihn unter die herunterhängenden Hände des Knaben.

»Lasst ihn ausbluten, bis der Eimer randvoll ist«, lautete der Befehl.

Mit einem Messer schlitzte einer der Krieger dem hängenden Jungen die Vene am Oberarm auf. Sofort schoss Blut heraus und lief den Arm hinunter.

»NEIN!«, schrie Richard und musste von zwei Kriegern festgehalten werden, während ein dritter ihm ein Schwert vor die Brust hielt. »Bitte, was kann ich tun, um Euch zufriedenzustellen? Habt Erbarmen.«

Wulthan erklärte in beruhigendem Ton: »Sobald der Eimer voll ist, binden wir deinem Sohn den Arm ab und versorgen die Wunde. Woher die Sorge? Nach deinen eigenen Worten passt doch kaum noch etwas hinein.«

Weiß wie Stutenmilch verstummte Richard, dafür liefen ihm Tränen über die Wangen – wie Edelsteine glänzten sie in der Mittagssonne. Raghdall trat vor und warf einen Blick in den Eimer. Ein paar Münzen bedeckten den Boden, darauf stapelten sich zwei Becher, ein Kruzifix und zwei Teller aus Gold. Der Graf hatte seine Kostbarkeiten möglichst sperrig verstaut, somit gab es noch eine Menge Luft für eine Menge Blut.

Der Hauptmann flehte: »In den Satteltaschen meines Pferdes habe ich noch mehr Gold. Lasst es mich holen. Bitte!«

»Ach, tatsächlich?« Wulthan konnte seine abgrundtiefe Überraschung kaum verbergen. Ein Kopfnicken, und die Krieger ließen Richard los.

Der lief erstaunlich schnell zu seinem Gaul am Lagerrand. Die Gordonen verharrten bewegungslos und sahen ihm hinterher; keiner machte Anstalten einzugreifen. Sie vertrauten darauf, dass ihr Anführer wusste, was er tat. Der Hauptmann nestelte in der Ferne am Sattel herum und kam schweratmend mit zwei Lederbeuteln zurück. Seine Finger konnten den Schnürverschluss nicht schnell genug öffnen. Die Münzen rasselten in den Eimer. Sie verloren sich darin – ein Tropfen Gold auf das heiße Blut.

Wulthan lugte in das Gefäß. Sein Gesicht blieb regungslos bis auf das rechte Auge, das er halb zukniff. »Nicht zu glauben, da passt ja immer noch etwas hinein. Der Maßstab zwischen voll und voll klafft bei unseren Völkern auseinander. Bist du sicher, dass du nicht noch mehr Gold hast?«

»Nein, nein … das war alles. Wirklich alles.«

Skeptisch beäugte der Anführer der Gordonen den hängenden Jungen von oben bis unten, zuverlässig zog das Blut seine Bahn den Arm hinunter über den Handrücken den Zeigefinger entlang. »Dein Sohn könnte es überleben. Vorausgesetzt, ich bohre kein Loch in den Eimer.«

Richard fehlten vor Entsetzen die Worte. Sein Gesicht sah aus, als hätte er glühende Kohle geschluckt.

Die Götter hatten Vater mit infernalischen Ideen ausgestattet, ihn dafür aber beim Skrupel leer ausgehen lassen. Den Kriegern der Gordonen gefiel es – zufriedene Gesichter heulten, stampften und johlten. Seit über einem Jahrzehnt huldigten sie ihrem Anführer, Wulthan dem Unbesiegbaren.

Sordan tauchte neben Raghdall auf. »Diese Schwächlinge haben nichts als den Tod verdient.« Er spuckte auf den Boden.

Beide Jungen starrten auf den Gefangenen. Das Blut tropfte, ein steter Fluss den Zeigefinger entlang. Es färbte das Gold rot.

Blutgold, dachte Raghdall. Anstatt voller wurde der Eimer größer und größer, so kam es Raghdall jedenfalls vor. Und Richards Sohn, dessen Leben Tropfen für Tropfen im Holzgefäß verschwand, blasser und blasser.

Reiterarmee

Passend zum Geschehen ging eine blutrote Sonne unter.

Es roch gut im Lager der Gordonen. Hunger grummelte in Raghdalls Bauch. Drei riesige mit Fleischsuppe gefüllte Kupferkessel hingen über den Kochstellen. Auch jede Menge Zwiebeln und Rüben wanderten in die Töpfe, nicht zu vergessen ein halbes Dutzend Kräuter, die dem Mahl den besonderen Geschmack verliehen. Er saß am langen Tisch vor der Jurte und löffelte gierig seinen Anteil. Dabei verschluckte er so viel Luft, dass er eindrucksvoll rülpsen musste. Schräg gegenüber stimmte Sordan in das Lied mit ein – indem er noch lauter rülpste. Nicht verwunderlich, da er schon immer alles besser konnte als Raghdall.

Nach dem eindrucksvollen Konzert spazierten die beiden Jungen in die Mitte des Lagers zum Gestell mit dem Hängenden. Vier Fackeln beleuchteten das Szenario. Raghdall schielte in den Eimer, es fehlte noch ein Fingerbreit bis zum Rand. Eine Weile sahen sie ihm beim Bluten zu.

Inzwischen war Richards Sohn nicht mehr rotgesichtig, er hing bleich am Balken wie ein schlaffer Sack. Immer noch tropfte Lebenssaft aus ihm heraus. Vater hatte Richard erlaubt, das Lager zu verlassen und seinen Herrn um Hilfe zu bitten. Raghdall überlegte. Wenn der Hauptmann seinen Gaul zuschanden ritt, den Grafen schnellstens überzeugte, mehr Gold zur Verfügung zu stellen und mit einem frischen Pferd zurückhetzte, könnte er es noch bis zum Abend schaffen. Unwillkürlich erwischte er sich dabei, wie er nach preschenden Pferdehufen horchte. Vergeblich. Vermutlich war dem Grafen das Schicksal des Sohns eines Versagers gleichgültig. Unruhe erfasste ihn – nicht etwa eine Woge Mitleid mit dem Jungen, nein, nein. Eine Frage bohrte sich in sein Fleisch wie ein lästiger Stachel. Würde Vater auch alles dafür tun, um seinen Sohn zu retten? Um *ihn* zu retten. Er schluckte. Allein darüber nachdenken zu müssen, machte ihn noch betroffener.

Sordan packte den Hängenden an der Nase und schüttelte dessen Kopf hin und her. »He, wach auf, Langweiler.«

Keine Reaktion.

»Vorhin war er noch wach und hat eine Weile nach seinem Vater gerufen, doch dann hat er offenbar beschlossen, seine Kräfte zu sparen. Oder er hat keine mehr – schwer zu sagen, hehe«, erklärte Sordan der Unerbittliche.

Auf einmal formten die Lippen des gepeinigten Jungen kaum zu verstehende Worte. »Vater … bist du es?«

»Nein, du Hundsarsch«, höhnte Sordan. »Du stehst, ach was, hängst auf der falschen Seite, Hundsarsch. Daher bist du tot, Hundsarsch.« Er lachte sein *Hehe*.

Nur ein erbärmliches Stöhnen, dann ein Wispern – es klang wie ja, ja, ja.

»Lass uns gehen«, schlug Raghdall vor. Es zog ihn fort,

egal wohin.

»Och, jetzt, wo er aufgewacht ist, können wir ihm noch ein wenig beim Sterben zusehen.«

»Ja, mach du nur. Ich muss pinkeln.« Ohne sich noch einmal umzudrehen, lief Raghdall zum Lagerrand. Dieser sterbende Bursche entfachte eine ungewohnte Unruhe in ihm. Er schlich in die Jurte zurück.

Uthelia hockte auf dem Boden und untersuchte die Innereien eines geschlachteten Schweins. Sie behauptete, diese wären besonders mitteilsam, da sich die Organe in Größe und Beschaffenheit nur wenig von denen eines Menschen unterschieden. Kaum zu glauben, doch für Herz, Nieren und Lungen könnte das tatsächlich hinkommen. Sonderlich aufschlussreich fand Raghdall das blutige Gemansche auf dem Boden allerdings nicht, außerdem stank es erbärmlich. Kein Wunder – mit beiden Händen enthedderte sie gerade den Darm.

Raghdall sah und roch gar nicht mehr hin, sondern dachte an die Aufgaben, die er am nächsten Tag zu erledigen hatte.

»AAAHR!« Mutter stieß einen Schrei des Entsetzens aus. Laut und schrill wie eine Warnung.

Besorgt sah er sie an. »Was ist geschehen?«

Ihre weit aufgerissenen Augen in den tiefen Höhlen blickten ins Leere. Sie wirkten noch größer, als sie eigentlich waren, da Mutter mit einem Kohlestift zwei dunkle Kreise drumherum gezogen hatte. Der Kontrast zum Rest ihres Gesichtes konnte stärker nicht sein. Weiß wie Schnee, selbst ihre Lippen hatten alle Farbe verloren, zischte sie: »Was *wird* geschehen, lautet die richtige Frage.« Ihre Stimme zitterte. »Unglück. Großes Unglück. Schlimmer als der eisigste Wintersturm, schlimmer als das Feuer der Verdammnis, schlimmer als der Zorn der Götter.« Nun zitterte auch ihr Körper. »Ich … irre mich bestimmt.«

Was konnte schlimmer sein als der Zorn der Götter? Übertrieb Uthelia nicht ein wenig? Bisher hatten sich ihre Voraussagen stets auf den Erfolg bei der Jagd, auf den Ausgang der einen oder anderen Schlacht oder auf das Wetter beschränkt.

Sie sprang auf, so hatte Raghdall seine Mutter noch nie erlebt. Mit ihren blutigen Händen rieb sie ihr Gesicht, als wollte sie sich aufwecken, doch im nächsten Moment hatte sie sich wieder im Griff. »Schon gut, mein Sohn. Ich rede mit deinem Vater. Er wird wissen, was zu tun ist.«

An diesem Abend dauerte es lange, bis Raghdall auf seinem Nachtlager in den Schlaf fiel. Vielleicht lag es daran, dass er beschlossen hatte, nichts zu träumen. Bloß nicht träumen, dabei konnte nichts Gutes herauskommen.

Abrupt fuhr sein Oberkörper nach oben. Hatte ihn ein ungewohntes Geräusch aufgeweckt? Hatte er überhaupt geschlafen? Angestrengt lauschte er nach dem Rauschen des Windes, dem Rascheln der Blätter, dem Schnarchen der Krieger, dem Schnaufen der Pferde. Nach Geräuschen, die klangen wie immer, die Normalität und Geborgenheit versprachen. Erleichtert vernahm er das Gewohnte und atmete erst einmal durch.

Alles wie immer. Schlaf schnell wieder ein.

Das Kriegshorn erscholl. Ein langes, tiefes Stöhnen, der Ruf zu den Waffen, die Aufforderung, dem Feind gegenüberzutreten und für die Horde zu kämpfen. Bis zum Sieg oder bis zum Tod.

Bevor Raghdall aufspringen konnte, stand Wulthan in der Jurte und erklärte: »Der Graf rückt nicht mit mehr Gold, sondern mit seiner gesamten Armee an. Wir kämpfen.«

Uthelia flüsterte: »Das Unheil beginnt.«

»Ja, Schamanin, wie du es gesehen hast.«

Mutter hob den Zeigefinger. »Wir müssen die verheerende Kette der Ereignisse durchbrechen.«

Wulthan drehte sich nun zu Raghdall, sein zernarbtes Gesicht kam näher und näher. Schwarze, stechende Punkte durchbohrten den Jungen. »Du kümmerst dich um Richards Sohn. Du musst ihm die Kehle durchschneiden. Sofort! Das ist deine Aufgabe.«

Zwei Kerzen beleuchteten die düsteren Gesichter seiner Eltern. Auf einmal sahen beide gar nicht mehr so schön aus. Die ganze Welt verdunkelte sich. Eine Finsternis, die weniger nach den Augen als vielmehr nach dem Herzen griff. Wie ein sperriger Klumpen lag seine Zunge im Rachen, er war unfähig zu sprechen.

Warum ich? Was für eine Kette von verheerenden Ereignissen?

Raghdall nickte schwach. Das reichte Vater, er stürmte aus der Jurte und brüllte: »AUF DIE PFERDE!«

Als der Junge hinaustrat, saß Wulthan der Unbesiegbare bereits im Sattel. Als Anführer ritt er stets voran, notfalls mitten ins ärgste Kampfgetümmel. Er würde seine Reiter in mehrere Einheiten aufteilen und mit dem allerersten Morgenlicht die anrückende Armee unter Berücksichtigung aller landschaftlicher Gegebenheiten angreifen. Jeder Erhebung, jeder Vertiefung, Fels- und Baumformationen, Flüssen, Seen – allem konnte Vater einen strategischen Vorteil abtrotzen. Aus mehreren Richtungen würden die Pfeile auf die Feinde niederregnen. Sobald die Gegner den Nahkampf suchten, würden die Reitereinheiten scheinbar flüchtend auseinanderstieben, sich in sicherer Entfernung sammeln und an anderer Stelle angreifen – möglichst aus dem Hinterhalt.

Schon preschten sie los. Eintausendfünfhundert Reiter, kampferprobt, furchtlos und jederzeit bereit, für ihren Hordenführer zu sterben.

Zurück blieben Frauen, Kinder und etwa sechzig vor allem ältere Männer. Und ein vollends verwirrter Raghdall. Neben dem Nachtlager lag sein Dolch. Kalter Stahl, nichts als ein Werkzeug, doch heute hasste Raghdall die Klinge.

Warum ich?

So hatte er weder Vater noch Mutter bislang erlebt. In ihren Gesichtern spiegelten sich die schlimmsten Befürchtungen. Angst wollte er es nicht nennen. Die Gordonen kannten keine Angst. Und sie gehorchten ihrem Anführer. Er bückte sich, nahm die Klinge und setzte sich in Bewegung. Der Weg zur Mitte des Gordonenlagers war mühsam, es kam ihm vor, als sei die Luft dicker als Wasser. Gegen diesen unsichtbaren Widerstand kam er kaum an.

Wieso gerade ich? Es gibt doch genügend andere Krieger. Warum nicht Sordan der Unerbittliche? Ach nee, der durfte ja mitreiten.

Was geschähe, wenn er es nicht täte? Einer der zurückgebliebenen Alten folgte ihm stumm mit dem Blick. Beinahe hatte er sein Ziel erreicht. Nur noch eine Fackel beleuchtete das Holzgestell. Raghdall riss die Augen auf – täuschte er sich? Am Querbalken sah er niemanden hängen. War der Junge gestorben, und sie hatten ihn losgeschnitten? Mit einem unheilvollen Rumoren in der Magengrube rannte er los. Außer Atem betrachtete er das leere Gestell und den Boden darum herum. Der randvoll mit Blut gefüllte Eimer stand noch unter dem Querbalken. Und beherbergte das Einzige, was in diesen Gefilden zählte, – Gold.

Raghdall stand nur da. Erstarrt, erstaunt, erleichtert, erschüttert. Wie sollte er nun Vaters Befehl ausführen?

»Wo ist der Gefangene?«, krächzte er. Natürlich hörte ihn niemand. »WO IST DER GEFANGENE?«, brüllte er.

Eine der alten Frauen schlurfte herbei. »Was schreist du hier herum?« Sie warf einen Blick auf den leeren Balken, ihre Stirn schlug Falten wie ein Blasebalg. »Eben hing er noch dort.«

»Wann war eben?«

»Kurz bevor unsere Reiter losgeritten sind.«

»Aber … aber er kann doch nicht geflohen sein.«

»Nein, nein. Das ist nicht möglich«, wieherte die Alte. »Nicht nach der Tortur, nicht ohne Blut, wenn überhaupt noch ein Funken Leben in ihm war.« Sie schmatzte. »Vermutlich hat jemand die Leiche losgeschnitten und weggebracht, bevor sie anfängt zu stinken.«

Raghdall nickte, doch er glaubte nicht daran, denn so etwas hätte Wulthan auf jeden Fall erfahren. Der jedoch hatte seinem Sohn den Auftrag erteilt, den Gefangenen zu töten.

Raghdall suchte die in der Nähe patrouillierenden Wachen auf und erkundigte sich, ob etwas Ungewöhnliches geschehen war. Die Männer schüttelten den Kopf. »Nein. Wulthan wird einen Schutzring bilden und den Feind früh genug abfangen. Ein wahrhaft großer Sieg ist uns gewiss.« Vorfreude glänzte in ihren Augen.

Passend dazu trug der Wind Geräusche aus der Ferne zu ihnen herüber. Raghdall erstarrte. Demnach war die Armee des Grafen bereits zu nah vorgerückt. Kehlige, kurze Befehle, dann ein furchterregendes Heulen. Nicht aus Menschenmund, sondern die dreikantigen Spitzen der Gordonenpfeile erzeugten dieses düstere Pfeifen des Todes. Schon folgten die ersten Schmerzensschreie der getroffenen Männer. Doch Raghdall wusste, dass es noch zu dunkel war, um die Bogen optimal einzusetzen. Für platzierte Treffer benötigten auch die besten Schützen ein Mindestmaß an Licht.

Dann ertönte das Heulen des zweiten Pfeilhagels.

Mit pochender Brust lief Raghdall zur Jurte zurück. Auf dem Weg dorthin fragte er noch zwei Frauen, die mit steinernen Gesichtern in Richtung Schlacht blickten, nach dem Gefangenen. Auch sie konnten nicht weiterhelfen. Zurück in der Jurte suchte er Mutter vergeblich. Vermutlich versorgte Uthelia die Verletzten. Der Junge kauerte sich zusammen und wartete. Einmal glaubte er, das Klirren von Schwertern zu vernehmen. Ein schlechtes Zeichen, denn die Gordonen töteten ihre Feinde lieber aus der Ferne. Raghdall beruhigte sich. Auch mit den zweischneidigen Kurzschwertern konnten die Krieger der Horde hervorragend kämpfen, vor allem vom Pferderücken aus.

Das erste Tageslicht kroch hervor. Zögerlich, als scheute es sich, das heutige Szenario zu beleuchten. Raghdall hörte Reiter näherkommen. Er schreckte hoch. Erleichterung erfasste ihn, als er die trommelnden Hufe der kleinen Pferde erkannte – Gordonen. Einer der Reiterverbände preschte ins Lager.

»Sieg«, murmelte Merzuk, der als Erster das Lager erreichte. Doch es klang nicht danach.

Nun rollten drei Pferdewagen herbei, vollgetürmt mit Verletzten. Oder Toten? Mit grauem Gesicht kniete Uthelia zwischen den leblosen Körpern. Sie sah entsetzlich aus, blutverschmiert rutschte sie vom Bock und befahl: »Legt die Verletzten hier nebeneinander.«

Gerade als Raghdall nach Vater fragen wollte, stürmte Wulthan auf seinem Pferd ins Lager.

»Dann haben wir gewonnen?«, fragte Raghdall hoffnungsfroh.

Vaters Augen erfassten ihn. »Ja, wenn wir so weitersiegen, vernichtet sich unser Volk selbst.« Seine Miene verdüsterte sich noch mehr, die Stirn runzelte sich, er warf Uthelia einen Blick zu. »Ist der Gefangene tot?«

Donnerschlag, das hatte Raghdall in seiner Angst um Vater und Mutter ganz verdrängt. Das Blut schoss ihm ins Gesicht. »Er … er war nicht mehr da.«

Die Narben in Wulthans Gesicht begannen hässlich zu

pulsieren, die Augen blitzten. »Was soll das heißen, Sohn?«

»Da … da hing niemand, nur der Eimer stand noch dort.«

Wie blutige Gespenster schauten der Anführer und die Schamanin der Gordonen auf ihn herunter wie auf einen Fremden. Nur langsam lösten sie ihre Blicke, Uthelias Lippen bluteten.

Wulthan drehte sich um und befahl mit heiserer Stimme: »Durchsucht das Lager, danach die Gegend drumherum. Er kann sich nicht in Luft aufgelöst haben. Wir werden ihn finden.«

Nach und nach kamen die Reiter ins Lager zurück. Sordan stieg vom Pferd, humpelte herbei und präsentierte voller Stolz einen tiefen Schnitt in seinem Unterschenkel. »Da hat mich im Vorbeireiten ein Schwert erwischt«, sagte er mit geschwellter Brust. Die erste echte Kriegsnarbe – ein weiterer Schritt zu einem geachteten, gefürchteten Gordonenkrieger. Doch dafür hatte Raghdall jetzt keinen Sinn, viel zu unheilvoll benahmen sich Mutter und Vater. Die Welt war gehörig in Schräglage geraten und schien geradewegs in den Abgrund zu rutschen.

Wulthan erteilte weitere Befehle: »Merzuk, sichere mit deinen Reitern den Bereich zwischen Schlachtfeld und Lager. Es darf keine Überraschungen mehr geben. Holt unsere Toten und tötet alle noch lebenden Feinde. Wir zeigen keine Gnade. Nur mit Härte zwingen wir sie in die Knie. Und schlagen ihnen dann bequem die Köpfe ab. Niemand stellt sich den Gordonen in den Weg.«

Als Antwort preschte der Krieger los.

Viel zu schwer

Raffaels Tränen waren getrocknet, dafür fing es an zu regnen. Es war früher Abend, und sie fuhren immer noch. Oder flohen immer noch, was auf dasselbe hinauslief. Diego und der Wunderheiler, der nichts für seinen Freund Krims hatte tun können. Unwillkürlich fasste er sich an die Stirn. Ach ja, und Borsti, der bleiche Glücksbringer. Raffael kniff die Augen zu.

Trotz aller Angst, doch noch verfolgt zu werden, hatte er sein Pferd nicht gehetzt. Aber nun neigten sich auch Diegos Kräfte dem Ende zu. Folglich lenkte er den Pferdekarren von der Straße tief in die Felder hinein.

»Hinter der Baumgruppe rasten wir, Diego. Dort sind wir schwer zu entdecken. Und wir suchen einen geeigneten Ort für …«, er räusperte sich, »… Krims' Grab. Er hat einen schönen Platz verdient.« Erstaunlich sachlich brachte er die Worte hervor. Dabei könnte er schreien, vor Wut, vor Traurigkeit, vor Einsamkeit. Schon jetzt vermisste er den alten Halunken fürchterlich. Nein, nur nicht umdrehen und auf Krims Leichnam blicken. Seine Augenlider flatterten.

Der Platz hinter den Bäumen entpuppte sich als Glücksgriff, wenn er an einem solchen Tag überhaupt von Glück sprechen konnte. Der Karren samt Diego verschwand nahezu vollständig in einer Senke, hier konnten sie nur durch Zufall entdeckt werden.

Raffael nahm die Schaufel von den beiden Haken an den Seitenwänden und stieg von der Ladefläche. Zwischen zwei Eschen fand er einen geeigneten Platz. Der Regen wurde stärker, aber das störte ihn nicht beim Graben.

Bei einer ordentlichen Beerdigung soll auch der Himmel ruhig weinen.

Mühsam zog er Krims an den Stiefeln von der Ladefläche, wobei er eine breite Blutspur hinterließ. Als der Tote im Erdloch lag, fühlte sich Raffael etwas besser. Eine würdige letzte Ruhestätte für seinen Freund. Raffael nahm seinen Geldbeutel und zählte die Münzen ab. Gedanklich berücksichtigte er die zehn Silberlinge, die Krims schon entnommen hatte und teilte den Rest durch zwei. Krims' Anteil steckte er dem Toten in die Gürteltasche.

Das Kinn auf der Brust stand Raffael am Rand der Grube. »Auch wenn du immer gern billig eingekauft und teuer verkauft hast, weiß ich, für dich gab es viel wichtigere Dinge als Silber und Gold. Du warst mir stets ein guter Freund – danke dafür. Du bist und bleibst in meinem Herzen. Ich werde dich nie vergessen.«

Nach diesen Worten schaufelte er das Grab zu. Keine begnadete Rede, doch erfüllt von Ehrlichkeit und Achtung.

Unterhalb des Bocks besaß der alte Karren einen doppelten Boden. Das Geheimversteck, wie Krims es immer genannt hatte. Raffael bückte sich, kroch unter das Gefährt und schob ein Brettchen zur Seite. Ein flaches Fach kam zum Vorschein, dem er einen Lederbeutel entnahm. Dort ließ er die Silberlinge hineingleiten und legte ihn zurück. Danach schob er das Geheimversteck wieder zu.

Inzwischen schüttete es. Für solche Fälle lagerte er ein großes Öltuch auf dem Karren, das er nun von einer Seitenwand zur anderen spannte. In dem trockenen Zwischenraum konnte er bequem und trocken schlafen. Der riesige Seesack stieß oben an das Öltuch und ließ eine kleine Beule entstehen. Zunächst versorgte er jedoch den treuen Diego. Sanft bürstete er Schmutz und Schweiß vom Fell, reinigte auch die Gurte und breitete eine Decke über ihm aus, nicht unbedingt nötig, nur wusste er, dass sein Pferd dies gern mochte. Zum Schluss knuffte er Diego freundschaftlich, um dann, mit Blick auf den frischen Grabhügel, eine Weile zu verharren.

Pitschnass und fröstelnd kroch Raffael schließlich unter das Öltuch. Schnell fühlte er sich besser. Die Schnecke in ihrem Häuschen, er liebte diesen Platz voller Geborgenheit. Ein Krächzen wie von einem Raben oder einer Krähe erscholl über seinem Kopf. Sehen konnte er nichts, denn das Öltuch ließ nur einen schmalen Blick auf die triste Welt da draußen zu. Dieser Ausschnitt reichte ihm in seiner Gemütsverfassung voll und ganz.

Wieder krächzte es.

»Zu spät. Für euch gibt es hier nichts zu holen«, murmelte der Gaukler.

Aus dem Rucksack kramte er eine lange Pergamentrolle hervor und öffnete sie. Die Karte in seinen Händen war vergilbt, zerknittert, zerrissen. Passend zum Land, das sie abbildete. Ein riesiges Puzzle aus zahllosen Grafschaften und Herzogtümern. Und als wäre dies nicht genug, gab es mittendrin noch mindestens drei große Städte, die ihre Unabhängigkeit erklärt hatten. Die Bewohner hatten trutzige Mauern hochgezogen und sich von Kopf bis Fuß bewaffnet. Zunehmend warben sie dort auch Söldner zu ihrer Verteidigung an. Die Reaktion der zerstrittenen Grafen und Herzöge auf diese Praktik war einhellig. Sie widersprach grundlegend ihrer Weltanschauung, ihren Interessen und ihrer Gier. Anstatt für sie zu arbeiten und Steuern zu entrichten, verkrochen sich die Städter hinter Mauern und erklärten obendrein ihre Freiheit. Dem konnte nur mit noch mehr Söldnern Einhalt geboten werden.

Vor langer Zeit hatte es einen König gegeben, dem das Kunststück gelungen war, alle Ländereien unter seiner Herrschaft zu vereinen. Wie das gewesen sein mochte, konnte sich Raffael nicht vorstellen. Er seufzte. Jedenfalls leiteten aus dieser Zeit die vielen Grafen im Lande ihren Herrschaftsanspruch ab – bloß, weil ein König ihre Vorfahren vor über einem Jahrhundert in den Hochadel erhoben hatte. Von dieser Welt war der Gaukler so weit entfernt wie der Mond. Trotz des herben Verlustes seines Freundes Krims hielt er an seiner Profession fest. Denn letztlich hatte er mit den ihm zur Verfügung stehenden … Fertigkeiten seinen Platz im Spiel der Mächtigen gefunden. Auf seine Weise spielte er mit, nur mit einem verflucht hohen Einsatz. Unwillkürlich fiel sein Blick erneut auf den dunkelbraunen Erdhügel. Innehalten. Was bedeutete das Leben?

Er seufzte. Genau, zum Leben gehörte Seufzen. Wieder

vertiefte er sich in die Karte. Morgen Mittag würde er das Reich des Grafen Garsick erreichen. Krims war schon einmal dort gewesen und hatte einiges über den hohen Herrn erzählt. Ein fetter widerwärtiger Mistkerl, der das Gold seiner Frau ausgab, die wegen angeblicher Geisteskrankheit in irgendeinem Verlies schmachtete. Aufgrund dessen großer Leidenschaft für Schandkäfige nannte ihn die Bevölkerung Käfig-Garsick.

Jedenfalls hatte sich Raffael in dieser Grafschaft nie etwas zu Schulden kommen lassen; er achtete penibel darauf, derartige Flecken der Unbescholtenheit strategisch auf der Karte zu verteilen. Wegen vermeintlicher Quacksalberei würde ihn die Obrigkeit nicht über die Grenze hinaus in die Grafschaft verfolgen, so viel war sicher, zumal Garsick den Ruf genoss, sehr verschnupft auf Verletzungen seines Hoheitsgebietes zu reagieren.

Der Regen hörte auf. Schade eigentlich, das stete Getrommel der Tropfen auf dem Öltuch direkt über seinem Kopf hatte etwas Beruhigendes. Die Dunkelheit kam und mit ihr der Schutz vor anderen Menschen. Wölfe und Bären verirrten sich nur selten in diese Gegend.

Er breitete seine Schlafrolle aus, streckte sich darauf aus und setzte alles daran, diesen schrecklichen Tag endlich hinter sich zu bringen.

Am nächsten Morgen schaute ein wolkenloser, unschuldiger Himmel auf ihn herunter. Doch Krims war immer noch tot. Mit aller Kraft rollte Raffael einen großen Stein auf das Grab. Nun denn, einen für seine Leibeskräfte großen Stein.

Er spannte Diego vor den Karren und fuhr zurück auf die Straße. Dort angekommen, holte er die Karte hervor und vermerkte das Grab mit einem Kohlestift. Darunter schrieb er ungelenk KRIMS. Er konnte besser lesen als schreiben, doch die fünf Buchstaben bekam der Gaukler gerade noch hin. Er betrachtete sein Werk. Na ja, eher ungerade.

Sein Kopf kam ihm leer vor wie ein ausgeschütteter Krug kurz vor dem Brechen, dennoch lastete er zentnerschwer auf seinem Hals. Wie passte das zusammen? Jedenfalls war sie verloren gegangen, die Fröhlichkeit, die Leichtigkeit. So ging es schweren Gemütes weiter. Im Schritttempo in die nächste Grafschaft. Ohne seinen alten Freund. Raffael ballte die Faust.

Ein wenig musst du dich in diesem Leben noch durchschlagen, dachte er. Sein Blick wurde leer, seine Gedanken auch. Gemütlich wackelte der Bock hin und her. Hin und her. Er schloss die Augen.

Der Pferdewagen hielt an. Raffael riss die Augen auf. Diego nahm die Ohren zurück. Verflixt!

Sofort hellwach schärfte der Gaukler alle Sinne, doch entdecken konnte er nichts Ungewöhnliches. Um besser sehen zu können, stellte er sich auf den Bock. Links und rechts vom Wegesrand im Geröll und im knöchelhohen Gestrüpp konnte sich niemand verstecken. Von hinten drohte ebenfalls keine Gefahr; kein Mensch, kein Tier zu sehen.

»Diego, was ist los?« Erneut blickte, horchte und roch Raffael misstrauisch in alle Richtungen.

Linker Hand, etwa hundert Pferdelängen entfernt, erhob sich ein bewaldeter Hügel. Riesige Eichen. Nichts Besonderes. Doch dann – über den Wipfeln der Bäume fiel ihm eine Bewegung auf. Eine dunkle Wolke, die sich viel zu schnell bewegte. Ein Vogelschwarm, der aufgeregt im Kreis flog.

Weit weg und für mich nicht relevant, dachte er, setzte sich wieder und beschloss weiterzufahren.

Doch mit den Zügeln in beiden Händen erfasste ihn eine Unruhe, so als habe er etwas übersehen oder vergessen oder verpasst. Mit der rechten Hand beschattete er seine Augen gegen die Mittagssonne, um das Phänomen erneut zu beobachten. Die Vögel zogen ihre Kreise, aber alles andere als geordnet. Es ging rauf und runter, ein wirres Durcheinander von dunklen Punkten in allen Größen. Was irritierte ihn daran?

»Diego? Warum hast du angehalten?«

Leider antwortete das Pferd nicht, das wäre auch ein wenig viel verlangt. Ohne lange nachzudenken, lenkte Raffael den Karren von der Straße querfeldein nach Süden und näherte sich Huf für Huf, Radumdrehung für Radumdrehung, Atemzug für Atemzug dem merkwürdigen Ereignis.

Warum? Was interessieren dich ein paar dämliche Vögel?, dachte er. Deine Neugier bringt dich noch mal ins Grab. Neugier kommt vor dem Fall, heißt es doch.

Gerade als er wieder umkehren wollte, fiel es ihm auf. Schräg über ihm flatterten verschiedene Vogelarten wild durcheinander. Amseln, Krähen, Meisen, Spatzen, Raben, Eichelhäher. Verwundert rieb er sich die Augen. Sogar ein

Habicht segelte mit breiten Schwingen mittendrin – normalerweise ein Todfeind der Krähen, doch in diesem Fall schienen die Vögel einen Pakt geschlossen zu haben. Es sah so aus … er schüttelte den Kopf … als verband sie ein gemeinsames Interesse.

Mit gerunzelter Stirn näherte sich Raffael dem Waldrand, sodass der Schwarm hinter den Baumkronen verschwand. Doch umso lauter hörte er nun das aufgebrachte Krähen, Piepsen, Keifen, Zwitschern und Trillern.

Der Gaukler stieg vom Wagen. »Warte hier auf mich, Diego.«

Hinein ging es ins Dickicht. Haufenweise braunes Laub vom vergangenen Herbst dämpfte seine Schritte.

Was mache ich hier? Warum reise ich nicht einfach weiter?

Aufmerksam lugte Raffael zwischen mehreren Eichenstämmen hindurch und entdeckte zwei Lederstiefel auf dem Boden. Und was für welche – die Sohlen waren etwa doppelt so groß wie seine, die Schäfte wären ihm über das Knie gegangen.

Hau ab, riet ihm sein Verstand. Geh der Sache auf den Grund, forderte die Neugier.

Nur noch ein wenig näher. Er reckte den Hals. Zwei Beine mündeten in die Stiefel. Eine Leiche? Raffael lief um einen Stamm, dick wie ein Mühlrad, herum. Nun stand er vor einem alten Soldaten, der im Laub saß und mit dem Rücken an einer entwurzelten Eiche lehnte. Wie ein Sturzbach lief ihm das Blut den linken Arm hinunter. Das Kinn lag auf dem Brustbein, er war ohnmächtig oder bereits tot. Raffael presste die Lippen zusammen. Was tun? Immer diese Entscheidungen. Selbst wenn noch ein kleines Lebenslicht in dem Kerl glomm, wäre es ein Leichtes, ihn zu beklauen. Sterben würde der so oder so. Etwas vollends Unnützes, Überflüssiges, Störendes wie Moral oder Gewissensbisse oder was auch immer verjagte diesen Gedanken.

Verflixt, er würde in einem solchen Fall weder einen Toten noch einen Lebenden beklauen. Und tatsächlich. Der mächtige Brustkorb unter dem Kettenpanzer hob und senkte sich langsam wie der Blasebalg einer Stahlschmiede. Während einem seiner Atemzüge machte Raffael zwei. Er trat näher und beschloss aus unerfindlichen Gründen, dem Alten zu helfen. Die tiefe Fleischwunde am Arm zwei Handbreit unter der Schulter fiel sofort ins Auge. Vermutlich hatte ihn ein Schwerthieb dort erwischt. Beunruhigt sah sich der Gaukler um. Nicht dass derjenige, der dem Greis das angetan hatte, noch in der Nähe weilte. Vielleicht eine ganze Räuberbande. Unwahrscheinlich, da Diego ihn sicherlich warnen würde. Er beruhigte sich. Fürwahr, hatten nicht das Pferd und die seltsame Vogelschar ihn hergeführt?

Die Menge des Blutes um den Alten herum erschreckte Raffael. Schnellstens musste er Abhilfe schaffen. Gedanklich zuckten seine Schultern – viel falsch machen konnte er nicht, der Fremde war schließlich schon so gut wie tot. Andererseits könnte hier zur Abwechslung das gelingen, was bei Krims unmöglich gewesen war. Das Überleben des Patienten.

Mit Feuerstein und Zunder aus seiner Gürteltasche entfachte er ein Feuer. Dringend musste er den Blutfluss stoppen und eine Infektion vermeiden. Erst Wunde nähen, dann ausbrennen. Oder umgekehrt? Wie hatte der Medikus es immer gemacht? Egal, erst einmal reinigen. Mit etwas Wasser aus seinem Trinkschlauch befreite er die Verletzung vom gröbsten Schmutz. In kleinen Wellen schwappte Blut aus dem klaffenden Schnitt. Während er die Klinge seines Dolches in die Flammen hielt, betrachtete er den Alten näher. Der Anblick erinnerte ihn auf seltsame Weise an seine Kindheit. Es dauerte, bis er den Zusammenhang erkannte. Zu jener Zeit hatte er häufiger Krieger mit Kettenrüstungen gesehen, doch seit etwa einem Jahrzehnt waren diese verschwunden. Die heutigen Soldaten und Söldner bevorzugten Metallplatten oder Hartleder. Den Brustpanzer des Alten könnte er Diego auch locker als Rossharnisch anlegen. Ungläubig starrte er auf die zahlreichen Stahlringe, die sorgfältig miteinander vernietet sogar Schutz vor Pfeilen boten. Was die Rüstung wohl wiegen mochte? Der fest um die Taille geschnallte Gürtel würde einen Teil des Gewichts auf den Beckenbereich ableiten, dennoch blieb der Druck auf die Schultern immens.

Der Helm des Alten war neueren Datums – ein Schaller, massives Metall mit ausladendem Nackenschirm, jedoch ohne Visier. Mit Schmiederuß geschwärzt, damit er nicht bei jeder Gelegenheit blinkte und blitzte und seinen Träger verriet. An einer Seite quoll langes, weißes Haar hervor und fiel auf die Schulter des Mannes. Raffael bückte sich, um sein Gesicht besser sehen zu können. Breite Stirn, breite Wangenknochen, breiter Mund, schmale Nase. Die Haut durchzogen von tiefen Furchen und Falten wie die Rinde der

Eiche, an der er lehnte. Auch die geschlossenen Augenlider mit den weißen Wimpern sahen aus wie uraltes Pergament. Die Unterarme, geschützt durch massive Stahlschienen, waren dicker als Raffaels Oberschenkel.

Die Spitze seiner Dolchklinge hatte sich im Feuer zunächst schwarz verfärbt, nun gesellte sich ein sanftes rotes Glühen dazu. Das sollte ausreichen. Der Gaukler kniete sich vor den Alten. Der Schwerthieb hatte ihn genau im ungeschützten Bereich der Kettenrüstung zwischen Armschiene und Schulterteil erwischt. Blut pulsierte nach wie vor aus der Wunde. Offenkundig hatte die gegnerische Waffe eine Ader oder Vene oder Arterie erwischt. Die Unterschiede waren ihm nicht klar. Irgendwas Wichtiges jedenfalls. Er wusste sich nicht besser zu helfen, als die glühende Klinge quer über den klaffenden Schnitt zu legen und zu hoffen, dass sich die Blutbahn schließen würde. Wunde mit dem Glüheisen ausbrennen, hatte der Medikus es genannt. Bei einem Ferkel über dem Feuer lief ihm normalerweise das Wasser im Munde zusammen, doch vor dem hier entstehenden Geruch ekelte er sich. Während er gegen den Würgereiz ankämpfte, betrachtete er erneut das zerfurchte Gesicht. Der Verletzte verzog keine Miene, zu tief die Ohnmacht, zu wenig Leben in ihm, um den Schmerz zu quittieren. Raffael wiederholte die Behandlung einen Fingerbreit daneben. Eine seiner Fingerbreiten wohlgemerkt, denn der Alte hatte Hände groß wie ein Sattel.

Nun griff er nach dem Nähzeug in seiner Gürteltasche, bestehend aus einer starken Nadel und Garn. Mit vier Stichen nähte er die Wundränder grob zusammen und biss den Faden ab. Das sollte reichen.

Raffael legte dem Alten zwei Finger an den Hals. Nur schwach fühlte er den Puls. Ein träges Pochen, für seinen Geschmack zu selten, zu unregelmäßig. Doch ohne Zweifel, der Alte hatte die Behandlung überlebt. Für den Moment.

Es irritierte Raffael gehörig, dass ein Greis in voller Kampfmontur herumlief, anstatt zuhause vor dem Ofen zu sitzen und darüber zu rätseln, wie er nur so alt hatte werden können.

Langsam erhob sich der Gaukler und betrachtete sein Werk. Er verzog das Gesicht. Die Wunde am Arm sah halb gebraten und genäht kaum besser aus, aber wenigstens sprudelte das Blut nicht mehr heraus. Keinen Holztaler würde er darauf verwetten, dass der Kerl die Verletzung überlebte. Lohnte es sich überhaupt noch, einen Verband anzulegen? Doch was er angefangen hatte, führte er zu Ende, zumal er sich später keinen Vorwurf machen wollte. Also ging er zum Pferdekarren zurück und holte einen Leinenstoffstreifen aus seinem Lederrucksack. Als er diesen dem Alten um den Oberarm wickelte, staunte er über die Muskelmassen. Nicht einmal für fünf Umrundungen reichte der Stoff. Fertig.

Erst jetzt fiel sein Blick auf den Schwertgurt samt Zweihänder. Unschuldig lag die Waffe unter dem umgestürzten Baum. Ein Schwert beinahe so lang wie Raffael groß war. Ungläubig bückte er sich, er konnte nicht anders, er musste es näher betrachten. Er umfasste den Griff, seine Finger kamen nicht ganz herum. Wie bitte? Mit einer Hand bekam er die Waffe nicht einen Daumenbreit aus der Scheide bewegt. Mit beiden Händen packte er den Knauf des Bidenhänders, stemmte sich mit den Hacken in die weiche Erde und zog mit aller Kraft wie beim Tauziehen auf dem Jahrmarkt. Die Klinge rutschte mit einem unspektakulären Schrabbeln heraus. Träge, Stück für Stück. Hau ruck! Hau ruck! Geschafft. Angestrengt wuchtete er sie nach oben, dabei knackte es verdächtig in seinem Rücken. Eine Kiste Hufeisen wog nichts dagegen. Der Greis konnte doch unmöglich mit einer solchen Waffe herumlaufen, geschweige denn damit kämpfen? Fassungslos starrte der Gaukler auf das Monstrum aus Stahl. Die Klinge war breiter als sein Stiefel, mit jeweils zwei Blutrinnen auf beiden Seiten, die sich wie Gräben durch das Metall zogen, dazwischen senkrecht eingravierte Schriftzeichen, die er noch nie zuvor gesehen hatte. Der schmucklose Griff bot Platz für fünf von Raffaels Händen, die Parierstange ähnelte einem gebogenen Brecheisen. Die Waffe wirkte wie am heutigen Tag geschmiedet. Länger konnte er das Schwert nicht halten. Gerade wollte er es zurück in die Scheide schieben, als sein Blick auf den Alten fiel.

»Verflixt!« Raffael machte einen mächtigen Satz zurück, dabei ließ er den Zweihänder fallen. Die Erde bebte, als die Waffe auf dem Waldboden aufschlug. Mit weit aufgerissenen Augen starrte er dem greisen Krieger ins Gesicht, denn der hob langsam den Kopf. Als wäre er bis zur Hüfte im Waldboden versunken, verharrte Raffael an Ort und Stelle und starrte auf den Alten. Der hielt die Augen nach wie vor geschlossen, doch sein Körper spannte sich, was ihn größer machte. Auf dem Hintern sitzend, erreichte der Hüne fast

Raffaels Größe. Was für ein Leben auch immer, es kehrte jedenfalls in den Muskelberg zurück.

Raffael überlegte. Sollte er schnell losrennen? Raus aus dem Wald, rauf auf den Bock, rauf auf die Straße? Hauptsache weg?

Zeit verging. Wieso rannte er nicht, sondern stand hier beweglich wie ein Fliegenpilz? Gerade als er sich endlich losreißen wollte, geschah es. Der Greis öffnete die Lider. Eine Gänsehaut überzog Raffaels Rücken. Dieses Gesicht entzog der Umgebung alles Licht und alle Freude. Die Falten und Furchen randvoll mit Gram und Hass, die Mundwinkel höhnisch zuckend. Noch immer konnte Raffael den Blick nicht lösen. Inmitten dieser Tristesse leuchteten zwei Aquamarine wie blaue Eiszapfen. Sie schleuderten tiefe Verachtung in die Welt hinaus. Trotz des hohen Blutverlustes strotzte die Miene des Greises plötzlich vor Kraft. Unheilige Kraft, voller Abscheu, voller Feindseligkeit, mit einer innewohnenden Traurigkeit tiefer und kälter als das Nordmeer. Die Frostigkeit kroch in Raffaels Gemüt und vereiste ihn. Er schluckte schwer. Noch schwerer als dieser unmenschliche Zweihänder.

Seine Feinfühligkeit für andere Menschen wurde dem Gaukler zum Verhängnis; der plötzliche Wintereinbruch machte ihm schwer zu schaffen. Die Verderbnis, die ihn plötzlich umgab, raubte ihm den Atem. Immer noch starrte er dem Alten in die Augen, ins Fenster der Seele. In diesem Fall sah er nur einen menschlichen Abgrund aus klirrendem Eis. Unmöglich zu sagen, was in dem Alten ihn derart erschreckte. War es die Leere, die Kälte, der Hass?

»Ich … ich habe nur Eure Wunde versorgt«, hörte sich Raffael krächzen. Es klang, als hätte er seit vielen Jahren zum ersten Mal wieder gesprochen.

Zunächst reagierte der Alte nicht. Kein Ton kam aus seinem Mund, doch er richtete seinen blauen Froststrahl weiterhin freudlos auf ihn. Plötzlich regte sich seine Miene, wobei lediglich der linke Teil der Oberlippe nach oben zuckte. Diese minimale Bewegung brüllte es hinaus: Verschwinde, solange es noch geht, du Stück Schweinescheiße. Du bist hier überflüssig. Geh mir aus den Augen.

Bloß weg! Ohne zu überlegen stürmte der Gaukler aus dem Wald, sprang mit einem Riesensatz auf den Bock und rief: »Leg los, Diego! Egal wohin!«

Der Karren nahm Fahrt auf. Raffael traute sich nicht zurückzublicken. Unbewusst horchte er, ob ihn der Greis verfolgte. Jetzt erst fiel ihm die gespenstige Stille auf. Kein Vogelgeschrei mehr, nicht einmal der Wind rauschte in den Bäumen.

Das Gefährt erreichte die Straße. In schnellem Trab ging es weiter nach Osten. Doch auch mit dem schnellsten Galopp konnte er diese Eindrücke nicht hinter sich lassen. Was für ein übler Kerl.

Verflixt! Bei seiner wilden Flucht hatte er ihn vergessen, seinen Dolch, mit dem er die Wunde ausgebrannt hatte. Egal, umkehren wollte er nicht mehr. Auf keinen Fall.

Der weinende Mond

Das Verschwinden von Richards Sohn mitten im Lager der Gordonen blieb ein Rätsel. Sie fanden keine Spur von ihm – bis auf das Blut im Holzeimer.

Wulthan tobte seit Stunden – nicht brüllend, fluchend und grollend, sondern in sich gekehrt, was weitaus gefährlicher war. Der Blick, mit dem er Raghdall ansah, verhieß nichts Gutes. So unwohl hatte sich der Junge in seiner Haut noch nie gefühlt. Wann immer er konnte, schlich er sich aus der Jurte. Den Rest des Vormittags verbrachte er am Rand des Lagers bei den Pferden. Dicht aneinander gedrängt grasten viele hundert auf einer riesigen Weide. Kleine, ausdauernde, namenlose Reittiere, die mindestens genauso viel Platz benötigten wie die Gordonen selbst.

Raghdall kaute lustlos auf einem Grashalm herum. Er verstand nicht genau, was vorging, spürte jedoch die Verunsicherung bei Vater und Mutter, die sich auf ihn übertrug. Mit gesenktem Haupt trottete er ins Lager zurück.

Auch die strahlende Sonne brachte die bedrohlichen Schatten nicht zum Verschwinden. Kein Sieg hatte bisher derart bitter geschmeckt. Der Rat der Alten tagte in der Jurte des Anführers. Er bestand aus Wulthan und fünf alten

Kriegern, die sich in der Vergangenheit durch Tapferkeit und Weisheit hervorgetan hatten. Uthelia hatte die Behausung verlassen müssen, Raghdalls Anwesenheit störte niemanden, denn vor der Narben-Zeremonie wurde er nur als Kind wahrgenommen, auf einer Stufe mit den Ziegen und Hühnern, die überall im Lager herumliefen.

So kauerte er in einer Ecke, machte sich noch kleiner und lauschte.

Wulthan hörte sich die verschiedenen Argumente und Kommentare des Ältestenrats an. Jeder vertrat eine andere Meinung. Kankarr der Zornige empfahl einen Angriff auf die Burg des Grafen bei Tageslicht, solange der seine Wunden leckte und noch keine neue Armee aufgebaut hatte. Todlan der Umsichtige riet, das Lager aufzulösen und weiterzuziehen, da es hier kaum noch etwas zu gewinnen, doch alles zu verlieren gab. Die endgültige Entscheidung, was zu tun war, oblag ganz allein Wulthan.

Nachdem alle ihre Ratschläge erteilt hatten, erhob sich der Anführer der Gordonen. So grimmig wie entschlossen führte er aus: »Fast ein Drittel unserer Krieger sind gefallen, aufrecht und ehrenvoll«, erklärte Wulthan. »Ihr Tod darf nicht umsonst gewesen sein, nur weil dieser elende Graf entschieden hat, sein Gold lieber den Söldnern zu geben als uns. Obgleich seine Verluste noch höher waren als die unsrigen, wird er nicht lange mit einem neuen Angriff warten. Er weiß, dass unsere Reiterverbände und unsere Bogen in der Dunkelheit weniger effektiv sind. Schickt die Sammler los. Wir brauchen jeden Pfeil, jede verwertbare Waffe sowie Rüstungen, Stahl und Eisen. Los, viel Zeit verbleibt uns nicht.« Seine Zähne knirschten. »Wir werden den Feind im offenen Gelände zwischen den Wäldern empfangen, auf diese Schlacht bereiten wir uns vor, als wäre es unsere letzte.«

Die Männer des Rates nickten.

Raghdall wurde einer Fußtruppe zugeteilt, die nicht allzu weit vom Lager entfernt nach verwertbaren Gegenständen suchen sollte. Dafür zogen zwei Pferde einen Sammelwagen hinter einem Dutzend Gordonen her.

Na klar, weiter vorn auf dem Schlachtfeld ist es für den Kleinen zu gefährlich.

Er tröstete sich damit, dass auch Sordan seinem Verband zugeordnet war.

Es dauerte nicht lange, bis sie die ersten Spuren des Kampfes entdeckten. Erschreckend weit waren die Fußsoldaten des Grafen in Richtung Lager vorgedrungen. Sie hatten sich mit einer Wand aus breiten Schilden gut vor den Pfeilen der Gordonen geschützt und erbitterten Widerstand geleistet. Auf einer Wiese lagen mit Pfeilen gespickte Leichen Bauch an Bauch, Rücken an Rücken.

Torbak sagte zu Raghdall: »Du sammelst die Pfeile und Waffen ein. Die Feinde müssten alle tot sein. Wenn du daran Zweifel hegst, näherst du dich nicht, sondern rufst, so laut du kannst.«

Ja, ja. Ich bin doch kein kleiner Junge mehr.

Sordan neben ihm zeigte auf einen Toten, dem ein Pfeil genau ins linke Auge geflogen war. »Hehe, Volltreffer.« Er packte den Pfeil hinter der Spitze und zog ihn laut grinsend samt Augapfel heraus.

So gern Raghdall auf dem Schlachtfeld Verstecken spielte, das *Ernten* der Pfeile, wie es einige nannten, gefiel ihm weitaus weniger. Er betrachtete eine Leiche, die bäuchlings im Gras lag. Ein Pfeil ragte aus dem Rücken. Mit dem Fuß drückte er den Toten auf die Erde, während er mit beiden Händen den Schaft direkt an der Eintrittsstelle packte und ihn langsam herauszog. Gut, die Spitze brach nicht ab. Eine Waffe trug der Mann nicht mehr bei sich – die musste bereits jemand anderes genommen haben. Da Raghdall wegen eines einzelnen Pfeiles schlecht zum Sammelwagen zurückkehren konnte, suchte er nach weiteren Opfern. Natürlich tummelte sich Sordan an der Stelle, wo sich die Leichen stapelten.

Raghdall sah sich um. Dort, wo die Wiese in einen Buchenwald überging, erregte ein Glitzern seine Aufmerksamkeit. Da hinten lag etwas zwischen den dichtgewachsenen Stechpalmen. Missmutig machte sich Raghdall auf den Weg. Je näher er kam, desto sicherer wurde er seiner Sache – jemand hatte sich in den Büschen verkrochen. Sollte er allein nachsehen oder um Unterstützung rufen? Ach was, wer jetzt noch dort herumlag, musste tot sein, folglich brauchte Raghdall keine Hilfe. Die anderen Gordonen konnte er weder sehen noch hören. Kein Wunder – Sordan und Torbak waren in die entgegengesetzte Richtung verschwunden. Er ließ sich auf alle viere nieder und krabbelte ins Dickicht. Im weichen Waldboden wuchsen jede Menge kleine, ihm unbekannte Pilze, die bei Berührung schwarze Sporen absonderten. Er schüttelte den Kopf und musste niesen.

Schnell kroch er tiefer hinein und entdeckte sie. Drei Männer. Vermutlich Söldner, was er an der Qualität ihrer Rüstungen und Schwerter erkannte. Sie bewegten sich nicht, reagierten nicht. Und sie lagen unnatürlich verkrümmt auf dem Waldboden. Hatten sie sich hierher zurückgezogen und waren dann ihren Wunden erlegen? Raghdall zog seinen Dolch aus dem Gürtel. Nicht dass sich doch noch etwas Leben in einem von ihnen regte, der ihm dann gefährlich werden konnte. Der Junge hatte es auf die Schwerter abgesehen.

Ein goldenes Leuchten links von ihm, Raghdall drehte den Kopf. Dort brach die Sonne durch die Kronen der Buchen und die Blätter der Stechpalmen. Passend dazu tat sich inmitten des Buschwerks eine Lichtung auf. In der Strahlenflut lag noch ein Toter, den er vorher nicht hatte sehen können. Er fühlte sich wie ein Kleinkind, als er auf ihn zu krabbelte. Für einen Moment flackerte das Bild von Richards ausgeblutetem Sohn vor seinen Augen auf. Nein, unmöglich. Wie sollte der hierhergekommen sein?

Jetzt sah er den ganzen Körper und erstarrte. Das war ganz sicher nicht der Entflohene. Doch wie konnte das sein? Dort lag die Leiche einer Frau. Er reckte den Hals. Zweifellos, sie war mittleren Alters und trug ein tannengrünes Kleid aus gutem Stoff. Um die Taille hatte sie eine einfache Kordel gebunden, die Zehen ihrer nackten Füße zeigten gen Himmel. Langsam kroch er auf den Körper zu, die drei toten Männer waren vergessen. Die Frau sah wunderschön aus, als ob sie friedlich schliefe, wenn da nicht das aschfahle Gesicht gewesen wäre. Bass erstaunt betrachtete er die Tote näher. Lange, dunkle Haare wellten sich um ihre bleichen Wangen, die vollen Lippen waren leicht geöffnet, die Hände lagen gefaltet auf ihrer Brust, als hätte sie jemand aufgebahrt.

Angestrengt überlegte Raghdall. Was hatte eine solche Dame auf dem Schlachtfeld verloren? Ob sie zu einem der Söldner weiter hinten im Busch gehörte?

Wie an Fäden gezogen, näherte er sich Handbreit um Handbreit. Einen Pfeil oder eine Wunde konnte er auf den ersten Blick nicht entdecken. Was war hier geschehen? Unentschlossen starrte er auf die Tote. Torbaks Worte rasselten ihm durch den Kopf: *Du näherst dich nur, wenn du absolut sicher bist, dass derjenige mausetot ist.*

Derjenige, nicht diejenige.

Spitzfindigkeit – ein ganz neuer Charakterzug, stellte er für sich fest.

Dennoch zögerte er weiterhin. Sollte er wegen eines unbewaffneten Weibes, in dem eventuell noch ein Fünkchen Leben glomm, um Hilfe rufen? Donnerschlag, Sordan würde ihn den ganzen Tag lang auslachen. Also kroch er weiter auf die Frau zu, beugte sich über den Körper und näherte sich mit der rechten Hand langsam ihrem Hals, wobei er Mittelfinger und Zeigefinger vorstreckte. Vater hatte ihm gezeigt, wie er so den Puls fühlen konnte. Oder auch nicht. Raghdall hielt inne und beäugte das Amulett am Hals der Fremden. Ein auf den Rücken gefallener Halbmond mit drei Tränen darunter, gefertigt aus Gold und Edelsteinen. Er löste den Blick von dem Schmuckstück und konzentrierte sich auf ihren schlanken Hals. Noch ein kleines Stück bis zur Berührung, er zitterte und wusste nicht, warum. Gleich würde er wissen, ob noch Leben in ihr pulsierte, oder ob sie kalt und tot war. Sie öffnete ihre Lider. Vor Schreck sprang Raghdall zurück und fiel auf den Hintern. Dabei streckte er Beine und Arme von sich wie eine tote Spinne.

Grün. Ihre Augen leuchteten wie frisches Gras. »Ich habe dich erwartet«, sagte sie mit tiefer, samtiger Stimme. »Doch was ich unterschätzte, ist deine plumpe Gier nach Gold.«

Unfähig zu flüstern, zu rufen oder sonst wie zu antworten, starrte er auf die Frau. Wieso Gier? Was meinte sie?

Sie berührte den Anhänger auf ihrer Brust mit einem ihrer langen Fingernägel. »Dein Versuch, mich zu bestehlen, betrübt mich, doch es passt zu den räuberischen Gordonen.«

Unfähig nachzudenken, stammelte er: »Was … wer bist du?«

Sie hob den Kopf. »Mein Name ist Aglaja. Wegen der Gräueltaten deines Volkes musste ich mein Tal verlassen, was ich äußerst selten und äußerst ungern tue. Allein das erzürnt mich.«

Wie von dicken, knorrigen Wurzeln an den Boden gefesselt, saß Raghdall vor ihr und schnappte nach Luft. Sein Brustkorb presste sich zusammen, er ertrank in den grünen Augen wie in einem See voller Algen. Hatte er das abgrundtief Böse selbst aufgeweckt?

Mit einer anmutigen Bewegung richtete sich die Frau auf und sah auf ihn herab. »Dein Volk hat meinen Ururenkel getötet. Im Augenblick seines Todes holte ich ihn zu mir, nachdem ihr Gordonen ihn habt ausbluten lassen wie Schlachtvieh.«

Verwirrt schüttelte Raghdall den Kopf. Er verstand kein Wort. Was redete sie? Ururenkel konnte kaum sein, dafür war sie viel zu jung.

»Nur mit großem Widerwillen mische ich mich in das Schicksal der Menschen ein, doch in diesem Fall fordert mich dein Volk heraus.«

Wieso sprach sie von *den Menschen* – als würde sie nicht zu ihnen gehören?

»Ich verstehe … nicht«, brachte er heiser hervor. Seine Zunge brannte, seine Lungen brannten. Er umklammerte den Pfeil, den er immer noch in der linken Hand trug.

»Dein Volk ist zu weit gegangen, die Ereignisse begründen seinen Untergang. Du hast die Prüfung nicht bestanden und wirst als Letzter deiner Art für die Taten der Gordonen büßen.«

Das alles wurde Raghdall zu viel. Er musste endlich aus dem Albtraum der letzten Stunden erwachen. Die ständigen Vorwürfe in den Worten und Blicken seines Vaters, die düsteren Vorhersagen seiner Mutter nagten bereits an ihm, höhlten und saugten ihn aus. Niemals würde er es ihnen recht machen können. Und zu alledem überschüttete ihn nun auch noch dieses unheimliche Wesen mit weiteren Düsterkeiten und drohte mit Tod und Verderben.

»Lasst mich! Geht fort!«

In diesem Moment rief jemand in der Ferne seinen Namen. Torbak suchte ihn.

»Was wirst du tun, kleiner Dieb? Um Hilfe rufen und mich verraten, damit er mir die Kehle durchschneiden kann? So wie den anderen Verletzten? Ohne Zögern, ohne Mitleid, ohne Erbarmen?« Das Grün in ihren Augen wurde heller, bedrohlicher.

In seiner Verzweiflung holte Raghdall tief Luft. Er füllte seine Lungen, denn er würde schreien. So laut er konnte um Hilfe rufen. Er kannte nur noch ein Ziel: weg von dieser biestigen Fremden.

Eine Ewigkeit verging. Dann hörte er seine Stimme. Hell, knabenhaft, entsetzt. Doch sie erklang nur in seinem Kopf, drang nicht nach draußen. Aufgeregt schnappte er erneut nach Luft.

Die Fremde schüttelte bloß langsam den Kopf. »Ich habe mich getäuscht. Du bist nicht besser als der Rest deiner Sippe.« Sie erhob sich. Ein süßer Duft benebelte Raghdalls Sinne und lähmte seine Muskeln.

Plötzlich wollte er wieder ein kleiner Junge sein, nicht ein vollwertiger, narbiger Krieger der Gordonen.

Mit einer Miene finster wie die Neumondnacht flüsterte sie: »Drei Lilien auf einem Grab, die erste lieblich, die zweite demütig, die dritte mitfühlend. Sie weinen über dein Leid, Pferdekrieger. Denn verflucht seist du, Erbe des vergessenen Volkes. Verflucht … deine Herkunft und deine Zukunft. Verflucht … dein Erbe und deine Erinnerung. Verflucht … dein Blut und dein Herz. Verflucht zum ewigen Kampf!« Sie pustete in die flache Hand, und eine graue Pulverwolke waberte um ihn herum. Ein Reflex wollte ihn husten lassen, doch er saß immer noch stumm und starr auf dem Boden. Nun brannten auch seine Augen.

»HRRIIILFE!«, röchelte er.

Zeit verging, Raghdall konnte unmöglich sagen, ob ein Wimpernschlag oder eine Woche. Etwas packte ihn von hinten und zog ihn hoch.

»Was ist los?«, fragte Torbak.

»Die … die Frau mit den grünen Augen.« Entsetzt sah sich der Junge um.

»Hier ist niemand. Und die drei unter dem Busch sind zweifellos tot. Beruhige dich.«

»Sie war eben noch da. Eine … eine Zauberin. Sie hat mich … verflucht.«

»Unsinn! Es gibt keine Zauberei. Wer erzählt dir so einen Blödsinn?«

»Aber, aber das Pulver.« Er blickte an sich hinunter, doch seine Kleidung sah aus wie immer.

»Ein einziger Pfeil und wertlose Fantastereien – ist das deine Ausbeute?« Verächtlich verzog Torbak das Gesicht. »Ich bringe dich zurück.«

Er hält mich für einen kleinen, untauglichen Jungen. Ich bin ein kleiner, untauglicher Junge.

Die lichtdurchflutete Lichtung war verschwunden. Von der Frau mit dem weinenden Mond um den Hals gab es keine Spur mehr. Alles hatte er sich nicht eingebildet, denn ein wenig abseits lagen die drei toten Soldaten. Torbak sammelte die Schwerter ein. »Das feige Pack hat sich hierher verkrochen. Immerhin hast du sie entdeckt.«

Torbak schob ihn in die Jurte. »Uthelia, dein Sohn kommt mir arg verwirrt vor. Er bleibt besser hier.«

»Was ist geschehen, Raghdall?«, fragte seine Mutter bekümmert.

Er musste erst über das Erlebte nachdenken – Torbak

hatte ihm kein Wort geglaubt. Vielleicht hatte er wahrhaftig nur einen schlimmen Tagtraum gehabt, auf keinen Fall wollte er sich erneut blamieren und Mutter noch mehr enttäuschen. Raghdall der Verträumte. Er hörte schon Sordans Hehehehe.

»Nichts«, antwortete er. Leider entwischte eine gehörige Portion kindliches Leid in dieses kurze Wort, sodass sie sofort misstrauisch wurde.

»Lass dich ansehen.« Sie drehte ihn hin und her und rümpfte die Nase. »Du riechst eigenartig. Zieh dein Hemd aus.«

Ohne die Schnüre zu öffnen, tat er, wie ihm geheißen. An seiner Brust klebte eine Schicht feinen, grauen Staubs, der in den Ausschnitt gelangt war. Uthelias Wangen verhärteten sich. Ungläubig tupfte sie auf seine Haut und steckte sich den Finger in den Mund. Ein misstrauisches Schmecken, dann ließ sie ihrem Entsetzen freien Lauf. Sie kreischte nach Wulthan, der vor der Jurte seinen Bogen überprüfte. »Unser Sohn wurde beschüttet. Mit dem Pulver einer verbrannten schorfigen Kröte, wie es die Dreizehn verwendet haben.«

Vater stürzte herein und knirschte unheilvoll mit den Zähnen. »Was? Die Dreizehn? Sagtest du nicht, diese Hexen seien längst gestorben, Weib?«

»Das Dutzend ist seit Jahrzehnten tot, doch Aglaja, die Letzte der Dreizehn, lebt noch.«

Erschrocken rief Raghdall: »Aglaja! So nannte sie sich.«

Mutter sah ihn schreckensvoll an, dann wurden ihre Augen weiß und leer. »Ich habe dieses Unglück in den Eingeweiden gesehen.«

»Gibt es noch Hoffnung, dem entgegenzuwirken?«, fragte Wulthan.

Mutters Beine wurden schwach. Erschöpft kniete sie sich auf den Boden. »Die Letzte der Dreizehn ist die Mächtigste aller Hexen. Seit über vierhundert Jahren sammelt sie Macht. Niemand kennt ihre Ziele, versteht ihr Treiben. Sie hat unseren Sohn beschüttet und verflucht.«

Vaters Hände packten Raghdalls Kopf, sodass er vor Schreck vergaß zu weinen. »Sieh, Uthelia! Seine Augen!«

Mit erstickter Stimme brachte Mutter hervor: »Nein! Es fängt schon an. Wenn wir noch eines Beweises bedurften, dann ist es dieser.«

»Die Existenz unseres Volkes ist bedroht. Ich rufe den Ältestenrat zusammen. Wir müssen ihn verbannen.« Vater tat bereits so, als wäre Raghdall nicht mehr anwesend.

Einfach nur so

Die Spelunke glich einem Tollhaus, was in erster Linie am Lärm lag, den die Gäste erzeugten. Je mehr Wein und Bier, desto lauter. Ein einfaches Gesetz, unverrückbar in Stein gemeißelt. Und je lauter, desto unvorsichtiger. Daher liebte Raffael diese feuchte Fröhlichkeit. Schließlich eröffnete sie ihm diverse Möglichkeiten, sein Gewerbe erfolgreich zu betreiben.

Knapp vier Wochen war Krims bereits tot. Triste vier Wochen. Nur langsam fand der Gaukler zu seinem früheren Gleichmut zurück. Nein, heute wollte er nicht an seinen verstorbenen Freund denken.

»HOHOHO! Wir trinken einfach nur SOOO!«, stimmte eine Menge durstiger Kehlen an – rau, herzlich und erstaunlich im Gleichklang.

So lautete die erste Strophe des besinnlichen Liedchens. Prompt folgte der Refrain: »HOHOHO! Wir trinken einfach nur SOOO!«

Geniale Prosa zum Prosten! Gut zu merken, gut nachzuvollziehen, selbst nach zwanzig Bier; es musste ja nicht immer ein fadenscheiniger Grund her, um die Krüge krachen zu lassen. Laut und textsicher sang Raffael bereits die zweite Strophe mit. »HOHOHO! Wir trinken einfach nur SOOO!«

Wobei er sich bei näherer Betrachtung beim Bier bescheiden zurückhielt. Während des allgemeinen Schunkelns, Schwenkens und Stoßens auf den lehmigen Boden verschüttete er den überwiegenden Teil. Wie ungeschickt.

Etwa dreißig Männer zählte er – eine bunte Gesellschaft vom Stallburschen bis zum Edelmann hatte sich bei diesem Sauwetter eingefunden. Frauen waren bei derlei Saufgelagen eher unerwünscht, mit Ausnahme der Kellnerin natürlich. Einer der Gäste rutschte vom Stuhl und blieb lallend im feuchten Dreck liegen. Der Wirt packte ihn unter den Achseln und zog ihn gekonnt zur Wand. Dadurch wurde ein Platz an einem der drei Tische frei. Raffael reagierte schnell und setzte sich. Der Abend währte noch lange, so konnte er Kräfte sparen. Zudem fiel er weniger auf, wenn er still und klein in der Ecke saß. Im günstigsten Fall erinnerte sich hinterher kaum jemand an ihn.

Ein großer Kamin stand im Weg, somit war für ihn der hintere Teil des Schankraumes nicht vollständig einsehbar. Just in dem Moment erscholl aus dieser Ecke lautes Gepolter.

Jemand brüllte: »SUCHST DU ETWA STREIT?«

Für einen Augenblick senkten sich die Stimmen. Entweder die Stuhlbeine gaben nach oder die meisten Gäste wurden einen Kopf kleiner.

Als nichts weiter geschah, wurde die dritte Strophe angestimmt, sodass der Lärm wieder anschwoll.

»Dich habe ich hier noch nie gesehen«, meinte ein kräftiger Bursche ihm gegenüber. Sein Bart glänzte vom Fett einer Hühnerkeule, die er zuvor verschlungen hatte.

»Georg heiße ich und bin auf der Durchreise«, antworte Raffael und lächelte freundlich. Einer von einem Dutzend Namen für jede Gelegenheit. Wobei das nicht so ganz stimmte.

Sein Gegenüber zuckte mit den Schultern. »In diesem Nest sind die meisten nur auf der Durchreise. Ich bin Assip.« Er zeigte auf seinen Nachbarn, der eine Augenklappe trug. »Und das ist Josep. Er macht den Mund nur auf, wenn er unbedingt muss.«

Josep nickte zustimmend, denn er musste den Mund nicht unbedingt aufmachen.

»Aha«, antwortete Raffael. So ein alles erklärendes, fragendes Aha.

Bei dieser Gelegenheit stellte sich Raffaels Nebenmann auch vor – ein schmucker Bursche mit silbernem Ohrring und hellblondem Zopf: »Mein Name ist Wieland. Nicht wie Wasser, sondern wie Land.« Sein Lächeln wirkte halbwegs echt. Er sah deutlich jünger aus als der Rest der Gäste.

»DIE NÄCHSTE RUNDE GEHT AUF MICH!«, krakeelte ein glatzköpfiger Kerl in einer goldbestickten Kutte. Auch seine Stiefel aus Hirschleder rochen nach Geld. Raffaels Finger begannen zu kribbeln.

Die gutgelaunte Gesellschaft wurde noch gutgelaunter und ließ den Mann gebührend hochleben. Der Wirt und seine Gehilfin schleppten Tabletts voller voller Bierkrüge herbei.

Raffael rieb sich die Stirn, dabei ließ er den Blick über die drei Gesellen an seinem Tisch schweifen. Ein verlockender Gedanke zuckte ihm durch den Kopf. Sollte er seine Karten herausholen und vorschlagen, eine Runde zu spielen? Nur so zum Spaß natürlich. Bedauerlicherweise würde er am Anfang verlieren, und es war nur eine Frage des Biers, bis sie um Geld spielen wollten. Meistens drehte sich just ab diesem Moment das Glück auf dem Absatz um und kehrte zu Raffael zurück. Keine Ahnung, woran das lag. Vielleicht hatte es etwas damit zu tun, dass sich die Rückseiten der Trumpfkarten minimal unterschieden, nur unwesentlich, nicht der Rede wert, für das bloße Auge kaum erkennbar, es sei denn, man wusste genau, worauf zu achten war. Es könnte auch an seinen Fertigkeiten liegen, an den schlanken, flinken Fingern, die wie dafür geschaffen waren, Spielkarten zu mischen, abzuheben und auszuteilen. Herrlich – es juckte ihn. Voreingenommene Menschen würden sein Spiel als Betrug bezeichnen. Wahrlich fies und erschütternd. So unmerklich wie unschuldig zuckte Raffael mit den Schultern. Ein wenig mogeln um ein paar Kupfermünzen gehörte doch dazu. Gleichwohl vermischte er im Grunde ungern sein Repertoire an Gaunereien.

Konzentriere dich auf eine Einnahmequelle pro Abend, sinnierte er. So hast du es immer gehalten. Schließlich wolltest du doch unauffällig bleiben. Also spare dir das Glücksspiel für heute. Wenn du das Geld schon beim Spielen gewinnst, kannst du es ihnen später nicht mehr abnehmen.

Diese logische Überlegung gab den Ausschlag. Daher ließ er sowohl die gezinkten Karten – wobei ihm das Wort *vorbereitet* in diesem Zusammenhang besser gefiel – als auch die vorbereiteten Würfel mit den abgeschliffenen Kanten und dem dezent verlagerten Schwerpunkt stecken. Schade. Er seufzte.

»WILLST DU DICH MIT MIR ANLEGEN? SUCHST DU ETWA STREIT?«, brüllte es erneut von hinten.

Die ein oder andere Sorgenfalte auf der Stirn des ein oder andern Gastes trübte die Stimmung. WUMMS! Ein kräftiger Schlag, der beim Hinhören schon wehtat, und ein Mann flog durch den Schankraum. Dabei riss er zwei weitere um, alle schlugen hart auf der Erde auf. Ein Kerl mit breitem Kreuz und rotem Kopf drängelte sich durch die Gäste. Sein Gegner lag halb benommen auf dem Boden. »SUCHST DU IMMER NOCH STREIT?«, spuckte er, wobei er ihm eifrig in die Nieren trat. Eine kaum verheilte Platzwunde leuchtete blaurot auf der Stirn des Kerls und ließ ihn noch brutaler aussehen.

»Schon gut, Damfoss. Der ist fertig. Beruhige dich«, meinte der Wirt.

Nun richtete sich die Aufmerksamkeit des Schlägers auf den Hausherrn. »SUCHST DU ETWA STREIT?«

»Nein, das weißt du doch. Wir sind Freunde.« Beschwichtigend hob der Wirt die Hände.

Es dauerte einen Moment. »Niemand ärgert Damfoss ungestraft«, grunzte der Schläger und schlug mit der Faust auf den Tresen, dass es knirschte. »Gib mir lieber noch ein Bier.«

Innerlich verdrehte Raffael die Augen. Leute, die von sich in der dritten Person sprachen, hatten in der Regel einen Riss in der Schüssel.

Mit blutender Nase sowie aufgesprungener Oberlippe

rappelte sich der Geprügelte vom Boden hoch.

»RAUS!«, zischte Damfoss und hob die breite Faust.

So schnell er noch konnte, suchte der Mann statt Streit erst die Tür und dann die Flucht.

Unauffällig taxierte Raffael diesen Damfoss. Grobschlächtiges Gesicht wäre untertrieben. Die verquollenen Augen standen schräg. Nase und Kiefer auch, beide hatten schon einige Brüche hinter sich. Aufgrund des breiten Kreuzes und der Armmuskeln vermutlich ein Holzfäller, daher nicht nur beim Saufen mit ungeheuren Kräften ausgestattet.

Gewichtig stapfte Damfoss wieder in seine Ecke zurück, weiterhin auf der Suche nach jemandem, der Streit suchte. Und er würde ihn finden, so viel war sicher.

»Leg dich nicht mit dem an«, riet Assip.

»Bestimmt nicht!«

»Letzte Woche hat er einem Gast einen Kopfstoß verpasst. Der Mann kippte tot um. Schädelbruch.«

Dazu brauchte es nicht viel Fantasie. Raffael schürzte die Lippen. Wie ein Tresen und ein Bierfass fand sich in fast jeder Spelunke ein hirnloser Schläger.

Der junge Kerl mit dem Zopf beugte sich vor und flüsterte: »Manche behaupten, er sei mit dem Grafen verwandt und könne sich daher alles herausnehmen.«

Assip hob die Achseln und dann seinen Krug. »Manche behaupten, das Bier hier schmecke gut.«

Der Glatzkopf schnappte die Worte auf. »Manche behaupten, mein Krug sei leer!« Demonstrativ hielt er ihn verkehrt herum, wobei ihm noch gut ein Viertel auf die teuren Stiefel plätscherte. »Tatsächlich! Leer. Wirt, wo bleibt der Nachschub?«

Die Gäste wandten sich wieder wichtigeren Themen zu, schließlich musste der brennende, zehrende Durst gelöscht werden. Endlich rettete die Kellnerin eine Menge Leben, indem sie das kostbare Nass aus Hopfen und Malz brachte. Sie schaffte es tatsächlich, in jeder Hand drei von den randvollen Humpen zu tragen und diese auf den Tisch zu knallen, ohne einen Tropfen zu verschütten.

»Hier!« Sie drückte dem Glatzkopf einen Humpen in die Hand.

Zur Belohnung landete dessen Hand klatschend auf ihrem Hintern. »Du gefällst mir. Selbst nach dem achten Bier.«

Die Bedienung warf ihm einen Blick zu, betont flüchtig, lächelte nur mit den Lippen und schlängelte sich behände durch die Menge zurück zum Tresen. Auch die Dame verstand ihr Handwerk. Vor allem blieb sie stocknüchtern, während der Wirt das ein oder andere Bier mittrank. Auf die Kellnerin musste Raffael Acht geben.

Draußen donnerte es, ein Blitz folgte, seit dem frühen Abend schwappte der Regen nur so aus dem Himmel – ein Umstand, der ihm entgegenkam. Zum wiederholten Mal studierte er die Räumlichkeiten. Neben der Tür, die nach innen aufschwang, gab es zwei Fenster, oder besser zwei halbwegs viereckige Löcher ohne Glas mit Holzklappen davor. Mit seinen schmalen Schultern und Hüften könnte er notfalls hindurchschlüpfen. Die Tür hinter der Theke führte in die Küche, die rechts in einen Gemeinschaftsschlafraum mit acht Betten. Oder besser gesagt, acht Strohmatten, die seit vielen Monaten nicht mehr gewechselt worden waren. Eine davon hatte sich Raffael bereits gesichert.

Unter dem Dach schliefen der Wirt und seine Frau, wo die Kellnerin unterkam, wusste er nicht. Vielleicht in einem der drei anderen Häuschen dieser unerbittlichen Gegend. Bis auf den Glatzkopf mit der Kutte sahen die Gäste nicht sonderlich betucht aus, obgleich die meisten pralle Geldbeutel am Gürtel trugen. Lederne Kugeln, vor Stolz geschwollen, manche sogar mit feingliedrigen Ketten am Leibriemen befestigt. Erfahrungsgemäß bestand bei vielen die Füllung aus wertlosen Kupferlingen oder sogar Holztalern – keiner wollte sich die Blöße einer schmalen Börse geben.

Der Wirt steckte die eingenommenen Münzen in die Tasche seiner Lederschürze, vermutlich würde er das Geld mit in sein Zimmer unterm Dach nehmen und unter sein Kopfkissen legen. Mit geübtem Blick begutachtete Raffael die Männer und traf eine Vorauswahl. Meistens lohnte es sich, die mit den wenigsten Schwielen an den Händen zu erleichtern.

»HOHOHO! Wir trinken einfach nur SOOO!«

Wie viele Strophen hatte dieses Lied?

»Wo kommst du her, Georg?«, fragte Assip wie beiläufig.

Raffael sah sofort auf. »Aus dem Norden, und ich bin auf dem Weg nach Grenzstadt.«

Der Argwohn in den Pupillen seines Gegenübers erlosch. Georg hatte die Prüfung bestanden. Mehr als verdächtig, wenn sich jemand einen falschen Namen gab und auf den nicht reagierte. Freundlich fragte Raffael zurück: »Und was habt ihr vor?«

»Bin hier Stammgast«, meinte Assip.

Josep nickte, so musste er den Mund nicht unbedingt aufmachen.

Schön, wenn Männer ihre Bestimmung finden, dachte Raffael.

Wieland ergriff das Wort: »Ich suche eine Anstellung als Söldner bei Graf Garsick. Ich habe läuten gehört, dass er einen Eroberungszug gegen die beiden Herzogtümer im Westen plant. Jedenfalls baut er seit einigen Wochen eine Armee auf.«

»Du siehst noch jung aus. Hast du dich schon mal als Söldner verdingt?«

Wieland schüttelte den Zopf. »Ich kann nicht viel, doch mit meiner Waffe kann ich umgehen.« Er streichelte den schmalen Knauf an seiner Seite. »Mein Vater hat es mir beigebracht, er war Berufssoldat.«

»Na dann, gutes Gelingen«, meinte Raffael. Diese Söldnermentalität blieb ihm ein Rätsel. Für verhältnismäßig wenig Geld kloppten die Bekloppten wie bekloppt aufeinander ein. Sie kämpften nicht einmal für eine Überzeugung oder irgendeinen tieferen Sinn – die Machtgier ihrer Auftraggeber mal ausgenommen – sondern ausschließlich für klingende Münze. Genau diese wollte sich Raffael heute Nacht von dem einen oder anderen erlesenen Gast besorgen, während der brav seinen Rausch ausschlief. Folglich übte er sich weiter in Unauffälligkeit.

Wieland lächelte ihn freundlich an und hob den Bierkrug.

Sie stießen an.

Die Tür öffnete sich, ein riesiger Schatten trat ein. Um sich nicht den Kopf zu stoßen, bückte sich der Mann. Eine kühle Brise wirbelte durch die Kaschemme, sodass einige Gäste den Störenfried empört anglotzten. Nur schales Bier war für sie schlimmer als frische Luft.

Der Neuankömmling legte seinen nassen Umhang mit der Kapuze ab. Darunter trug er eine Kettenrüstung und einen Schaller aus massivem Metall mit einem ausladenden Nackenschirm, jedoch ohne Visier. Links und rechts fielen ihm weiße Haare auf die Schultern.

Gute Güte! Mit beiden Händen rieb sich Raffael die Augen. Dort stand er: der verletzte Eisklotz aus dem Wald.

Der Hüne trat vor und richtete sich auf. Sein Kopf auf Schultern so breit wie die Eingangstür stieß beinahe an die Decke. Behielt er deshalb den Helm auf?

Mit einem Mal war nichts mehr wie vorher. Gar keine Stimmung gibt es nicht, hatte Raffael stets gedacht. Irrtum. Der Neuankömmling brachte ein kaltes, tiefes, schwarzes Loch in den Schankraum.

Instinktiv zog Raffael den Kopf ein, so als müsste er in Deckung gehen. Unterschiedliche Gefühle von überall schlugen regelrecht auf ihn ein – ein gravierender Nachteil seiner Einfühlungskraft. Die Männer wehrten sich gegen die brutale Freudlosigkeit, die das schwarze Loch verströmte. Dabei war im Grunde noch nichts geschehen, sie saßen und standen beisammen wie vorher auch. Stumm krallten sie mit weißen Knöcheln die Henkel ihrer Bierkrüge fest.

Kein Geplärre wegen nichts, übrig blieb *nichts*. Die abrupte Stille im vorderen Teil der Schänke rauschte in Raffaels Ohren wie ein Wasserfall. Er sehnte sich nach *Hoho* und *einfach nur so*. Was ein wenig frische Luft und frischer Besuch alles anrichten konnten.

Gemächlichen Schrittes stiefelte der Hüne an den Tresen. Der rechte Zeigefinger deutete auf das Fass mit dem Bier.

»Na-na-natürlich«, meinte der Wirt. Er tastete hinter sich, drehte den Zapfhahn auf, vergaß jedoch, einen Krug darunter zu halten.

Die Kellnerin bemerkte es, reagierte jedoch nicht.

»Was ist das für einer?«, flüsterte es neben Raffael, so leise, so scheu, als säßen sie bei der Sonntagspredigt in der ersten Reihe.

Assip zuckte die Schultern – betont verhalten, sodass der Fremde es tunlichst nicht mitbekam. Auch die anderen Männer machten sich klein, wodurch der Eisklotz noch gewaltiger wirkte. Raffael staunte, der Riese schaffte es, den Schankraum komplett einzunehmen, einfach nur, indem er an den Tresen trat.

Endlich hatte der Hausherr einen Krug mit Bier gefüllt und stellte ihn vor den neuen Gast. »Geht … geht aufs Haus«, versuchte er, sich mit brüchiger Stimme liebwirt zu machen.

Mit der rechten Hand ergriff der Hüne den Krug. Ansonsten keine Reaktion. Langsam drehte er sich um und nahm die Anwesenden in Augenschein. Stand die Tür immer noch offen? Nein. Dennoch fröstelte Raffael. Die Falten und Furchen im Gesicht des Hünen blieben vollends starr, eher bewegte sich die Maserung der Tischplatte. Reden musste er nicht – der Eisklotz schaffte es mühelos, lediglich mit seinem Blick aufzuzeigen, was er von der lustigen Trinkgemeinschaft hielt. Weniger als wenig. Nicht einmal nichts.

Die Gäste in der Ecke hinter dem Kamin wunderten sich über die plötzliche Stille und drängelten sich neugierig vor.

»PLATZ DA!« Mit beiden Armen schubste Damfoss die Männer zur Seite, bis er vor dem Neuankömmling stand. Vielleicht vernebelte der Alkohol seinen Blick, vielleicht fürchtete er um seinen Rang als Platzhirsch, vielleicht hielt er sich für unbesiegbar, vielleicht war er tatsächlich mit dem Fürsten verwandt. Vielleicht traf alles auf einmal zu. Jedenfalls röhrte er: »HE OPA, WAS WILLST DU HIER?«

Der Eisklotz ignorierte ihn. Seelenruhig trank er einen Schluck.

»ICH RED MIT DIR, HUNDSFOTT!«

Weiterhin würdigte der Fremde den Schreihals keines Blickes.

Es kam, wie es kommen musste.

»SUCHST DU ETWA STREIT?« Damfoss hob die rechte Faust.

Ohne hinzusehen, ganz beiläufig, fuhr der linke Arm des Hünen hoch. Es knackte dumpf. Der Krug in der rechten Hand verschüttete keinen Tropfen Bier. Raffael riss die Augen auf, dabei war es schon vorbei. Damfoss lag auf der Erde, sein Schädel verschüttete jede Menge Blut. Die Lache wurde größer und größer, denn der festgetretene Lehm weigerte sich, das Blut einsickern zu lassen. Auch aus dieser Entfernung wusste der Gaukler sofort, dass der Streitsucher niemals mehr Streit suchen würde. In aller Gemütsruhe nahm der Hüne einen Schluck Bier. Die stählerne Unterarmschiene glänzte blutrot.

Eine Gänsehaut kroch Raffael den Rücken hoch und wieder runter. Innerhalb eines Wimpernschlages hatte der Hüne Damfoss den Schädel eingeschlagen und dabei nicht einmal hingesehen.

Alle starrten zwischen dem Toten auf der Erde und dem Eisklotz hin und her.

Der Dicke mit dem zotteligen Vollbart ertrug die unheilvolle Stille nicht mehr. »Guten Abend, der Herr.«

Auch wenn die Worte nicht vor Originalität strotzten, belohnten ihn die Umstehenden mit bewundernden Blicken. Es tat gut, dass jemand das Unmögliche versuchte: Normalität herzustellen.

Nur war der Fremde nicht normal. Noch immer verließ kein Wort seine Lippen. Gleichgültig, als hätte er kurz zuvor mit einer Handbewegung lediglich eine lästige Fliege verscheucht, nahm er einen weiteren Schluck aus seinem Krug. Die Leiche, der Vollbart und jeder andere interessierten ihn einen Dreck.

Dieses kalte Schweigen. Raffael versuchte sich mit Erklärungen. Vermutlich besaß der Alte keine Zähne mehr und konnte ohnehin nur lallen. Oder sie hatten ihm die Zunge herausgerissen. Eine beliebte Strafe, die vor allem bei Spionen, Lügnern und Verrätern angewandt wurde.

Den Zweihänder hatte der Eisklotz auffallend hoch gegurtet, ansonsten schliffe dessen Spitze über den Boden. Ein Relikt, dieser Trümmer aus blankem Stahl, der samt

Herrchen aus der Zeit der Riesen entsprungen sein musste, wenn es mal eine solche gegeben hatte. Nach wie vor wirkte der Fremde gelangweilt, doch Raffael ließ sich nicht täuschen. Der Eisklotz taxierte jeden Anwesenden, schätzte ihn ein und fällte ein vernichtendes Urteil. Die tiefe Verachtung tat körperlich weh, nicht nur Raffael spürte sie. Furcht und Betroffenheit griffen um sich. Zu viele dunkle Gefühle von allen Seiten begruben Raffael unter sich. In diesem Moment verfluchte er seine Empfindsamkeit.

Die Zeit stand still, dabei kribbelte, stach und pikste sie die Anwesenden wie ein Distelfeld.

Oh nein! Es zupfte an Raffael. In der Spelunke gab es eine Person, an der der frostige Blick einen winzigen Augenblick länger haften blieb als an dem anderen Unrat. Vermutlich fiel das nur dieser Person auf. Sie nannte sich heute Abend Georg und hieß in einer anderen Wirklichkeit Raffael.

Neben ihm meinte Wieland: »Den muss doch einer schon mal gesehen haben.«

»Nein, der ist nicht aus der Gegend«, hauchte der bleiche Assip zurück.

»Ach du Scheiße, er kommt auf uns zu. Ich … glaub, er will zu dir, Georg. Flieh!«

Anstatt den Mund aufzumachen, riss Josep sein verbliebenes Auge auf.

Wie gelähmt beobachteten auch die anderen Einfach-nur-so-Trinker, wie sich der Hüne näherte, dabei sahen sie aus, als machten sie sich allesamt einfach nur so in die Hose. Um den kleinen Tisch passten vier Stühle, alle waren besetzt. Der

Fremde stellte seinen Krug auf den Platz Raffael gegenüber. Wie nebenbei zog er mit der anderen Pranke den Stuhl unter Assips Hintern weg, worauf dieser polternd auf dem Boden aufschlug. Er musste sich nicht bemühen aufzustehen, zuvorkommend half ihm der Riese dabei. Die linke Hand packte ihn am Gürtel, hob ihn hoch wie eine Strohpuppe und warf ihn achtlos zur Seite. Assip schlug neben der Eingangstür auf. Erschrocken richtete er sich auf und blieb dort sitzen.

Raffael hob den Kopf, und sein Blick klirrte gegen frostige Pupillen: »Ich habe deutlich länger gebraucht, um einen Sitzplatz zu ergattern. Respekt!«

Für das Lob sah ihn der Hüne an wie eine Kakerlake, die er im nächsten Augenblick mit dem Stiefelabsatz zerquetschen wollte. Er tat es nicht, stattdessen nahm er Platz.

Warum setzt sich dieser Verrückte ausgerechnet mir gegenüber an den Tisch? Kommt die Welt auch noch so verworren daher, nichts geschieht zufällig. Du machst mir keine Angst, dachte Raffael.

Und er hatte Angst.

Der Eisklotz griff an seinen Gürtel und zog einen Dolch. Scharf und spitz.

Große Angst.

Der Trotz half Raffael.

Ich habe dir im Wald das Leben gerettet. Ich habe die Blutung gestoppt und dich verbunden, beruhigte er sich mehrfach im Geiste.

Tatsächlich schaffte es der Gaukler, den Blick des Hünen zu erwidern. Mit einer schnellen Handbewegung trieb der

Fremde die Klinge tief in das Holz des Tisches. Dann lehnte er sich zurück und trank sein restliches Bier in einem Zug leer. Raffael blinzelte auf den vibrierenden Griff. Da steckte sein Dolch. Die Waffe, die er bei seiner hastigen Flucht im Wald hatte liegen lassen.

Die Blicke aller Anwesenden bündelten sich nun auf den Eisklotz und sein Gegenüber.

Glückwunsch, Georg. So viel zum Versuch, einen möglichst unauffälligen Gast abzugeben, an den sich hinterher kaum einer erinnert.

Neben dem Riesen war er nun die Attraktion des Abends. Vielleicht konnte er sich später für ein paar Kupferlinge als Feuerspucker oder Saltoschläger verdingen.

Der Hüne sah nicht so aus, als erwartete er ein Dankeschön. Abgesehen davon, dachte Raffael auch gar nicht daran. Dieser ungehobelte, blöde Gletscher mit den blauen Glubschern konnte ihn mal. Zumal er ihm mit diesem Auftritt die Diebestour so gut wie versaut hatte. Die Verärgerung darüber, ein Rest kindlicher Widerspenstigkeit sowie ein Überbleibsel jugendlichen Mutes ließen ihn fauchen: »Der war auch nur geliehen.«

Natürlich blieben die Falten des Hünen unverändert, lediglich seine Pupillen verengten sich. Zwischen Überheblichkeit und Gleichgültigkeit glomm ein Funke Belustigung. Letzteres ärgerte Raffael besonders, doch er wusste nicht, was er sonst sagen sollte. Zudem wunderte er sich – von der schweren Verletzung am linken Arm des Hünen war keine Spur mehr zu sehen. Mit dem hatte er kurz zuvor Damfoss den Kopf eingeschlagen und Assip den Höhenflug beschert.

Eine einfache Frage schoss Raffael in den Kopf. Aus unerklärlichem Grund verzichtete der Gaukler auf die höfliche Form. »Wer bist du?«

Der Eisklotz sah Raffael an, als hätte er gefurzt. Ganz offensichtlich, der Alte wurde nicht gern nach seinem Namen gefragt. Vermutlich wurde er überhaupt nicht gern angesprochen und hasste Fragen. Vermutlich hasste er auch Antworten. Vermutlich hasste er es zu reden. Oder er konnte es tatsächlich nicht.

Mit aller Kraft zwang sich Raffael, weiterhin dem Blick standzuhalten, als erwartete er allen Ernstes eine Antwort auf seine groteske Frage. Ihre Blicke verhedderten sich. Auf einmal bestand Raffaels Lebensziel darin, herauszubekommen, wer dieser Bastard ihm gegenüber war. Er brannte regelrecht darauf, es zu erfahren. Dieses Feuer wollte der Hüne mit seiner Grabeskälte im Keim ersticken. Ungezügelte Brutalität rumorte in den blauen Augen, Mord- und Totschlag klebten an diesem Mann wie sein Schatten. Gerade als Raffael sich abwenden wollte, erfasste ihn ein neuer Funke in den Pupillen, nur schwach, wie ein sterbendes Glühwürmchen im Nebel, jedoch noch unheilvoller. Bodenlose Aussichtslosigkeit presste Raffaels Herz zusammen, raubte ihm erst die Luft und dann die Hoffnung. Hoffnung auf alles Gute, alles Bessere. Puh! Der Kerl war ein Dieb, genau wie er. Er stahl Hoffnung. Er fraß Hoffnung. So als würde sie ihn ernähren.

Der Eisklotz ließ ihn nicht aus den Augen. Geräusche kamen nur von draußen – Wind, Regentropfen und das Knarzen des Daches. Im Schankraum hörte man nicht einmal mehr ein Atmen. Hielten etwa alle die Luft an? Oder waren alle anderen gestorben?

Als hätte jemand heruntergezählt – drei, zwei, eins, jetzt – lösten der Hüne und Raffael die Blicke voneinander. Längst stand der Fremde wieder, drehte sich um und bewegte sich auf die Tür zu. Die Männer sprangen hektisch zur Seite, um Platz zu machen. Der Eisklotz warf sich den Kapuzenumhang über, stieß die Tür auf und verließ den Schankraum, ohne sich noch einmal umzudrehen.

Blutregen

Der Wind peitschte ihm den Regen ins Gesicht. Es störte ihn nicht, ganz im Gegenteil – die Wildheit der Natur besänftigte ihn. Dicke Tropfen wuschen das Blut von der Armschiene. An das Gesicht des Mannes konnte er sich kaum erinnern, zu schnell hatte er es zerschmettert. Ein Idiot weniger.

Riesige Stiefel schmatzten durch den Matsch. Bloß weg von den Versagern in der miefigen Kaschemme, bevor er wütend wurde. Stinkig war er immer – unerträglich unverträglich. Bedrohlich wurde es, wenn er grimmig wurde. Dann konnten sich durchaus die ersten Köpfe von ihren Hälsen lösen, um auf dem Boden herumzurollen. Überkam ihn am Ende auch noch Wut, folgte meist ein mordsmäßiges Gemetzel. Der nächste Gedanke ließ ihn anhalten, der Regen trommelte auf seinen Helm.

Und *jenseits* von wütend?

Besser nicht darüber nachdenken. Früher waren diese Gemütszustände innerhalb weniger Herzschläge ineinander übergegangen. Früher hätte er einem nach dem anderen den Kopf erst ein- und dann abgeschlagen. Die hatten Glück, dass nicht früher war. Beschlich ihn etwa eine gewisse Altersmilde? Ach was, das Pack war keines zweiten Blickes würdig – dieser Haufen feiger Beutelratten. Tumbe Säufer, die im Leben nichts bewegten, außer gelegentlich ihren Urin zur Latrine.

Der Söldner nahm den Helm ab, schnaubte in den Sturm und fletschte die Zähne. Plötzlich schmeckte das Regenwasser nach Blut. Sein weißes Haar klatschte ihm ins Gesicht. Nichts weiter als eine Liebkosung. Er beruhigte sich.

Wenigstens drang kein Geräusch mehr aus dem Wirtshaus – im Gegensatz zu dem primitiven Gejohle vor seiner Einkehr. Wieso hatte er dieses Drecksloch überhaupt betreten? Weil er nie etwas schuldig blieb. Niemandem. Niemals. Eher schlug er denjenigen tot. Seine Gedanken blieben bei dieser halben Portion mit dem Vogelnest auf dem Kopf hängen. Ein merkwürdiger Geselle – nicht ganz bei Verstand. Er wirkte fahrig, sogar im Sitzen trat er von einem Bein aufs andere, als müsse er dringend pissen. Der Söldner hatte es schon bei der ersten Begegnung im Wald gespürt, als der Kleine doch glatt seinen Zahnstocher hatte liegen lassen. Aber zwischen seiner Dusseligkeit und Schusseligkeit verbarg der Schmalhans etwas. Der Söldner rümpfte die Nase. Er konnte es riechen.

Vor dem Wirtshaus stand der alte Pferdekarren. Leer, bis auf einen dicken Seesack, ein altes Öltuch und eine Kiste mit blauen Fläschchen. Das Gefährt hatte ihm verraten, dass Schmalhans in dieses Loch eingekehrt war, aus welchem Grund auch immer. Aber was machte er sich noch Gedanken über ihn, schließlich hatte er den Dolch zurückgegeben.

Einige Schritte weiter hatte der Söldner sein Pferd angebunden. Zu einem riesigen Kerl gehörte ein riesiger Gaul.

Gaul, so hieß er auch, warum sollte er es kompliziert machen?

Es blitzte, ein langgezogenes Donnergrollen folgte. Das Pferd blieb ruhig, das Ergebnis intensiver Abrichtung. Wenn das Tier überhaupt etwas fürchtete, dann seinen Herrn. Er legte den Bidenhänder ab, und befestigte ihn mit den Gurtstrippen des Sattels. Das Schwert hieß Schwert, warum sollte er es kompliziert machen. Der Söldner schwang sich auf Gaul und ritt los.

Erst kurz nach Mitternacht ließ das Gewitter nach, die Wolken brachen auf und ein halber Mond leuchtete müde auf den einsamen Reiter. Er hielt sein Pferd an, legte den Kopf in den Nacken und beobachtete die Dunkelheit über ihm. Auf der Jagd nach Mäusen schwebte eine Schleiereule auf breiten Schwingen durch die Lüfte – ein Weibchen, die Männchen waren kleiner. Eine Weile folgte der Söldner dem Vogel mit den Augen. Dann setzte er seine Reise fort.

***

Der Hüne hatte die Spelunke verlassen und einen Toten, einen Verletzten sowie jede Menge Verwirrte zurückgelassen. Die meisten starrten mit offenen Mündern vor sich hin.

Jahre vergingen.

Nur langsam taute Raffael auf. Auch bei den anderen Gästen dauerte es lange, bis das Eis brach.

»Was ist geschehen?«

»Was war das?«

»Wer war das?«

Die vermeintliche Antwort auf alle Fragen saß auf einem Stuhl an der Wand. Vor ihm steckte ein Dolch tief in der Tischplatte. Die Anwesenden musterten erstaunlich nüchtern erst die Waffe, dann Raffael. Sie warteten auf eine Erklärung.

Was soll ich ihnen erzählen?, überlegte er. Wie wäre es mit: Den habe ich im Wald getroffen. Im Grunde ein famoser Kerl, friedliebend und warmherzig – die treue Seele hat mir nur den geliehenen Dolch zurückgebracht.

Um etwas zu tun, zog er die Waffe aus dem Holz. Falsch! Er versuchte, die Waffe aus dem Holz zu ziehen. Vergeblich.

»Lass mich mal.« Ausgerechnet Josep hatte das Bedürfnis, den Mund aufzumachen. Beidhändig zog er mit Leibeskräften am Dolchgriff und hob dabei den Tisch in die Höhe.

»Hornochse. Du brichst nur die Klinge ab. Ihr seid zu blöd«, stellte ein stiernackiger Kerl fest, der bisher noch nicht in Erscheinung getreten war. Er kletterte auf den Tisch, stemmte die Füße gegen die Tischplatte und zog mit aller Gewalt am Dolch. Sein Kopf wurde rot, Schweiß lief ihm in die Augen. Kurz bevor seine Halsschlagader platzte, löste sich die Waffe. Immerhin schaffte es der Stiernacken, dabei nicht vom Tisch zu fallen. »Ging … ging doch … ganz einfach.« Er bekam kaum noch Luft.

»Der Fremde hat beinahe die Tischplatte durchstoßen.« Wieland schüttelte den Zopf.

»Seit wann ist ein alter Mann so stark?«, fragte der Glatzköpfige und blickte Raffael vorwurfsvoll an.

»Woher kennst du ihn?«, fragte der Wirt, während er mit

dem Daumen über den tiefen Spalt in seinem Tisch fuhr.

Ohne es zu merken, nahm der Gaukler einen kleinen Schluck aus seinem Humpen und wischte sich den Schaum von der Oberlippe. »Ich habe ihn mal im Wald getroffen. Ihr habt es selbst erlebt, überaus gesprächig ist er nicht. Ich habe keine Ahnung, wer er ist.« Warum klang die Wahrheit schwach wie ein halb verhungertes Küken? Die Erklärung reichte den Gästen weder vorn noch hinten. Seine Feinnervigkeit nutzte ihm hier nichts, ganz im Gegenteil. Misstrauen von allen Seiten schlug auf ihn ein wie kleine Knüppel.

Krampfhaft suchte Raffael nach weiteren Erklärungen. Er war doch sonst so beredt. Aber dieser Eisklotz sprengte einfach jede Vorstellungskraft. Erneut quirlte die Wahrheit durch seinen Kopf. Wenn er nun erzählte, dass der Hüne vor wenigen Tagen mit einer schweren Armverletzung halbtot im Wald gelegen hatte, würden sie ihn vermutlich aufknüpfen.

Wieland schlug mit der flachen Hand auf den Tisch. »He, Leute, lasst ihn in Frieden. Ihr habt doch selbst erlebt, dass Georg und der Fremde keine Freunde waren.« Wenngleich er vermutlich der Jüngste aller Anwesenden war, hinterließen seine Worte Eindruck.

Auch der Wirt kam Raffael zu Hilfe: »Er hat recht. Fasst mal lieber mit an, wir müssen Damfoss' Leiche nach draußen schaffen.«

Die Blicke wanderten zum Toten auf dem lehmigen Boden. Die Blutlache war inzwischen zu einer riesigen Pfütze angewachsen. Drei Männer brauchte es, um den Körper durch die Tür zu ziehen. Zurück blieb eine breite, rote Spur. Ohne eine Miene zu verziehen, schüttete der Wirt einen halben Sack Sägemehl auf das Blut. Damfoss war nicht der Erste, der in dieser Spelunke sein Leben gelassen hatte.

Stumm warf Raffael seinem Tischnachbarn einen dankbaren Blick zu. In diesen Zeiten kam es selten vor, dass jemand für ihn eintrat. Wieland tat so, als sei nichts geschehen.

Schweres Schicksal

Wulthan der Unbesiegbare, Anführer der Gordonen, saß auf seinem Knochenthron. Raghdall stand genau dort, wo Hauptmann Richard hatte niederknien müssen. Der Ältestenrat tagte in aller Öffentlichkeit, um die Horde an den richtungsweisenden Entscheidungen teilhaben zu lassen. Dementsprechend drängten sich die Krieger in einem riesigen Pulk rund um ihren Anführer, zumal sich Ungewöhnliches anbahnte.

»Durch Leichtsinn und Ungehorsam hat Raghdall große Gefahr über sein eigenes Volk gebracht.« Wulthan ballte die rechte Faust und schlug vor Wut den kleinen Schädel am Ende der Armlehne ein. Die Knochensplitter flogen bis vor Raghdalls Füße. »Die Hexe Aglaja, die Letzte der Dreizehn, hat ihn beschüttet und verflucht. Ihr wisst alle, was das bedeutet.«

Entsetztes Raunen ging durch die Reihen der Gordonen, die sich dicht um das Geschehen drängelten. Offensichtlich verstanden es alle bis auf Raghdall, obgleich er als Sohn des Anführers die Gesetze gut kannte. Nichts wusste er, vor allem nicht, wie ihm geschah. Am liebsten hätte er nur noch geheult, doch Krieger weinen nicht. Niemals.

Kankarr der Zornige zischte wie eine wütende Giftschlange, das war aussagekräftig genug. Todlan der Umsichtige stellte sich vor den Jungen und betrachtete ihn stirnrunzelnd. »Auch wenn ich das Für und Wider stets abwäge, in diesem Fall liefern allein seine Pupillen den eindeutigen Beweis.« Er stieß die Luft aus. »Sie beginnen sich zu verfärben. Wir müssen ihn aus unserer Gemeinschaft ausstoßen, um nicht noch mehr Schaden heraufzubeschwören.«

Was redete der nur? Raghdall schwindelte. Wenn sogar Todlan so schnell zu einem solchen Urteil kam, wurde es mehr als ernst. Wollten sie ihn tatsächlich derart hart bestrafen? Was warfen sie ihm denn vor? Mit glasigen Augen starrte er den Querbalken an, unter dem der Sohn von diesem Richard jämmerlich gehangen und geblutet hatte. Der war genauso unschuldig gewesen. Mit dem einen entscheidenden Unterschied: Der Rotgesichtige war dem Feind in die Hände gefallen, Raghdall hingegen stand vor seinem eigenen Volk – noch schlimmer, vor seinem eigenen Vater. Wo war eigentlich Mutter? Hilflos sah er sich um, konnte sie aber nicht entdecken. Nichts als ernste Mienen, Mitgefühl kannten die Gordonen nicht. Er bemerkte Sordan in der zweiten Reihe, ihre Blicke trafen sich. Sein Freund zuckte leicht mit den Schultern, in seiner Miene ein Anflug von Bedauern.

»Raghdall, Sohn des Wulthan, du wirst für immer aus dem Kreis der Gordonen verbannt.«

Niemand widersprach. Nur Heulen, Stampfen und Gejohle erschollen. Die Gordonen huldigten ihrem Anführer.

Der Boden schwankte, Raghdall konzentrierte sich darauf, nicht umzufallen wie ein gefällter Baum. Durch ein nebliges Rauschen waberten die Worte in seinen Verstand.

Sie hatten es tatsächlich getan. Unumstößlich hatten sie das Urteil vollstreckt, doch verstanden hatte Raghdall es immer noch nicht, obwohl er nun schon etliche Tage im Wald unterwegs war. Sein eigenes Volk hatte ihn ausgesetzt, ausgestoßen, ausgespuckt. Egal wie er es nannte, er musste nun allein zurechtkommen, denn es gab kein Zurück. Zum Schluss war Mutter noch einmal aufgetaucht. Mit feuchten Augen hatte sie ihn zum Abschied ein letztes Mal an sich gedrückt. Kurz und schmerzvoll. Danach hatten sie ihn an den Rand des Lagers gebracht.

Nach zwei einsamen tränenreichen Tagen war er in der Nacht zurückgeschlichen. Er wollte nur einen Blick auf das vertraute Lager werfen, doch die Gordonen waren verschwunden. Sie hatten tatsächlich den Rückzug angetreten und wollten sich kein zweites Mal der Söldnerarmee von Graf Gottfried stellen.

Bogen und Schwert hatten sie ihm gelassen. Wie großzügig. Und ein paar andere nützliche Gegenstände wie Feuerstein, Zunder, Messer und einen Wasserschlauch sowie Brot und Trockenfleisch für drei Tage. Wie rücksichtsvoll. Mutters Gesicht verfolgte ihn. Wie hatte sie nur seine Verbannung mittragen können?

Donnerschlag. Diese miese Hexe hatte ihn verflucht. Weil sie dachte, dass er sie bestehlen wollte. Raghdall schluchzte. Er fühlte sich von der Welt ungerecht behandelt. Von allen, von Vater, von Mutter, von seinem ganzen Volk und nicht zuletzt von der Hexe. Wie sollte sein Leben nun weitergehen? Ein Junge mitten im Feindesland, nicht einmal Kriegsnarben hatte er. Nur langsam wurde ihm klar, dass er auch niemals welche bekommen würde. Sein bisheriges Leben mit den traditionellen Ritualen und Zeremonien war unwiederbringlich vorüber. Und sein zukünftiges so gut wie vorbei, sobald ihn die Männer des Grafen erwischten. Immerhin: Selbst wenn er kein Wild erlegen konnte, elendig verhungern musste er vor Wintereinbruch nicht. In frühen Jahren hatte er von Uthelia gelernt, welche Wurzeln und Beeren essbar waren. Und solche gab es hier zuhauf.

Doch schon jetzt fürchtete er sich vor der nächsten Nacht allein im Wald. Nicht vor dem Wald, sondern vor dem *allein*. Raghdall schüttelte sich. Irgendwie musste er weitergehen, musste es weitergehen. Pah, auch wenn sie ihn nicht mehr haben wollten, er blieb ein Gordone – aufgeben kam ihm nicht in den Sinn. Vielleicht fand er eine verlassene Bärenhöhle, ein geschütztes Plätzchen für kältere Nächte, die unweigerlich kommen würden. Das Plätschern von fließendem Wasser drang an sein Ohr. Es wurde Zeit, den Wasserschlauch aufzufüllen. Er folgte dem Geräusch und erreichte kurze Zeit später einen Bach, der sich zwischen dunklen Felsbrocken seinen Weg bahnte. Er bückte sich und schaufelte mit der hohlen Hand Wasser in seinen Mund. Als er genug getrunken hatte, löste er den Schlauch vom Gürtel. In diesem Augenblick hörte er Stimmen.

»Ich sag's euch. Hier ist jemand.«

»Du hast geträumt. Unwahrscheinlich, dass sich einer so tief in den Wald verirrt.«

So leise wie möglich flüchtete sich Raghdall in ein nahegelegenes Weißdorndickicht. Keinen Moment zu spät, denn drei Soldaten mit Bogen und Schwertern stampften an ihm vorbei zum Bachufer und schauten sich um.

»Nichts zu sehen«, meinte einer. Zwischen den Blättern hindurch konnte Raghdall nur einen verbeulten Helm erkennen.

»Und was ist das?« Nun kam der zweite Soldat ins Blickfeld. Seine Lederrüstung sah abgetragen aus, etliche Nieten fehlten. Er zeigte auf den Wasserschlauch, den Raghdall in seiner Hast am Ufer hatte liegen lassen. Der Mann hob den Behälter auf. »Stinkendes Ziegenleder. Von diesen gordonischen Bastarden.« Er spuckte aus.

Gleichzeitig zogen die Männer ihre Schwerter. Gesichter und Stimmung wirkten angespannt.

»Ich denke, es war nur einer. Vermutlich ist er noch in der Nähe.« Der erste Mann kniete nieder und suchte aufmerksam den Boden ab. Nahe am Ufer des Baches war dieser besonders weich. Mit Schrecken sah Raghdall die Fußspuren, die in sein Versteck führten.

Langsam doch unaufhaltsam folgten die Augen des Helmsoldaten den Fußabdrücken. Dann schrie er: »DORT IM GEBÜSCH!«

Alle drei Soldaten stürzten auf ihn zu. Inmitten der dichten Zweige konnte er nicht einmal sein Schwert ziehen, geschweige denn den Bogen anlegen, den er auf dem Rücken trug. Sie holten mit ihren Schwertern aus, als wollten sie den

Busch in Scheiben schneiden und Raghdall gleich mit.

»Nein«, piepste er.

»Wartet! Es ist ein Knabe.«

Grobe Hände packten ihn mit festem Griff, zogen ihn heraus und warfen ihn auf den Rücken. Drei Schwertspitzen bohrten sich in das Leder seiner Kleidung. Noch ein bisschen tiefer, und der Stahl würde sein Herz durchstoßen.

»Ein Gordonenfrischling. Höchstens zwölf Jahre alt«, stellte ein Soldat fest.

»Fesseln und die Gegend sichern«, befahl der mit der Nietenrüstung und hob die Schwertspitze.

Bislang hatte sich Raghdall nicht bewegt oder gewehrt. Bewusst ließ er sie im Glauben, er sei starr vor Furcht oder Feigheit. Er drehte den Kopf und rief in Richtung Bach: »HIER SIND SIE! KOMMT SCHNELL!«

Erschrocken folgten die Männer seinem Blick. Blitzschnell rollte sich der Junge zur Seite. Ein Soldat stieß sofort zu, sein Schwert verfehlte Raghdall nur knapp und bohrte sich in die Erde. Doch schon holte er zum nächsten tödlichen Schlag aus. Beinahe hätte es Raghdall auf die Beine geschafft, als ihn das Heft in der Faust des Helmsoldaten am Kopf traf. Die Beine knickten ihm weg, die Knie sanken tief im weichen Boden ein. Schwärze umgab ihn, er hörte Lachen, bevor seine Sinne gänzlich schwanden.

Als er aufwachte, war es Nacht. Mit dröhnendem Schädel linste er durch die Wimpern. Eine Pferdelänge entfernt saßen die Soldaten um ein kleines Feuer und rösteten Fleischstücke an langen Stöcken. Raghdalls Arme waren auf den Rücken gefesselt, er spürte verkrustetes Blut im Gesicht. Mit leichten Bewegungen prüfte er die Knoten. Keine Chance, die Stricke zu lösen, die verstanden ihr Handwerk.

Der mit dem zerbeulten Helm nahm einen tiefen Schluck aus einem Weinbeutel und reichte ihn weiter. »Was machen wir mit dem Früchtchen?«

»Wir sollten ihn gleich hier aufhängen«, empfahl der Dritte, den Raghdall nun zum ersten Mal genauer betrachten konnte. Ein hässlicher Kerl mit einer Nase wie ein Greifvogel und einer schneidenden Stimme. »Gnade hat der nicht verdient. Denkt daran, was sie mit Richards Sohn gemacht haben, diese Wilden. An den Füßen aufgehängt haben sie ihn. Und elendig lange ausbluten lassen haben sie ihn. Das sind Tiere. Und so riechen sie auch.« In großen Zügen kippte er den Wein in sich hinein. »Wie, schon leer? Keine Sorge, ich hab noch zwei Schläuche am Sattel. Halt mal meinen Spieß.« Er stand auf.

Raghdall hörte Wiehern. Sie besaßen also Pferde. Die Bäume standen hier nicht mehr so dicht.

Beulenhelm grunzte verärgert: »Hauptmann, ich verstehe auch nicht, warum wir ihn bis zum Waldrand schleppen mussten. Wir hätten ihn gleich im Bach ertränken sollen. Ganz einfach, Kopf unter Wasser, bis er nicht mehr strampelt. Das ist lustig.«

»Ich dachte, wir bringen ihn als besonderes Geschenk zu Graf Gottfried. Aber … vielleicht habt ihr recht.« An der Stimme des Anführers in der abgetragenen Nietenrüstung erkannte Raghdall, dass der Weinschlauch das eine oder andere Mal auch bei ihm Halt gemacht hatte.

»Es reicht doch, wenn wir ihm nur seinen Kopf bringen. Da ist nicht viel drin, der wiegt fast nichts.«

Über so viel Witz lachten und lallten die Soldaten herzlich, und als die Hakennase mit einem vollen Weinschlauch in der Hand zurückkam, stimmte er mit ein.

»Seht euch die seltsame Form seines Bogens an. Mit diesen Scheißdingern haben sie Hunderte unserer Männer kaltgemacht. Feige und hinterhältig aus der Entfernung. Diese Wilden scheuen den ehrlichen Kampf Mann gegen Mann.« Wut und Hass drehten die Fernwaffe in seinen Händen von allein. »Verflucht gutes Handwerk. Hier sind sogar Knochen eingearbeitet.«

»Vermutlich Menschenknochen. Diesen Barbaren ist nichts heilig. Richard hat erzählt, die essen rohes Fleisch und trinken Blut. Der Thron des Häuptlings besteht aus den Gebeinen von Kindern.«

»Unfassbar, glaubst du das?«

»Richard schwor bei der Ehre seiner beiden Söhne, alles das habe er mit eigenen Augen im Lager der Gordonen gesehen. Und später musste er hilflos miterleben, wie sie seinen Sohn zu Tode quälten.«

Empört kreiste der Weinschlauch noch schneller herum.

»Grässlich, seinen Sohn auf solche Art und Weise zu verlieren.«

»Die fressen vermutlich auch kleine Kinder«, brummelte der Dritte. »Wir sollten diesem Schweinehund eine Lektion erteilen.«

Raghdall zerbiss sich die Unterlippe. Die Sorge über seine Situation wuchs. Die Soldaten betranken sich in einer bedenklichen Geschwindigkeit. Offenbar hatten ihn bisher nur die Vernunft und die Befehlsgewalt des Hauptmanns gerettet.

Wie zur Bestätigung dieses Gedankens lallte ausgerechnet der: »Viel...leicht habt ihr recht. Wir ... sssollten ihn aber nicht einfach abschlachten.«

»Wie wäre es mit totpeitschen? Hier, halt mal meinen Spieß.« Wieder sprang Hakennase auf, um zu den Pferden zu eilen. Als er zurückkam, glitt ein langer Lederriemen durch seine Hand.

Das Fleisch schien nun durchgebraten zu sein, die Männer aßen. Zunächst. Ein Funke Hoffnung keimte in Raghdall auf, denn während sie laut schmatzen, blieb der Schlauch liegen. Leider währte es nicht lange. Kaum hatten sie den letzten Bissen getan, kreiste der Wein erneut, um ihr Mahl ordentlich hinunterzuspülen. Mit aller Kraft wackelte der Junge an den Fesseln, seine wunden Handgelenke brannten, alles vergebens – die Bemühungen blieben ohne spürbaren Erfolg.

»Er ist wach«, stellte Hakennase fest. Vorfreude auf das Kommende schwang in seiner Stimme mit.

»Ob er auch ohne Bogen kämpfen kann? Sicherlich ist er viel zu feige für den Nahkampf.« Nun drehte der Beulenhelm das Kurzschwert in der Hand. »Ich hab 'ne Idee. Wir sind doch keine Unmenschen. Wir geben ihm ein Schwert, damit er sich wehren kann.« Wie nebenbei reichte er dem Hauptmann den Weinschlauch.

Hilflos verfolgte Raghdall, wie die beiden Soldaten ihrem Anführer besonders großzügig den meisten Wein überließen.

Die Wirkung ließ nicht lange auf sich warten. »Her...raus mit deiner Idee«, forderte er.

Dieses Mal verschwand Beulenhelm, und als er wiederauftauchte, trug er einen beeindruckenden Zweihänder auf der Schulter. Die Waffe mit ihren riesigen Ausmaßen wirkte grob und plump.

»Hier!«

Stöhnend ließ der Soldat das Schwert auf den Boden fallen. Der dumpfe, heftige Aufprall verriet, wie ungeheuer schwer es war.

»Das ist doch das klobige Ding, das wir auf dem alten Waldfriedhof gefunden haben. Was wwwillste denn damit?«, fragte der Hauptmann.

»Ein ehrlicher Kampf. Wir überlassen dem Gordonenbastard den Bidenhänder, während wir uns nur mit einfachen Peitschen bewaffnen«, erklärte Beulenhelm.

Über so viel Witz lachten und lallten alle drei Soldaten herzlich. Danach wurde es ernst. Der Dritte nahm ein Messer und fertigte aus den Spießen und dem Lederriemen drei Peitschen. »Jetzt nur noch ein paar Knoten hinein, und der Spaß kann losgehen.«

Raghdall betete zu den Göttern. Er versuchte gar nicht erst, einen wundersamen Retter zu erbitten, er flehte sie lediglich an, der Hauptmann möge diesem Vorhaben Einhalt gebieten.

Der Hauptmann rief: »Halt!«

Tatsächlich! Vorsichtig kroch Erleichterung in das Gemüt des Jungen. Und Hoffnung. Er spürte wie nie zuvor in seinem Leben, wie nah Hoffnung und Angst beieinander lagen. Zwillingsschwestern im Bunde.

Der Hauptmann rülpste und befahl: »Keine Kopftreffer. Ich wwwill, dass Graf Gottfried … auf den ersten Blick sieht, dass es ein wwwider…wärtiger Gordone ist.«

Zur Belohnung und zur Sicherheit, dass er es sich nicht noch anders überlegte, gab ihm der Dritte den Weinschlauch und rief: »Zum Wohl, Herr Hauptmann. Darauf trinken wir.« Begeistert sprang er auf, trat auf Raghdall zu und legte ihm Fußfesseln an. »Damit er nicht wieder versucht wegzulaufen, denn flink ist er.« Dann löste er die Knoten an den Handgelenken. »Steh auf!«, herrschte er ihn an.

Das Blut kribbelte in den Fingern, Raghdall rieb sich die Handgelenke. Mühsam stellte er sich auf die Beine. Aufgrund des Stricks konnte er nur kleine Schritte machen.

»Was ist, wenn er sich weigert zu kämpfen?«, fragte der Anführer.

»Dann schlagen wir ihn halt so tot.« Beulenhelm grinste so schäbig wie seine Kopfbedeckung.

Unschlüssig stand der Junge da. Er zitterte, der Ernst der Situation erschlug ihn bereits.

»Los, ausziehen!«, befahl der Dritte.

»Ich bin doch nur ein Kind«, jammerte eine Stimme. Seine Stimme. Er hielt die Tränen zurück. Ein Gordone weint nicht.

»Das war Richards Sohn auch.«

Die beiden Soldaten rissen ihm grob die Kleidung vom Oberkörper. Gänsehaut bildete sich auf seiner weißen Haut.

»Keine Sorge, dir wird gleich warm werden«, tröstete Hakennase. Dann hob er den Arm und schlug mit der

Peitsche zu. Nun war der Bann auch für die beiden anderen gebrochen. Zu dritt prügelten sie auf ihn ein. Die Lederriemen schnitten in seine Haut, verursachten kleine Wunden, einzeln harmlos, doch immer wieder hoben und senkten sich die Arme der drei Männer. Mit blutender Brust und brennendem Rücken stolperte er zum Schwert auf dem Boden. Die Waffe war länger, als er groß war. Illusorisch, damit kämpfen zu wollen, doch vielleicht konnte er an der Klinge seine Fußfesseln zerschneiden. Die Männer unterbrachen ihre Peitschenhiebe.

»Ergreif es! Wehr dich.«

»Hehe, noch ein Ratschlag. Es ist ein Zweihänder, nimm also beide Arme, kleiner Bastard«, meinte Hakennase.

Über so viel Witz lachten und lallten alle drei Soldaten herzlich.

Zwei Blutrinnen durchzogen die mächtige Klinge. Raghdall bückte sich und umklammerte mit beiden Händen den schmucklosen Griff. Seine kleinen Finger reichten kaum herum. Doch die Todesgefahr, der brennende Schmerz auf seiner Haut und das hämische Lachen der Männer verliehen ihm zusätzliche Kräfte. Der Junge spannte sämtliche Muskeln an. Fürwahr, mit aller Anstrengung, konnte er den Griff zwei Handbreit in die Höhe hieven.

Die Soldaten gurgelten und glucksten vor Lachen.

»Ja, weiter so. Nimm es und kämpfe!«, prustete Beulenhelm und schlug mit der Peitsche wieder auf ihn ein.

Die anderen folgten seinem Beispiel. Klatschen, Brennen, Bluten auf seiner nackten Haut.

Raghdall versuchte es weiter. Wie gern würde er seinen

Peinigern einem nach dem anderen das Schwert tief in den Körper rammen. Doch er konnte die Spitze nicht anheben, die Waffe wog mehr als der Amboss, auf dem sie geschmiedet worden war. Die Todesangst überwog den Schmerz. Als gehörten sie nicht zu ihm, betrachtete Raghdall der Ausgepeitschte die blutenden Striemen auf seinem Körper. Auf diese Art und Weise würde er also sterben. Die Schläge brannten immer mehr, die geschundene Haut löste sich in Streifen ab. Gnadenlos lachten und schlugen die Männer auf ihn ein, fürsorglich darauf bedacht, nur nicht seinen Kopf zu treffen. Schließlich sollte dieser in voller Pracht ihrem Grafen auf einem Teller gereicht werden. Die kleinen Totenschädel am Ende der Thronlehnen kreisten vor seinem geistigen Auge. Hier schloss sich der Kreis.

Raghdall brach zusammen.

»Geben wir ihm den Rest!«, jubilierte Hakennase.

Die Schlaghäufigkeit nahm sogar noch zu. Der Junge krümmte sich auf dem Boden zusammen, die Hiebe prasselten auf ihn ein. Zu viele Schmerzen auf einmal. Wann erlöste ihn die Ohnmacht? Oder direkt der Tod. Eine Kniescheibe stieß gegen den Zweihänder. Er hatte nicht einmal mehr Kraft und Luft zu jammern. Das letzte Bild, das Raghdall durch die Tränen sah, war ein weinender Mond. Helligkeit umgab ihn, blendete ihn durch die zugekniffenen Augenlider. Seine Sinne schwanden, er wartete auf die ewige Dunkelheit.

***

Finger umklammerten etwas. Hart und kalt spürte er es in den Händen. Der Griff eines großen Schwertes. Er richtete sich auf. Heißer Hass brodelte durch seine Adern. Die Fleischhüllen verbargen es vor ihm. Die Bewegungen folgten von allein. Er schwang die Waffe. Gebrüll um ihn herum. Getöse in den Ohren. Von Tieren? Oder Menschen? Worte, deren Bedeutung er nicht verstand, aus Mündern, die er nicht sah. Sein ganzes Dasein widmete er dem nächsten Schlag. Dem nächsten Sterben. Er war der Überbringer. Der Bote. Die Nachricht hieß Tod. Nur so kam er an das Blut. Es verbarg sich in den Hüllen.

Unverständliche Laute drangen an sein Ohr.

»WAAS?«

»WIE KANN DAS SEIN? UNMÖG…«

»SCHNELL! ZU DEN SCHWER…«

»AAAARGH!«

Schreien, Spritzen, Schmatzen. Die Klinge fraß sich durchs Fleisch. Diese Männer hatten ihn so weit gebracht. Sie mussten sterben, dafür musste er töten. Drei Männer, drei Hiebe. So einfach. Der Überbringer, der Bote.

Habt ihr die Nachricht erhalten?

Hatten sie. Einem fehlte der Kopf, dem nächsten der Unterleib, dem letzten die linke Hälfte. Mit glühenden Augen schaute er sich um. War das schon alles? Seine Zunge leckte das Blut von den Lippen. Er wollte mehr. MEHR! VIEL MEHR.

Käfige

Am Morgen erreichte der Söldner sein Ziel, die Heimat von Graf Garsick. Ein ehrgeiziger Landesherr, so wurde berichtet, ständig auf der Suche nach Möglichkeiten, seine Macht auszubauen, hauptsächlich, indem er sein Herrschaftsgebiet vergrößerte. Hierfür musste er anderen Ländereien wegnehmen, was naturgemäß am besten gewaltsam funktionierte, zumal er keine Bälger hatte, die er strategisch verheiraten konnte. Die anderen Grafen und Herzöge wehrten sich gegen Garsicks Expansionsgelüste, was zwangsläufig zu kriegerischen Auseinandersetzungen führte. Und hier kam der Söldner ins Spiel. Das Schlachtfeld war sein Zuhause. Blut für Blut, Leben für Leben, Tod für Tod. Der Klang der Klingen, die Schreie der Soldaten, das Stöhnen der Sterbenden erinnerten ihn an früher. Früher? Was auch immer das bedeutete. Kindheit? Vorleben? Ahnen? Keine Ahnung.

In der Ferne tauchte sie auf, die Burg Wallblick, das holde Domizil des Grafen. So weit im Westen war der Söldner noch nie gewesen. Er stellte fest, dass es hier genauso hässlich aussah wie im Osten und im Norden. Nicht die Natur, sondern der trostlose Bau, umgeben von trostlosen Mauern, über die drei trostlose Türme lugten. Der alte Söldner zuckte mit den Schultern. Von Menschen errichtet, um Menschen vor Menschen zu schützen.

Bis auf ein paar Bauern hausten Garsicks Vasallen sämtlich innerhalb der Burgmauern. Diese Tatsache sowie die allgegenwärtige Trübseligkeit erweckten beim Söldner das Gefühl, sich in ein riesiges Gefängnis zu begeben. Nicht dass es ihm etwas ausmachte, schließlich vegetierte er seit er denken konnte vor sich hin – in diesem Kerker, genannt Leben. Egal wohin er reiste, wohin es ihn führte, er konnte nicht entfliehen. Nicht einmal durch den Tod.

Vor der ersten Mauer hatten Soldaten begonnen, ein Feldlager aufzubauen. Eines der typischen Militärzelte reihte sich neben das andere. Der Wind kam meistens von Westen, daher wurden die Latrinengräben im Osten ausgehoben. Im Grunde spielte es kaum eine Rolle; hier wurden weit über tausend Männer zusammengepfercht, um zu töten und getötet zu werden. Er atmete tief durch. Der Krieg rückte näher. Der Gestank der Gewalt war weitaus stärker als der von Pisse und Scheiße.

Hinter der ersten Mauer, deren Tor er ohne Zwischenfall durchquerte, tauchten die Häuschen der Handwerker auf. Spinnereien, Töpfereien, Schmieden, Bäckereien, Werkstätten der Zimmermänner und Steinmetze – alles versammelt. Eine riesige Zisterne, jede Menge Kornspeicher und andere Vorratslager zeugten davon, dass Graf Garsick eine Belagerung über viele Monate durchstehen konnte.

Ein buckliger Müller mit einem Karren Mehlsäcke, der von zwei buckligen Rindern gezogen wurde, betrachtete den riesigen alten Mann neugierig. Der Söldner war es gewohnt, die Blicke auf sich zu ziehen wie die Sonnenstrahlen. Unwichtig.

Er näherte sich dem zweiten Ring der Befestigungsanlage mit dem Haupttor zur eigentlichen Burg. Die Farben von Graf Garsick leuchteten auf Fahnen und Bannern, ein blaues Schild auf braunem Grund. Das Braun erinnerte an blutigen Durchfall. Links und rechts vom Eingang hingen Schandkäfige nebeneinandergereiht an der Burgmauer. Eiserne Gerippe in verschiedenen Größen, genau wie Schwerter von Menschen für Menschen geschmiedet, um zu töten. Nur wesentlich langsamer. In die kleinsten Käfige passten die Insassen kaum hinein, Arme und Beine quollen zwischen den Gitterstäben hervor und baumelten außen herunter. Die größeren der luftigen Gefängnisse beherbergten bis zu vier Übeltäter, wobei es allein dem Grafen oblag festzulegen, wer Übles tat. Soso – die Gerüchte stimmten also. Garsick war ein großer Freund von Käfigen. Die Hälfte davon beherbergte nur noch Leichenreste – immerhin, für einige Nebelkrähen ein Festmahl. Ein wahrer Tierfreund – hier würden die Vögel auch im Winter genügend zu fressen finden.

Eine Brise wehte den Verwesungsgeruch zu ihm herüber, Warnung für die Sinne, sich nichts zu Schulden kommen zu lassen und sich möglichst gut mit dem Grafen zu stellen. Den alten Söldner beeindruckte das nicht. Der Graf tat gut daran, sich gut mit ihm zu stellen.

»Helft mir! Ein Stück Brot. Nur … einen Krümel. Bitte«, stöhnte es aus einem der Käfige zu seiner Rechten. Unnatürlich verrenkt hockte eine ausgemergelte Frau darin. Zitternd streckte sie ihre knochigen Finger durch die Gitterstäbe. Normalerweise verdursteten die Gefangenen bevor sie verhungerten, doch der viele Regen der letzten Tage hatte sie am Leben gehalten. Und Leiden und Tod verlängert. Regen konnte so gemein sein.

Der Söldner beachtete ihr Flehen nicht weiter. Jemand hatte ihr Schicksal besiegelt – wer auch immer. Die Götter? Der Graf? Sie selbst? Oder einfach nur das Pech. Was spielte es für eine Rolle.

Das Haupttor stand offen. Gemächlich ritt er über die Zugbrücke in den Vorhof, wo er von der Burgwache in Empfang genommen wurde.

»Was ist Euer Begehr?«, fragte einer der Torwächter.

Trotz oder aufgrund seines fortgeschrittenen Alters hatte sich der Söldner jüngst in die Geheimnisse der gefälligen Konversation eingearbeitet – unter größten Mühen, wobei dieser Prozess längst noch nicht abgeschlossen war. Folglich nutzte er solche Gelegenheiten, um sorgfältig an den Ecken und Kanten seiner gelegentlich etwas sperrigen Ausdrucksweise zu schleifen.

Er stemmte sich in den Sattel und betrachtete den Soldaten mit unbewegter Miene. »Mach schon! Melde deinem Herrn, ich bin da!«

Die ersten Sätze seit über einer Woche – und direkt zwei Prunkstücke an Diplomatie und Freundlichkeit, dachte er.

Der Soldat fing seinen Blick unbeeindruckt auf. »Dazu müsst Ihr mir sagen, wer Ihr seid und was Ihr wünscht, alter Mann.«

»Ich kann dir auch den Arsch nach vorn drehen, Speichellecker. Ich bin kein Bittsteller, sondern Ehrengast. Garsick hat mich eingeladen, also erspar mir das förmliche Prozedere und halte mich nicht unnötig auf.«

Das Gesicht des Wachsoldaten färbte sich rot. Instinktiv griff er nach dem Heft seines Kurzschwertes, doch das zusätzliche Blut im Kopf half ihm offenbar beim Nachdenken. Ein erstaunliches Phänomen, die menschliche Intelligenz, denn anstatt zu sterben, ließ er die Waffe wieder los und versicherte: »Ich … verstehe, Herr. Tretet ein. Bitte verratet mir Euren Namen, damit ich einen Boten entsenden kann, der Euch umgehend anmelden wird.«

»Brocken.«

Dankbar verbeugte sich der Torwächter und machte den Weg frei.

Tatsächlich – Diplomatie verspritzte kein Blut. Der Söldner schwang sich von seinem Gaul und drückte einem heraneilenden Pferdejungen die Zügel in die Hände. »Kümmere dich um den Gaul.« Dabei schnippte er ihm einen Silberling zu.

Der Burgmarschall nebst zwei Männern der Wache führten den Besucher ins Herz der Burg. Herz? So wie es hier aussah, war es eher der Arsch der Burg. Graue, schmucklose, stinkende Gänge verbanden graue, schmucklose, stinkende Hallen. Vor einer Doppeltür, so hoch und breit wie eine Kathedrale, stand eine weitere Wache.

Brocken wusste, was nun kam. Er griff in den Stiefel und holte ein eindrucksvolles Wurfmesser heraus. Dann zog er seinen Dolch aus dem Gürtel. Beides übergab er dem Burgmarschall.

»Was ist mit Eurem Bidenhänder?«, fragte dieser.

»Behalte ich«, knurrte Brocken. Eher würde er sich von einem Bein trennen als von seinem Zweihandschwert.

»Das geht nicht.«

»Ich entscheide, was geht.«

Irritiert flatterten die Wimpern des Mannes. »Öhm … jeder Besucher hat unbewaffnet einzutreten. So lautet der ausdrückliche Befehl des Grafen.«

Es fiel dem Söldner schwer, gleichwohl musste wieder Diplomatie her. Sollte er die vier Männer erschlagen? Ganz diplomatisch, schnell, beinahe schmerzlos und ohne viel Blut? Nein, zunächst noch ein letzter Versuch mit Worten. »Ich bin kein Besucher. Der Graf fragt um mein Schwert an. Und ich überlege, ob ich es ihm andiene. Wer bist du, es mir abnehmen zu wollen?«

Der Hofmarschall stutzte. »Ich … verstehe. Geduldet Euch einen Augenblick.«

Er wandte sich der Doppeltür zu. Wie von Geisterhand öffnete sich die Pforte, und er verschwand dahinter.

Brocken wartete. Eine vielschichtige, komplexe Tätigkeit. Für ihn gab es zwei Arten von Warten. Wenn *er* entschied zu warten, machte es ihm nichts aus. Dies beherrschte er meisterlich. Einmal hatte er drei Tage auf das Schlüpfen eines Gänsekükens gewartet und dabei fast Essen und Trinken vergessen. Nun denn, letztlich bestand das ganze Leben aus Warten. Warten auf den Tod. Ein verflucht langes Ausharren ohne Aussicht auf Belohnung, die Erlösung ausgenommen. So erging es ihm seit fast sechzig Jahren – warum also unruhig werden?

Wenn es da nicht noch das andere Warten gäbe, nämlich, wenn *andere* wollten, dass er wartete. Ungeduld war eine Tugend. Sofort wurde der Tag zur Nacht. Jeder Herzschlag war einer zu viel. Jedes Blinzeln war eins zu viel. Der größte Feind des Wartens brodelte bereits in ihm, die Wellen schäumten seinen Zorn auf, die Gischt machte ihn grimmig, die Sturmflut wütend und was kam nach wütend? Nein, lieber nicht darüber nachdenken.

In diesem Augenblick kam der Hofmarschall zurück. »Ihr dürft eintreten.«

Der Blutpegel sank, Brocken beruhigte sich. Die drei Männer, die ihn herbegleitet hatten, gingen mit ihm zusammen hinein. Der Söldner verengte die Augen. Graf Garsick unterlag dem Irrglauben, er verwandelte einen Sessel in einen pompösen Thron, einfach nur, indem er seinen fetten Arsch hineindrückte. Und dadurch wurde aus der Halle auch kein pompöser Thronsaal. Schließlich war der Specksack noch weit davon entfernt, König zu werden, wenngleich sich bereits majestätisch ein Dutzend Wachsoldaten rund herum an die Wände drückten. Ernste Männer in polierten Rüstungen, die bereit waren, für ihren Gebieter zu sterben. Wenn jemand derart gut bewacht, beziehungsweise geschützt werden musste, gab es zwei Möglichkeiten. Entweder er wurde unfassbar geliebt oder unfassbar gehasst.

Alles an dem Mann sah dick aus. Selbst Augen, Nase und Stirn. Überall warf die rosige Haut Wellen. Der spärliche Bartwuchs konnte das Doppelkinn nicht verdecken, sondern betonte es eher noch. Selbst hier wurde der Graf seinem Ruf gerecht, denn von der Decke hingen zwei Schandkäfige etwa eine Pferdelänge voneinander entfernt. Darin lagen zusammengekauert ein junger Mann und eine junge Frau. Halbnackt und halbtot starrten sie ins Leere. In ihrem Zustand bekamen sie von den Vorgängen im Saal nichts mehr mit. Auf einem Tisch neben dem Thron stand ein Vogelbauer, definitiv zu klein für einen Menschen, es sei denn, er wurde vorher sorgfältig zerstückelt. Doch zur Abwechslung saß dort ein Vogel auf einer Stange. Ein weißer Rabe.

Brocken trat vor den Grafen. Kein Kniefall, kein Geschwalle, keine Heucheleien, er kam direkt zur Sache: »Ihr benötigt meine Dienste.« Mehr eine Feststellung, denn eine Frage.

Graf Garsick reagierte keineswegs eingeschnappt, sondern geschäftsmäßig. »Natürlich. Der legendäre Brocken. Es freut mich, dass Ihr den Weg auf Euch genommen habt. Es wird sich für Euch lohnen«, schmetterte er ihm fröhlich entgegen. Fröhlichkeit, aufgesetzt wie die kleine Krone, die das Haupt des Möchtegernkönigs schmückte.

Brocken nickte ihm zu, er schaffte es nicht, sich ein Lächeln abzuringen. Nicht einmal ein leises Zucken der Mundwinkel. Das hatte er noch nie gekonnt – eher lernte er Kirchenlieder.

Auch das nahm Käfig-Garsick ihm nicht krumm. Im Gegenteil, der Graf rieb sich die Hände und klatschte dabei. Finger wie dicke kopulierende Würste. »Ich und Ihr, wir beide sind zum Siegen verdammt. Ich erkläre es Euch, vertraulich natürlich, unsere ganze Unterredung ist vertraulich.« Er gab Brockens Begleitern, dem Hofmarschall und den beiden Soldaten, einen Wink, schleunigst zu verschwinden.

Nachdem sich die Doppeltür mit dröhnendem Knall geschlossen hatte, drehte der Söldner den Kopf in Richtung Leibwache des Grafen. »Vertraulich? Was ist mit denen?«

Erstaunt zog der Graf die Brauen hoch. »Die beschützen mich. Meine besten Ritter.«

»Raus damit, sonst ist nichts vertraulich.«

Garsick stülpte die Oberlippe vor. »Hm, wer sagt mir, dass Euch nicht bereits einer meiner Feinde angeheuert hat, um mir Leid zuzufügen? Schließlich seid Ihr … ein Söldner.«

Brocken nickte: »Und käuflich wie eine Hure. Wenn ich einen solchen Auftrag hätte, wärt Ihr längst tot. Also schickt die Hofnarren fort, dann unterhalten wir uns wie Männer.«

Der Graf kraulte sein Doppelkinn mit vier Fingern. »Natürlich. Ihr seid dafür bekannt, ich würde sogar sagen, berüchtigt, stets mit offenem Visier zu agieren. Kein Wunder, Euer Helm hat gar keins.«

Prompt schüttelte er sich vor Lachen. Seine Speckfalten wabbelten lustig. Von den Wachsoldaten kam kein Mucks. Entweder sie hatten Lachverbot oder verstanden den Humor ihres Landesherrn nicht.

»Ich diene dem, der mich am besten bezahlt. Für diesen Krieg könnt Ihr meine Loyalität kaufen«, erklärte der Söldner.

Der Körper des Grafen kam zum Stillstand. »Selbstverständlich habe ich Erkundigungen über Euch eingeholt.

Niemals habt Ihr vor oder während der Schlacht die Seiten gewechselt.« Seine Stimme wurde leiser, gieriger. »Und stets hat Eure Armee gewonnen.«

Das wusste Brocken bereits. Dafür hatte der Graf ihn sicherlich nicht hergebeten. Er wartete ab.

»Nun gut!« Garsick wandte sich dem Hauptmann der Leibgarde zu. »Lasst uns allein.« Die zwölf Rüstungen erwachten zum Leben und verließen den Saal.

Abermals schloss sich die schwere Doppeltür.

»Und Eure beiden Ehrengäste?« Brocken deutete auf die Käfige mit der jungen Frau und dem jungen Mann.

»Och, die sind doch so gut wie tot. Und Leichen behalten Geheimnisse zuverlässig für sich.«

Nachvollziehbar. Brocken fragte: »Warum krepieren sie hier und nicht vor der Mauer?«

»Die ersten Tage hingen sie dort. Es war spaßig, sie in ihren Käfigen ab und an ins Wasser des Burggrabens zu tauchen. Doch ihr Ableben drohte, zu schnell zu gehen – hier dauert es länger.«

Nachvollziehbar. Brocken hakte das Thema ab, doch Garsick war offenbar in Plauderstimmung. »Die beiden Hübschen wollten heiraten. Nur, stellt Euch vor, die junge Dame hat mir das Recht der ersten Nacht verweigert. Entgegen aller Gepflogenheiten.«

Nachvollziehbar.

Die Empörung ließ den Grafen schnauben. »Aber – ich bin ja kein Unmensch – folglich habe ich ihr Nein akzeptiert und sie nicht angerührt. Jetzt sind sie in Liebe im Leben und beim Sterben vereint und können sich dabei gegenseitig zusehen. Und ich ihnen.«

Brocken hatte schon gehört, dass die Landesherren im Westen dieses Anrecht auf die Hochzeitsnacht aufopferungsvoll hochhielten. Menschen brauchten Sitten und Traditionen. Und solche, die sie bewahrten.

Unschuldig zuckte der Graf mit den Schultern. »Fast wäre ich dennoch schwach geworden, denn Ihr glaubt gar nicht, was für Offerten die junge Dame mir in den letzten Tagen gemacht hat.« Entsetzt hielt er sich die Hand vor die Lippen. »Angebote aus dem Mund einer holden Jungfrau, die mich wahrlich haben erröten lassen. Zu spät natürlich – ich habe auch meinen Stolz.«

Der Mann im Käfig zischte mit seinen letzten Kräften leise. Etwas von dieser Unterhaltung schien noch zu ihm vorzudringen.

Garsick beugte sich zur Seite und betrachtete sein nächstes Opfer. Auf einem Beistelltisch lag ein mit reichlich Zucker garnierter Krapfen. In erstaunlichem Tempo griff er zu und stopfte sich das Gebäck in einem Stück in den Mund. Eine Wolke Puderzucker ließ für einen kurzen Augenblick die einfallenden Sonnenstrahlen sichtbar werden. Das hübsche Bild wurde vom Schmatzen des Burgherrn untermalt.

Brocken nickte: »Verstehe. Kommen wir zum Geschäft.«

Schon hatte der Graf den Krapfen verschlungen. »Ich will meine beiden lieben Nachbarn im Westen angreifen, denn noch besser als liebe Nachbarn sind gar keine Nachbarn. Ihr versteht?« Wiederum dieses Fingerficken.

Brocken verzog keine Miene. Auch um einen zweiten

Lachanfall des Grafen im Keim zu ersticken.

Offenbar mit Erfolg, Garsick beließ es bei einem selbstzufriedenen Lächeln. »Unglücklicherweise haben sie einen Pakt geschlossen, sich im Kriegsfall gegenseitig zu unterstützen. Normalerweise gebe ich nichts auf derartige Beteuerungen …«, er schniefte angeekelt, »… doch rechtschaffen und honorig wie die beiden sind, könnten sie es tatsächlich tun, sobald ich in eine der beiden Ländereien einmarschiere.«

»Mag sein.« Brockens Unterkiefer mahlte. Im Ernstfall gehörte es eher zu den Ausnahmen, wenn solche Abkommen eingehalten wurden. Blut war nun mal dicker als Tinte.

»Ich muss damit rechnen, also brauche ich eine Armee, die stark genug ist, es mit beiden aufzunehmen.«

Endlich kam Garsick auf den Punkt, Brocken verschränkte die Arme vor der Brust.

»Euer Ruf eilt Euch voraus. Ihr habt erfolgreich sowohl im Osten als auch im Norden gekämpft. Ihr geltet als der beste Söldner im Reich.«

»Besser!«

»Natürlich. Der Söldner, der noch nie einen Kampf verloren hat. Der Söldner, der als Einziger die Schlacht im Nebelmoor überlebt hat. Der Söldner, zu dem die Soldaten aufblicken und der ihre Moral stärkt wie kein anderer.«

»Diesen Söldner braucht Ihr für Eure Ambitionen, daher kostet er auch mehr als jeder andere.« Graf Garsick galt als mindestens so geizig wie verschlagen. Daher beschloss Brocken, das Geschwafel zu beenden und der Besoldung auf den Zahn zu fühlen.

Prompt flog ein Schatten über die vollen Wangen des

Grafen. »Meine Geldmittel sind nicht unerschöpflich, doch ich denke, ich werde Euch angemessen bezahlen können.«

»Angemessen für wen?«

Garsick kniff ein Auge zu, dafür schaute er mit dem anderen umso skeptischer. »Natürlich für beide Parteien.«

»Wie angemessen ist Eure Armee bereits?«

»Öhm, Ihr meint wie groß? Zweitausendvierhundert Männer, davon über neunhundert Söldner, die deutlich motivierter und durchschlagskräftiger zu Werke gehen, wenn Ihr mit von der Partie seid.«

Brocken nickte. Die Gerüchte stimmten also – Garsick hatte eine beeindruckende Truppe aufgestellt.

»Wann?«

»So schnell wie möglich. Ich will nicht vom Winter überrascht werden. Heißt das, Ihr seid interessiert?« Wieder kraulte Garsick schrabbelnd sein Kinn wie andere Männer den Sack.

Brocken sagte: »Wenn wir uns handelseinig werden. Das Wort *angemessen* klingt nach einem Haufen Scheiße.«

»Nun …«, Graf Garsick plusterte die dicken Wangen noch mehr auf, »… ich kenne Euren Wert. Ich weiß, Ihr verlangt noch mehr als die Doppelsöldner mit ihren Langschwertern. Folglich gebe ich Euch einhundert …«

»Ich will ihn!« Brocken deutete auf den Käfig.

Erstaunt ließ der Graf sowohl die hundert *Was-auch-immer* als auch die Luft entweichen. Ungläubig starrte er auf den Käfig mit den beiden Sterbenden.

»Hä? Den halb verhungerten Bräutigam? Was wollt Ihr mit ihm? Selbst wenn er sich erholt, bleibt er doch ein gebrochener Mann.«

»Ach was, der Jüngling ist mir scheißegal.«

»Ich verstehe nicht.« Zur Abwechslung hielt der Graf die Griffel still.

»Ich will den Raben.«

Verwunderung, aber noch mehr Empörung machte sich in den Gesichtszügen des Landesherrn breit. »Unverkäuflich. Der Vogel ist seltener als ein Einhorn. Wenn Ihr wüsstet, was ich …«

»Und ich bin seltener als der Vogel. Den Raben, oder wir sind hier fertig.«

Ein wütendes Funkeln, ein wütendes Schnauben, ein wütendes Wort: »Bastard!«

Brocken war es gleich und Bastard eher ein Kosename. »Zwei Herzogtümer für einen blassen Raben. Überlegt es Euch.«

Garsick knurrte: »Natürlich. Wenn ich Euch nicht in meine Dienste nehme, heuert Ihr beim Feind an. Zumindest besteht die Gefahr.« Der Graf schien kurz davor, nach seiner Leibgarde zu rufen, um dieses Problem ein für alle Mal aus der Welt zu schaffen.

Gelangweilt antwortete Brocken: »Bezahlt mich anständig, dann geht Ihr auf Nummer sicher, dass Ihr mich nicht gegen Euch habt. Oder bittet Eure Ritter wieder herein und versucht, mich in einen Eurer Käfige zu stecken. Entscheidet Euch.«

Garsick der Pfiffige meinte: »Damit sollte ich warten, bis Ihr meinen Thronsaal verlasst. Ansonsten wäre ich der Erste, der dabei stirbt, richtig?«

»Falsch, dazu kommt es nicht, da Ihr mir den Raben gebt.«

»Puh! Ihr seid härter, als ich dachte. Und gefährlicher.« Er biss sich auf die Lippe. »Was macht Euch so sicher, hier wieder lebendig herauszukommen?«

»Ihr plant einen Krieg an zwei Fronten. Während Ihr eine feindliche Burg belagert, wird Euch deren verbündete Armee in den Rücken fallen und den Arsch aufreißen. Damit dies nicht geschieht, werde ich mich ihnen entgegenstellen und sie vernichten. Genau dies sichert Euch den Sieg. Ich bringe Euch jede Menge neuer Reichtümer. Holz, Kohle, Eisen, den Zugang zum Westmeer. Die neuen Vasallen nicht zu vergessen – mehr Männer für weitere Eroberungen und mehr Frauen für erste Nächte.«

Garsick wurde garstig. »Was seid Ihr nur für ein verrückter Schweinehund.« Für einen kurzen Moment schien er noch unentschlossen. Ohne Brocken anzusehen, knurrte er: »Einverstanden. Erobert für mich den Westen, und Ihr bekommt den Vogel.«

»Falsche Reihenfolge. Ich will ihn jetzt.«

Garsick wurde weiß wie das Gefieder des Raben. »Ihr kennt die Regeln. In Ausnahmefällen gibt es die Hälfte des Solds im Voraus. Mehr nicht.«

»Die Hälfte des Vogels nützt mir nichts.« Brocken wandte sich zum Gehen. »Nun kennt Ihr meine Bedingungen. Entscheidet – könnt Ihr Euch von dem Raben trennen?«

Der Graf stöhnte, als müsste er sich von einem Bein samt beiden Hoden trennen. »Och, oh je. Verflucht. Was wollt Ihr überhaupt mit dem Mistvieh?«

»Vielleicht … ihm beim Sterben zusehen.«

Der Graf schüttelte den Kopf. »Ihr seid noch widerwärtiger, als ich mir habe sagen lassen. Nehmt den verfluchten Käfig und gewinnt die Schlacht.«

Brocken beugte im Ansatz das Knie. »Natürlich. Für diesen Krieg bin ich Euer ergebener Diener.«

Die Brücke

Das linke Rad der Hinterachse quietschte. Je schneller, desto höher. Auch wenn Diego sich nicht daran zu stören schien, nahm sich Raffael vor, es bei der nächsten Gelegenheit zu schmieren. Zudem zog sich durch eines der Vorderräder ein bedrohlicher Riss, daher sollte er ohnehin eine Wagnerei aufsuchen, bevor ihm der Karren unter dem Hintern wegbrach.

Die Wolken verdichteten sich zusehends, und der Wind frischte auf. Ein Stich fuhr ihm in die Magengrube – neben sich auf dem Bock, dort wo Krims immer gesessen hatte, stand nun das bauchige Glas. Mit einem Gurt hatte Raffael es sicher befestigt. Der Wurm war an die Oberfläche gekrochen und reckte neugierig den Kopf. Ein weiterer Hinweis darauf, dass es bald regnen würde.

»Wir halten gleich an, Borsti. Dann kannst du eine Runde spazieren kriechen«, versprach Raffael.

Eilig hatte er es nicht, wenngleich er diese Grafschaft für immer hinter sich lassen wollte. Über diesen Garsick hatte er nur Übles gehört, selten war sich das einfache Volk so einig gewesen. Gelohnt hatte sich der Ausflug in diese Gegend nicht. Ganz im Gegenteil, lediglich düstere Erinnerungen und ein Grab würden zurückbleiben.

In besseren Zeiten besuche ich dich, mein Freund, versprach er Krims.

Seine Gedanken wanderten zum Abend in der Spelunke. Dort war ebenfalls einiges schiefgelaufen. Nach dem Auftritt des Hünen hatte Raffael auf jegliche Form der Bereicherung verzichtet. Dabei wäre es ganz einfach gewesen: Der glatzköpfige Kerl in der goldbestickten Kutte hatte seinen Geldbeutel für die Nacht unter sein Kopfkissen gestopft. Was für ein grandioses Versteck. Raffael seufzte. Warum hatte er sich nicht bedient? Er war einfach nicht mehr in Gauklerlaune gewesen und am frühen Morgen unverrichteter Dinge abgereist. Ohne fremdes Geld. Der Vorteil lag auf der Hand. Ein gutes Gewissen war ein sanfter Begleiter, ohne Groll, ohne Furcht und vor allem ohne Hast.

Nun ging es zurück gen Osten und dann auf der Nord-Süd-Route in Richtung Heimat. Also immer die Hauptstraße entlang, auf ihr fühlte er sich am sichersten. Bald musste er den Fluss Thile überqueren, entweder über die Brücke oder durch die Furt einen knappen Tagesritt stromaufwärts. Raffael überlegte. Die Furt barg ein beträchtliches Risiko. Der Hinweg war schon beschwerlich gewesen, das Wasser war über die Ladefläche geschwappt, und um ein Haar wären sie im Schlamm steckengeblieben. Seitdem hatte es viel geregnet, weshalb das Durchqueren des Flusses noch gefährlicher wurde. Also Überqueren, was eindeutig für die Brücke sprach. Dort lauerten jedoch andere Gefahren, zwar weniger durch die Fluten oder Gesetzeslose, sondern vielmehr durch die Schergen des Grafen. Der Fluss Thile bildete die Grenze zum Herzogtum Grübingen, hatte Raffael seiner Karte entnommen. Bei der dort ansässigen verarmten Adelsfamilie war nicht viel zu holen. Abgesehen von Weizen- und Rübenfeldern gab der Landstrich nicht einmal einen Eimer Bodenschätze her. Da Kohle und Eisen nur in den Minen weit im Westen in den Gebirgszügen an der Küste vorkamen, schielte Garsick gierig dorthin und ließ die harmlosen Grübingens in Ruhe. Dennoch kontrollierte der Graf aufmerksam, wer die Grenzen seines Landes überquerte, egal ob er ein- oder ausreiste.

»Diego, was sollen wir tun? Warten, bis die Furt wieder nutzbar ist, oder wagen wir es über die Brücke?«

Das Pferd spitzte die Ohren, gab jedoch keine Antwort. Auch Borsti erwies sich nicht als echte Hilfe. Es war dem Wurm einfach nicht anzusehen, welche Möglichkeit er bevorzugte. Wieder einmal blieb die Entscheidung an Raffael hängen. »Wir probieren es über die Brücke. Wehe, es kommen mir hinterher Klagen.«

Nun tröpfelte es. Dunkle Wolken schoben sich vor die Sonne, als wollten sie diese für immer verstecken. Schnell wurde der Regen stärker. Der Gaukler lenkte den Karren an den Straßenrand und spannte das Öltuch über die Seitenwände der Ladefläche. Dann setzte er Borsti ins Gras hinter den Karren, kroch mit den Beinen voran in den Zwischenraum, stützte den Kopf in die Hände und betrachtete den Regenwurm. Der machte sich lang und wieder dick, lang und wieder dick und spurtete auf diese Weise über die Wiese.

»He, renn nicht so weit weg, Borsti. Ich fühl mich schon einsam genug.«

Zunächst sah es so aus, als hörte der Regenwurm

schlecht. Hatte er überhaupt Ohren? Doch dann schlug er zwei Haken und kroch den Weg zurück zum Karren. Ein treues Tier.

Lange dauerte der Schauer nicht, sodass sich Raffael bald wieder auf den Bock setzte und weiterfuhr. Natürlich hatte er Borsti vorher behutsam im Glas verstaut und selbiges auf dem angestammten Platz neben ihm befestigt.

Das Radquietschen wurde höher und lauter. Dann hörte es auf.

Diego blieb stehen. Und legte die Ohren an.

»Ich weiß«, beruhigte Raffael sein Pferd.

Wenig später sah er die Soldaten. In den Farben des Grafen Garsick – dunkles Blau auf schmutzigem Braun – hatten sie sich vor der Brücke formiert. Umdrehen konnte Raffael nicht mehr, dafür war es zu spät. Folglich setzte er eine unbescholtene Miene auf und fuhr geradewegs auf die Männer zu.

Das erste Wort, das ein Wachsoldat in seiner Ausbildung lernte, hieß *Halt*.

»HALT«, befahl einer der Soldaten. Ein blauer Helmbusch wies ihn als Offizier aus. Die anderen Männer richteten bedrohlich ihre Piken aus.

Raffael zog an den Zügeln, Diego hielt an.

»WohindesWeges?«, knallte der Offizier ihm um die Ohren.

Was glaubte der Kerl? Hier gab es nur eine Möglichkeit: auf der Brücke über den Fluss. Wie der schon redete. Raffael musterte den Soldaten. Graue, trübe, müde Augen blickten ihn grau, trüb und müde an. Dumm und harmlos sah er aus.

Wobei … Raffaels Intuition zupfte ihn am Ärmel; er ignorierte es, zumal der Soldat auf eine Antwort wartete. »Einen gesegneten Tag, wünsche ich. Ich möchte auf die andere Seite«, erklärte er.

»Wozu?«

Verflixt, der konnte mehr als Halt – eine gefährliche Frage. »Geschäfte«, sagte Raffael. Sofort wusste er: eine gefährliche Antwort. Zu kurz, zu ungenau, zu verdächtig.

»Uuund … washabtIhrgeladen?« Der Soldat zog das *Und* elendig lang, um dann den Rest der Frage herauszuschießen.

»Nichts – Ihr seht doch, der Karren ist leer.«

Der Soldat reckte den Hals und lugte nach hinten. »Verstehe, leer nennt Ihr das.« Die nächste Frage flog ihm um die Ohren. »WasistindemSack?«

In diesem Augenblick wurde Raffael klar, dass er Krims' Seesack bislang noch gar nicht näher begutachtet hatte. Er fürchtete sich davor, eine Menge Schmerz und Wehmut auszupacken. Was sich sonst noch darin befand, wusste er im Grunde gar nicht. Er streckte den Rücken durch und antwortete mit fester Stimme: »Nur persönliche Dinge, keine Waren.«

»Uuund … was sind das für Fläschchen?« Diesmal sprach der Wachsoldat betont langsam. Er beugte sich vor, nahm eine Phiole aus der Kiste und hielt sie misstrauisch gegen das Licht.

Verflixt, das Zeug hatte Raffael verdrängt.

»Das ist … eine Medizin. Sie ist noch in der Erprobungsphase.«

»Ihr kennt die Zollgebühren auf Medizin?«

»Zoll? Ich dachte, den bezahlt man bei der Einfuhr? Ich hingegen bin auf dem Weg, diese Grafschaft zu verlassen.« Um dies zu unterstreichen, deutete er auf die Brücke und das Gebiet dahinter.

»Richtig – daher nennen wir es Ausfuhrzoll.«

Ganz klar – der wollte ihn über den Tisch hauen. »Das ist aber nicht üblich.«

»*Üblich* entscheidet Graf Garsick.«

»Guter Mann, lasst mich weiterfahren. Ich bin nichts Besonderes, ich besitze nichts Besonderes.« Mit seiner unbesondersten Miene nahm Raffael die Zügel in die Hand.

Die Stimme des Hauptmanns schwoll an. »Ihr widersetzt Euch also unserem Landsherrn?«

Der Gaukler ließ die Zügel wieder los. »Nein, natürlich nicht. Ich füge mich dem Üblichen.«

Der Offizier stellte sich wieder neben den Bock. »Was ist in dem Glas neben Euch?«

»Ein Wurm. Ein Regenwurm, um genau zu sein.«

»Verstehe!«

Dieses *Verstehe* klang wie Anklage, Überführung und Verurteilung zugleich. Wie argumentiere ich dieses Verstehe weg, bevor es auch noch vollstreckt wird?, fragte sich der Gaukler fieberhaft. »Ich analysiere ihn, um diverse Krankheiten im Kopf des Menschen besser zu verstehen.«

Der Offizier machte einen halben Schritt zurück und verzog das Gesicht. »Wozu?«

Wieder diese gefährliche Frage. Der hatte es einfach drauf.

»Um meine Medizin zu verbessern.« Raffael zeigte auf die

Phiolen. »Ihr beim Militär würdet sagen: Kenne deinen Feind.«

Der Hauptmann überlegte. »Verstehe. Demnach seid Ihr ein Medikus. Ein sehr versierter noch dazu.«

Der Gaukler schwieg. Zunächst wollte er herausbekommen, ob ihm dies zum Vor- oder zum Nachteil gereichte.

»Uuund … Ihr wisst, dass alle Heiler als Feldschere für den Kriegsdienst einberufen werden?«

Toll. Schon hatte Raffael es herausbekommen. Zum Nachteil! Die Erkenntnis schmerzte mehr als das unerträgliche *Uuund*. »Ja, nein … so ein richtiger Medikus bin ich sicherlich nicht.«

»Es reicht, wenn Ihr als Wundarzt dient und Knochen sägen könnt.«

Langsam stieg dem Gaukler der Ärger über diesen Kerl in den Kopf. Beinahe hätte er *Wozu?* gefragt. Gleichwohl bemühte er sich um einen höflichen Tonfall. »Nein, nein. Verzeiht, ich bin hier nicht sesshaft und will es auch nicht werden. Viel mehr beabsichtige ich …«

»Schweigt! Im Namen des Grafen Garsick konfisziere ich Euer Pferd und den Karren. In Kriegszeiten wie diesen benötigen wir jedes Gefährt, um Nahrung und Waffen zum sowie unsere verletzten Soldaten vom Schlachtfeld zu transportieren.«

»Aber noch ist Frieden.«

»Das war einmal. Ein Kurier hat uns informiert, dass Graf Garsick am gestrigen Tag zu den Waffen gerufen hat. Also, steigt augenblicklich von unserem Pferdekarren ab!« Mit Gestik, Mimik und Pike machte der Hauptmann deutlich, wie ernst ihm die Angelegenheit war.

»Das könnt Ihr doch nicht tun. Ich bin ein unbescholtener Reisender.«

»Runter vom Bock!«

Zwei der Soldaten hinter ihm rückten mit ihren Waffen näher. Ein weiterer zog ein Schwert.

»Hört mich an. Je länger ich darüber nachdenke, desto besser gefällt mir Euer grandioser Vorschlag. Was ist, wenn ich der Armee des Grafen als Feldscher diene?«

Spitzfindig spitzte der Hauptmann die Lippen. »In dem Fall benötigt Ihr Euer Gefährt und dürftet es behalten, schließlich würdet Ihr gute Dienste damit leisten. Bedauerlicherweise hattet Ihr diese Option ja ausgeschlossen.«

»Ganz und gar nicht. Ob der Überraschung habe ich mich lediglich unglücklich ausgedrückt. Einverstanden, für die Dauer des Krieges unterstütze ich die Armee von Graf Garsick nach besten Kräften.«

»Sehr erfreulich. Gegen Mittag wird Euch eine Einheit zum Feldlager vor die Burg des Grafen geleiten.«

Das hatte Raffael nun davon. Was war der Hauptmann nur für ein gerissener Widerling; er hatte ihn unterschätzt. Künftig sollte er besser auf seine Intuition hören. Schlussendlich blieb ihm nichts anderes übrig, als Feldschermiene zum bösen Spiel zu machen. Zumindest, bis sich ihm die Möglichkeit zur Flucht bot.

Am späten Nachmittag durfte der frisch gebackene Feldscher zurück in die Mitte des Reichs fahren, aufmerksam eskortiert von vierzehn Soldaten auf ihren Pferden. Vor ihm fuhr ein Zweispänner mit zwei weiteren Männern auf dem Bock, voll beladen mit Essensrationen. Drei Kisten mit Rüben und Kohl hatten sie auf seinen Karren neben den Seesack gestellt. Ein Teil der Soldaten hatte diese auf den umliegenden Bauernhöfen eingesammelt. Schließlich galt es, in den nächsten Wochen und Monaten eine riesige Armee mit Nahrung zu versorgen.

Gerade als Raffael sich fragte, ob sie die Nacht durchreiten würden, rief der Hauptmann das Lieblingswort der Wachsoldaten. Nicht weit vom Straßenrand schlug der Trupp sein Nachtlager auf. Ganz in der Nähe befand sich ein Flussarm des Thiles. Raffael verstaute das Glas mit Borsti wieder sorgfältig im Seesack. Danach ging er zum Ufer und füllte seinen Wasserbeutel auf.

Als er zurückkam, brannte das Lagerfeuer, und darüber drehte sich ein Spieß mit einer Schweinehälfte, die sie unterwegs von einem Bauern konfisziert hatten. Drumherum machten es sich alle gemütlich. Lautstark diskutierten die Männer über den bevorstehenden Schlachtzug. Schon erstaunlich, wie schnell es dazu gekommen war. Allein der Landsherr entschied über Krieg und Frieden. Offensichtlich war Graf Garsick eine Maus über die Leber gelaufen, sodass er zu den Waffen gerufen hatte. Jeder Grundbesitzer in seinem Reich schuldete ihm eine Anzahl an Gefolgsleuten für den Kriegsdienst. Diese hatten nun vollständig gerüstet zu erscheinen; in Abhängigkeit von der Größe des Lehens mit einer angemessenen Anzahl. Zusätzlich wurde die Armee mit Söldnern aufgestockt. Glaubte Raffael den Erzählungen, hatte der sonst so geizige Garsick hierfür erstaunliche

Geldmittel zur Verfügung gestellt. Ging das Kalkül des Grafen auf und eroberte er die beiden Herzogtümer, hätten sich seine Investitionen mehr als gelohnt.

Mit einem Magendrücken schielte Raffael zum Pferdekarren und den blauen Phiolen hinüber. Billig einkaufen und teuer verkaufen. Das klang so einfach, ging jedoch nicht immer gut.

Bei einem der Soldaten am Feuer handelte es sich um den Kurier, der erst am Morgen die Kunde über den Kriegsausbruch mit den Anweisungen des Grafen gebracht hatte. Gute Güte! Wäre Raffael nur ein paar Stunden früher an der Brücke aufgetaucht, hätte der Hauptmann ihn passieren lassen. So ein Pech.

Für einen Boten mit geheimen Botschaften wirkte der Kurier ganz schön mitteilsam. »Wisst Ihr, wer unsere Fußsoldaten anführt? Ihr werdet es nicht glauben.«

»Mach es nicht so spannend, raus damit!«, forderte sein Nebenmann.

»Brocken!«, sagte der Kurier in einem Ton, als beantwortete dieses Wort alle vergangenen, gegenwärtigen und zukünftigen Fragen dieser Welt.

»Was!? Der legendäre Brocken? Ich hörte, der sei im Krieg gegen Drachenbein gefallen. Bist du sicher?«

»Ziemlich sicher. Mein Vetter arbeitet bei unserem Grafen als Stalljunge. Er hat ihn in der Burg Wallblick ein- und ausgehen sehen und sogar sein Pferd versorgt. Es heißt, Graf Garsick habe Brocken angeheuert«, erklärte der Kurier.

»Ist das nicht ein alter Sack, der nicht mehr zum Kämpfen taugt?«

»Blödmann, dann hätte ihn Garsick nicht in seine Dienste genommen«, sagte der Soldat daneben.

Ein langer Dünner, der gerade den Spieß mit dem Schwein drehte, rief: »Wieso alt? Ich hab gehört, der wär um die Vierzig mit langem blonden Haar und einem Backenbart. Wo er auftaucht, liegen ihm die Frauen zu Füßen.« Er nickte bekräftigend. »Die Feinde auch.«

»Lange Haare? Ach was, du Blödkopf«, meinte ein anderer. »Der hat einen kahl rasierten Schädel. Das habe ich jedenfalls gehört.«

»Woher willste das wissen, Blödmann? Es heißt, er nimmt den Helm niemals ab.«

Brocken? Sinnbildlich kratzte sich Raffael am Hinterkopf. Über diesen Söldner hatte Krims mal etwas erzählt – er versuchte sich zu erinnern, doch es fiel ihm nicht ein. Die sagenhaften Geschichten über irgendwelche sagenhaften Leute entpuppten sich meistens als völlig übertrieben oder als kompletter Schwachsinn. Der Gaukler tippte auf Letzteres, zumal sich die Aussagen der Soldaten in vielem widersprachen. Die konnten sich nicht einmal auf das Aussehen des Wunderkriegers einigen.

Der lange Dünne am Feuer kriegte sich immer noch nicht ein. »Brocken ist der einzige Söldner, der noch nie einen Kampf verloren hat. Es heißt, er sei unbesiegbar.«

Der Kurier meinte im Brustton der Überzeugung: »Na klar! Der Einzige, der die Schlacht im Nebelmoor überlebt hat. Insgesamt über siebenhundert Tote … und wer kam blutüberströmt aus der Suppe herausgewatet? Brocken. Danach hat er eine Woche geschlafen – ohne Helm und

Stiefel auszuziehen. Als er aufgewacht ist, heuerte er direkt beim nächsten Herzog an, als sei nichts geschehen.«

»Ach was, die Schlacht ist über zwanzig Jahre her. Das sind doch nur Ammenmärchen.«

»Du hast keine Ahnung, Blödmann. Dann verrate mir, warum jeder Graf und jeder Herzog den Kerl in seiner Armee haben will. Sie überschütten ihn mit Gold. Hauptsache er kämpft auf ihrer Seite.«

»Kein Wunder – wenn Brocken mit von der Partie ist, gilt der Krieg als so gut wie gewonnen.«

»Keine Ahnung, wie der das macht.«

»Wo kommt der eigentlich her?«, fragte der lange Dünne.

»Direkt aus der Hölle – des Teufels rechte Hand.«

»Ach was, an so was glaube ich nicht.«

»Er ist der Teufel selbst.«

»Schwachsinn!«

Alle redeten durcheinander.

»Warum ist so wenig über den bekannt?«

»Brocken selbst redet so gut wie nie. Manche behaupten, er sei stumm.«

»Manche behaupten, er sei kein Mensch.«

»Er taucht an den unmöglichsten Orten auf. Einige halten ihn für den Geist eines Götterkriegers. Und einen Geist kannst du nicht töten.«

»So weit im Westen war er noch nie, wenn es überhaupt wahr ist.«

»Alles Unsinn!«

Einer der älteren Soldaten kam gerade vom Pinkeln zurück. »Ich hörte, der Söldner sei tot. Ein Graf wollte den vereinbarten Preis nicht bezahlen und hat ihn vergiftet.«

»Egal – Brocken ist halt eine lebende oder tote Legende.«

»Genau – auf jeden Fall eine Legende«, nickte Blödmann. Wobei, es könnte sich auch um Blödkopf handeln – Raffael hatte die Übersicht verloren.

Der Kurier drehte die Diskussion zurück auf den Anfang. »Wenn ich es euch doch sage: Brocken wird eine Garnison anführen. Wenn nur die Hälfte von den Gerüchten, die sich um ihn ranken, wahr ist, werden wir glorreich siegen.«

Daraufhin schwiegen die Männer eine Weile. Brocken hin oder her – zum glorreichen Siegen gehört stets auch weniger glorreiches Krepieren. Diese unverrückbare Tatsache drückte durchaus auf die Stimmung.

Das Fleisch wurde gerecht aufgeteilt. Die Männer freuten sich schmatzend über die gute Mahlzeit. Sie tranken frisches Wasser dazu, scherzten und lachten über jeden Mist. Mehr als sonst jedenfalls, so ging es her in Kriegszeiten, wer wusste schon, wie lange es noch etwas zu lachen gab.

Vor der Nachtruhe kümmerte sich Raffael um sein Pferd. Diego stupste ihn mit dem Maul an, als wollte er sagen: »Kopf hoch! Wir kriegen schon eine Gelegenheit, uns aus dem Staub zu machen.« Einen kurzen Moment dachte Raffael daran, sich einfach auf Diegos Rücken zu schwingen und loszupreschen. In der Dunkelheit würden sie ihn nicht verfolgen. Allerdings müsste er alles zurücklassen. Den Seesack, den Karren und Borsti. Nein, das konnte er nicht tun. Er hatte es seinem Freund versprochen. Er würde sich um Krims' Erbe kümmern. Dann sah er hinauf in den Nachthimmel, als wäre Krims dort oben. Vielleicht war er das auch, wer wusste das schon. *Folge dem Stern*, hatte er im Sterben gesagt. *Finde deine Bestimmung*. Raffael sah tausende Sterne. »Welchem davon?«, flüsterte er zu sich selbst.

Söldnerblut

Den Käfig in der einen, die Zügel in der anderen Hand ließ Brocken Burg Wallblick auf seinem Gaul hinter sich und näherte sich dem Großen Wald. Der hieß so, weil er groß war. Vor den ersten Bäumen hielt der Söldner das Pferd an und stieg ab. Den Käfig stellte er auf den Boden. Er kniete nieder und öffnete die Verriegelung an der Seite, indem er den Haken aus der Öse zog. Die breite Gittertür schwang auf.

Der Rabe legte den Kopf schräg und starrte ihn mit kleinen schwarzen Augen an. Durch den Kontrast zum weißen Gefieder wirkten sie wie tiefe Löcher. Der kräftige Schnabel leuchtete ungewöhnlich hell in der Sonne.

»Du bist ein Kolkrabe. Ein Männchen«, erklärte Brocken dem Vogel, der dies bereits zu wissen schien, denn sonderlich beeindruckt reagierte er nicht. Eher verdutzt über diese dämliche Feststellung.

Brocken ließ sich im Schneidersitz auf der Wiese nieder. »Nein, nein, das ist nicht alles. Du bist weiß. Etwas wie dich habe ich noch nie gesehen.«

So wie der Rabe den alten Mann anguckte, wollte er das Gleiche behaupten. »KORR!«, machte er und stolzierte aus dem Käfig. Sein Schreiten wirkte militärisch, als führte er eine riesige Armee Rabenvögel an.

Das gefiel dem Söldner. »Ein Vogel wie du darf nicht eingesperrt sein. Du musst dich frei in die Lüfte schwingen, weg von den Menschen, und ihnen höchstens gelegentlich auf den Kopf kacken.«

»KORR«, stimmte der Rabe mit rauer, heiserer Stimme zu und warf einen empörten Blick auf sein früheres Gefängnis. Dabei plusterte er die Kehlfedern auf.

»Ist das dein Name? Korr?«

Zustimmendes Schweigen. Wieder legte der Vogel seinen großen Kopf schräg und betrachtete sein Gegenüber.

»Dann zisch ab, Korr. Genieß deine Freiheit. Such dir einen schönen Platz zum Leben. Such dir ein Weibchen, such dir jede Menge Kumpel und grüß sie von mir.« Mit diesen Worten erhob sich Brocken. Der Vogel blieb einfach sitzen und starrte zu ihm hoch.

»Flieg, kleiner Freund. Du kannst es. Sie haben dich zwar gefangen und eingesperrt, dir jedoch nicht die Flügel gestutzt.«

»KRAHH!« Wie selbstverständlich schoss der Vogel in die Höhe und umkreiste Brocken einige Male.

Ein wunderbarer Anblick. Ungewohnte Wärme erfüllte den Söldner. Schon verflüchtigte sich der Moment wieder.

Er legte den Kopf in den Nacken und beschattete seine Augen. Korr schraubte sich höher und höher in den Himmel, fast wie ein Raubvogel. Ja, er konnte fliegen. Und wie. Übermütig ließ er sich vom Wind treiben, um dann im Sturzflug knapp an Brockens Kopf vorbeizurasen. Schon gewann der Vogel wieder an Höhe. Mit seinem weißen

Federkleid sah er für einen Moment mehr nach einer Möwe denn nach einem Raben aus. Die Sonne blendete, Brocken hatte ihn aus den Augen verloren. Er spürte eine Luftverwirbelung am Kopf. Plötzlich saß Korr auf seiner linken Schulter und pickte an seinem Ohrläppchen herum.

»Gern geschehen«, sagte der alte Mann.

Die Rabenkrallen stießen sich sanft ab. Mit wildem Flügelschlag sauste Korr kreuz und quer, hoch und runter.

Was für ein schönes Tier.

Noch eine steile Flugkurve, dann verschwand der Vogel über den Wipfeln des Großen Waldes. Weg war er. Weg blieb er.

Brocken atmete durch. Dieses Erlebnis war mehr wert als hundert, als tausend, als hunderttausend Was-auch-immer. Ein seltenes Gefühl der Zufriedenheit erfasste ihn. Ein sehr seltenes Gefühl. Das letzte Mal hatte er es gespürt, als er ein Habichtküken gerettet hatte. Er wusste, diese Empfindung würde nur so lange anhalten, bis er wieder die Burg Wallblick betrat und Seinesgleichen in die Augen schauen musste. Daher legte er sich flach ins Gras, bettete seinen Kopf auf die Arme und betrachtete den klaren, gesichtslosen Himmel. Wie hoch ging es dort hinauf? Er seufzte, der Inbegriff an Reinheit und Freiheit. Brocken träumte den einen Traum. Fliegen, nur einmal. Hielt ihn dies am Leben? War der Wunsch noch größer als die Sehnsucht zu sterben? Einmal fliegen, einmal sterben, das reichte. Für den Moment vergaß er sämtliche Stricke und Ketten, die um sein Schicksal geschlungen waren. Der alte Söldner verlor sich im tiefen Blau über ihm.

Am späten Nachmittag gaben sich die Offiziere ein Stelldichein. Der frühere Festsaal der Burg Wallblick wurde vom Grafen kurzerhand in *Saal der Entscheidung* umbenannt. Brocken stieß die Tür auf. Der Raum war höher als lang mit einem dunklen Eichentisch in der Mitte. Ein erhöhter, besonders reichhaltig verzierter Stuhl am Kopf der Tafel, jeweils sechs an den Seiten. Das machte ... dreizehn. Seit seiner Kindheit hasste Brocken die Zahl dreizehn; schlagartig verschlechterte sich seine ohnehin miese Laune. Zwei ungewöhnlich große Fenster aus Bleiglas ließen warmes Licht ein – für das Drecksloch ein verhältnismäßig gemütlicher Ort. Störend wirkten allerdings ein Gemälde mit einem schmeichelhaften Portrait des Hausherrn und die drei Männer, die sich bereits rund um den Tisch verteilt hatten.

Alle Augenpaare richteten sich auf den Neuankömmling, zumal Graf Garsick noch auf sich warten ließ. Die gespannte Ungeduld der Anwesenden entlud sich in ihren ungläubigen Blicken. Brocken erwiderte einen nach dem anderen. Zwei der Offiziere kannte er bereits. Zwei Arschlöcher, genau wie er. Die für Gold töteten, genau wie er. Denen alles andere egal war, genau wie ihm. Hauptsache, der Sold stimmte. Gegen einen der beiden, den Sanften Siegbert, hatte er schon gekämpft. Ein Wunder, dass der Sack noch lebte. Doch Brocken war nicht nachtragend. Einzig das Geld hatte sie zu Gegnern gemacht, was bei Söldnern häufiger vorkam. Nun dienten sie demselben Herrn, das machte sie zu Verbündeten – zunächst, für diesen Kampf. Der andere war für seinen Rang ein verhältnismäßig junger Kerl namens Kristan. Ehrgeizig und intelligent. Tief im Osten hatten sie vor etwa sechs Jahren auf derselben Seite gekämpft. Glück für ihn, denn von den Feinden war keiner verschont geblieben. Vermutlich hatte der Ruf des Geldes die beiden so weit in den Westen geführt. Genau wie Brocken. Jedenfalls alles harte Männer, die noch härter taten, als sie waren. Den dritten im Bunde hatte er noch nie gesehen. Mittleres Alter, graue Augen in einem zernarbten Gesicht, muskulöser Körper. Er trug eine rote Uniformjacke mit tellergroßen silbernen Knöpfen. Mit den Händen hinter dem Kopf saß er an der Fensterseite und kippelte mit dem Stuhl.

Als er Brocken sah, zischte er: »Was willst du hier, Alterchen? Zieh dir schnell die Rüstung aus, setz dich vor deinen Ofen und strick weiter.«

Kristan versteckte seine Überraschung über das Auftauchen des alten Kampfgefährten hinter einer Frage. »Du weißt nicht, wer das ist?«

»Nee, spielt das eine Rolle? Ich kann jedenfalls auf dem Schlachtfeld keinen Tattergreis neben mir gebrauchen.«

Brocken schritt um den Tisch herum zu seinem neuen Freund.

Diplomatie verspritzt kein Blut, folglich lass das Schwert stecken und den Kopf dran, ermahnte er sich.

Zudem lag der Kerl richtig – sie passten nicht gut zusammen. Fehlender Respekt vor dem Alter gehörte zu den besonders miesen Charakterzügen, vor allem aus Sicht des Älteren. Brocken war kein Freund davon, Differenzen unter den Tisch zu kehren, ganz im Gegenteil, Probleme sollten angepackt werden. Es ging schnell. Eine Hand fuhr zur Sitzfläche des Stuhls, die andere ergriff die Lehne; schon flog der Kerl samt Sitzgelegenheit durch das Fenster. Jemand hatte vergessen, es vorher zu öffnen. Der Rahmen splitterte, das Glas krachte oder umgekehrt. Jedenfalls zerbarst eine Menge, als Narbenfresse seinen Weg suchte. So wie er aussah, war er das gewohnt.

Die beiden anderen Offiziere sprangen auf und glotzten ihm ungläubig hinterher. Der Saal der Entscheidung lag ebenerdig, somit endete die Flugeinlage verhältnismäßig sanft in einem Beet. Stöhnend klopfte sich Narbengesicht Dreck und Splitter vom Körper. Aus einigen Schnittwunden im Gesicht quoll nun doch ein wenig Blut. Praktisch, auf seiner roten Jacke fiel es kaum auf. Alles in Ordnung. Abermals hatte die Diplomatie Leben gerettet.

Der Kopf der Tafel war Garsick vorbehalten, also nahm Brocken gegenüber Platz. Von ihm aus am *Arsch der Tafel.* Das passte zum Ambiente der Burg.

»Tatsächlich. Brocken, der alte Widerling. Die Geschichten über deinen Tod sind also Schwachsinn«, begrüßte ihn der Sanfte Siegbert. Er wurde so genannt, weil seine Stimme so flauschig weich wie ein Daunenbett klang. Was nicht für den Stahl seines Schwertes galt.

»Siegbert, alter Schmuddelsack. Zur Abwechslung diesmal auf der richtigen Seite?«, fragte Brocken.

»Sieht so aus«, säuselte der. »Allerdings, bei dir weiß man nie …«, er zeigte durchs Fenster, »… der ist auch auf unserer Seite.«

»Auf meiner nicht.« Brocken zuckte mit den Schultern.

Die beiden anderen Männer nickten ihm zu. Alle setzten sich wieder.

Es dauerte nicht lange, bis Narbengesicht durch die Tür hereinhumpelte, sich einen neuen Stuhl schnappte und Platz nahm. Mit zerknirschter Miene presste er hervor: »Brocken. Tatsächlich. Hm, nichts für ungut. Verzeiht meine Worte. Euer … äh … betagtes Aussehen hat mich getäuscht.«

Die Entschuldigung klingt so falsch wie ein Kuckucksnest. Auf den muss ich achtgeben, dachte Brocken.

Für den Moment ließ er es gut sein. Lieber konzentrierte er sich aufs Warten – darauf, dass er warten wollte, bevor noch ein Unglück geschah. Der alte Söldner entspannte sich.

Ein runder Schatten erschien in der Tür. Graf Garsick tippelte herein wie eine Ente mit Fußfesseln. Wenn jemand behauptete, Söldner besäßen schlechte Manieren, dann straften diese Herrschaften ihn Lügen. Die harten Kerle standen auf und verbeugten sich freudlos vor Garsick. Bei Lichte besehen, eher vor dessen Gold, letztlich lief es auf dasselbe hinaus. Brocken hatte seine Bezahlung bereits erhalten, er blieb getrost sitzen.

Der Herr der Burg blieb am Kopf der Tafel stehen und breitete die Arme aus, als wollte er jeden einzeln innig an sich drücken. »Wir sind vollzählig. Gemeinsam haben wir Großes vor.«

Ächzend zwängte er sich hinter die Tischplatte. Auch der Rest der Gesellschaft setzte sich.

Erst jetzt fiel Garsicks Blick auf das zerstörte Fenster. »Bevor wir beginnen – was ist hier geschehen?«, fragte er unwirsch.

Kristan erklärte: »Meinhardt und Brocken haben sich

bekannt gemacht.«

Garsick fluchte: »Verflucht! Der Feind ist da draußen, nicht hier drinnen! Ein Bleiglasfenster in dieser Größe kostet ein Vermögen.«

»Ungefähr so viel wie eine Stunde Krieg mit zweitausendvierhundert Männern«, langweilte sich Brocken.

Der Graf schluckte. Dann schluckte er noch einmal. Dazwischen ärgerte er sich. Doch schnell bekam er sich wieder in den Griff. Mit Blick auf Meinhardt und Brocken knurrte er: »Ich bezahle Euch, damit wir alle an einem Strang ziehen. Und diesen vorher um den Hals von Herzog Bodenstein legen.«

Narbengesicht versicherte: »Es ist alles geklärt, der Streit ist beigelegt.« Seine Miene sagte etwas anderes.

»Natürlich.« Sein Lieblingswort beruhigte den Grafen. Sein Tonfall gewann an Eindringlichkeit. »Meine Herren, ich habe viel Gold investiert, um unser Unterfangen vorzubereiten. Ihr seid die Besten Eurer Zunft und kennt die Aufgabe: Eroberung der Herzogtümer Bodenstein und Stoderring westlich von hier. Oder Zerstörung, wie auch immer. Aus nachvollziehbaren Gründen muss dies vor dem Wintereinbruch über die Bühne sein.«

Jeder verstand. Krieg über den Winter bedeutete: zu kalt, zu teuer. Ein großes Heer über die Wintermonate unter Waffen zu halten, verschlang Unsummen. Die Söldner erwarteten genug zu essen und pünktlichen Sold, sonst machten sie sich schneller aus dem Staub, als Garsick fressen konnte.

»Die beiden Familien sind verbündet, weil dieser inzestuöse Haufen seit Generationen die Kinder untereinander verheiratet.« Angewidert schüttelte sich der Graf – kein schöner Anblick.

Niemand machte Anstalten, etwas hinzuzufügen. Alle lauschten den Ausführungen des Soldgebers.

Nur Offizier Meinhardt war nicht bei der Sache, er warf Brocken regelmäßig hasserfüllte Blicke zu. Den alten Söldner störte es nicht, zum einen kannte er es nicht anders, zum anderen wusste er, woran er bei ihm war.

Erbitterte Feinde sind die ehrlichsten Freunde, dachte Brocken.

Graf Garsick fuhr fort: »Burg Bodenstein ist deutlich schlechter befestigt und daher leichter einzunehmen. Sie wird Ziel des ersten Angriffs sein. Als Antwort darauf wird der alte Stoderring zu den Waffen rufen und seinem Freund zu Hilfe eilen. Es folgt ein Kampf an zwei Fronten.«

In der Regel ging ein Krieg damit verloren. Die Männer zuckten mit keiner Wimper und warteten geduldig ab.

Graf Garsick zeigte auf sein Gegenüber am Arsch der Tafel. »Aufgrund dieser besonderen Herausforderung habe ich besondere Männer um mich gescharrt. Brocken! Eine Legende! Im Osten und im Norden nennen sie ihn den *König der Söldner*. Nun wird er das Fußvolk anführen und sich Stoderring entgegenstellen. Unsere Feinde werden ihn kennenlernen, auch wenn die Bekanntschaft nur von kurzer Dauer sein wird.« Er lachte geckig, um aufzuzeigen, dass er etwas Lustiges gesagt hatte.

Niemand zuckte auch nur mit dem Mundwinkel, das schätzte Brocken an gestandenen Söldnern. Sie verkauften ihre Gesinnung, ihre Loyalität, ihr Schwert, nicht jedoch ihr Lachen.

»Was ist, wenn Stoderring das Schicksal seines Verbündeten kalt lässt, und wir ihn nicht aus seinen Mauern rauslocken können?«, fragte der Sanfte Siegbert sanft, als sänge er ein Wiegenlied.

Brocken staunte. Woher hatte dieser abgewichste, skrupellose Dreckskerl nur eine solche Stimme?

Garsick erklärte: »Er wird kommen, denn es ist die einzige Chance, den Krieg zu gewinnen. Wenn Bodenstein in unsere Hände fällt, sitzt der Feind hinter den befestigten Mauern direkt nebenan. Das kann er nicht zulassen. Folglich müssen die beiden alles auf eine Karte setzen.«

»Wie gut kennen wir die Örtlichkeiten?«, fragte Kristan.

Anscheinend dankbar für diese Frage nickte ihm der Graf zu: »Ich besitze Karten von Burg Bodenstein und des Umlandes. Somit wissen wir bestens über das Gebiet Bescheid. Der Sieg wird mein sein.«

So hörten sich Kriegsherren vor der ersten Schlacht immer an. Wobei, die etwas weniger Selbstverliebten könnten auch *Der Sieg ist unser* rufen. Ebenfalls bezeichnend, dass keiner der Anwesenden nach dem Wieso fragte. Nun denn, auch Brocken war es gleichgültig. Ob höhere Motive oder niedere Beweggründe – es spielte keine Rolle. Der Sold erklärte alles, der Sold rechtfertigte alles. Der Sold war weder ehrenhaft noch hinterhältig, weder tugendhaft noch unsittlich, weder weiß noch schwarz. Hauptsache hoch. Der Rest blieb Tagesgeschäft. Und das hieß: töten.

Der Graf erklärte: »Bis morgen sammeln wir den Rest

unserer Männer ein, ich erwarte weitere zweihundert Gefolgsleute und Söldner. Übermorgen beginnen wir unseren Schlachtzug.«

Die Männer nickten. Söldner schätzten klare Befehle.

Garsick war noch nicht fertig. »Ihr seid meine ranghöchsten Offiziere und verantwortlich für den reibungslosen Ablauf. In diesem Kreis findet die regelmäßige Lagebesprechung statt.«

Überflüssig zu erwähnen. Jeder hier im Saal kannte die Gepflogenheiten. Besoldung, Ausrüstung, Verpflegung, Hierarchie, Strafen – alles war in der jahrhundertelangen Tradition des Söldnerhandwerks bestens geregelt.

Der Idiot

Raffael sah an sich herunter. Er trug eine Uniformjacke mit dem Wappen von Graf Garsick. Blaues Schild auf kackigem Braun. Daneben ringelte sich eine Schlange um einen Stab. Dieses Symbol wies ihn als Feldscher aus. Manche sagten, es schütze ihn auf dem Schlachtfeld. Andere meinten, es kennzeichnet ihn als besonders beliebtes Angriffsziel. Egal wo die Wahrheit lag, wie hatte er sich nur in eine solche Lage bringen können?

Dunkle Gedanken kreisten in dunklen Wolken über seinem Kopf. Steter Regen tropfte vom Rand des Vordachs auf den langen Tisch. Ungehalten stieß er die Luft aus. Nicht die Feuchtigkeit störte ihn, vielmehr das laute Platschen. Es machte sich über ihn lustig. Immer drei Tropfen hintereinander, gefolgt von einer kurzen Pause. Eine rhythmische Offenbarung, sie klang wie I-di-ot. Er legte den Kopf in den Nacken. So sehr er auch suchte, die dunkelgraue Himmelsdecke wies keinen einzigen hellen Flecken auf. Somit würde er für alle Ewigkeit ein Idiot bleiben. Platsch, Platsch, Platsch. Ganz recht. Wie hieß es so schön: Ewig währt am längsten.

Der Idiot saß auf einer Bank vor dem Schlafzelt, das er sich mit dem Medikus und den anderen Feldscheren teilte.

Letztere, vier an der Zahl, waren ein bunt zusammengewürfelter Haufen. Als ehemaliger Waldarbeiter konnte der Erste hervorragend Äste absägen – ideale Voraussetzung für den Dienst an der Knochensäge. Der Zweite hatte knapp ein Jahrzehnt lang einem Grafen irgendwo im Süden als Scharfrichter und Folterknecht gedient. Er wusste durch seine Kenntnisse der menschlichen Anatomie wahrlich zu beeindrucken. Vor allem kannte er sich mit den Körperteilen aus, die der Mensch nicht unbedingt benötigte. Der Dritte war Abdecker und konnte das, was der Zweite übrigließ, ordentlich weiterverwerten: Knochen an Seifensiedereien, verfaultes Fleisch an Salpetersieder. Er schüttelte sich. Und der Vierte? Der war von Beruf Gaukler und gab sich gelegentlich als Wunderheiler im ewigen Kampf gegen Krankheitswürmer aus.

Die Wassertropfen machten sich weiter lustig über ihn.

Verflixt, jetzt reiß dich zusammen. Dein Selbstmitleid bringt dich eher um als auch nur einen Schritt weiter, stellte er fest. Wie kann ich das Beste aus der Situation machen?

Bislang hatte sich nicht der Ansatz einer Gelegenheit zur Flucht geboten. Den Pferdekarren hatten sie ihm gelassen. Seine Aufgabe bestand darin, hinter der letzten Truppeneinheit die Verletzten einzusammeln und ihnen zu helfen, wenn es sich noch lohnte. Allein an dieser Frage scheiterte seine Vorstellungskraft. Raffael legte den Ellenbogen auf den Tisch und sein Kinn in die Hand.

Unzählige Idioten-Tropfen später trat der Medikus aus dem Zelt und begutachtete den Himmel. »Der Niederschlag wird noch eine Weile fortwähren.«

Raffael verdrehte die Augen. So redete der Meister immer. Geschwollen wie ein vom Wundbrand verfaultes Bein vor der Amputation.

Platsch, Platsch, Platsch. Ja doch, ich weiß, was ich bin.

»Die Geräusche der Regentropfen auf dem Holz sind enervierend«, diagnostizierte der Medikus.

Seid beruhigt, Meister – ich bin gemeint, hätte Raffael beinahe geantwortet. Eigentlich hieß der Wundarzt Balindar, doch er bestand auf der Anrede 'Meister'. Im Gegenzug sprach er alle seine Helfer mit 'Wundarztgeselle' an. Praktisch, so musste er sich keine Namen merken.

»Komm, wir befördern die Tischplatte ein Stück weiter unter das Vorzelt.«

Der Gaukler erhob sich von der Bank und half dem Medikus. Nun stand der Tisch in voller Länge im Trockenen. Einfach verblüffend, kein I-di-ot mehr. Wieso fühlte sich Raffael immer noch wie einer? Er warf dem dreimalschlauen Spielverderber von Medikus einen finsteren Blick zu. Aber wenn der schon mal hier war … »Meister, sagt bitte: Wenn ich einen Schwerverletzten versorge, wie erkenne ich, ob es sich lohnt, noch um sein Leben zu kämpfen?«, fragte Raffael.

Der Medikus kräuselte die Stirn in viele kleine Falten. »Eine gewichtige Frage, junger Freund.«

Das wusste Raffael selbst, ansonsten hätte er sie nicht gestellt.

Gerade als er dachte, dass nichts mehr vom Meister käme, antwortete dieser: »Wenn du in der Zeit zwei andere

Leben retten kannst, lohnt es sich nicht mehr. Handele danach, Wundarztgeselle.«

Hut ab, nicht zum ersten Mal schaffte es der Medikus, eine gute Antwort zu geben, die jedoch in etwa so viel weiterhalf wie Raffaels blaue Medizin. Wieso mochte er diesen schwafelnden Klugscheißer dennoch? Balindar war mittleren Alters und hatte einen für den Rest des Körpers viel zu großen Kopf, auf dem strohige weiße Haare in alle Richtungen standen. Auch er trug die Farben des Grafen, jedoch auf einer Leinenkutte, die bis über die Knie fiel. Sowohl die Ellenbogenpartien als auch die Säume an Halsausschnitt und Ärmeln waren mit hellen Lederflicken verstärkt. Der Mann strahlte eine gewisse Erhabenheit aus. Schon bei ihrem ersten Aufeinandertreffen hatte Raffael dessen freundliche Gesinnung gespürt. Ihn erfüllte es mit echter Freude, wenn er helfen konnte, indem er heilte.

Lautes Gebrüll ertönte etwa drei Zeltreihen weiter. Kurz darauf kam ein Soldat angelaufen und rief. »Schnell, kommt mit. Ein Mann ist schwer verletzt.«

Sofort folgten Balindar und Raffael dem Überbringer der schlechten Nachricht. Eine große Traube Menschen stand um einen leblosen Körper herum. In seiner Brust genau über dem Herzen klaffte ein tiefes Loch.

Der Meister kniete neben dem jungen Soldaten nieder, legte ihm die Finger an den Hals und betrachtete dabei die Wunde. Er schüttelte den Kopf. »Hier können wir nicht mehr helfen.«

Jetzt erst sah Raffael den jungen Mann, der von vier Soldaten festgehalten wurde. Mit grimmigem Gesicht befahl ein Hauptmann: »Führt ihn ab. Er wird noch heute verurteilt.«

Später am Abend wusste jeder im Lager, was geschehen war. Zwei Soldaten waren wegen irgendeiner Kleinigkeit in Streit geraten; das Ganze eskalierte zu einer Messerstecherei. Der Überlebende wurde noch am selben Abend zum Tode verurteilt. Nicht aufgrund von Mord oder Totschlag, sondern wegen Befehlsverweigerung. Der Hauptmann war schon früh zugegen gewesen und hatte während des Zweikampfes mehrfach *Auseinander* und *Messer weg* gebrüllt, was von beiden Kampfhähnen in ihrem Zorn ignoriert worden war.

Die ganze Nacht hindurch währte der Niederschlag fort. Am frühen Morgen drängte Graf Garsick zum Aufbruch, weshalb nicht viel Zeit für Beerdigung und Hinrichtung blieb. Kurzerhand wurde beides für die einfachen Soldaten zur Pflichtveranstaltung erklärt. In langen Reihen standen sie im Regen und wohnten dem Spektakel bei. Raffael schielte auf das dunkle Loch. Einige Abschiedsworte später war es so weit: Statt in Erde begraben, wurde der Tote im Matsch versenkt.

Mit der Hinrichtung gaben sie sich auffällig mehr Mühe. Schließlich wurde für alle ein Exempel statuiert, damit sich das nicht jeden Abend wiederholte. Mithilfe mehrerer Pferde zogen sie zwei schlanke Birken herunter und fesselten den Delinquenten dazwischen. Auf diese Weise musste niemand die Rolle des Henkers übernehmen. Ein Offizier verkündete die Strafe und beendete seine Rede mit *Gott sei ihm gnädig*. Als die Seile gekappt wurden, schaute Raffael schnell weg. Die Bäume standen jetzt wieder kerzengerade. Sie hatten keinen Schaden genommen.

Neben Raffael flüsterte Feldscher Nummer zwei namens Wolther: »Was für eine Verschwendung.«

»Ja, schlimm, wie schnell ein Leben verwirkt sein kann.«

»Das meine ich nicht. Wir hätten es einfacher haben können, ich habe mein Henkersbeil dabei«, erklärte der ehemalige Scharfrichter. Das Bedauern in seiner Stimme gruselte den Gaukler.

Zwei Tage lang marschierte die zweitausendsechshundert Kopf starke Armee nach Westen. Am frühen Abend erreichten sie die Grenze der Grafschaft. Zum letzten Mal nächtigten sie auf eigenem Gebiet. Die Welt der Soldaten hatte sich Raffael anders vorgestellt. Wie genau, wusste er nicht, halt anders. Das Errichten des Feldlagers sowie die Verpflegung der Tiere und Menschen lief erstaunlich geregelt ab. Natürlich brüllten, scherzten, stritten die Männer, doch über allem thronte die so oft beschworene Disziplin. Befehle wurden von oben heruntergereicht und ohne jede Diskussion augenblicklich befolgt. Gehorsam galt als oberste Verhaltensregel. Die Offiziere wussten von Beginn an, was sie zu tun hatten, die Söldner auch. Und sie brachten es den Bauern, Ziegenhirten, Trägern, Feldarbeitern, Handwerkern und anderen Vasallen, die sich etwas schwerer taten, schnell bei. Nach der Geschichte mit der Messerstecherei und dem Baum gab es bis auf die beiden Toten nur Gewinner. Ganz vorne weg die Autorität der Offiziere, die Disziplin im Lager, die Kameradschaft untereinander, um nur einige zu nennen.

Raffael saß auf dem Bock des Pferdekarrens und betrachtete die Kiste mit den blauen Phiolen und den Seesack. Erstere hätte er längst wegwerfen und zweiteren längst auspacken sollen. Raffael schluckte, als seine Gedanken zu Krims wanderten. Was wäre wohl passiert, wenn sein alter Freund noch bei ihm gewesen wäre?

Du hast schon eine Menge brenzliger Situationen durchgestanden, also richte den Blick nach vorn.

Der morgige Tag brachte endgültig den Krieg. Sie würden in das Land eines Herzogs einmarschieren, der keinerlei Anlass für diese Aggression geliefert hatte. Sie würden Burg Bodenstein einnehmen, oder es zumindest versuchen. Sie würden viele hundert Menschen töten, die sich ihnen in den Weg stellten. Und selbst jede Menge Opfer beklagen. Das alles, weil ein einzelner Herr den Mund nicht vollkriegen konnte, obwohl er schon so fett war. Bisher hatte Raffael Graf Garsick zwar nur aus der Ferne zu Gesicht bekommen, doch seine Leibesfülle war unverkennbar gewesen.

Lass diese Gedanken sein, nutze stattdessen die Ruhe vor dem Sturm, mahnte er sich.

Der Gaukler fuhr den Karren an den Rand des Lagers zu den anderen Pferdewagen. Er spannte Diego aus und rieb ihn trocken. Borsti sah ihm dabei zu. Als Raffael sein Pferd versorgt hatte, füllte er frische Erde in das Glas, setzte den Regenwurm hinein und stellte ihn auf den Bock. Hinter ihm glänzte der speckige Seesack in der Abendsonne. Nun wurde es Zeit für Krims' Vermächtnis. Der Gaukler kletterte auf die Ladefläche, zog die Kordel auf und verteilte den gesamten Inhalt vor sich auf den Holzbrettern. Er staunte. Alles lag voll, er selbst fand kaum noch Platz auf dem Karren. Er studierte und sortierte die Gegenstände: zusammengefalteter Überwurfmantel, Handgelenkschutz, Handschuhe, Reißzahn von einem großen Raubtier, Horn, Seil, Pergamente, Tintenfass, Federkiel, Siegelwachs, Siegelring, Fingerhut, Nadeln, Zwirn, Feuerstein, Zunder, Kerzen, Lampenöl, Tiegel, Schere, Zange, Schraubzwinge, Hammer, kleine Messer, Münzen. Was für ein unglaubliches Reservoir hatte Krims stets mit sich herumgeschleppt?

Als Erstes betrachtete Raffael die vier Pergamentrollen näher. Drei davon leer, auf der letzten war mit hoher Kunstfertigkeit eine Karte gezeichnet – die detaillierte Darstellung eines Landstrichs mit Bergen, einem Fluss und einem Wasserfall. Unten links befand sich ein Symbol, es sah aus wie eine undichte Schale. Daneben waren mit feinen Lettern einige Zeilen geschrieben. Lesen bereitete Raffael große Mühe, zumal er hier auf Buchstaben stieß, die er auf Anhieb nicht zu entziffern vermochte. Im Augenblick jedenfalls fehlten ihm Zeit und Muße, sich weiter damit zu befassen. Ansonsten fielen ihm ein Kreuz, ein Stern und ein Totenschädel ins Auge – Symbole, die vermutlich die Punkte von Interesse kennzeichneten. Der Gaukler lächelte. Als Kind hatte er von so etwas geträumt. Geheimnisvolle Schatzkarten, die zu ewigem Ruhm und ewigem Reichtum führten. Oder zur ewigen Ruhe. Er stopfte das Pergament zu der anderen Karte mit den Grafschaften in sein Bündel.

Die meisten Gegenstände ließ er durch seine Finger gleiten. Alle waren von herausragender Qualität, Krims hatte keinen Schrott mit sich getragen. Das Wappen des Siegelrings bestand aus einem Vogel in einem Kreis, Raffael hatte es noch nie zuvor gesehen.

Die Sonne ging unter. Nein, so schnell versank sie nicht am Horizont. Raffael hob den Kopf. Ein riesiger Schatten verdunkelte alles um ihn herum. Gute Güte. Wo kam der auf einmal her? Da stand er jedenfalls: der kettenhemdige, schwertklotzige Eisblock und richtete seine blauen Stahlaugen wie Dolche auf ihn. Kein Ton kam über die Lippen des Alten. Dieses unverschämte Anschweigen nahm Raffael persönlich. Er bemühte sich, wütend zu werden. Dieser Kerl war zweifelsohne etwas Besonderes, schließlich hatte der Gaukler die Reaktion auf seinen Auftritt in der Spelunke hautnah mitbekommen.

Die Frage stellte sich von allein. »Bist du … dieser Brocken?«, flüsterte er. Verflixt, warum sagte er es nicht in normalem Ton?

Der riesige Mann reagierte mit keiner Silbe oder Geste. Lediglich sein breiter Kiefer mahlte leicht hin und her, vielleicht kaute er auf ein paar Sonnenblumenkernen herum.

Das war jetzt ihr drittes Aufeinandertreffen. Raffael kontrollierte seine Angst. Noch hatte der Hüne ihm nichts getan. »Ich rede mit dir. Wenn du nicht sprechen kannst, nicke oder schüttle wenigstens den Kopf. Oder bist du taubstumm?«

Genau wie in der Kaschemme änderte sich nur der Ausdruck in den Pupillen – von arroganter Ablehnung zu arroganter Langeweile. Er verstand also jedes Wort. Der Eisklotz drehte ihm den Rücken zu und ging einfach weg.

»Wie auch immer – du bist ein Kotzbrocken, damit das mal klar ist!«, rief ihm Raffael hinterher. Er hatte gar nicht gewusst, dass er so laut schreien konnte.

Was tat der Kerl? Nichts natürlich. Ignorierte ihn einfach.

Verflixt, was nun? Hm, er bleibt stehen. Öhm, er dreht sich um. Oh nein, er kommt zurück! Genau wie die Furcht. Angst, ich kann dich nicht gebrauchen. Du bist unerwünscht, hau ab, dachte Raffael.

Doch sie dachte gar nicht daran, auf ihn zu hören, und blieb.

Der Hüne stellte sich direkt ans Ende des Karrens. Sein Mund öffnete sich.

Jetzt beißt er mir den Kopf ab, war sich Raffael sicher.

Die Lippen des Alten bewegten sich kaum, eine tiefe Stimme sagte: »Nenn mich Brocken, das ist kürzer. In diesem Krieg befehlige ich die Fußtruppen. Was bist du für einer?«

Die Erkenntnis dauerte etwas, vermutlich weil es zu offensichtlich war: Der Eisklotz war weder taub noch stumm. Er redete nur selten.

Was hatte er noch einmal gefragt? »Wie? Äh, ich … heiße Raffael«, stammelte er.

»Und wer ist Georg?«

Das Denken fiel dem Gaukler schwer. »Welcher Georg?«

Brockens Augen verengten sich. »Bei unserer letzten Begegnung nannte dich der einäugige Säufer am Tisch Georg.«

Verflixt. Wieso konnte der sich an so was erinnern? So klotzblöde war der Klotz gar nicht. Wartete er nun tatsächlich auf eine Erklärung? Er behandelte die Menschen wie Abfall, und nun wollte er auf einmal diskutieren? Was blieb? Flucht, dachte Raffael instinktiv. Nicht weglaufen, er käme nicht weit. Nein, Flucht nach vorn.

»In der Kaschemme habe ich mir einen falschen Namen gegeben.«

»Warummm?«, rummste es. Regungslos sah ihn der Hüne mit den blauen Eissaugen an, nur sein Kiefer mahlte weiter.

Raffael fühlte sich, als stünde er vor dem Jüngsten Gericht. »Weil ich die Gäste beklauen wollte, zumindest den Glatzkopf mit den Hirschlederstiefeln.«

»Und? Hast du?« Überrascht schien Brocken nicht.

»Nein, denn ein riesiger Kerl polterte herein, zerschmetterte einem Mann den Schädel und machte mich zum Mittelpunkt der netten Gesellschaft. Plötzlich war ich berühmt, und sie ließen mich nicht mehr aus den Augen. Schlechte Voraussetzungen also.«

Der Klotz sah aus, als überlegte er, wer der riesige Kerl gewesen sein könnte. Doch Raffael hütete sich, ihn erneut zu unterschätzen.

»Ist das alles Diebesgut?« Brocken zeigte auf Krims' Kram.

»Nein! Nichts davon.« Und wenn, dann Gauklergut, korrigierte Raffael gedanklich.

»Hast du Bienen im Arsch, oder warum bist du so hibbelig?«

Wieso fragte er so was? »Ich bin die Ruhe selbst.«

»Schön wär's. Wer hat mir denn eben hinterhergeschrien?« Brocken deutete auf das bauchige Glas. »Was ist das?«

»Öhm, das … das ist Borstis Zuhause.« Warum kam sich Raffael nur so klein und dämlich vor?

»Wer zum Teufel ist Borsti?«

»Mein Regenwurm«, antwortete der Gaukler im lässigen Jeder-sollte-einen-haben-Ton.

Zum ersten Mal bewegte sich etwas im Gesicht des Eisklotzes. Die linke Augenbraue zuckte einen kurzen Moment nach oben – beinahe hätte Raffael dieses hysterische Mienenspiel verpasst. Nichtsdestotrotz sah er dabei auch die zunehmende Verachtung in den Pupillen.

Brocken brummte: »Wie lächerlich. Doch, verrückt oder nicht verrückt, es spielt keine Rolle. Machst du hier lange Finger oder sonst wie Ärger, landest du ganz schnell zwischen den Bäumen. Wenn du kein Feldscher wärst, würde ich dir schon jetzt den Hals umdrehen.«

Was war Raffael für ein Trottel? Wieso hatte er dem Hünen reinen Wein eingeschenkt? Nun tat ausgerechnet dieser menschenhassende Berufsmörder so rechtschaffen wie die Oberin des Armenhauses. »Pfft, eine Moralpredigt vom Richtigen. Ich sollte gar nicht hier sein«, stieß Raffael hervor.

»Pfft, auch woanders wärst du derselbe. Ein schmieriger, verrückter Dieb mit einem beschissenen Wurm. Georg, Raffael oder Schmalhans. Für die Bäume spielt es keine Rolle.«

»He, wer von uns beiden ist hier das Arschloch?«, fragte

sich der Gaukler erbost.

Moment! Verflixt – hatte er das wirklich laut gesagt?

Hatte er. Der Kiefer des Hünen hörte auf zu mahlen. Eine Pranke schoss vor, packte den Kragen von Raffaels Jacke und hob den Körper darin mit spielerischer Leichtigkeit hoch. Raffael wackelte mit beiden Beinen in der Luft, was ihn nicht wirklich weiterbrachte. Langsam zog ihn der Eisklotz näher zu sich heran, sodass sich ihre Nasen beinahe berührten. Diesem verknitterten, verwitterten, verbitterten Gesicht hatte er niemals so nah kommen wollen. Mit beiden Händen umklammerte der Gaukler den Arm des Hünen. Die körperliche Berührung raubte ihm die Sinne. Zu viele Empfindungen auf einmal stürzten auf ihn ein, ihm war, als fielen alle Sterne gleichzeitig vom Himmel. Lodernde Kälte, unbändige Kraft und wuchtiger Hass entzogen ihm die Körperwärme, fraßen jegliche Hoffnung.

»He, lass mich runter. Ich … habe dir immerhin im Wald … das Leben gerettet«, röchelte Raffael noch schnell, bevor seine Stimmbänder vollends vereisten.

Zur Antwort zog der Hüne den Kragen enger. Finger wie Schmiedezangen schnürten Raffael die restliche Luft ab. »Wenn du es so sehen willst. Diesmal töte ich dich nicht, Spitzbübchen. Damit rette ich dein Leben. Wir sind also quitt!«

Der Söldner ließ ihn neben dem Pferdekarren auf die Wiese fallen und ging zurück ins Lager. Diesmal drehte er sich nicht mehr um. Der Gaukler blieb bäuchlings liegen und starrte ihm nach, bis er zwischen den Zelten verschwunden war.

Zurück blieben drei Raffaels. Ein Verdutzter, ein Verängstigter und ein Wütender. Einmal mehr machte er sich Gedanken über Vor- und Nachteile seiner Feinfühligkeit. Na ja, eher über die Nachteile, denn es dauerte lange, bis er wieder aufgetaut war. Froh darüber, sich beschäftigen zu können, stopften alle drei Gaukler Krims' Sachen zurück in den Seesack.

Fußknechte

Garsicks Heer erreichte sein Ziel, ohne auf nennenswerten Widerstand gestoßen zu sein. Zwei kleine Dörfer waren nicht aus dem Weg gegangen, daher wurden sie niedergebrannt. Es gab verhältnismäßig wenig Tote, die meisten Bewohner hatten sich früh genug aus dem Staub gemacht. Da Graf Garsick die Bevölkerung nicht noch mehr gegen sich aufbringen wollte, ließ er sogar einige Bewohner leben – nachdem sie ihm Treue geschworen hatten. Erst den Dolch und dann die Hand aufs Herz. Mit dieser Methode versprachen Menschen das Blaue vom Himmel.

Wohlweislich in Sichtweite von Burg Bodenstein errichteten sie ihr Feldlager. Eine riesige Fläche voller Zelte, bewohnt von bis an die Zähne bewaffneten Soldaten. Jeden Morgen sollte der Feind als Erstes die tödliche Gefahr vor seinen Mauern erblicken. Die feindliche Burg war ein Zeugnis der Armut. Dreieckig, mit einem mordsmäßig hohen Turm an jeder Ecke. Schon von Weitem sahen die nicht sonderlich stabil aus, zumal sie nicht rund, sondern quadratisch waren, was sie anfälliger gegen Katapulteinschläge machte. Der Wind wehte Brocken den Gestank des Burggrabens in die Nase. Er konnte sich beim besten Willen keinen Grund vorstellen, diesen steinernen Scheißhaufen zu erobern.

Gegen Abend kamen zwei unbewaffnete Männer aus der Burg geritten. Der rechte trug eine weiße Fahne, der linke gab sich als der mittlere Sohn von Herzog Bodenstein aus. Ein stattlicher junger Mann, der mit dem Kriegsherrn über eine gütliche Lösung des Konflikts verhandeln wollte. Graf Garsick empfing sie in seinem Zelt. Die Unterredung dauerte nicht so lang wie eine Sitzung auf dem Plumpsklo. Gemeinsam traten sie hinaus, und der Graf klopfte Bodensteins Sohn auf die Schulter. »Danke für das ehrenvolle und offene Gespräch. Bedauerlich, dass Ihr nicht auf meine Forderung der bedingungslosen Kapitulation mit Übergabe der Burg Bodenstein eingehen könnt.« In kindlicher Hilflosigkeit hob Garsick die Schultern, um dann mit staatsmännischer Miene zu sagen: »Mit deiner weißen Fahne wische ich mir den Arsch ab.« Im nächsten Atemzug befahl er dem Sanften Siegbert: »Schlagt den beiden die Köpfe ab und schickt sie mit dem ersten fertiggestellten Katapult zur Burg zurück.«

Noch bevor die beiden Abgesandten protestieren konnten, wurden sie hingerichtet.

Brocken kratzte das nicht, so kannte er ihn, den guten Garsick – ein echter Kriegsherr, geradeaus und wild entschlossen.

In den nächsten Tagen wurde das Feldlager zur Festung ausgebaut. Rundherum hoben die Soldaten unter Anleitung der Schanzmänner Gräben aus und errichteten Palisaden. Hunderte von Schaufeln bewegten Erde, hunderte von Äxten schlugen Holz, es entstand eine kleine Stadt mit

Schmiede, Schreinerei, Fleischerei und Hurerei. Ein gutes Dutzend mitgereister Dirnen betrieben ihr Gewerbe am Rand des Lagers, eindringlich und einträglich – jedenfalls standen die Männer Schlange vor auffallend flachen Zelten.

In der Mitte des Lagers ließ Graf Garsick sein Zelt errichten. Ein wahrer Prunkbau, etwa zehnmal so groß wie die Soldatenzelte. Das Banner mit dem blauen Schild auf braunem Grund wehte an allen Fahnenmasten.

Am frühen Abend rief der Dicke zur Lagebesprechung. Folglich saßen die fünf Freunde wieder in gemütlicher Runde zusammen – Garsick, Brocken, Siegbert, Kristan und Meinhardt. Letzterer zeigte sich für die Logistik verantwortlich und erstattete gerade Rapport. Hierbei bemühte er sich, Brocken nicht in die Augen zu schauen. Der alte Söldner wusste, warum – nicht, weil Meinhardt Scheu oder gar überbordenden Respekt vor ihm hatte, sondern um seinen brodelnden Hass zu verbergen. Niemals würde das Narbengesicht vergessen, wie Brocken ihn im Dabeisein der anderen Offiziere wie einen Ziegelstein durchs Fenster geworfen hatte. Samt Stuhl. Dabei hatte es lustig ausgesehen.

Der Offizier fasste zusammen: »Holz gibt es im Fichtenwald östlich von hier im Überfluss. Der Bach versorgt uns mit genügend Trinkwasser. Wild hingegen ist knapp, Gewässer zum Fischen sind nicht vorhanden. Die mitgebrachten Essensrationen reichen bei zweitausendsechshundert Soldaten für vierzehn Wochen. Zwei weitere Wochen, wenn wir das Schlachtvieh und die Packpferde mit einkalkulieren.«

Wenn Garsick weniger fressen würde, noch zwei Tage länger, dachte Brocken.

Er langweilte sich bei diesem Palaver, die Würfel waren längst gefallen. Im Grunde kam es auf ihn und seine Soldaten an. Der Aufbau der Drohkulisse war Makulatur.

Garsick lehnte sich geifernd vor und stützte sich dabei auf seine Unterarme – dicke, weiße Fleischpellen, fast so breit wie lang. »Wir müssen noch mehr Druck ausüben, damit Herzog Stoderring mit seinen Truppen zu Hilfe eilt.«

Meinhardt grinste breit: »Mit der Enthauptung des Sohns vom alten Bodenstein haben wir bereits ein Zeichen gesetzt.«

Der Sanfte Siegbert meinte: »Der Tribok ist morgen fertig. Wir können dann jederzeit mit dem Beschuss der Türme beginnen.«

Die auf dem Tisch ausgebreitete Karte zeigte den dreieckigen Grundriss der feindlichen Festung. Der Vollidiot von Architekt, der diesen Bau zu verantworten hatte, sollte umgehend an einem der Türme aufgehängt werden. Aber eins nach dem anderen.

Kristan freute sich. »Es demoralisiert die Feinde ungemein, wenn ihnen als Erstes die eigenen Ziegelsteine auf den Kopf fallen. Die Katapulte werden an der Front mit breiten Schilden versehen, sodass uns die Bogenschützen auf den Mauern nicht gefährlich werden können.«

»Dann verlieren wir also keine Männer?«, fragte der Graf mit einem Knarzen in der Stimme.

»Nein, aufgrund der Reichweite des Triboks müssen wir nicht allzu nah heran, somit kann uns von den Mauern nichts auf den Kopf geworfen werden.«

»Was geschähe, wenn wir stattdessen die Burg stürmten? Mit Rammbock und Leitern«, fragte Garsick unschuldig. »Um einen gewissen Nachdruck auszuüben.«

Brocken verstand sofort, worauf der findige Graf hinauswollte, allerdings galt dies nicht für Kristan. »Mein Graf, das Stürmen einer Burg bringt immens hohe Verluste mit sich. Die Feinde werden uns in ihrem Bollwerk mit Steinen, siedendem Pech und Pfeilhagel empfangen. Wir schicken hunderte Soldaten in den sicheren Tod und bringen dem Gegner keine nennenswerten Verluste bei.«

»Beim Angriff auf die Burg habt Ihr an die weniger kampferprobten Münder gedacht, nicht wahr?«, stellte Siegbert beeindruckt fest.

»Natürlich!«, schnalzte Graf Garsick. »Jetzt, wo Ihr es ansprecht, erscheinen mir die Fußknechte am vielversprechendsten.«

Nun verstand auch Kristan. Ihm blieb die Luft weg, er sagte nichts mehr.

Kriegslogistik machte aus Soldatenleben ein Rechenspiel, vor allem wenn diese zur Variablen erklärt wurden. Soll die Verpflegung länger als sechzehn Wochen ausreichen, schaffe entweder mehr Proviant herbei oder vermindere die Anzahl deiner Männer. Die Armee war in Heerhaufen eingeteilt, die Infanterie in Bogenschützen, Schwertkämpfer und einfache Soldaten. Letztere, über fünfhundert an der Zahl, wurden zu einem großen Teil aus dem Haufen der Fußknechte gebildet – Bauern und einfache Arbeiter, die wenig kampferprobt mit minderwertigen Waffen ausgestattet waren. Ungerechterweise stopften die jedoch genauso viel in sich hinein wie die erfahrenen Ritter und Doppelsöldner.

Kristan knabberte sichtlich an diesem Vorschlag, Meinhardt und Siegbert wirkten stumm und unbeteiligt wie Grabsteine ohne Inschrift.

Und Brocken? Ihm entlockte es nicht einmal ein müdes Zucken. Er hatte sich schon gefragt, wer als Erster mit diesem Vorschlag aufwarten würde. Käfig-Garsick war noch skrupelloser, als er erwartet hatte. Respekt!

»Nun wollen wir unseren erfahrensten Krieger zu Wort kommen lassen«, erklärte der Graf zuckersüß. »Brocken, noch haben sich die Streitkräfte in der Burg Stoderring nicht bewegt, berichten die Kundschafter. Wie schätzt Ihr die Lage ein?«

»Sie spähen uns genauso aus wie wir sie. Ich denke, die Größe unserer Armee wird sie überrascht haben. Es muss sich noch zeigen, ob Stoderring seinem Bündnispartner tatsächlich zu Hilfe eilt.«

Davon wollte Garsick nichts hören. »Wir müssen ihn aus seiner Scheißburg rauskriegen. Der Krieg gegen Stoderring auf offenem Feld ist der, den wir gegen ihn führen wollen.«

»Und für diesen Krieg bin ich hier.«

»Was benötigen wir Eurer Meinung nach?«

»Zunächst die richtige Strategie. Egal was die Herzöge vorhaben, wir sollten hier nicht mit der gesamten Armee monatelang verharren. Je länger wir warten, desto größer wird das Heer, mit dem Stoderring eines Tages auftaucht. Und es wird eng. Bodensteins Truppen werden mit der eigenen Burg im Rücken ebenfalls ausrücken und uns einkesseln. Tag und Nacht werden sie Pfeile abschießen. Sie stecken das Gras im Umland in Brand, sie vergiften den Bach, sie rösten uns in unserem Lager. Unsere Überzahl hilft dagegen wenig.«

»Ja, ja, natürlich. Was schlagt Ihr vor?«

»Gebt mir tausend Männer, reine Infanterie. Ruhig auch alle Fußknechte. Und entsprechenden Proviant auf den Pferdewagen. Keinen Drecksfraß, sondern Zwieback, gepökeltes Schwein, Bohnen und Käse.«

Garsick pfiff durch die Zähne und kraulte sein wabbelndes Kinn.

Brocken war noch nicht fertig. »Für die Moral der Truppe brauche ich …«

»Was noch?«, fauchte der Graf.

»Den Medikus und einen weiteren Offizier. Und fragt alle Söldner, ob sie in der Vergangenheit schon für Herzog Stoderring gekämpft haben. Mit diesen will ich reden.«

»Ihr wollt es aber wissen.«

Brocken zuckte mit den Schultern. »Und Ihr den Sieg.«

»An welchen Offizier habt Ihr gedacht?«

»Kristan.«

Garsicks Augen blitzten zwischen Kristan und Brocken hin und her. »Warum gerade der?«

»Mit ihm habe ich bereits zusammen gekämpft. Und gewonnen natürlich.«

»Natürlich.«

Obwohl Meinhardt sicherlich keine Lust hatte, sich zusammen mit Brocken in den weitaus gefährlicheren Teil der Schlacht einzubringen, blickte er nun noch hasserfüllter drein. Offensichtlich fühlte er sich hinter den Jungspund zurückgesetzt. Dem Sanften Siegbert hingegen war nichts anzumerken.

»Erklärt Euch genauer. Was habt Ihr vor?«, zischte Garsick garstig. Offenbar behagte ihm diese Vorgehensweise nicht sonderlich, da er Kontrolle abgeben müsste. Und er dem alten Söldner nicht traute.

»Erstens wird es zu der Schlacht kommen, die Ihr Euch erhofft, und zweitens gewinne ich sie. Wie immer«, versprach Brocken, als erklärte er ein Naturgesetz. Tat er auch. Gegen diese Argumente konnte niemand etwas einwenden.

»Was macht Euch so sicher?«

»Stoderring wird in Erfahrung bringen, welche Haufen ihm entgegenziehen. Und seine Chance wittern, zwei Fliegen mit einer Klappe zu schlagen. Zum einen kommt er seinem Verbündeten zu Hilfe, zum anderen trifft er auf den vermeintlich schwächeren Teil unserer Streitkräfte und rechnet sich höhere Siegchancen aus.«

»Ist dem nicht so? Was wollt Ihr mit dem Bauernpack, Brocken?«

»Dem ist nicht so, denn *ich* führe die Streitkräfte an. Auch das Bauernpack.«

Der Graf atmete einmal tief durch. »Meine Herren. Ich lasse mir die Optionen bis morgen durch den Kopf gehen.« Er erhob sich und schimpfte die Narbenfresse an. »Es stehen mir immer noch zu viele Soldaten herum. Also, sorgt für Beschäftigung. Macht die Gräben noch tiefer und die Palisaden noch höher.«

Ein schönes Schlusswort.

Am nächsten Morgen rief Kriegsherr Garsick seine beiden Offiziere Kristan und Brocken zu sich in sein Zelt. »Ich komme direkt zur Sache«, kam er direkt zur Sache und sah den alten Söldner dabei streng an. »Ich bin einverstanden, wir machen es so, wie Ihr vorgeschlagen habt. Trefft alle notwendigen Vorbereitungen.«

Brocken nickte.

»Und seht zu, dass ich es nicht bereuen werde. Übermorgen brecht Ihr auf. Wir sollten die Truppenteile nicht zu weit auseinanderziehen, entfernt Euch nicht mehr als zwei Tagesreisen von hier. Jeden Abend sendet Ihr einen Boten mit einem Lagebericht.«

Damit endete die Audienz. Brocken war es recht. Worte waren genug gewechselt worden, nun sollten Taten folgen.

»Es ist mir eine Ehre, wieder mit Euch Seite an Seite zu kämpfen«, meinte Kristan, als sie aus dem Zelt des Grafen traten.

»Scheiß auf Ehre«, antwortete Brocken. »Ich hasse dieses Wort. Ehre ist nur eine Worthülse. Sie hilft nicht auf dem Schlachtfeld, sie bedeutet nichts, sie nützt nichts, sie steht bloß im Weg.«

»Wie … meint Ihr das?«

»Wenn du während der Schlacht einen Feind von hinten erschlagen kannst, zögere nicht, tue es. Sofort, ohne zu überlegen. Und sieh vorher hinter dich.«

»Hm, ich glaube, Ihr seid nicht so hart wie Ihr tut«, erklärte der junge Offizier.

Der alte Söldner mahlte mit dem Unterkiefer. Er blieb

stehen, sah Kristan an. Bestimmt kam noch mehr Blödsinn.

»Oder … warum habt Ihr die Fußknechte vor dem sinnlosen Stürmen der Burg und damit vor dem sicheren Tod bewahrt?«

Brocken stöhnte über so viel Naivität. »Weil ich sie brauche, um sie bei der Schlacht in den sicheren Tod zu schicken. Das ist der einzige Grund.«

»Hm.« Offenbar war Kristan nicht überzeugt. »Und warum habt Ihr ausgerechnet mich für diese Aufgabe als Offizier ausgewählt?«

»Ganz einfach. Purer Mangel an Alternativen. Meinhardt kann ich nicht trauen, der wird mich immer hassen. Den werde ich bei der nächsten Gelegenheit umbringen. Verbleibt also noch Siegbert. Ebenfalls ein Arschloch, jedoch um einiges schlauer und durchtriebener. Tut nach vorne freundlich, ist im Grunde noch schlimmer. Wenn du dem den Rücken zuwendest, stelle vorher sicher, dass er ziemlich tot ist. Folglich kam der auch nicht in Frage. Und, immer noch stolz, dass meine Wahl auf dich fiel?«

Kristan schob die Unterlippe vor wie ein beleidigtes Kind. Dann grinste er plötzlich. Eines dieser Grinsen, das nur die untere Gesichtshälfte beschäftigte und nicht in den Augen ankam. »Ihr seid ein Dreckskerl, aber im Grunde sehe ich es ähnlich. Was mich selbst wundert ist, dass ich Euch durchaus den Rücken zuwenden würde.«

»Gutgläubiger Trottel! Du verkennst mich. Tu das besser nicht«, knurrte Brocken.

Ein Soldat kam ihnen entgegengelaufen und rief: »Es hat eine Schlacht gegeben, auf halbem Weg zwischen unserem

Lager und der Burg.«

»Und?«, fragte Brocken.

»Jeweils zwei Tote auf beiden Seiten und einige Verletzte.«

»Das war keine Schlacht, sondern eine kleine Meinungsverschiedenheit«, schnaubte Brocken. »Nun gut, ich sehe mir die Sache an.«

Brocken schwang sich auf sein Pferd und ritt zum Ort des Geschehens. Schnell stellte sich heraus, dass ein Trupp der Burg zu nahegekommen war. Jedenfalls waren einige berittene Soldaten ausgerückt und hatten angegriffen. Ein verzweifelter Racheakt für den Tod der beiden Abgesandten. Wie der alte Söldner bereits vermutet hatte, eine Lappalie. Sollten sich andere darum kümmern, er hatte eine richtige Schlacht vorzubereiten.

Der Wundarztgeselle

Unruhe schwappte durch das Lager wie ein wildgewordener Bienenschwarm. Die Gerüchte stimmten, es war zu ersten Kampfhandlungen gekommen. Und zu ersten Toten. Tatsächlich rief der Medikus Raffael zu sich. »Wundarztgeselle, auf halbem Weg zur feindlichen Burg hat es ein Scharmützel gegeben. Inzwischen ist das Gebiet gesichert. Fahr mit dem Karren dorthin und sieh nach, was du tun kannst. Die Verletzten transportierst du hierher.«

»Ja, Meister.«

Auf der einen Seite war der Gaukler froh, etwas tun zu können, auf der anderen Seite wurde ihm klar, dass damit der Krieg endgültig bei ihm angekommen war. Mehr noch, er wurde mitten hineingeworfen – in einen Kampf, der nicht der seine war. So wie viele andere in diesem verdammten Zeltlager auch. Missmutig spannte er Diego vor den Karren. Etwas Gutes hatte sein Zwangsengagement in der Armee: Einer der zahlreichen Handwerker hatte den Wagen repariert. Nun waren die Räder wie neu und die Achsen geschmiert. Zwei morsche Planken der Ladefläche waren auch ersetzt worden. Beste Pflege der militärischen Fuhrwerke – aufs Material wurde geachtet, auf die Menschen weniger.

Als er sah, wie sich sein Pferd über die anstehende Bewegung freute, verbesserte sich seine Laune etwas. Er schwang sich auf den Bock. »Na dann mal los, Diego. Und das Ohrenanlegen kannst du dir sparen. Gefahr lauert hier hinter jedem Busch und unter jedem Stein.«

Auf der Strecke zum Ort des Geschehens patrouillierten etliche eigene Soldaten, sodass er nicht befürchten musste, angegriffen zu werden. Den Gedanken an Flucht hatte er bis auf Weiteres aufgeschoben – mitten im Feindesland würde er nicht weit kommen. Am Wegrand lagen zwei Tote mit dem Wappen von Herzog Bodenstein auf der Brust. Ein Bär auf zwei Beinen. Hatten sie die schützende Burg verlassen, um ein Zeichen zu setzen?

Wenig später stieß Raffael auf eigene Männer, die eine Traube bildeten. Der frischgebackene Feldscher wider Willen hielt den Karren an. »Gibt es Verletzte?«

Ein Söldner mit einer Schnittwunde am Arm winkte ab und meinte: »Alles halb so schlimm, ich reite selbst ins Lager zurück. Die beiden dahinten hat es schlimmer erwischt.«

Einer von Garsicks Gardesoldaten stützte einen Kameraden mit einem tiefen Stich im Oberschenkel. Das Bein war bereits abgebunden worden, sodass die Wunde kaum blutete. Der Medikus würde sie gleich im Lazarett klammern. Sie halfen dem Verletzten auf den Karren, der sich stöhnend auf den Rücken fallen ließ. Ein weiterer Soldat kam mit einem leblosen Körper über der Schulter herbeigestiefelt. »Ihn haben sie aus dem Hinterhalt erwischt. Er ist nicht ansprechbar, atmet jedoch noch«, erklärte er.

Zu dritt packten sie zu, um den Ohnmächtigen ebenfalls

auf die Ladefläche zu verfrachten.

»Das sind alle Verletzten«, meinte der Soldat. »Bei den anderen Kameraden kommt jede Hilfe zu spät.«

»Ich sehe, was ich tun kann«, sagte Raffael, wandte sich dem neuen Patienten zu und erschrak. Eine verzerrte Fratze starrte durch ihn hindurch ins Nirgendwo. Ein Augapfel stand ein Stück vor. Dieser Mann … er sah genauer hin. Derart entstellt hätte er ihn beinahe nicht erkannt, zumal Zopf und Ohrring unter dem Helm verborgen waren, doch das junge Gesicht hatte er nicht vergessen. Wieland, sein Tischgenosse aus der Spelunke, erlebte sein erstes Söldnerabenteuer. Und wie es aussah, sein letztes. Der Wundarztgeselle beugte sich zu ihm hinunter. Auf den ersten Blick konnte er keine Verletzung entdecken. Er öffnete den Waffengurt mit dem seltsamen, dünnen Schwert. Dieses brauchte der Patient jetzt nicht mehr. Mit flinken Fingern schnürte Raffael die Riemen der nietenbeschlagenen Lederrüstung auf – kein Blut, keine Wunde. Der Oberkörper hob und senkte sich gleichmäßig. Auch im Gesicht war weder Schmutz noch Blut zu sehen. Vorsichtig drehte er ihn auf die Seite, auch der Rücken sah unversehrt aus. In seiner tiefen Ohnmacht bekam Wieland nichts davon mit. Jetzt fiel es Raffael auf: ein Loch im Helm, so groß, dass er beide Daumen hineinstecken konnte, darum herum eine erhebliche Delle. Eine Nagelkeule oder ein Streitkolben musste Wieland kräftig von hinten erwischt haben. Behutsam versuchte Raffael, ihm den Helm vom Kopf zu ziehen, was sich aufgrund der Deformierung als schwierig herausstellte. Das Kännchen Lampenöl aus dem Seesack konnte helfen. Er öffnete die Kordel und wühlte darin herum.

Der Soldat mit dem verletzten Bein meckerte: »He, was ist mit mir? Fahr mich ins Lazarett.«

»Einen Moment. Wenn du in seiner Lage wärst, würdest du auch wollen, dass sich jemand sofort um dich kümmert.«

Der Mann richtete den Oberkörper auf und betrachtete Wieland zum ersten Mal. Es brauchte nicht viel, um zu verstehen, dass er im Vergleich zu ihm in bester Verfassung war. »Schon gut! Das arme Schwein«, brummte er. »Aber beeil dich.«

Inzwischen hatte Raffael gefunden, was er gesucht hatte. Er ließ ein paar Tröpfchen der schmierigen Flüssigkeit an den Schläfen in den Helm hineinlaufen; irgendwie musste er das zerbeulte Ding doch abbekommen. Mit beiden Händen probierte er es erneut, Stück für Stück rutschte der Helm vom Kopf. Was dann zum Vorschein kam, stellte Raffael sämtliche Körperhaare auf – die hintere Schädelpartie war zerschmettert. Er konnte einen Teil des Gehirns sehen – es sah aus wie ein heller Schwamm.

»Gute Güte«, entfuhr es ihm. Was für eine grauselige Verletzung.

Dem Soldaten neben ihm entlockte das Entsetzen nur ein ehrliches »Ach du Scheiße.«

Behutsam nahm der Gaukler Wielands Kopf in beide Hände. Die Wangen fühlten sich warm an. Raffael verharrte noch einen Moment, ein Gefühl der Seelengüte strömte in ihn hinein. Es verwirrte ihn. Wie konnte ein Mensch in dem Zustand noch so viel Lebensmut und Zuversicht in sich bergen? Er schien weit davon entfernt zu sein, sein Leben zu verlieren. Weil er nichts von seinem Zustand wusste? Der Gaukler legte ein sauberes Leinentuch über den Hinterkopf und stabilisierte ihn zwischen zwei zusammengefalteten Decken. Er betrachtete ihn kopfschüttelnd und machte sich nichts vor – diese schwere Verletzung konnte Wieland nicht überleben.

Der Medikus wartete mit einem drei Köpfe größeren Mann vor dem Eingang des Lazaretts. Brocken, wer auch sonst. Was wollte der Fiesling bloß?

Raffael hielt den Pferdekarren neben den beiden an. Der Meister nahm sein Erscheinen mit einem kurzen Nicken zur Kenntnis und ging um den Wagen herum. Brocken verzog keine Miene. Was auch sonst.

Der Soldat mit der Stichwunde streckte dem Medikus das Bein entgegen, vor Schmerzen knirschte er mit den Zähnen.

»Wenn es vom Wundbrand verschont bleibt, können wir dein Bein retten«, meinte der Meister nach einem kurzen Blick auf die Verletzung. Zu zwei Helfern sagte er: »Tragt ihn rein.« Daraufhin widmete er Wieland seine Aufmerksamkeit. »Was hat der?« Um sich die Frage selbst zu beantworten, lüftete er das Leinentuch. Ein Blick, ein Stirnrunzeln, ein Abwinken. »Hier kommt jede Hilfe zu spät. Ich denke, er wird nicht einmal mehr aufwachen.«

Auch Brocken warf einen gelangweilten Blick auf den eingeschlagenen Schädel. »Der saß zum letzten Mal mit dir am Tisch, Schmalhans.«

Ein hilfreicher Kommentar. Wie auch sonst. Wobei dieser alte Söldnersack ein verflucht gutes Gedächtnis hatte.

Die beiden haben wohl recht, dachte Raffael.

Ein trauriges Eingeständnis. Dann erinnerte er sich an die Wärme und die Kraft in dem bewusstlosen Körper. Er konnte ihn doch nicht völlig untätig krepieren lassen. »Meister, noch ist nicht viel zu tun, daher erlaubt, dass ich mich um ihn kümmere. In der Vergangenheit habe ich einigen Schädeloperationen beigewohnt, ich will versuchen, ihn zu retten.«

»Hm, als Erstes muss seine Schädeldecke angehoben werden, dies ist wohl kaum zu bewerkstelligen, ohne ihn zu töten. Aber … nur zu, Wundarztgeselle. Viel zerstören kannst du nicht mehr«, sprach Balindar ihm Mut zu. »Bis morgen gebe ich dir Zeit, dann haben wir Wichtigeres vor.«

Brocken wandte sich dem Medikus zu: »Mach dich bereit. In zwei Tagen geht es los.« Der alte Söldner wartete keine Antwort ab. Grußlos drehte er sich um und verschwand.

Die zwei Helfer kamen zurück, zu viert hoben sie Wieland auf die Trage.

Versonnen blickte der Meister Brocken hinterher.

»Kennt Ihr diesen …«, Raffael bemühte sich um einen neutralen Ausdruck, »… Mann?«

Balindars Blick reiste in die Vergangenheit. »Ein sonderbarer Vertreter unserer Art. Zum ersten Mal bin ich ihm bei der Schlacht im Nebelmoor begegnet. Ich war damals noch Wundarztgeselle. Niemals werde ich den Anblick vergessen. Zerschnitten, zerfetzt, zerschunden kam Brocken aus dem Moor zurück. Er sah aus, als wäre eine ganze Kavallerie über ihn drüber galoppiert. Im Moor zurück blieben viele hundert Leichen. Keiner außer ihm überlebte, nicht Freund, nicht

Feind. Er trägt eine schwere Bürde mit sich herum. Ein Ratschlag, junger Freund: Geh ihm besser aus dem Weg.«

Raffael ließ es gut sein, er hatte genug gehört und wollte sich lieber um den Schwerverletzten kümmern. Wieland hatte sich in der Spelunke für ihn eingesetzt. Jetzt sollte er im Gegenzug wenigstens den Versuch unternehmen, ihm zu helfen.

Derweil hatten sie Wieland auf den Behandlungstisch im Zelt gelegt – eine breite, glatt geschliffene Holzplatte, leicht nach hinten abfallend, so lief das Blut prima ab. Im Licht zweier Öllampen begann Raffael mit der Untersuchung. Der Einschlag hatte etliche Knochensplitter verteilt. Mit einer Pinzette zog er einen nach dem anderen aus der Wunde. Glücklicherweise lag Wieland nach wie vor in tiefer Ohnmacht, lediglich an der gleichmäßigen Atmung erkannte Raffael, dass er noch lebte. Er nahm eine Lampe in die Hand, drehte den Docht ganz nach oben und verrenkte sich in alle Richtungen, um die Kopfwunde auszuleuchten. Prompt entdeckte er einen weiteren Splitter halb verborgen unter der Schädeldecke. Geschickt zog er ihn heraus. Tatsächlich konnten seine geschmeidigen Finger mehr, als Geldbörsen aus fremden Taschen in die eigene wandern zu lassen. Jetzt sollte die Wunde sauber sein. Nun kam er zu dem eigentlichen Problem, das der Medikus angesprochen hatte. Die eingedrückte Schädelpartie musste angehoben werden, ohne weiteren Schaden zu verursachen. Einerseits kostete es viel Kraft, die Knochenplatte wieder in die normale Form zu bringen, andererseits durfte er beim Richten des Schädels auf keinen Fall mit Gewalt zu Werke gehen. Er musste kontrolliert in minimalen Schritten arbeiten. Raffael sah sich um. All die Sägen, Messerchen, Haken, Klammern, Stäbe und Hämmer des Medikus schienen ihm ungeeignet. Nachdenklich ging er vor das Zelt, hievte den Seesack vom Pferdekarren und entnahm einige Gegenstände. Er überlegte nicht lange und machte sich an die Arbeit. Die Nägel schlug er mit einem Hammer flacher und breiter. Aus Zange, Schraubzwinge, einem Stück Draht und den Nägeln konstruierte er ein neues Werkzeug.

Der Medikus kümmerte sich derweil um das Bein des anderen Verletzten, somit war ausgerechnet Feldscher Nummer zwei der einzige verfügbare Helfer.

»Was willst du mit dem komischen Gestänge?«, fragte Wolther und machte keinen Hehl daraus, dass er die Bemühungen für Zeitverschwendung hielt.

Kritisch betrachtete Raffael sein Werk. Wollte er es wirklich damit versuchen? Die Worte des Meisters gaben den Ausschlag. *Viel zerstören kannst du nicht mehr.*

»Halte den Kopf mit beiden Händen fest. Er darf sich nicht bewegen«, sagte der Gaukler.

»Du weißt, was du tust?«

»Nein«, antwortete Raffael. Dann setzte er seine Konstruktion an, indem er den Griff der Zange spreizte, sodass beide Enden auf der intakten Schädeldecke auflagen. Die untere Schiene hatte er mithilfe des Nagels und des Drahtes verlängert. Er schob den Nagel unter die eingedrückte Schädeldecke und spannte den Zangenkopf unter die obere Schiebe der Schraubzwinge. Behutsam drehte er deren Griff. Nur nicht die falsche Richtung erwischen. Der untere Arm der Zwinge hob sich minimal, Raffael spürte den Widerstand der Knochenplatte. Behutsam drehte er weiter. Er schwitzte, wenngleich er kaum Kraft aufbringen musste. Seine Konstruktion machte die Arbeit von allein. Erneut spannte er die Hand am Griff der Schraubzwinge an und drehte. Die Kopfdecke bewegte sich nach oben. Raffael sah genauer hin. Die Deformation war noch gut zu erkennen. Langsam weiter, der Riss im Schädel durfte nicht weiter aufbrechen. Tatsächlich hob sich die eingedrückte Knochenplatte Stück für Stück. Raffaels Finger wurden rutschig, er wischte sie an seiner Hose trocken. Noch ein kleines Stück. Ein Stückchen. Eine Zehntel Umdrehung. Das reichte. Die Form des Schädeldachs sah wieder halbwegs normal aus. Mit aller Vorsicht setzte er seine Schädelplattenhebeerfindung ab und schnaufte erschöpft.

»Und nun?«, fragte Wolther. »Sterben wird er trotzdem.«

»Das wirst du auch«, sagte der Gaukler kurz angebunden. Die Kommentare seines Helfers konnte er jetzt nicht gebrauchen.

Er betrachtete die runde Öffnung im Hinterkopf. Bei seinen Reisen mit dem Medikus vor einigen Jahren, hatte dieser Löcher im Kopf mit kleinen Metallplatten versehen, die mit der Zeit in die knöcherne Schädeldecke einwuchsen. Aus irgendeinem Grund hatte er hierfür stets Silber präferiert.

»Eine Münze. Ich brauche eine Silbermünze.«

»Auf den gebe ich keinen Silberling«, meinte Wolther. Nachdenklich betrachtete er die Schraubzwinge. »Da passt viel mehr rein als nur der Daumen. Muss ich mir merken.«

Raffael verdrehte die Augen, sodass es knirschte. »Du kannst den Kopf jetzt loslassen«, sagte er. »Danke, den Rest mache ich allein.« Der Gaukler verspürte kein Bedürfnis, die Gesellschaft von Folter-Wolther länger als unbedingt nötig zu ertragen.

Er holte einen Silberling aus seinem Geldbeutel und hielt ihn über die Wunde. Nein, zu klein. Im Seesack lagen weitere Münzen. Er wühlte mit beiden Armen tief in Krims' Hinterlassenschaft und zog einige Exemplare hervor. Eins davon sah passend aus. Solch eine Münze hatte der Gaukler noch nie zuvor gesehen, die Prägung war schon ziemlich abgegriffen. Auf beiden Seiten erkannte er nur noch die Umrisse eines Vogels. Mit der Zange hielt er sie kurz über die Flamme der Lampe. Sein früherer Medikus hatte dies auch immer getan und erklärt: *Nichts reinigt so wie Feuer.*

Mit aller Vorsicht drückte er die Münze auf die Wunde, sie verschloss das Loch optimal. Raffael betrachtete sein Werk. Wielands Gesicht sah immer noch deformiert aus, doch der linke Augapfel stand nicht mehr so weit vor. Fand er wieder genügend Platz in der Augenhöhle? Raffael wusste es nicht. Ob sein Kamerad jemals wieder aufwachen würde?

»Gute Arbeit, Wundarztgeselle. Du bist ein Naturtalent.« Medikus Balindar begutachtete erst den Patienten und dann die abenteuerliche Konstruktion. Er machte aus seinem Erstaunen keinen Hehl. »Sehr findig. Der Schädel sieht wieder fast normal aus.«

Das Naturtalent freute sich über das Lob – nach vielen grauen Tagen endlich mal ein Lichtblick. Wolther hingegen konnte Lob für andere nur schwer ertragen; grün vor Neid kaute er auf seiner Unterlippe herum.

Der Medikus ergänzte: »Dennoch wird es ein kleines Wunder brauchen, damit der junge Kerl wieder aufwacht.«

Abschließend legte Raffael seinem Patienten noch einen festen Kopfverband aus sauberem Leinentuch und eine Halskrause an. Letztere verhinderte, dass Wieland den Kopf während des Schlafs auf die Wunde drehte. Erschöpft ließ der Gaukler in der Rolle eines Wundarztgesellen die Arme sinken. Er hatte getan, was er konnte. Nun hielten andere Wielands Schicksal in der Hand.

Am nächsten Morgen führte Raffaels erster Weg zum Feldbett, in das sie Wieland gelegt hatten. Erleichtert stellte er fest, dass er noch atmete. Der Medikus trat hinzu und kräuselte die Stirn in viele kleine Falten. »Mach dir nicht zu viele Hoffnungen, Raffael. Selbst wenn er wider Erwarten aus seiner Ohnmacht erwachen sollte, kann es sein, dass sein bisheriges Leben vollends ausgelöscht ist. Vielleicht kann er sich nie wieder bewegen, nie wieder sprechen.«

Der Gaukler nickte stumm. Jetzt erst fiel es ihm auf: Der Medikus hatte ihn zum ersten Mal mit seinem Namen angesprochen. Er flößte seinem Patienten ein wenig Wasser ein. Trinken konnte er jedenfalls noch – instinktiv schluckte Wieland Tropfen für Tropfen hinunter. Raffael spürte seine lebensbejahenden Kräfte durch den Kopfverband hindurch.

»Morgen werden wir mit einem Teil des Heeres das Lager verlassen. Ich habe dich auserkoren, mich zu begleiten.«

»Wohin?«, fragte Raffael.

»Spielt es eine Rolle? Wo auch immer, wir sind die Schafe

unter den Wölfen und verhalten uns unauffällig.«

»Was meint Ihr, Meister?«

»Soldaten töten, wir retten Leben. Oppositionelle in der eigenen Armee. Vor Jahren habe ich damit aufgehört, die Daseinsweise unserer Art zu hinterfragen.«

»Wird dieser Brocken uns anführen?«

Der Medikus nickte. »Was beschäftigt dich, mein junger Freund?«

»Wer kümmert sich um Wieland?«

»Die anderen Wundarztgesellen und Helfer bleiben. Ich gehe davon aus, dass hier in den nächsten Tagen keine Kampfhandlungen stattfinden werden. Daher gibt es genügend Kapazitäten, um deinen Patienten bestmöglich zu versorgen. Die meiste Zeit wird das Füttern in Anspruch nehmen.«

Raffael sorgte sich dennoch, er traute Wolther weder viel zu, noch über den Weg.

Als könnte Balindar Gedanken lesen, sagte er: »Ich habe Wundarztgeselle Wolther zur Seite genommen und ihn persönlich für das Wohlergehen des Verletzten verantwortlich gemacht. Man könnte sogar sagen: sein Schicksal mit dem des Patienten verknüpft.« Er lächelte.

Dem Gaukler wurde warm ums Herz, er wusste nicht, was er erwidern sollte. Dieser Medikus war ein Phänomen.

Balindar hob den Finger: »Ich mahne erneut – mach dir nicht zu viel Hoffnung auf eine zufriedenstellende Genesung.«

»Verstehe. Danke Meister, Ich möchte nicht unverschämt erscheinen, aber … da ist noch etwas.«

»Ich höre.«

»Mein Karren und mein Pferd und mein Seesack sind mir wichtig.«

»Kommt alles mit.«

»Euer Vertrauen ehrt mich, Meister.«

Raffael kletterte auf den Bock. In kurzen Worten erzählte er Diego und Borsti, was sich zugetragen hatte. Und dass sie morgen zu neuen Ufern aufbrechen würden. Das Pferd spitzte die Ohren. Der Wurm auch, wenn er welche gehabt hätte.

Es hatte sich herumgesprochen – sie würden in Richtung Norden ziehen und in das nahegelegene Herzogtum Stoderring einmarschieren. Vielleicht würde sich diesmal eine Gelegenheit zur Flucht ergeben.

Wie sich das für einen Dieb, äh Gaukler, gehörte, stahl sich ein Lächeln in sein Gesicht. Von allen Feldscheren und Helfern hatte der Meister ausgerechnet ihn zu seiner Begleitung erkoren.

Respekt und Angst

Seit zwei Tagen marschierten sie nach Norden in das benachbarte Herzogtum von diesem Stoderring. Brocken voran, über tausend Männer folgten und hörten auf sein Kommando. Warum sie ihm dabei auch noch so viel Ehrfurcht entgegenbrachten, konnte er kaum nachvollziehen. Furcht war angebracht, aber zum Teufel, was sollte er mit Ehre? Zumal er sie in den Tod schickte. Ihm konnte es gleich sein. Für seinen Sold lieferte er solide Arbeit ab, nicht mehr, nicht weniger. Im Ergebnis hieß dies eine gewonnene Schlacht, ein gewonnener Krieg, ein gewonnenes Herzogtum. Nein, zwei Herzogtümer – darum ging es hier. Die Köpfe von Stoderring und Bodenstein sollten rollen, um die Herrschaftsambitionen eines gewissen Graf Garsick durchzusetzen. Woher nahm er diesen Anspruch? Weil es ihm gefiel. Statt Skrupel besaß Garsick Gold. Und der mit dem meisten Gold hatte nun mal Recht. Nur das allein zählte in diesen Gefilden.

Bislang hatte ihn noch keine Meldung von einem der beiden Auskundschafter erreicht, die Brocken zu Beginn der Mission nach Norden gesandt hatte. Das gefiel ihm nicht. Ein Krieg wurde durch drei Faktoren gewonnen: Größe der Armee, Moral der Soldaten und die richtige Strategie.

Ersteres konnte er nicht mehr ändern: Tausend Männer standen ihm zur Verfügung. Um deren Einstellung, insbesondere um die grottenmiese Verfassung der Fußknechte würde er sich noch kümmern. Schlussendlich blieb noch die Auswahl der richtigen Strategie. Hierfür benötigte er Informationen über den Gegner. Vor allem über Stärke und Aufbau der Truppen, Bewaffnung und Standorte. *Kenne deinen Feind* war weitaus mehr als ein geflügeltes Wort.

Hoch zu Pferd trabte Brocken an der Spitze der Armee, als ihm ein Reiter der Vorhut entgegenkam. Diese Einheit bestand aus zwanzig erfahrenen Männern, die auf schnellen Pferden unaufhörlich die nähere Umgebung erkundeten. Der alte Söldner hasste Überraschungen.

»Herr Feldmarschall, keine Feindbewegung auszumachen. Alles ruhig.«

»Nenn mich Brocken.«

»Jawohl, Herr ... Brocken.«

»Dort drüben werden wir unser Lager errichten.« Er zeigte auf eine rechtwinklige Felsformation, die von zwei Seiten Schutz bot. »Informiere die Vorhut und erkundet das Umfeld. Auch den Süden.«

Schon preschte der Reiter los. Brocken übertrug Kristan die Verantwortung für den Lageraufbau, jedoch nicht bevor er ihm entsprechende Instruktionen gegeben hatte. Er wendete Gaul und stellte sich an den Rand des Weges. Wie ein riesiger Tausendfüßler zog die lange Schlange der Soldaten an ihm vorbei. Als Erstes die Doppelsöldner mit ihren Langschwertern, erprobte Krieger, die einen Meisterbrief für den Umgang mit Zweihandschwertern mitbrachten.

Dafür bekamen sie auch doppeltes Gold. Ihre Einstellung ähnelte der von Brocken. Töte, um zu leben. Gut zu leben. Wofür noch, spielte keine Rolle.

Dahinter marschierten die Pikeniere. Von denen hatten er zu wenig. Stangenwaffen waren beim offenen Kampf unverzichtbar.

Als Nächstes folgte der größte Truppenteil. Beinahe fünfhundert Fußknechte. Ihre Begeisterung für das Unausweichliche hielt sich in engen Grenzen. Lange graue Gesichter, die ergeben einen Fuß vor den anderen setzten. Ergeben hatten sie sich mit dieser Einstellung jetzt schon. Brocken mahlte mit dem Unterkiefer.

Vor den Bogenschützen und den Kurzschwertern begann der Tross – es kamen die Packpferde und Fuhrwerke mit Waffen, Proviant und Zelten. Der Medikus nickte ihm vom Bock eines dieser Wagen zu. Auf dem letzten Karren saß einsam eine halbe Portion – sie sah ebenfalls nicht sonderlich motiviert aus. Raffael hieß er, wenn das nicht auch wieder gelogen war. Die Langfinger nahmen es mit der Wahrheit meistens nicht so genau. Solange er niemanden beklaute oder anderweitig für Ärger sorgte, störte es Brocken nicht. Eins musste er dem Kerlchen lassen: Er hatte ihm seine Dieberei gestanden. In gewisser Hinsicht gehörte Mumm dazu, und das war so selten wie ein Dreihandschwert. Der alte Söldner hasste Feigheit wie den schwarzen Tod. Schließlich waren Furcht und Unentschlossenheit die pestbeuligen Auswüchse der Feigheit. Er rümpfte die Nase über die eigenen Widersprüche. Denn schließlich benötigte das System in perfekter Perversion genau diese Feigheit, um zu funktionieren, ansonsten könnte ein Dreckskerl wie Garsick niemals regieren. Und ein alter Söldner dieses Pack nicht anführen.

Wie war er auf solche Gedanken gekommen? Ach ja, der Langfinger. *Kotzbrocken* hatte der ihn geschimpft. Der alte Söldner hatte schon für weitaus weniger Köpfe abgeschlagen, wobei ihm der Name gefiel. Er passte. Es gab nur ein Problem: So viel und häufig wie er in seinem Leben schon kotzen wollte, konnte er gar nicht in sich hineinstopfen.

Wieso machte er sich andauernd Gedanken über den kleinen Spinner mit seinem Glaswurm? Ohne darüber nachzudenken, lenkte er sein Pferd neben den Pferdekarren. »He, Schmalhans. Warum hat der Medikus von all seinen Schwannendrückern ausgerechnet dich für unseren lieblichen Feldzug auserkoren?«

Der Kleine zuckte zusammen, doch er fing sich schnell. »Das musst du nicht mich, sondern ihn fragen.«

»Ich denke, du weißt es auch.«

Der Langfinger brauchte eine Weile, bis er entgegnete: »Noch zur Auswahl standen ein mordlustiger Folterknecht mit Daumenschrauben, ein einfältiger Gartenarbeiter mit Säge und ein Abdecker, der wesentlich mehr mit toten denn mit lebenden Soldaten anfangen kann.«

Demnach aus Mangel an Alternativen – das kam Brocken bekannt vor. »Für einen Dieb bist du verflucht ehrlich.«

»Ehrlichkeit gibt es nicht. Ehrlich. Und … bitte, ich bevorzuge das Wort Gaukler. Dieb klingt einfach nicht rechtschaffen genug.«

Brocken sah ihn schweigend an. Dumm war der Bursche

keineswegs. Dumme Diebe verbrachten viel Zeit in Käfigen. Oder an Prangern. Oder in Gräbern. Doch der Kleine beging einen großen Fehler: Er dachte zu viel nach.

Wie zum Beweis fragte er nachdenklich: »Was hast du mit dieser Armee vor?«

»Kämpfen, töten, siegen«, erklärte Brocken.

»Und was bringt das?«

»Blut, Spaß, Gold«, erklärte Brocken.

Schmalhans taxierte ihn. »Nach Spaß siehst du nicht aus.« Er wartete einen Augenblick, bevor er fragte: »Lechzt so die berüchtigte Söldnerseele?«

»So ist es. Je größer das Arschloch, desto besser der Söldner«, erklärte Brocken.

»Ganz klar, du bist der Allerbeste«, lobte Langfinger ihn im Brustton der Überzeugung.

Wenn Brocken einen Funken Humor besäße, würde er glatt grinsen. Stattdessen besaß er ein großes Schwert, mit dem er glatt Köpfe abschlagen konnte. Wie hatte dieses kleine Kerlchen mit der riesengroßen Klappe nur so alt werden können?

»Hast du keinen Respekt?«, fragte Brocken.

»Pfft. Zugegeben, ich habe Angst. Vor der Ungewissheit. Vor der Schlacht. Und vor dir. Aber Respekt? Nein, woher sollte der kommen?« Unschuldig und treu wie ein Kuckuck, der gerade sein Ei ins fremde Nest legte, guckte der Schmalhans ihn an. Bevor Brocken antworten oder ihm in die Schnauze hauen konnte, stellte er schon die nächste Frage: »Weshalb wolltest du den Medikus mitnehmen?«

Der Söldner holte tief Luft. »Aus dem gleichen Grund,

weshalb der Priester uns begleitet.«

»Und der wäre?«

»Moral.«

Scheinbar amüsiert spitzte Spitzbübchen die Lippen und stieß nur ein Wort aus: »Moraaal?« Überraschung und Unglauben zogen die zweite Silbe hoch bis zur Wolkendecke.

Brocken sammelte geräuschvoll Speichel und spuckte aus. Nicht wie kotzen, aber immerhin. »Doch nicht meine Moral, die stünde nur im Weg. Ich habe sie vor langer Zeit weggeworfen wie ein stumpfes Schwert oder einen zerbrochenen Schild.« Er zog die Augenbrauen zusammen. »Ich rede von der Moral der Truppe. Sie macht den Unterschied. Sie gewinnt Schlachten.«

Der Langfinger starrte mit gekräuselter Stirn geradeaus – und beging wieder seinen großen Fehler.

Sollte Brocken diesen aufmüpfigen Kerl nicht besser aufknüpfen lassen? Allerdings traute der sich, die Wahrheit zu sagen – so einer war schwer zu finden. Von Beginn an basierte dieser Krieg auf einer Farce oder besser auf den Gelüsten eines machtgeilen Fettwanstes. Die Motivation der Soldaten, in fremde Länder einzumarschieren, war deutlich niedriger, als sich in der Heimat gegen eine Invasion zu verteidigen.

Ein Reiter kam angeprescht. Endlich ließ sich einer der beiden Auskundschafter mal wieder blicken. Abgehetzt und übernächtigt saß der Mann im Sattel. »Herr, die Feinde kommen. Etwas über eine Tagesreise von hier. Es sind viele, sehr viele.«

»Schön«, antwortete Brocken. »Wie viele sind viele?«

»Öhm, am Horizont war nur eine Staubwolke zu sehen. Und die war gewaltig.«

Der Feind rückte näher und er war von Idioten umgeben.

Wenn ich ihm nun das Genick breche, weiß ich immer noch nicht, über wie viele Männer der Feind verfügt, beruhigte er sich.

Brocken erklärte: »Wir werden dort bei den Felsen lagern. Garsick hat mir keine Karte von dieser Gegend überlassen, daher sehe ich mich selbst mal um.«

»Ich besitze eine Karte von allen Ländereien. Der Maßstab ist zwar groß, doch Berge, Täler und Flüsse sind zu erkennen«, sagte Raffael.

»Gut zu wissen«, antwortete Brocken. Ein Schenkeldruck und sein Pferd trabte zur Armeespitze. Dort angekommen, winkte er Kristan zu sich. »Morgen in aller Früh versammelst du die Fußknechte unterhalb des Felsens. In voller Montur, mit Waffen, Fahnen und Standarten.«

»Nur die? Was ist mit den Söldnern und den Bogenschützen?«

»Die nicht. Die brauchen eine andere Ansprache.«

Kristan sah ihn verwundert an. »Das verstehe ich nicht.«

»Warte ab.«

Ein untergebenes Achselzucken. »Ihr seid der Feldmarschall.«

Das reichte seinem Offizier offensichtlich als Begründung – kapiert hatte er es immer noch nicht. Als hätte wahre Führung etwas mit Hierarchie zu tun.

Brocken galoppierte nach Norden, um sich vor Einbruch der

Dämmerung mit der näheren Umgebung vertraut zu machen.

Weit genug entfernt vom Lager roch die Luft gut. Nach Gras, nach Wildnis, nach Freiheit. Ein vertrautes Gefühl – Einsamkeit bedeutete Freiheit. Er genoss beides.

Vor ihm, zwischen zwei sanften Hügeln, lag eine wilde Wiese. Hier würde es geschehen. Seine Gedanken kreisten. Unter Berücksichtigung der Beschaffenheit des Geländes nahm sein Plan für den optimalen Schlachtverlauf Gestalt an. Nun galt es, den entscheidenden Schritt zu tun. Er hatte das Bild vor Augen: Tausende von Männern rannten, ritten, stürmten aufeinander zu, um einander umzubringen. Das Beste, was Menschen tun konnten, um ihre Existenz – diesen Fehler der Natur – mit eigenen Händen zu korrigieren. Beinahe verbesserte sich seine Laune. Sein Blick fiel auf den Zweihänder, den er neben den Sattel gegurtet hatte.

Nicht mehr lange, und du wirst wieder Blut schmecken, versprach er der Klinge.

Der Krieg war unausweichlich wie der Sonnenuntergang. Ein Gespräch mit Stoderring, um die blutige Schlacht doch noch im letzten Moment abzuwenden, würde es nicht geben. Dafür hatte der gute Garsick gesorgt, indem er die beiden Gesandten von Herzog Bodenstein trotz weißer Fahne hatte hinrichten lassen. Gut so. Ein Palaver bot lediglich Nahrung für Missverständnisse, die Sprache der Gewalt verstand jeder.

Zwei Amseln und eine Schwalbe sangen im Dickicht ihr Abendlied um die Wette. Brocken hielt seinen Gaul an und nahm sich alle Zeit, ihrem Konzert zu lauschen.

Kriegsvorbereitungen

Raffael sah dem großen Brocken nach, während er auf dem Bock hin und her rutschte. Ihm tat der Hintern weh, schließlich rollte er auf hartem Holz seit unzähligen Stunden gemächlich dem Tod entgegen. Wie mussten sich erst die Fußsoldaten fühlen? Immerhin, Linderung war in Sicht – für heute machten sie Halt.

Zwei Schanzgräber, die für den reibungslosen Aufbau verantwortlich waren, lotsten die vollbeladenen Fuhrwerke in die Mitte des Lagers. Dort wurden sie und die Ladung von allen Seiten gut bewacht.

Raffael half dem Medikus, ein kleines Lazarettzelt aufzubauen, in dem die beiden auch nächtigten. Die Gespräche mit Balindar trösteten ihn etwas über seine Situation hinweg, denn der erwies sich einmal mehr als erfahrener und mitteilsamer Arzt.

»Meister, der wievielte Krieg ist das für Euch?«, fragte der Gaukler, als sie nach getaner Arbeit vor ihrem Zelt saßen.

Der Medikus musste nicht überlegen. »Der siebente.«

Raffael schluckte. »Dann habt Ihr schon viel erlebt. Was wird auf uns zukommen, wenn es losgeht?«

»Einrenken und Amputieren von Gliedmaßen, Ausbrennen von Wunden, letzten Trost Spenden und Augenlider

Schließen. Wenn wir gewinnen, genau in dieser Reihenfolge. Wenn wir verlieren, nur Letzteres.«

»Hm, habt Ihr keine Angst?«

»Nein, denn für Furcht bleibt keine Zeit. Es ist unsere Berufung, Menschenleben zu retten. Du wirst erleben, wie diese dich voll und ganz erfüllt, sodass die Geschehnisse außerhalb des Lazarettzeltes sekundär werden. Auch Angst und Sorgen bleiben draußen.«

»Sollten wir nicht schon vorher ansetzen? Ist ein Menschenleben nicht zu schade, um es in sinnlosen Schlachten wegzuwerfen?«

Der Medikus legte seinen großen Kopf schräg, oder er konnte ihn nicht mehr gerade halten, was auf dasselbe hinauslief. »Egal ob philosophisch oder politisch gemeint – diese Betrachtungsweise ehrt dich. Doch dafür haben wir weder die Macht noch die Zeit, vor allem, wenn du deinem Begehr nachzukommen gedenkst, vom Wundarztgesellen zum Wundarzt aufzusteigen.«

Raffael wunderte sich, denn er hatte einen solchen Wunsch gegenüber dem Medikus niemals geäußert. Zugegeben, darüber nachgedacht hatte er schon.

»Raffael, unser Herrgott hat dich mit heilenden Händen gesegnet, nur dein Geist verschließt sich dieser Gabe noch.« Balindar hob den knorrigen Zeigefinger: »Zunächst bringe deine Körpersäfte in Einklang – die Harmonie von Blut, Weißschleim, Gelbgalle und Schwarzgalle. Nicht nur dein körperliches Gleichgewicht von Kälte und Wärme, Trockenheit und Feuchtigkeit wird von den Säften geregelt, sondern auch dein Wesen. Beispielsweise verursacht zu viel Schwarzgalle immanente Traurigkeit, Nachdenklichkeit und Melancholie.«

»Oh!« Natürlich kannte Raffael die Lehre von den vier Körpersäften von den Reisen mit seinem ersten Medikus, doch aus deren Ungleichgewicht einen Gemütszustand abzuleiten, war ihm neu. Es war sicherlich kein Zufall, dass der Medikus ihm gegenüber ausgerechnet die Schwarzgalle als Erstes erwähnte. Traurig, melancholisch und nachdenklich – verflixt, so ganz abtun konnte er es nicht. Auch um von sich abzulenken, fragte er: »Für was stehen die anderen Säfte?«

Balindar freute sich über die Wissbegierde seines Feldschers. »Blut steht für Heiterkeit und Optimismus, Schleim für Passivität und gelbe Galle für Wut und Reizbarkeit.«

Dann fließt durch Brockens Adern pure gelbe Galle, dachte der Gaukler. »Meister, wie bringen wir die Säfte in Einklang?«

»Zunächst erfolgt die Diagnose. Hier kann der Geschmack auf der Haut oder der des Urins sowie der Geruch des Atems erste Hinweise geben. Schwarzgalle beispielsweise schmeckt sauer wie Zitrone.«

Fürwahr, sauer fühlte sich Raffael seit dem ersten Tag der Zwangsrekrutierung. Dennoch irritierten ihn die Ausführungen des Wundarztes nun doch.

Der Medikus bemerkte seine Skepsis. »Nun, junger Freund. Für das Herstellen des Gleichgewichts der Säfte wird im Lazarett keine Zeit bleiben. Zunächst werden wir uns darauf konzentrieren, genügend Blut im Körper des Patienten zu bewahren. Daher halte ich das leichtfertige Zur-Ader-Lassen für bedenklich. Dies sollte wohl überlegt sein.«

Dem gegenüber war auch Raffaels erster Medikus skeptisch gewesen. Der Gaukler konnte es sich gut vorstellen: Wenn Blut für Heiterkeit und Optimismus stand, bewirkte übermäßiger Blutverlust eine gewisse Traurigkeit. Hm, was auch sonst? Der Körper des Menschen blieb ein Mysterium, welches er gern weiter ergründen wollte. Dieses Vorhaben tröstete ihn etwas über seine Situation hinweg. Es tat gut, sich Ziele zu stecken, die ambitioniert und dennoch erreichbar waren. Selbst für ihn. Dies bestärkte ihn in der Entscheidung, die er vor vielen Jahren getroffen hatte. Doch zunächst musste er sich auf sein Überleben in diesem unsäglichen Krieg konzentrieren.

Nach einer unruhigen Nacht kroch Raffael von seiner Schlafstätte auf allen vieren aus dem Zelt hinaus. Er rieb sich die Augen. Obgleich es noch früh am Morgen war, herrschte reges Treiben um ihn herum.

In langen Reihen bauten sich die Fußknechte vor ihrem Anführer auf. Über fünfhundert Schweinehirten, Bauern, Feldarbeiter und Tagelöhner, alles dabei, nur keine wahrhaften, wehrhaften Soldaten. Arme Schweine, die von ihren Lehnsherren zu diesem Krieg verdonnert worden waren.

Bewegungslos stand Brocken auf einem Felsen, so konnte er von allen gut gesehen werden, und alle mussten buchstäblich zu ihm aufschauen. Noch mehr als sonst. Breitbeinig, in voller Rüstungsmontur und mit gegurtetem Schwert wirkte er wie ein Monument aus vergangenen Zeiten. Passend dazu beleuchtete ihn die aufgehende Sonne wie einen ihrer Lieblingssöhne, warm und goldig.

Eine seltsame Neugier zog Raffael näher, es prickelte auf seiner Haut, die Haare richteten sich auf. Den Eisklotz umgab eine spannungsgeladene Aura, die er selbst zehn Pferdelängen entfernt spüren konnte. Auch wirkte ihr Anführer plötzlich zwanzig Jahre jünger und sah noch größer und gewaltiger aus als sonst.

In krummen, schiefen Reihen standen die Fußknechte dort. Von militärischer Disziplin und Ordnung keine Spur. Schlimmer noch, sie traten sich versehentlich auf die Füße und in die Hacken, sie schoben und drängelten, grummelten und murmelten.

Brocken hob einen Arm in die Höhe, schlagartig wurde es still. Seine tiefe Stimme schallte herab. »Ihr seid ein erbärmlicher Sauhaufen! Und ihr wisst es.«

Zunächst dachte Raffael, er hätte sich verhört, und bohrte sich die Zeigefinger in beide Ohren. Wenn diese Einleitung der Motivation und Moral dienen sollte, bedurfte sie ohne Frage noch ein wenig Feinschliffs.

So empfanden es auch die Männer. Ihre Gesichter verfinsterten sich noch mehr, doch niemand sagte einen Ton. Zumindest hatte der Anführer nun ihre ungeteilte Aufmerksamkeit.

Brocken grollte: »Schmeißt die Feldzeichen weg! Fort mit den Wimpeln, Fahnen, Standarten und Bannern!«

Irritation machte die Runde. Die Männer sahen sich hilflos an.

Raffael konnte die Sonne atmen hören. Niemals hätte er geglaubt, dass so viele Männer auf einem Haufen derart leise sein konnten.

Brocken donnerte mitten in die Stille: »FALLEN LASSEN! SOFORT!«

Alle zuckten zusammen. Ein Standartenträger in der ersten Reihe traute sich, laut zu fragen: »Herr, bitte … warum? Sind wir … der Fahne nicht würdig?«

Angewidert verzog Brocken das Gesicht: »Nein! Graf Garsick ist euer nicht würdig, Männer. Also fort mit den blauen Schilden auf braunem Grund.«

Das Heer der Fußknechte flüsterte aufgeregt, tatsächlich warfen die ersten die Feldzeichen zu Boden.

Brocken breitete die Arme aus. Die Fußknechte glotzten und staunten wieder stumm zum Felsen hoch. »Ihr kämpft nicht für Käfig-Garsick. Ihr kämpft auch nicht für eine gerechte Sache. Ihr kämpft nicht für bestimmte Ideale, ihr kämpft nicht für irgendeinen Gott.«

Die Augen der Fußknechte weiteten sich. Schweigend standen sie in ihren krummen Reihen, hörten ihren Anführer, verstanden ihn jedoch nicht. Sie starrten ihm auf die Lippen, gierten nach Erklärungen. Niemand wollte das nächste Wort dieser ungewöhnlichen Ansprache verpassen.

»Soldaten, ihr zieht auch nicht für mich in die Schlacht. Sondern ihr kämpft …«, Brockens Stimme dröhnte über die Köpfe hinweg wie ein aufkommendes Gewitter, »… ihr kämpft einzig und allein für euch!« Wie zufällig legte er kurz den Zeigefinger an die Lippen, was weiterhin für ungläubige Stille sorgte. Er flüsterte laut, als verrate er ihnen ein Geheimnis: »Ihr kämpft dafür, bald wieder in die Heimat reisen zu dürfen. Zurück zu euren Frauen, Kindern und Freunden. Dafür, diese Scheiße hinter euch zu lassen, mit einem Sieg und bei guter Gesundheit. Zwischen euch und diesem Ziel steht nur noch die gegnerische Armee da draußen.« Seine Stimme gewann an Intensität. »Und glaubt mir eins: Der Feind hat auch solch einen Sauhaufen. Die haben genauso Schiss.« Brocken ballte die Faust der rechten Hand und streckte sie gen Himmel, als wollte er einen Blitz beschwören. »Doch die haben keinen Brocken. Ich werde euch helfen, und ihr helft mir. Wie ein Keil werden wir in sie fahren mit mir an der Spitze. Verlasst euch darauf, ich stürme voran. Folgt mir, ihr seid meine Pikeniere und Schildträger.« Er zog den riesigen Zweihänder. Raffael schnappte nach Luft. Spielerisch wirbelte die mächtige Waffe in der Hand des Söldners. In *einer* Hand. Wieso erstaunten diese Bärenkräfte den Gaukler immer wieder aufs Neue?

Brocken streckte das Schwert kampfbereit hoch. »Männer, letztlich kommt es nur auf euch an. ZEIGT DEN BASTARDEN, DASS IHR DER BESSERE SAUHAUFEN SEID!«

Wie auf Kommando ließen die Männer alles raus, was sich vorher angestaut hatte. Sie brüllten und hüpften. Sie warfen die restlichen Banner und Standarten auf den Boden, sie rissen sich sogar das Wappen von der Uniform, sie ruderten mit den Armen, als könnten sie die Schlacht nicht erwarten. Einige fingen an, *Brocken* zu rufen. Mehr und mehr Kehlen stimmten ein. »BROCKEN, BROCKEN, BROCKEN!« Es wurde immer lauter.

Der Boden vibrierte. Raffael konnte es kaum fassen, eine Gänsehaut lief ihm über den Rücken. Dafür, dass er zunächst vermutet hatte, der alte Söldner wäre stumm und kräftig auf den Kopf gefallen, wusste dieser die Männer mit einfachen Worten gehörig in seinen Bann zu ziehen. Ganz ohne Banner. Wie der Fels, auf dem ihr Anführer thronte, standen die Fußknechte hinter ihm. Sie tanzten, schrien und ballten die Fäuste.

Raffael schüttelte den Kopf. Brocken hatte den Männern genau das gegeben, wonach sie sich gesehnt hatten. Alles in einer kurzen Rede. Das unausweichliche Problem, die ungeschminkte Wahrheit und zuletzt den einleuchtenden Ausweg. Ausgerechnet der Eisklotz, der Hoffnungsfresser, überschüttete diese einfachen Männer mit Zuversicht.

»Beeindruckende Rede, nicht wahr?« Der andere hohe Offizier namens Kristan stand plötzlich neben ihm.

Raffael sah ihn stumm an. Eine gepflegte Erscheinung: dunkles gescheiteltes Haar, polierte Uniformknöpfe, weißer Kragen und ein sauberes Lächeln.

»Ob Graf Garsick die Ansprache auch so gut gefallen hätte, sei dahingestellt«, fuhr der Offizier fort.

»Heiligt nicht der Zweck die Mittel?«, fragte Raffael.

»Vermutlich. Jedenfalls ist es raffiniert, die Fußknechte zu Pikenieren und Schildträgern zu machen. Mit dem Schwert können sie eh nicht umgehen.« Er kräuselte die Nase. »Deshalb hat Brocken also vier unserer Wagen nur mit Stangenwaffen beladen.«

Kristans Arroganz beschmutzte den ersten sauberen Eindruck. Raffael fragte: »Hält er Wort und zieht vorneweg in die Schlacht?«

Wie in tiefen Gedanken starrte der Offizier vor sich hin. »Oh ja, das tut er. Dieser Mann ist nicht nur bei der Wahl der Strategie ein Teufel. Ich habe mit ihm zusammen auf der Ebene von Basund gekämpft. Seine Rüstung wiegt so viel wie ein Rammbock, dennoch bewegt er sich schnell und geschmeidig. Ohne ihn hätten wir niemals gewonnen. Ich weiß nicht, wie, jedenfalls macht er den Unterschied. Manchmal glaube ich, Brocken sucht regelrecht den Tod in der Schlacht. Jedenfalls fordert er ihn heraus und lacht ihm ins Gesicht.« Der Offizier sah ihm in die Augen. »Ihr seid der Gehilfe von Medikus Balindar, richtig?«

»Gut beobachtet«, meinte Raffael und klopfte auf das Feldscher-Wappen mit Stab und Schlange auf seiner Uniformjacke. Die Pupillen des Mannes verengten sich unmerklich. Für einen kurzen Moment tadelte sich der Gaukler für seine Worte, so machte er sich keine Freunde, doch dann konzentrierte er sich auf seine Empfindungen, zumal eine Menge widersprüchlicher Gefühle auf ihn einströmten. Er konnte sich keinen Reim darauf machen. Oder anders gesagt, er wurde nicht schlau aus dem Burschen.

Glücklicherweise bemerkte Kristan nichts von seinen Anwandlungen. »Es war mir ein Vergnügen, mit Euch zu parlieren. Doch nun ruft die Pflicht«, verabschiedete er sich zackig und verschwand.

Dann lass die Pflicht doch schreien, du Einfaltspinsel, dachte Raffael.

In diesem Soldatenhaufen wurde die Erfüllung der Pflicht zum Lebenszweck hochstilisiert. Pflicht war die Kapitulation der Selbstbestimmung. Trotz aller schönen Reden – übrig blieb Marschieren, Parlieren, Krepieren.

Die Schlacht

Brocken traf die letzten Vorbereitungen – er teilte die Armee in drei Einheiten auf: Pikeniere, Schwertkämpfer, Bogenschützen. Diesem undisziplinierten Haufen durfte er es nicht zu kompliziert machen. Als Erstes ließ er die gelernten Pikeniere antreten – nahezu alles Berufssoldaten oder Söldner. Seine Rede vor den Fußknechten hatte sich herumgesprochen, nun blickten ihn die Stangenwaffenträger stumm an. In ihren Augen spiegelten sich Neugier und hohe Erwartungen.

Er würde sie nicht enttäuschen. Langsam schritt er die Reihe ab, stellte sich dann in die Mitte und rief: »Soldaten, ich befördere jeden von euch zum Unteroffizier.«

Ungläubiges Raunen erscholl. Manche nickten, manche schüttelten den Kopf, doch alle meinten das Gleiche. Hatten sie sich verhört?

»Kriegen wir dann mehr Sold?«, krächzte einer.

»Nein, jedoch ein Zertifikat, das euch als Unteroffizier ausweist. Somit erhaltet ihr bei der nächsten Anstellung mehr Geld. Sorgt dafür, dass es ein nächstes Mal gibt.«

Mit Speck fängt man Mäuse, jubelnd tanzten sie um die Katze herum.

»Aber Offiziere brauchen Männer, die sie befehligen

können«, rief einer aus der Mitte, als sich die erste Begeisterung langsam legte.

»Wohl wahr. Jeder von euch ist verantwortlich für mindestens zwei Fußknechte. Verteilt die überlangen Lanzen und die Schilde.« Brocken zeigte in Richtung der vollgeladenen Fuhrwerke. »Zeigt ihnen, wie Pikeniere kämpfen. Achtet auf sie und weist sie an. Es sind eure Männer.«

Die Pikeniere staunten – das war neu. Sie bekamen Verantwortung, sie übernahmen Verantwortung. Einer fing an, die anderen stimmten ein. »Brocken, Brocken, Brocken!«

Der alte Söldner nickte ihnen zu. Nun musste er nur noch die Bogenschützen instruieren.

»Sie werden am späten Nachmittag angreifen, mit der Sonne im Rücken.«

Kristan fragte: »Sodass wir geblendet werden?«

Brockens Kiefer mahlte. Eine Verschwendung von Atemluft. Dieser Feinputz-Soldat packte das Offensichtliche in Frageform. »Was sonst!«

Der alte Söldner befeuchtete den Daumen und hielt ihn in die Höhe. Sorgfältig sondierte er zum wiederholten Mal die Umgebung. Er hasste Überraschungen, vor allem auf dem Schlachtfeld. Mit der linken Hand beschattete er die Augen, während er die feindlichen Soldaten beobachtete. In Garsicks Armee hatte er zwei Söldner ausfindig gemacht, die vor fünf Jahren für Stoderring in den Krieg gezogen waren. Diesen hatte er einige Fragen über den damaligen Schlachtablauf gestellt, insbesondere über Aufteilung und Strategie der Einheiten. Konzentriert prüfte er alle Erkenntnisse gegen das, was er nun erblickte.

Stoderrings Heer machte sich am Horizont so breit wie möglich, wodurch es noch abschreckender wirkte. Brocken schätzte die Anzahl der Stangenwaffenkrieger auf dreihundert. Zudem verfügte der Herzog über etwa vierhundert Fußknechte sowie knapp hundert Bogenmänner. Prunkstück der Armee war die Kavallerie. Knapp vierhundert Ritter, bestens bewaffnet und gerüstet. Eine Einheit, die jede Schlacht auf offenem Feld für sich entscheiden konnte.

»Die sind in der Überzahl und verfügen über eine Menge Reiter«, meinte Kristan.

Ob ihm sein Offizier jemals etwas mitteilte, das die Spatzen nicht schon seit Tagen von den Dächern pfiffen? »Meine Feinde sind stets in der Überzahl, sonst wäre es langweilig.«

Der Offizier gab nicht auf. »Wollt Ihr die Schlacht wirklich auf der offenen Ebene führen? Das spielt der feindlichen Kavallerie genau in die Karten.«

»Das denkt Stoderring auch.«

Kristan traute sich nicht, es auszusprechen – seine Miene verriet es: Er hielt diese Strategie für einen Fehler.

»Der stolze Herzog unterschätzt uns. Eine dahergelaufene Armee, zur Hälfte aus Bauernlümmeln bestehend, wagt es, sich ihm auf offener Fläche gegenüberzustellen. Ich höre ihn bis hierher frohlocken.«

»Hat er nicht allen Grund dazu?«

»Wenn unsere Streiter meine Anweisungen befolgen, nützen denen die Reiter wenig. Aber … noch kannst du wegrennen«, schlug Brocken vor.

»Natürlich nicht!« Der Offizier klang gekränkt.

Vielleicht hielt er nun das Maul. »Gut. Dann kann es ja endlich losgehen.«

Seine Leute standen in Reihen vor ihm. In der linken Hand hielt Brocken einen eisernen Rundschild groß und schwer wie ein Wagenrad, die rechte ballte er zur Faust.

Die Fahnen und Standartenträger hatten die Feldzeichen gegen Waffen getauscht, desgleichen verzichteten die Fußknechte darauf, sich mit den Farben des Grafen zu schmücken. Das war höchst ungewöhnlich, doch wirklich zu stören schien es niemanden. Verstanden hatte Brocken es ohnehin nie – warum sollten die Lehnsmänner unter den wehenden bunten Fahnen eines Grafen krepieren, der nicht einmal einen feuchten Furz für sie übrighatte. Die möglichen Antworten waren vielschichtig. Aus Tradition, aus Angst, aus Dummheit. Im Gegensatz zu ihnen hatten sich die Söldner den Krieg aus freiem Willen ausgesucht. Sie wurden fürs Töten bezahlt. Damit konnten sie leben oder sterben.

Die Unteroffiziere mit ihren Fußknechten positionierte Brocken in zwei dichten Reihen nicht nur an der Front, sondern genauso massiert an den Flanken und an der Rückseite. Hinter den Pikenieren hielten sich die Doppelsöldner bereit – die gefährlichsten Kämpfer. Bestens ausgebildet richteten sie im Nahkampf mit ihren Langschwertern den meisten Schaden an. Gut abgeschirmt in der Mitte warteten die Bogenschützen auf ihren Einsatz. Normalerweise nahmen die Fernwaffenkämpfer den Platz an vorderster Front ein, um dem anrückenden Feind frühestmöglich Pfeilsalven zu verpassen. Durch deren ungewöhnliche

Positionierung verzichtete Brocken jedoch auf diese Möglichkeit, was zunächst für Unruhe sorgte.

»Soldaten! Wir sind bereit!« Siegesgewiss schritt Brocken seine Truppen entlang. »Genug geredet. Männer werden nicht nach ihren Worten, sondern nach ihren Taten beurteilt. Also – TUN WIR ES!«

»TUN WIR ES!«, brüllten sie zurück.

Das Heer formte sich keilförmig – ein Dreieck bot nur drei Fronten, das vereinfachte vieles. Tatsächlich nahm Brocken seinen Platz an vorderster Spitze ein. Er würde als Erster die gegnerischen Linien erreichen und Blut schmecken. Das des Feindes oder sein eigenes.

Die Fußknechte gaben sich alle Mühe, die Anweisungen der Unteroffiziere aufzunehmen, Augen hatte sie jedoch nur für ihren Anführer. Die Schafe folgten dem Wolf.

Der menschliche Keil setzte sich in Bewegung. Nur ein Feld mit kniehohem Gras lag zwischen den verfeindeten Armeen.

Brocken zog sein Schwert, entschlossen führte er seine Truppen an. Die letzten Momente vor der Schlacht. Er spürte die angespannten Armmuskeln, wie sie Schild und Zweihänder in den Wind hielten. Sein Herz schlug wie eine Kriegstrommel. Er vergaß die Vergangenheit, dachte nicht an morgen, sondern lebte hier und jetzt für dieses Gefühl. Er genoss es, er tötete für dieses Gefühl, er starb für dieses Gefühl. Unwägbarkeiten gab es zuhauf. Das erhöhte das Risiko und intensivierte das Erlebnis. Doppelsöldner und Bogenschützen sowie die frisch ernannten Unteroffiziere wussten, was zu tun war, er hatte sie vorher auf die Strategie eingeschworen. Ohne ein Mindestmaß an Koordination ging es nicht, vor allem, wenn über die Hälfte seiner Männer aus Birnenpflückern und Rübenzupfern bestand.

Schritt für Schritt verkleinerte sich der Abstand, schon konnte er die stahlummantelten Gesichter der Feinde erkennen. Helle, lästige Flecken in der Landschaft, die seinen Zielen im Weg standen. Allgegenwärtig wehten die Banner Herzog Stoderrings über ihren Köpfen. Ein weißer Turm auf purpurrotem Grund. Mindestens dreißig Standartenträger befanden sich in den ersten drei Kampfreihen. Brocken vermutete, dass der Herzog persönlich am Schlachtzug teilnahm. Wenn es gegen einen vermeintlich schwachen Gegner ging, gaben sich die hohen Herren meistens die Ehre. Zudem stärkte es die Kampfmoral der eigenen Truppen. Genauso wie es diese schwächte, sobald ihr Anführer fiel. Jede Medaille hatte nun mal eine Kehrseite. Unwillkürlich leckte sich Brocken über die Lippen. Ein letzter Blick über die Schulter. Die Keilformation war noch intakt. Dicht gedrängt folgten ihm die Männer. Noch wenige Meter, und sie kamen in Reichweite der gegnerischen Bogenschützen.

Der Feind hatte nicht nur die Sonne im Rücken, sondern auch den Wind. Aus der Ferne wehte die Anweisung herüber. »Annocken!«

Den Erzählungen nach erteilte Stoderring höchstpersönlich die Befehle. Die Stimme kam von links, dort wartete die Kavallerie auf ihren Einsatz. Nachvollziehbar, auf einem der Pferde musste der Herzog sitzen. Hoch zu Ross hatte er eine bessere Übersicht über das Kampfgeschehen.

Zwischen Anlegen und Abschuss der Pfeile vergingen stets fünf Herzschläge. Brockens Kriegstrommel gab den Rhythmus vor. Ruhig und fest.

»SCHILDE HOCH!«, rief er. Tief und gewaltig schallte die Stimme über die Ebene. Der Befehl musste nicht weitergereicht werden, alle hatten ihn gehört. Wie ein Dach erhoben sich die großen Rundschilde über die Köpfe der Pikeniere.

»SCHUSS!«, ertönte es aus der Ferne.

Zock! Das typische Geräusch zurückschnellender Bogensehnen, alle im Gleichklang. Die Pfeile heulten nicht, nur ein luftiges Schwirren, dann stürzten sie auf Brockens Männer nieder wie Heuschrecken ins Maisfeld. Die Eisenspitzen prasselten auf die Schilde, Schmerzensschreie ertönten – nur wenige, vernachlässigbar.

»Annocken!«, erklang es erneut.

Brocken drehte den Kopf in Richtung der feindlichen Kavallerie. Der Herzog thronte in voller Rüstung auf einem mächtigen Schlachtross. Ein weißer Kamm, vermutlich aus Schwanenfedern, leuchtete auf seinem hohen Helm.

Grimmig fletschte der alte Söldner die Zähne. Der Topf mit dem Zierrat soll dich wohl zwei Köpfe größer machen, Stoderring. Ich mache dich genau einen kürzer.

Noch zwei Pfeilsalven bis sie aufeinanderstießen. Unbeirrbar schritt Brocken im gleichen Tempo weiter.

Der Herzog senkte den erhobenen Arm. »SCHUSS!«

Für einen Moment verdunkelte sich der Himmel. Brocken achtete nicht auf die Geschosse, er hatte nur Augen für den Befehlshaber der feindlichen Armee. Der alte Söldner verzichtete sogar darauf, seinen Schild zu heben. Wenn einer der Pfeile den Weg in sein Fleisch fand, war es halt so. Er hatte nichts gegen den Tod. Der war ehrlich, geradeaus, unwiderruflich, auf dem Schlachtfeld sogar süßer als Honig. Und überfällig. Wie alt wollte er noch werden?

Die Pfeile trauten sich nicht an ihn heran; die meisten schwirrten über ihn hinweg. Der Mann mit dem Federhelm gestikulierte nun wild in Richtung seiner Offiziere, das Schmuckstück seines Heeres machte sich für den Einsatz bereit. Die Kavallerie, eingeteilt in zwei Einheiten, preschte los. Ross und Reiter, beide gut gepanzert, griffen die Flanken an. Die alte Kriegsschule. Von links und rechts stampften die Hufe auf sie zu. Die Rüstungen der Ritter glänzten in der Sonne, genau wie ihre riesigen Schilde und tödlichen Langschwerter.

***

Der Wind trug das Schlachten, Schreien und Sterben zu ihnen herüber. Raffael stand mit dem Medikus vor dem Feldlazarett und harrte der Verwundeten, die da kommen würden. Drei Zelte mit achtzig Pritschen hatten sie bereitgestellt, daneben das große Behandlungszelt mit den Tischen und den Werkzeugen aufgebaut. Darunter stapelweise Verbände und Eimer mit sauberem Wasser. Der Gaukler hoffte, dass nicht alles belegt sein würde. Was wohl in den nächsten Stunden auf sie zukam? Er fröstelte.

Wie so oft las Balindar seine Gedanken. »Junger Freund, nun ist der Zeitpunkt gekommen, unserer Profession und

Leidenschaft zu frönen. Die Arbeit wird zu uns kommen, und sie hält noch an, wenn die Schlacht längst geschlagen ist. Ein Großteil der Verletzten stirbt nicht bei den Kampfhandlungen, sondern erliegt erst Tage später den Folgen, verursacht durch Seuchen und Entzündungen. Der Wundbrand ist unser ärgster Feind, ein ewiger Kampf gegen den Eiter. Ein bedeutender Lehrsatz lautet: ›Alles Eitrige muss geöffnet werden‹. Denk an das Gleichgewicht der Säfte.«

»Ich verstehe, Meister.« Doch Raffael beschäftigte auch sein eigenes Schicksal. »Was geschieht mit uns, wenn wir die Schlacht gegen Stoderring verlieren?«, fragte er leise – unsicher, ob er die Antwort überhaupt hören wollte.

Der Medikus legte seinen großen Kopf schräg. »Der Gewinner bekommt alles. Wir sind der Gnade des Herzogs ausgesetzt. Solche Situationen habe ich in der Vergangenheit aufgrund meiner Expertise und meines guten Rufes bereits überlebt. Ein geschätzter Kollege von mir hatte hingegen weniger Glück gehabt. Die Sieger haben ihm mit glühenden Eisen die Wangen verbrannt sowie Ohren und Zunge abgeschnitten. Mit dem Hinweis, er könne sich ja heilen, ließen sie ihn in seinem Blut liegen.«

Gute Güte! Das beruhigte ungemein. Es verblieb keine Zeit mehr, die Angst ordentlich auszuleben, die ersten Gehilfen kamen mit Verletzten auf Tragen angelaufen.

»Pfeile!«, keuchten sie von Weitem. »Es kommen noch ein paar Verwundete, doch die halten sich noch mit eigener Kraft auf zwei Beinen.«

Sofort machten sich der Medikus und sein Geselle daran, die Patienten zu versorgen. Einem war der Pfeil schräg von oben ins Auge eingedrungen, den nahm sich Balindar vor. Der andere hatte die Spitze tief im Oberschenkel stecken. Während Raffael überlegte, ob er den Pfeil herausziehen oder aufgrund der Widerhaken besser durch das Fleisch stoßen sollte, kam schon Nachschub auf weiteren Tragen. Und die härteren Fälle mit fehlenden Gliedmaßen oder Bauchwunden machten so manches Mal die Tragen zu Bahren.

Balindar gönnte sich einen Blick auf jeden Neuankömmling. Innerhalb von zwei Wimpernschlägen entschied er über Leben und Tod. Voller Schmerzen krümmte sich einer der Fußknechte vor ihm. Ein Schwert hatte ihn in der Magengegend erwischt. Balindar winkte ab. »Hier kann nur noch der Priester helfen.«

Der Mann wurde auf der Trage hinter das Zelt gebracht. Entsetzt sah Rafael ihm nach, seine Schreie gellten in den Ohren.

Balindar legte ihm die Hand auf die Schulter: »Diese Art von Unterleibsverletzungen sind die tückischsten. Mit Genehmigung von Herzog Benedikt war es mir damals erlaubt, an der Medizinschule Leichen zu sezieren. Merke! Der Verdauungsapparat besteht aus einem zwölf Meter langen Schlauch vom Mund bis zum Anus, mit vielen Windungen in der Bauchgegend. Gelangt irgendwo ein Loch in dieses Konstrukt, ergießen sich die falschen Säfte in den Körper, und er vergiftet sich innerhalb weniger Stunden selbst. In solchen Fällen ist der Patient nicht mehr zu retten, und wir sollten unsere Heilkunst denen zuteilwerden lassen, die sich noch Hoffnung auf Rettung machen können.«

So einfach war das also. Und so schwer!

Immerfort kamen sie mit blutenden, stöhnenden Soldaten angelaufen. Raffael konnte nicht anders, er würde sonst durchdrehen, er entmenschlichte die Verwundeten – die Körper auf den Tragen wurden zur Fracht. Mit schnellen, sachlichen Handbewegungen half er, wo er konnte. Immer mehr Leid brachten die Tragen herbei. Der Gaukler schluckte die Panik hinunter. So viele Verletzte. Waren sie im Begriff, die Schlacht zu verlieren?

»Wie ist der Stand?«, fragte er einen der Träger, während er half, einen ohnmächtigen Pikenier abzuladen, der sich das rechte Bein gebrochen hatte. Wie ein Fremdkörper ragte das Wadenbein eine Handbreit schräg aus der Haut heraus.

»Weiß nicht. Ich verstehe es nicht. Unsere Bogenschützen stehen untätig herum, während der Feind von allen Seiten angreift. Von vorn die Stangenkrieger, von den Seiten zahllose Ritter auf riesigen Pferden.« Der Mann schwieg, sein aschfahles Gesicht sprach Bände.

Raffael brauchte einen Augenblick, um sich von diesen Informationen zu erholen. Er beobachtete den Medikus, der trotz flinker Bewegungen eine unerschütterliche Ruhe ausstrahlte, so als befände er sich in seinem Behandlungskämmerchen irgendwo in einem gemütlichen Städtchen. Raffael richtete sich an Balindar auf, neuer Elan strömte in ihn hinein. Etwas auf dem Schlachtfeld ändern konnte er nicht, es blieb ihm hier zu helfen, anstatt zu verzagen.

Der Soldat mit dem gebrochenen Bein wachte auf und schrie vor Schmerzen. Raffael steckte ihm ein Beißholz in den Mund. Mit einer raschen Bewegung brachte er das

Wadenbein an seinen Platz zurück und schiente es mit einem Stück Holz. Mehr Zeit konnte er für den Mann nicht aufwenden.

Der Pikenier beruhigte sich plötzlich und spuckte den Klotz aus. Zwischen den Bissspuren steckte ein Zahn. Allmählich erholte er sich von der Tortur. »Er ist unglaublich!«, stöhnte er mit rotem Kopf.

»Wen meinst du?«, fragte Raffael erstaunt. Was beschäftigte den Kerl noch mehr als seine Schmerzen?

»Brocken. Bei seiner Rede … habe ich es nicht geglaubt, doch nun habe ich es selbst erlebt. Er … hat Wort gehalten, ich stand neben ihm, als er als Erster voranstürmte. Und als die Pfeile kamen … hob er noch nicht einmal seinen Schild. Unerschütterlich marschierte er ihnen entgegen wie durch einen sanften Regen.«

So richtig vorstellen konnte sich der Gaukler dies nicht, zumal er Schwierigkeiten hatte, das Wort *sanft* in irgendeinen Zusammenhang mit dem Eisklotz zu bringen. Und besonders klug klang Brockens Verhalten auch nicht. Doch der Glaube an seinen Feldmarschall tröstete den Verletzten. Erstaunlich.

Er ließ den Mann allein, es gab Dringlicheres zu tun. Offensichtlich hatte die Schlacht die nächste Stufe erreicht. Körper mit unzähligen, zertrümmerten Knochen wurden hereingetragen. Sie waren unter die Hufe der Schlachtrösser geraten.

O weh, die feindlichen Ritter haben ins Geschehen eingegriffen.

***

Die Erde des Schlachtfelds bebte unter den stampfenden Hufen, die Luft darüber vibrierte. So mochte es Brocken. »BOGENSCHÜTZEN!«, brüllte er und riss Schild und Schwert in die Höhe.

Erst jetzt kamen die Fernkämpfer in der Mitte zum Einsatz – sie schossen ihre Pfeilsalven ab. Nicht synchron auf ein Kommando, sondern jeder in der ihm eigenen Geschwindigkeit. Er hatte die Bogenmänner angewiesen, nicht lange zu zielen, sondern in hoher Geschwindigkeit steil in die Luft zu schießen. Die von beiden Seiten herangaloppierenden Reiterscharen waren kaum zu verfehlen. Es entstand eine endlose Wolke aus Pfeilen, die sich hochschraubte, in aller Gemächlichkeit drehte und dann senkrecht auf die Ritter niederging wie Hagelkörner. Die Flugbahn der Pfeile war schwer zu berechnen, es regnete Chaos. Zwar wurden die Ritter kaum verletzt, Helm und Harnisch schützten sie zuverlässig, doch die Pferde waren mit ihren Brustplatten nur gegen Angriffe von vorn abgeschirmt. Eng gestaffelt preschten die Reiter mit hoher Geschwindigkeit heran. Nun bohrte sich plötzlich spitzes Metall in Mähne, Widerrist und Kruppe. Erschrockenes Wiehern und gellende Schreie rundherum. Die Pferde traten aus, bissen um sich, einige fielen zu Boden. Jedes niedergehende Tier vermehrte das Wirrwarr im Getümmel. Die nachkommenden Pferde stolperten, sprangen oder blieben abrupt stehen und verursachten neue Katastrophen. Dennoch schaffte es über die Hälfte der Ritter, den Pfeilhagel unbeschadet zu überstehen.

Brocken kniff die Augen zusammen. Jetzt kam es drauf an. Blieben die Bauernknechte standhaft, oder ließen sie vor dem Anblick der gepanzerten Ritter die Lanzen fallen und flüchteten panisch?

Wie eine Mauer verharrten sie und empfingen die durchbrechenden Ritter mit den überlangen Speeren. Das Zusammenspiel von Pikenieren und Zweihändern gegen die Reiterei war an Effektivität kaum zu überbieten. Die Männer stemmten die Lanzen in den Boden, die heranrauschenden Pferde spießten sich fast von allein auf. Ihre Reiter wurden durch die Luft geschleudert und, kaum auf dem Boden gelandet, von Schwertern zerhackt und Lanzen erstochen. Die Ritter, die sich auf den Pferden hielten, wurden mit den Haken der Hellebarden heruntergehoben und erlitten das gleiche Schicksal.

Was für eine Verschwendung von Leben! Brocken tat es fast leid um die vielen guten Gäule.

Es blieb keine Zeit, diesem Spaß zuzusehen, zumal der alte Söldner nun den Feinden in die Augen blicken konnte. Ihre Pikeniere liefen an den nutzlos gewordenen Bogenmännern vorbei und stießen zu. Gleich zwei Stahlspitzen wollten Brocken aufspießen. Mit einer kräftigen Ausholbewegung hieb er mit dem Zweihänder beide Stangenwaffen im letzten Augenblick zur Seite, eine brach. Dem linken Angreifer schlug er den geschienten Ellenbogen entgegen, dem rechten seinen Schild auf den Helm. Die unmenschliche Kraft hinter diesen Aktionen streckte die Männer umgehend nieder. Wut, Angst, Blutrausch und Schmerzen ließen die Soldaten auf beiden Seiten schreien. Jeder wusste, es konnte sein letzter lauter Atemstoß in dieser Welt sein. Der Lärm der Schlacht – es gab nichts Vergleichbares.

Wie erwartet, hatte Stoderring seine ungeübtesten Kämpfer in die ersten Reihen gestellt, die prompt fielen wie das Laub im Herbst. Die überforderten Fußknechte wussten nicht, was sie mit dem verrückten Hünen an der Spitze der gegenüberstehenden Armee anstellen sollten. Das einzig Naheliegende, ihn zu töten, wollte nicht recht gelingen – der verrückte Koloss, der so alt aussah, als sei er einer Gruft entstiegen, hatte etwas dagegen. Sein Zweihänder schnitt durch ihre Linien wie eine Sense durchs Gras. Eine ständige Blutwolke schwebte über ihm, ein Gewaltgewitter begleitet von Donner und Blitz in Form von Schild und Schwert.

An allen Fronten wurde immer verbissener gekämpft, die Männer krachten aufeinander. Metall, Holz, Knochen splitterten. Brocken hatte deutlich mehr Pikeniere auf seiner Seite, denn vor allem die Fußknechte kämpften wie nie zuvor in ihrem Leben. Sie schafften es, einen großen Teil der feindlichen Piken anzuheben und somit den Doppelsöldnern Tor und Riegel zu öffnen. Sintflutartig strömten sie in die feindlichen Reihen. Im Nahkampf waren die Stangenwaffen unnütz und deren Träger leichte Opfer. Die gegnerischen Bogenschützen waren im Moment wirkungslos und flüchteten hasengleich nach hinten.

Brocken hielt sich weiterhin links, sich stetig dem feindlichen Oberbefehlshaber nähernd. Nachdem dieser seine Kavallerie in den Kampf befehligt hatte, umgaben ihn nur noch drei Ritter. Einer gegen vier, ein unfairer Kampf. Doch

Mitleid kannte Brocken nicht.

Mit wirbelnden Armen bahnte er sich seinen Weg durch die kämpfenden Leiber. Die meisten schmetterte er mit dem Schild einfach zur Seite, worauf sie wiederum weitere Männer umrissen. So pflügte er durch das Schlachtfeld unaufhörlich auf den Herzog zu. Einige Male musste er sich Blut aus den Augen zwinkern. Menschen hatten viel zu viel davon, es spritzte immer fürchterlich. Gerade als sein Zweihänder mit einem mächtigen Streich gleich zwei Gegner auf einmal zerteilte, trafen sich ihre Blicke wie zwei Klingen, nur ohne Geräusch. Stoderring erstarrte, sein Gesicht wurde weiß wie der Federkamm darüber. Er rief seinen Mannen etwas zu und deutete auf Brocken. Die drei Ritter drehten Köpfe und Pferde in seine Richtung. Zu ihm reiten konnten sie nicht, das Kampfgemenge bot nicht ausreichend Platz. Ihre Knappen halfen ihnen beim Absteigen. Gepanzerte Dummköpfe. Schwerer als ihre Pferde stapften sie auf ihn zu. So wie der Herr befahl.

Seine alte Kettenrüstung wurde vielerorts belächelt, doch in ihr bewegte sich Brocken geschmeidig, flink und tödlich. Ein Pikenier stieß nach ihm, er hackte ihm die Hand ab. Nun galt seine Aufmerksamkeit allein den drei Rittern. Auch wenn sie nicht sonderlich wendig waren, Brocken beging nicht den Fehler, sie zu unterschätzen. Ihr Leben bestand aus nichts anderem, als sich den lieben langen Tag auf derartige Situationen vorzubereiten. Viele Tausende von Übungseinheiten auf dem Burghof. Gleichzeitig zogen die drei ihre Waffen. Langschwerter aus bestem Stahl, einhändig geführt. Ihre langen Schilde jedoch, deren Gewicht zum Teil die Pferde trugen, wenn sie im Sattel saßen, hatten sie bei den Knappen zurückgelassen. Sie bewegten sich langsam, doch umso koordinierter, eingespielter und entschlossener. Sofort verteilten sie sich, um ihn von drei Seiten gleichzeitig anzugreifen. Der Linke würde ihn als Erster erreichen. Mit einem mächtigen Satz sprang der alte Söldner mit erhobenem Schild auf ihn zu und stach gleichzeitig mit seinem Bidenhänder darunter vor. Sehen konnte er den Feind nicht, doch er spürte den Einschlag. Die Schwertspitze traf den Ritter in der Magengegend, ohne den Plattenharnisch zu durchdringen, doch die Wucht des Hiebes ließ ihn straucheln. Krachend fiel er auf den Boden. Brocken blieb keine Zeit, ihm endgültig den Garaus zu machen, die beiden anderen griffen an. Dem Frontalschlag wich der alte Söldner mit einer Rückwärtsbewegung aus. Den Schlag von rechts parierte er mit einer Drehung zur Seite. Dennoch erwischte die Klinge seinen Arm, und die Haut riss auf wie ein geplatzter Mehlsack. Ein tiefer Schnitt, jedoch nicht lebensbedrohlich. Nur ein kleiner Beweis, dass er aus Fleisch und Blut war. Ein kleiner Beweis, dass er noch lebte. Es tat so gut – der brennende Schmerz bewies es. Nach wie vor. Seit sechzig Jahren.

Stinkig war er immer, gefährlich wurde es, wenn er grimmig wurde. Erst dann kam wütend. Es war so weit. Er wurde wütend.

Sein Zweihänder klebte vor lauter Blut und Schweiß in seiner Hand, längst war die mächtige Klinge ein Teil von ihm. Mit unmenschlicher Kraft wirbelte er sie vor sich her. Die brachiale Gewalt quetschte dem Angreifer vor ihm den

Arm trotz der Plattenschienen ab und schleuderte ihn weit zur Seite. Mit der Wut der Verzweiflung nutzte der andere Ritter diesen Moment und griff an. Dessen behände Finte, Drehung und Stich flößten Brocken Respekt ein. Der Mann kämpfte gut, ein würdiger Gegner. Die Schwertspitze bohrte sich in Brockens Kettenrüstung, dort wo das Herz saß. Die engmaschig geschmiedeten Glieder gaben nach, er spürte das Metall in seine Brust eindringen. Es machte ihm nichts aus. Entweder der Stich ging nicht tief genug, oder es gab dort kein Herz. Vermutlich Letzteres. Nur eine Kriegstrommel für den Todesmarsch.

Weder Brocken noch der Angreifer hatte Zeit, darüber nachzudenken. Der alte Söldner klatschte seinem Gegenüber den Rand des Schildes gegen den Schädel. Die Halsberge half nicht, der Kopf knickte weg wie ein Strohhalm. Trotz des Lärms um ihn herum hörte Brocken das Genick brechen. Einmal durchatmen, schon blickte er sich wieder um. Der erste Angreifer hatte sich inzwischen aufgerappelt und suchte mit wildem Blick den Boden nach dem Schwert ab. Ein rührender Moment, denn selbst wenn er es fände, könnte er es mit der steifen Plattenrüstung kaum aufheben. Der alte Söldner bückte sich, ergriff die Waffe und drückte sie dem Ritter in die Hand. Ungläubig starrten ihn die Augen durch das Visier an, doch der Mann wunderte sich nicht lange. Seine Pupillen brachen, als sich im nächsten Augenblick Brockens Klinge tief in seine Seite bohrte. Wenigstens starb er mit dem Langschwert in der Hand.

Anstatt seine Truppen vernünftig zu befehligen, hatte Herzog Stoderring den Kampf mit wachsendem Unbehagen verfolgt und wendete nun sein Pferd mit hektischen Zügelbewegungen. Dieser Feigling. Anstatt sein Schwert ergriff er die Flucht.

Brocken war noch zu weit weg, um ihn festzuhalten. Sein alter Reflexbogen fiel ihm ein, aus der Entfernung würde er ihn ins Auge treffen. Doch eine Fernwaffe hatte er nicht. Obwohl?! Der Gedanke nahm Form an. Kreisrunde Form.

Stoderring. Die Zwickmühle des Lebens zermahlt dich. Einfach mies, wenn Kämpfen sinnlos und Fliehen zwecklos ist.

Zum ersten Mal in seinem Leben ließ Brocken den Zweihänder auf dem Schlachtfeld fallen. Er zog den linken Arm aus der Schlaufe des Schildes. Mit beiden Händen packte er dessen Rand, drehte seinen Oberkörper nach links und schleuderte ihn mit aller Kraft flach durch die Luft. Seine eigene Urgewalt riss Brocken beinahe von den Beinen, als er den Schild losließ. Unaufhaltsam drehte sich dieser wie ein horizontales Wagenrad auf den Herzog zu, doch dann beugte er sich seinem ungeheuerlichen Gewicht und senkte sich. Brocken vergaß alles um sich herum und starrte nur seinem Geschoss nach. Der Schild verfehlte den Herzog, traf jedoch das Hinterteil des Schlachtrosses. Das Pferd fiel seitwärts um, wie ein mit einem Axthieb gefällter Baum. Sofort griff Brocken nach seinem Schwert und ging gemächlich auf den unter seinem Pferd begrabenen Herzog zu. Der Schmerz in den zerschmetterten Beinen war noch nicht in dessen Kopf angekommen. Dort regierte pure Angst. Graue Augen voller Schrecken starrten durch das Visier. In den Pupillen spiegelte sich das Lebensende in

Form eines blutüberströmten Hünen.

»Bitte. Nein. Verschont mich. Ich … gebe Euch alles …alles.«

»Nicht genug!« Brocken hob die Klinge und schlug ihm den Kopf ab.

Krieg und Helden

Im Lazarett sah es aus wie beim Metzger im Hinterhof. Auch die Werkzeuge waren ähnlich, eine blutige Ansammlung von Messern, Beilen, Sägen, Klemmen, Scheren, Zwingen, Spreizern, Haken und Bohrern. Raffael kümmerte sich vorwiegend um das Ausbrennen von Wunden, das Herausziehen von Pfeilen und das Einrenken von Gliedmaßen. Das Amputieren hoffnungslos zerquetschter Gliedmaßen übernahm zu seiner Erleichterung der Meister. Wenn die Schwerverwundeten Glück hatten, lagen sie in tiefer Ohnmacht, während Balindar Füße, Beine, Arme oder Hände absägte. Wenn sie Pech hatten, waren sie bei vollem Bewusstsein, dann setzte der Meister auf Schnelligkeit. Damit verkürzte er die unerträglichen Schmerzen auf ein Mindestmaß, allerdings zwangsläufig auf Kosten der Sorgfalt. Mit dem Glüheisen verschloss er die Gefäße und versiegelte die Stümpfe mit Leinen. Wenn es nur eine Möglichkeit gäbe, die Patienten gezielt zu betäuben. Der Medikus stand bis zu den Knien im Leid und bewegte sich dennoch mit vorbildhafter Leichtigkeit zwischen den Verwundeten hin und her.

Die Erzählungen über die Schlacht wurden immer abenteuerlicher, wobei das häufigste Wort der Soldaten *Brocken* lautete.

»Brocken hat mindestens hundert Männer getötet.«

»Brocken hat sich den Rittern ganz allein gegenübergestellt.«

»Brocken hat seinen mächtigen Schild wie einen Topfdeckel über das halbe Schlachtfeld geschleudert.«

»Brocken hat den Krieg gewonnen.«

Raffael schüttelte den Kopf, denn er verspürte Erleichterung. Im Krieg wurden Massenmörder zu Helden, und es ließ sich nichts dagegen einwenden, zumal er gottlob auf der richtigen Seite stand. Obwohl sich Gott ziemlich wundern müsste, was seine Schöpfung alles so treibt. Vermutlich hatte er sich angewöhnt, im richtigen Moment wegzuschauen.

Inzwischen waren die vier Zelte jeweils zur Hälfte gefüllt, wobei hinter dem letzten etwa vierzig Leichen im Gras lagen. Die hatten es hinter sich, denn es ging noch schlimmer. Raffael fröstelte, als er sie betrat – die Sterbezone neben den Leichen. Schwerverletzte, von Balindar aussortiert, weil ihre Behandlung zu viel Zeit gekostet hätte, mit zu wenig Aussicht auf Erfolg. Von allen Seiten stank es nach Blut, Urin, Kot und Schweiß. Von allen Seiten Stöhnen und Flehen, Zweifeln und Verzweifeln und dazu die schrillen Schreie derer, denen im Zelt nebenan Körperteile amputiert wurden.

Was für eine von Menschenhand gemachte Hoffnungslosigkeit!

Der Priester, ein dürrer alter Mann, der aussah, als hätte er in eigener Sache schon zigmal hart mit dem Tod verhandelt und einen Aufschub erwirkt, kümmerte sich um diese armen Hunde. Raffael bewunderte, mit welcher Kraft er den Sterbenden letzten Trost spendete – auch wenn sie weinten oder fluchten oder einfach nur lethargisch ins Leere starrten. Schaute Gott auf ihn? Raffael erübrigte einen kurzen Moment und gesellte sich zu den Dahinsiechenden, nicht zuletzt, um dem tapferen Priester zu zeigen, dass er inmitten des Todes nicht völlig allein war.

»Bitte, sagt mir, wie … es um mich steht«, flüsterte ein junger Kerl. Hilflos schaute Raffael zum Priester, der gerade am anderen Ende die Hände eines Sterbenden zum Gebet schloss. Erst die Hände, dann die Augen.

Raffael kniete sich nieder und legte die Hand auf die Schulter des Soldaten. Der Mann lag auf der Seite, eine Lanze hatte seine Brust durchstoßen, sodass die Spitze am Rücken herausragte.

Raffael sah ihm fest in die Augen: »Wie heißt du?«

»Hartwin«, flüsterte der Soldat.

»Du wirst sterben, Hartwin. Der Priester kommt gleich, er hilft dir beim Übergang in eine bessere Welt.«

Erstaunlich gefasst nahm der Mann dies hin. »Ein geheucheltes … *alles wird wieder gut* hätte ich … nicht ertragen.«

»Wasser«, stöhnte ein Pikenier zwei Plätze weiter. Raffael nahm seinen Schlauch vom Gürtel und hob den bleichen Kopf des Verletzten an, um ihm das Trinken zu erleichtern. Bei Hartwin eben hatte er nichts gespürt, hier dagegen überraschten ihn seine kribbelnden Fingerspitzen. Dieser Mann besaß erstaunliche Lebenskraft – oder besser Lebenswillen. Alles in ihm weigerte sich, einfach zu gehen. Der Gaukler fühlte sich unmittelbar an Wieland erinnert, als er dessen schwere Kopfverletzung untersucht hatte.

Der Soldat trank gierig.

»Wie ist dein Name?«

»Bertram«, stöhnte es. »Aus Rossheim.«

Raffael kniete nieder und betrachtete die Verletzung genauer. Eine Pike oder Hellebarde hatte ihm den Bauch quer aufgeschlitzt. Der Schnitt ging tief, wobei Bertram recht beleibt war. Raffael wischte mit einem Schwamm das Blut weg und zog die Wundränder etwas auseinander, sodass er die dicken Wülste des Darms inspizieren konnte. Mit kritischem Blick stellte er fest, dass diese keine Löcher aufwiesen, demnach nicht in Mitleidenschaft gezogen waren – zumindest, wenn er es zwischen all dem Blut richtig einschätzte. Vermutlich hatte Bertrams dicker Bauch noch Schlimmeres verhindert. Hieß das nicht, dass der lange Nahrungsschlauch noch intakt war? Diese Untersuchung reichte Raffael, um eine Entscheidung zu fällen. Er musste den Versuch unternehmen, dem Mann zu helfen. Er eilte ins Zelt und griff nach Nadel und Faden. Er spürte die Augen des Meisters in seinem Rücken, als er zur Sterbezone zurückrannte.

Viel Zeit durfte er nicht aufwenden. Flink nähte er die Bauchwunde mit groben Stichen zu, das würde den schlimmsten Blutverlust verhindern. Währenddessen ertrug der Verletzte die Schmerzen mit beeindruckender Tapferkeit. Der Gaukler sah das Vertrauen in seine Fertigkeiten in den Pupillen des Patienten. Glücklicherweise hatte er keine Zeit, verlegen zu werden oder sich Gedanken darüber zu machen, ob er dies verdiente.

»Nimm, Bertram aus Rossheim. Du hast viel Blut verloren. Langsam austrinken.« Raffael drückte dem Verletzten den Wasserschlauch in die rechte Hand und lief zurück ins Lazarett.

Schon deutete Balindar auf einen Verwundeten in der Ecke. »Verband«, sagte er nur knapp.

Der Gaukler tat, wie ihm geheißen.

»Werkzeuge waschen«, lautete die nächste Anweisung.

Umgehend schrubbte Raffael zwei Knochensägen, ein Messer und einige Klammern in einem Wassereimer. Balindar hatte ihm erklärt, dass trotz aller Hektik im Lazarett ein Mindestmaß an Sauberkeit die Gefahr von Wundbrand deutlich senkte. Das waren jedenfalls die Erkenntnisse, die der Medikus in seinem langen Wundheiler-Leben gewonnen hatte. Erklären konnte er das Phänomen nicht.

Ein Geräusch in seinem Rücken ließ ihn herumfahren. Schrecken durchzuckte seine Glieder. Gute Güte! Vor ihm stand ein Monstrum, blutbesprenkelt, blutüberströmt, blutbegossen, groß wie eine Wand. Jemand, der das Gleichgewicht der Säfte kräftig durcheinandergebracht hatte. Zwischen den Kettengliedern seiner Rüstung klebten Fetzen von Eingeweiden und anderen Körperteilen.

Das Monstrum konnte sprechen. »He, Schmalhans, gib mir Nadel und Faden, dann kümmere dich weiter um die Verletzten. Ich brauch deine Hilfe nicht.«

Ohne es zu wollen, schielte Raffael nach Resten von Menschenfleisch zwischen Brockens Zähnen, daher fielen ihm die deformierten Kettenglieder direkt über seinem Herzen erst jetzt auf. Der Gaukler gab ihm das Nähzeug und deutete auf einen Stapel sauberer Verbände auf einem nahestehenden Tisch.

»Haben wir … gewonnen?«, fragte er etwas zögerlich.

»Was glaubst du denn?«, schnaubte der Feldmarschall. »Würde ich sonst vor dir stehen und dämliche Fragen beantworten?«

Raffael verdrehte die Augen. Was für ein Hundsarsch. Aber was hatte er anderes erwartet?

Der Hundsarsch schnallte seine Kettenrüstung auf und legte sie ab. Als Nächstes riss er sich das blutdurchtränkte Leinenhemd vom Leib. Die Wunde in der Brust war tief, nur noch ein kleines Stück weiter und die Klinge hätte sein Herz durchbohrt. Blut hatte er verloren, von gelber Galle war nichts zu sehen. Sein langes, weißes Haar fiel ihm über die Schulter, als er den Helm abnahm. Das Kinn auf die Brust gepresst, nähte er mit vier Stichen die Wundränder zusammen, ohne einmal mit der Wimper zu zucken. Mit den Zähnen biss er den Faden ab.

Fasziniert und gleichzeitig erschrocken betrachtete Raffael den gestählten Oberkörper des Hünen. Nicht die trainierten Muskeln, die so gar nicht zu seinem Alter passten, erregten seine Aufmerksamkeit. Gebannt starrte er auf den linken Oberarm, auf genau jene Stelle, die Raffael im Wald ausgebrannt und genäht hatte. Er kniff die Augen zu und riss sie wieder auf, konnte dort jedoch noch immer nichts erkennen. Die Verletzung war gerade mal ein paar Wochen alt, die Wunde sollte noch deutlich zu sehen sein. Selbst wenn Brocken über außerordentliches Heilfleisch verfügte, müsste eine hässliche Narbe übrigbleiben. Stattdessen umhüllte glatte Haut den Muskelberg auf dem Oberarm, rosa, wie die von einem Säugling. Müsste und sollte galt nicht für diesen Kerl. Der Eisklotz blieb ein Mysterium.

Außerhalb des Zelts entstand Tumult. Durch das dünne Öltuch hörte Raffael die Menschenmassen anrücken. Unzählige Füße stampften, Münder plapperten, Waffen schepperten. Der Aufenthaltsort des großartigen Feldmarschalls hatte sich herumgesprochen. Prompt begann die Menge vor dem Zelt zu skandieren: »BROCKEN, BROCKEN, BROCKEN!« Die Menschen warteten darauf, dass er herauskam.

Sein blutbespritztes Gesicht stand nun in krassem Gegensatz zu den weißen Haaren und dem hellen, unbefleckten Oberkörper. Er schien bedrückt, dass der Metzelspaß schon vorbei war. Die Ovationen gingen Brocken offensichtlich rückseitig vorbei. »Ich halte euch den Pöbel vom Hals«, meinte das umjubelte Mysterium zu Balindar. Er bückte sich nach seiner Kettenrüstung, legte sie sich lässig über die Schultern, griff nach dem Helm und trat vor das Zelt. Der Jubel steigerte sich ins Unerträgliche. Offensichtlich hatten ziemlich viele Soldaten die Schlacht überlebt. Langsam entfernte sich die Geräuschkulisse vom Zelt.

Das Stöhnen, Flehen und Schreien der Verletzten nahm wieder überhand. Nun konnten sie sich erneut ihren Aufgaben zuwenden. Mit klebrigem Blut unter den Sohlen liefen sie zwischen den Tragen, Tischen und Zelten umher. Bis spät in die Nacht arbeiteten der Medikus und sein Feldscher – klemmten, brannten, sägten, bohrten, nähten und verbanden. Nebenbei trösteten, beruhigten, erklärten sie und machten mehr Mut, als sie selbst hatten. Dem Ganzen wohnte eine gewisse Perversion inne, denn letztendlich taten sie alles, um das umzukehren, was andere Menschen kurz zuvor angerichtet hatten. Doch Raffael war zu müde, um darüber nachzudenken. Als er die Augen nicht mehr offenhalten konnte und nur noch wankend zwischen den Verwundeten stand, schickte Balindar ihn zur Nachtruhe.

Die Welt ist eine Wunde

Obwohl sie fast genauso lange unterwegs waren, kam Raffael der Rückweg deutlich kürzer vor. Vermutlich, weil die Last des unmittelbar bevorstehenden Krieges von seinen Schultern abgefallen war. In der Ferne tauchte die Burg Bodenstein auf. Sie wirkte verändert – na klar, es stand nur noch einer der drei Türme. Demnach waren die Katapulte nicht untätig gewesen.

Inzwischen wusste Raffael in allen Einzelheiten, was sich außerhalb der Lazarettzelte zugetragen hatte, seit Tagen wurde über nichts anderes mehr geredet. Die Schlacht auf dem freien Feld hatte mit einem grandiosen Sieg für Graf Garsick geendet. Oder genauer gesagt, für Brocken. Der alte Söldner hatte die richtige Strategie gewählt. Noch wichtiger war offensichtlich die unglaubliche Moral seiner Truppen gewesen. Geradezu begeistert waren sie ihm in die Schlacht gefolgt. Als ihr Feldmarschall dann noch dem feindlichen Herzog den Kopf abgeschlagen und diesen Freund und Feind laut brüllend auf einem der feindlichen Rösser präsentiert hatte, war der letzte Widerstand gebrochen. Die Feinde suchten ihr Heil in heilloser Flucht. Für eine Schlacht von diesem Ausmaß hielten sich die Verluste in den eigenen Reihen in Grenzen. Etwa zweihundert Soldaten würden nicht mehr heimkehren, beim Feind waren es dreimal so viel. Und von der berüchtigten Kavallerie war kaum noch ein Ritter übrig.

Längst hatte ein Bote die Nachricht über ihren fantastischen Sieg übermittelt, dementsprechend überschwänglich fiel der Jubel aus, mit dem sie empfangen wurden. Der Großteil der Soldaten kehrte lebend zurück. Die Kameraden standen Spalier, als sie Einzug ins Lager hielten. Die erfolgreiche Armee brachte Waffen, Proviant, zwanzig Fuhrwerke, vierzig Pferde und einen Kopf mit.

Feldmarschall Brocken saß mit versteinertem Gesicht auf seinem riesigen Gaul und blickte stur geradeaus. Freude oder einen verwandten Gefühlsausbruch kannte dieser Mann nicht. Kristan hingegen badete in der Menge wie ein Goldfisch im Teich. Seine siegreiche Faust reckte er in alle Himmelsrichtungen, nach oben und nach unten, dazu leuchtete sein Gesicht wie ein Lampion zur Sommerwende. Der Jubel kannte kein Ende, als er eine Lanze senkrecht in die Luft streckte. An ihrer Spitze schaute Herzog Stoderring trotz der dortigen guten Übersicht ziemlich konsterniert drein. Sein bleiches Gesicht rührte nicht nur daher, dass es unterhalb des Halses nichts mehr gab, was Blut in seinen Kopf pumpen konnte, sondern auch vom Kalk, der den Schädel vor voreiliger Verwesung schützte.

Es wurde gelacht und getanzt, erste Hoffnungen auf eine Kapitulation Herzog Bodensteins machten die Runde, was ein Ende des Krieges bedeuten würde, was zu noch mehr Lachen und Tanz führte. Für den Abend wurde ein

Freudenfest ausgerufen.

Hinten auf Raffaels Karren kauerten sieben verletzte Soldaten, die den Rückweg wegen ihrer Bein- oder Fußverletzungen nicht aus eigener Kraft geschafft hätten. Nichts Lebensbedrohliches – die wirklich ernsten Fälle beaufsichtigte Medikus Balindar auf seinem Wagen und den Fuhrwerken dahinter.

Mitten im Lager hielt der Gaukler den Karren an. Die Männer stiegen ab und bedankten sich überschwänglich für die Versorgung ihrer Wunden, denn sie wussten, dass ihre schwerverletzten Leidensgenossen Vorrang hatten. Mithilfe von Kameraden humpelten sie zu ihren Zelten. Der Gaukler sah ihnen nach, ihre Dankbarkeit erfüllte sein Herz mit Wärme. Das Schicksal ist ein seltsamer Geselle, zu seiner bisher ehrlichsten und gehaltvollsten Tätigkeit hatte er gezwungen werden müssen wie ein Strafgefangener zum Steine klopfen.

Seinen Karren stellte Raffael bei den anderen Fuhrwerken ab, dann spannte er den treuen Diego aus und kraulte ihn hinter den Ohren. Die Schrecken der letzten Tage waren noch nicht von ihm abgefallen. »Das ist noch einmal gut gegangen, doch es wird höchste Zeit, dass wir hier wegkommen«, erklärte er seinem Pferd. »Auch wenn ich Medikus Balindar vermissen werde, noch einen Einsatz als Wundarztgeselle stehe ich nicht durch.« Diego schnaubte, es klang nach ungeteilter Zustimmung. Als Nächstes öffnete Raffael den Seesack und kramte das Glas hervor. Borsti formte ein Fragezeichen, kaum verwunderlich in dieser ungewissen Situation. Der Gaukler wechselte die Erde, mischte einige Halme und Blätter darunter und versprach ihm für später einen Spaziergang.

Etliche Soldaten trafen Vorbereitungen für das abendliche Fest. Natürlich sollten die Bewohner der belagerten Burg miterleben, welche Freude im Feldlager grassierte. Kaum etwas demoralisierte mehr, als die lachenden und feiernden Todfeinde vor der Haustür. Wenn dann noch der Kopf des verbündeten Hoffnungsträgers präsentiert wurde, müsste Herzog Bodenstein wissen, dass seine Stunde geschlagen hat.

Der Gaukler nahm den direkten Weg zum großen Lazarettzelt. Die zahlreichen Verwundeten wurden von den Fuhrwerken abgeladen und auf Tragen gelegt. Drei Soldaten waren ihren Verletzungen erlegen. Inmitten all des Trubels stand Balindar und gab Anweisungen. Raffael seufzte, die anderen feierten, seine Arbeit ging weiter. Einmal mehr bewunderte er den nimmermüden Meister, der ohne Murren stets tat, was getan werden musste.

Als er ins Zelt trat, fiel sein Blick auf einen Mann, der seinen Oberkörper auf dem Feldbett hin und her drehte und gleichzeitig mit den Beinen wackelte. »Georg!«, schmetterte er Raffael freudig überrascht entgegen. Der dicke Verband um die Stirn verdeckte einen Großteil seines blonden Haares.

»Wieland, du hast es tatsächlich geschafft.«

»Ja, das habe ich diesem Teufelskerl Wolther zu verdanken. Er hat meinen Dickkopf wieder gerichtet. Eigentlich war ich so gut wie tot. Selbst der Medikus hatte mich schon aufgegeben.«

Trotz seiner Freude wurden Raffaels Lippen schmal. »Wolther hat dir erzählt, er hätte dein Leben gerettet?«

»So ist es. Ein begnadeter Heiler. Erst heute in der Früh bin ich aus meiner langen Ohnmacht erwacht, und er hat sich direkt um mich gekümmert.«

Trotz des Ärgers über den verlogenen Folterknecht sprang Wielands glühender Lebensfunke auf Raffael über. Es war ein Wunder – der kleine Dieb hatte dem Tod höchstpersönlich eins seiner sicher geglaubten Opfer unter der Sense weggestohlen.

»Aber was machst du hier, Georg?« Wielands Blick fiel auf das Feldscher-Abzeichen an seiner Uniform. »Du hilfst Wundarzt Wolther?«

Respekt! Nun war der Teufelskerl Wolther während seiner Abwesenheit nicht nur zu Wielands Lebensretter, sondern sogar zum Wundarzt aufgestiegen. Schon öffnete der Gaukler den Mund, um die Angelegenheit richtigzustellen, doch dann schwieg er. Was spielte es für eine Rolle? Wieland würde sich weder besser noch schlechter fühlen. Die Wahrheit war geduldig – sie war es gewohnt hintanzustehen. Diesen verlogenen Folterknecht würde er sich später vorknöpfen. »Ich freue mich, dass es dir besser geht. Nenn mich bitte Raffael. Georg ist … äh … nur mein Zweitname.« So viel zur Wahrheit – Lügen zogen Lügen nach sich.

»Na klar, Raffael.«

Medikus Balindar tauchte hinter ihnen auf. »Wundarztgeselle, sieh nach den beiden im Nebenzelt. Ich fürchte, das Wundfieber rafft sie dahin.« Er betrachtete Wieland, seine grauen Brauen zuckten nach oben. »Du bist tatsächlich wieder aufgewacht. Was macht dein Kopf, junger Freund?«

»Als sei nichts geschehen. Ich fühle mich gut. Nur … seht Euch meine Arme und Beine an, ganz schön abgemagert. Und schlapp sind sie.«

»Die Muskeln haben sich durch das lange Liegen zurückgebildet, doch das wird wieder werden. Beschäftige deinen Körper, und in ein paar Tagen bist du wieder der Alte. Erstaunlich, wie gut es dir geht.«

»In Ordnung. Balindar, Ihr könnt stolz auf Eure Gehilfen sein.«

Der Meister sah Raffael an. »Das bin ich. Nun gilt es, noch einige Wunden zu heilen.« Er zeigte erneut zum Nebenzelt.

Wieland konzentrierte sich wieder ganz auf seine Rücken- und Beinübungen. Alles in ihm drängte, so schnell wie möglich gesund zu werden.

Der Gaukler machte sich auf den Weg. Im Nebenzelt reihte sich ein Feldbett neben das andere, alle belegt mit stöhnenden, blutenden, eiternden Soldaten. Den zwei Schwerverletzten, die ihr Bein verloren hatten, machte der Wundbrand zu schaffen, Fieber schüttelte sie. Raffael hoffte, dass nicht noch ein Stück gesundes Gewebe abgesägt werden musste. Er bereitete ein Gebräu aus Frauenmantel, Kalmuswurzel, Salbei und Schafgarbe vor und gab es ihnen in der Hoffnung, dass der Körper die Infektion besiegen würde. Zudem reinigte er die Wunden mit erhitztem Branntwein, so wie es ihm Meister Balindar gezeigt hatte. Zum Schluss legte er einen frischen Leinenverband an.

»Feldscher, du hast mein Leben gerettet.« In der Reihe

der Liegenden hob sich ein Kopf – der Mann mit der schweren Bauchverletzung aus der Sterbezone.

»Grüße, Bertram. Du siehst deutlich besser aus als bei unserer letzten Begegnung.« Er kniete nieder und untersuchte ihn. Die Farbe war in sein Gesicht zurückgekehrt, und die Nähte an der Schnittwunde hatten gehalten. Eine typisch starke Rötung oder Eiter, die ersten Anzeichen von Wundbrand, konnte er auch nicht entdecken.

»Nur durch deine Hilfe.« Seine Stimme wurde leiser. »Alles habe ich mitbekommen, obwohl ich bereits zwischen den Todgeweihten lag. Der Medikus hatte mich aufgegeben.«

»Nur weil er sich gleichzeitig um eine halbe Armee Verletzter kümmern musste. Schön, dass es dir besser geht.«

Voller Dankbarkeit drückte Bertram seinen Arm. Diese Geste berührte Raffael in seinem Innersten. Was für ein unbezahlbares Geschenk.

Als er das Zelt verließ, lief ihm Wolther über den Weg. Der sah schnell weg und huschte davon.

Sogleich verschlechterte sich seine Laune wieder.

Wir sprechen uns noch, dachte Raffael, fest entschlossen, ihm seine Lügen nicht durchgehen zu lassen und ihn zur Rede zu stellen.

Das Treiben im Lazarett ging bis in den späten Abend weiter. Als der Gaukler sich endlich auf sein Nachtlager legte, spürte er seine Arme und Beine kaum noch. Die Augen fielen ihm von allein zu. Der Lärm der feiernden Soldaten schaffte es nicht, ihn in seinem tiefen Schlaf zu stören.

Am nächsten Morgen führte ihn sein Weg als Erstes zu den Wundbrandpatienten. Der Zustand der Beinstümpfe war unverändert. Sorgfältig wechselte er die Verbände und flößte den fiebernden Männern Wasser und Mut ein. Bertram ging es noch ein Stück besser, bald würde er das Lazarett verlassen können.

Wolther trug einen Stapel frischer Leinenverbände herein. Raffael fühlte den Zorn in seiner Stirn klopfen – nun wollte er diesem miesen Folterknecht die fremden Federn ausrupfen. »Guten Morgen, Wolther. Komm her und lass dich ansehen, damit ich den großartigen Wundarzt gebührend bewundern kann.«

Der Mistkerl grinste unverschämt: »Stell dich nicht so an. Schließlich habe ich bei der Operation seinen Kopf gehalten. Und ihm seitdem jeden Tag Brei und Wasser eingeflößt, den Verband gewechselt und die Bettpfanne geleert, während du auf die Reise gegangen bist.«

Unwillkürlich ballte Raffael die Faust. »Unsere blutige Schlacht gegen Stoderring nennst du eine Reise?«

»Wie auch immer. Jedenfalls habe ich ihn gesund gepflegt.«

»Wenn es Wieland besser geht, stellst du die Sache richtig.«

»Ich habe meinen Namen gehört. Redet ihr über mich?« Wieland trat ins Zelt, seine Bewegungen wirkten noch etwas unsicher.

Der Gaukler machte seinem Ärger Luft. »Dann regeln wir es hier und jetzt. Wolther, wie war das mit der Operation?«

Verbissen presste der Kerl die Zähne aufeinander. Musste Raffael den Folterknecht erst foltern und knechten, bevor er mit der Wahrheit herausrückte?

Wieland riss die Augen auf. »Ach, du bist es Georg. Was machst du denn hier?«

Raffael stutzte. »Du weißt doch, ich bin einer der Wundarztgesellen.«

»Ah, ja.« Der junge Mann runzelte die Stirn und betrachtete Wolther. »Und wer seid Ihr?«

Raffael fragte: »Du erkennst ihn nicht? Deinen großartigen Lebensretter?«

Wieland kniff die Augen zusammen. »Äh, nein, Georg, den habe ich noch nie gesehen. Wovon redest du?«

Überfordert glotzte Wolther von einem zum anderen und vom anderen zum einen.

»Gestern haben wir uns darüber unterhalten, dass ich lieber Raffael genannt werden möchte.«

Verblüfft meinte Wieland: »Wie bitte? Bin ich etwa schon seit gestern wach?«

»Weißt du, wer deinen zerschmetterten Schädel operiert hat?«

Er zuckte mit den Schultern und tastete dann vorsichtig seinen Kopf ab. »Nein, ich habe keinen blassen Schimmer.«

War das zu glauben? Wieland hatte die dreisten Lügen des verkommenen Folterknechts glatt vergessen. Eigentlich nicht schade drum, doch leider war dies kein gutes Zeichen. Mit einem Drücken in der Magengrube fragte Raffael: »An was vom gestrigen Tag erinnerst du dich?«

»Hm, wir sollten mit einigen Kameraden die Gegend vor

der feindlichen Burg sichern. Es kam zu einem Kampf. Irgendetwas muss mich von hinten erwischt haben.«

»Häh? Das ist doch schon lange her. Der ist nicht richtig in der Rübe«, stellte Wolther fachmännisch fest und verdiente sich einmal mehr den Titel als Wundarztmeister.

»Wie lange habe ich denn im Krankenbett gelegen?«, fragte Wieland.

»Über vier Wochen. Mit einem ziemlich großen Loch im Hinterkopf.«

»So lange? Hm … darum fühle ich mich so schlapp.«

»Dazu hat dir Medikus Balindar gestern etwas gesagt. Erinnerst du dich?«

Wielands Gesicht hellte sich auf. »Ja, ich weiß, wen du meinst. Ich habe ihn einmal aus der Ferne gesehen. Aber gesprochen hat er noch nie mit mir.«

Verflixt. Der junge Söldner hatte offensichtlich die Geschehnisse vom gestrigen Tag komplett vergessen. »Du hast einen Teil deines Gedächtnisses verloren. Das Gehirn ist ein kompliziertes Organ.«

»Aber mir kommt es vor, als erinnere ich mich an alles. Bis zu dem Schlag.« Er überlegte. »Wenn ich so viele Tage nur herumgelegen habe, dann wird es höchste Zeit für meine Waffenübungen. Wo ist meine Klinge?«

Was für ein Einfaltspinsel. Kaum dem Tode entfleucht, dachte er als Erstes ans Herumfuchteln mit einem Stecken. Noch ein Beweis, dass er nicht ganz richtig im Kopf war. Obwohl, diese Verrücktheit hatte nichts mit seiner Kopfverletzung zu tun, so war er vorher schon gewesen. »Deine merkwürdige Waffe habe ich sicher verwahrt. Jetzt komm aber erst einmal wieder auf die Beine.«

»Hol bitte meine Klinge. Sie wird mir helfen, schneller wieder gesund zu werden.«

Raffael folgte der Bitte und übergab ihm den Waffengurt, den er im hinteren Teil des Zeltes verwahrt hatte. Routiniert schnallte Wieland ihn um, zog mit der linken Hand die Klinge und fuchtelte damit in der Luft herum. Der lange, glänzende Stecken war deutlich dünner als die herkömmlichen Schwerter.

»Was ist das für ein Ding?«, fragte Wolther, stets auf der Suche nach liebreizenden Folterinstrumenten.

»Eine neuartige Waffe, genannt Rapier. Schlanker, schneller und weniger ermüdend als ein Schwert«, erklärte der junge Söldner, während sein Blick liebevoll die Waffe tätschelte.

»Was steht ihr herum und haltet Maulaffen feil? Im anderen Zelt liegen genügend kranke Soldaten, die dringend unsere Hilfe benötigen.« Mit ernster Miene winkte Medikus Balindar seine Wundarztgesellen herbei.

Für den Rest des Vormittages kümmerte sich Raffael um die Verwundeten.

Ruhepause am Nachmittag. Lang ausgestreckt lag Raffael auf seinem Lieblingsplatz – der Ladefläche seines alten Karrens weit entfernt vom Trubel am Rand des Lagers. Diego und Borsti ging es gut, nur um sich selbst sorgte er sich. Was blieb ihm auch übrig? Sonst tat es ja keiner. Die erste Schlacht hatte er nicht nur gewonnen, sondern sogar überlebt. Und nun? Die Belagerung der Burg konnte Monate dauern, sich womöglich über den Winter weit bis ins nächste Jahr ziehen. Es musste doch einen Weg aus diesem unsäglichen Krieg geben, bloß weit weg von den Garsicks und Brocken dieser Welt.

Zum wiederholten Mal studierte er seine Landkarte. Eine Nebenstraße führte schnurstracks nach Süden. Ob er diese mit dem alten Karren überhaupt befahren konnte, war zweifelhaft. Mit ziemlicher Sicherheit würde er nicht schnell vorankommen. Und somit auch nicht weit. Sein Verschwinden würde als Fahnenflucht gelten. Wenn sie ihn erwischten, war ihm ein exponierter Platz zwischen zwei jungen Bäumen sicher, die sich für einen kurzen Moment ehrfürchtig verbeugten. Sollte er diesmal den Karren hierlassen, Borsti in die Satteltasche packen und auf Diego losreiten? Eine schwere Entscheidung, er liebte das alte Fuhrwerk, und es gab keinen besseren Platz als den, auf dem er es sich gerade gemütlich gemacht hatte.

»Hallo Raffael«, riss ihn plötzlich jemand aus seinen Überlegungen. »Balindar hat mir verraten, wo ich dich finde. Und wie geschickt du meinen Schädel gerichtet hast.« Wieland fasste sich an den noch immer bandagierten Hinterkopf. »Geld geliehen hast du mir auch, ich kann die Münze spüren. Ich verdanke dir mein Leben.«

»Gern geschehen. Wir haben Glück gehabt, dass es hingehauen hat. Doch du solltest dich nach wie vor erholen und … deine Gedächtnislücken machen mir Sorgen.«

»Ach was. Ich weiß alles. Auch, dass du nicht mehr Georg bist. Warum, ist mir egal«, meinte er fröhlich. »Ach, sieh mal. Da hinten ist Brocken. Ich habe nicht schlecht gestaunt, als ich erfahren habe, dass der düstere Kerl aus dem Wirtshaus unser Feldmarschall ist. Weißt du noch, wie er diesen Damfoss mit einem Schlag umgehauen hat?«

»Hm.« Wie hätte Raffael das vergessen sollen? Er hob den Kopf. Tatsächlich stiefelte Brocken in unnachahmlicher Weise zwanzig Pferdelängen entfernt vorbei. Als sein Blick zufällig auf Wieland fiel, stutzte er und kam näher. »He, du bist der Knilch mit dem Matschkopf, der bereits so tot wie ein Brathering war. Wieso lebst du noch?« Es klang vorwurfsvoll. Dem Gaukler widmete er keinen Blick.

»Raffael hat mich gerettet, ihm verdanke ich mein Leben. Und Ihr seid Brocken. Das erste Mal haben wir uns im Gasthof getroffen, doch da wusste ich noch nicht …«

»Du musst mir nicht sagen, wer ich bin«, bölkte Brocken dazwischen. Dann wandte er sich an den Gaukler und deutete auf die Pergamentrolle. »Ist das die Karte, die du erwähnt hattest? Gib her!«

Bitte kannte der grantelnde Kacksack natürlich nicht. Raffael hielt ihm die Karte hin, Eisklötzchen riss sie ihm beinahe aus der Hand. *Danke* gehörte ebenfalls nicht zu seinem verbalen Repertoire.

Brocken studierte die Karte. »Taugt nichts. Die Darstellung der Landschaft ist zu ungenau. Und zu alt, die Grafschaften und Herzogtümer haben sich inzwischen gravierend verändert«, meckerte er.

»Gern geschehen«, antwortete Raffael.

»Ah, dahinter steckt noch eine weitere Karte. Hoffentlich ist die von mehr Nutzen.«

Es raschelte.

Zunächst begriff Raffael nicht, was der alte Söldner meinte, doch dann offenbarte sich Krims' Pergament. Das hatte er bei den einschneidenden Erlebnissen der letzten Wochen ganz vergessen. »Nichts Besonderes, nur ein Tal. Ich weiß nicht, wo das ist«, erklärte er.

Raffael kam es vor, als ob die Erde bebte. Ungläubig starrte er auf den alten Söldner. Ein gewaltiger Ruck ging durch Brockens Körper. Etwas Fremdartiges veränderte dessen Aussehen. Es war … der Gesichtsausdruck. Ganz eindeutig ein Gesichtsausdruck beherrscht von Verblüffung. Der große Brocken war verblüfft.

»Donnerschlag. Wo zum Teufel hast du die Karte her, Schmalhans?« Auch seine Stimme klang fremd.

»Von einem Händler in Drachenbein«, antwortete Raffael unschuldig. »Dessen Bruder kartografiert, während er die Kopien anfertigt. Das ist mühsam und müßig, weil sich die Landesgrenzen ständig verschieben. Nun ist sie zu alt und zu ungenau.«

»Du spielst mit deinem Leben, Schmalhans. Woher?« Brocken wedelte mit Krims' Karte.

»Ach, die meinst du. Sag das doch gleich. Ein Erbstück.«

»Von wem?« Brocken ging es nicht schnell genug. »Raus damit.«

Der arrogante, ignorante Söldner war kaum wiederzuerkennen. Raffael konnte nicht anders. »Das geht dich nichts an.«

»Und ob es das tut.« Er packte den Gaukler am Schlafittchen und schüttelte ihn. Der Alte war richtig wütend und wollte sich nicht beruhigen. Was hatte der nur?

»Du erzählst mir alles über die Karte. Sofort!«

»Lalalalass mimimich los!«, antwortete Raffael.

Wieland meldete sich zu Wort: »Was soll das? Wie soll er reden, wenn du ihn wie einen Würfelbecher schüttelst? Setz ihn ab.«

»Verpiss dich, du Schmeißfliege, bevor ich mich vergesse.« Brocken stellte Raffael wieder auf die Füße, packte mit der Pranke seinen Kopf und drückte ihn unsanft über die Pergamentrolle. »Siehst du das hier?« Mit der freien Hand zeigte er auf das Symbol mit der undichten Schale. »Der weinende Mond! Das Zeichen der Hexe Aglaja. Und schau dir den Text an. Weißt du, was er bedeutet?«

Raffael fühlte sich wie die Nuss im Nussknacker und verstand kein Wort. Gute Güte, ja, die Schale könnte auch als umgefallener Mond und die Tropfen als Tränen durchgehen. Er versuchte, den Kopf zu schütteln. »Ja und?«

»Wie, ja und? Seit mehreren Jahrzehnten suche ich diese Hexe und habe bislang nicht den Hauch einer Spur von ihr gefunden. Und nun kommst du halbe Portion mit einer Karte ihres Tals dahergelaufen.«

Durch die Pranke auf seinem Schädel spürte Raffael den Zorn und die Gewalt in dem Mann. Aber auch seinen unbeugsamen Willen und seine Entschlossenheit.

»Was willst du für die Karte, Schmalhans?«

Raffael zuckte mit den Schultern. Wenn sie dem Eisklotz so ungeheuer wichtig war, sollte er sie ihm vielleicht überlassen. Verbunden mit der Bitte, ihn für den Rest seines Lebens in Ruhe zu lassen. Und darüber hinaus. Er warf einen letzten Blick darauf, sah die merkwürdige Schrift, die feinen Linien, das rote Kreuz und … verflixt! Der rote Stern. *Folge dem Stern.* Mit einem Schlag war ihm alles klar. Den hatte Krims gemeint – endlich verstand er das Vermächtnis seines Freundes. »Die Karte ist unverkäuflich«, sagte er fest.

»Verstehe!«, zeigte sich der Söldner einsichtig. »Dann nehme ich sie mir ohne Bezahlung.«

»Aber, aber das ist Diebstahl.«

Brockens Blick tötete Steine. »Machst du Witze?«

»Nein, es ist meine Karte, gib sie mir wieder.«

»Nein, ich nehme mir, was ich brauche. Du kannst nichts dagegen tun.«

Raffael war nicht der stärkste, jedoch flink wie ein Eichhörnchen. Blitzschnell riss er dem alten Söldner die Karte aus der Hand und presste sie an die Brust. »Nein, die gebe ich nicht her.«

Brockens Unterkiefer mahlte. »Das ist dein Todesurteil, Schmalhans.« Er zog sein Schwert.

***

Bis vor wenigen Augenblicken hatte der Söldner gedacht, er sei viel zu alt für Überraschungen und es gäbe nichts, was er nicht schon gesehen und erlebt hatte. Doch nun traf es ihn wie ein Eimer eiskaltes Wasser über den Kopf. Er musste die Karte in seinen Besitz bringen, koste es, was es wolle. Dafür würde er den Kleinen halt noch kleiner machen. Er spürte das Heft in seiner Hand vor Gier zittern. Endlich eine Spur dieser vermaledeiten Hexe. Seit wenigen Wimpernschlägen bestand sein Lebensinhalt nur noch aus diesem einen

Pergament. Er war bloß einen Hieb davon entfernt. Seine Finger klammerten fester, die Oberarmmuskeln spannten sich an.

»Zieh ab, Großer. Wenn er dir die Karte nicht geben will, hast du Pech gehabt«, meinte Wieland.

Ungläubig sah Brocken den blassen jungen Mann neben sich an. Der konnte kaum stehen und hielt tatsächlich eines dieser neuartigen Rapiere in der Hand. Eine schicksalhafte Flause. Erst rettete der Langfinger diesem Idioten wie durch ein Wunder das Leben und nun riss er ihn mit in den Tod.

»Lass die Stricknadel fallen oder du stirbst ebenfalls«, knurrte Brocken. Was bedeuteten schon zwei Leichen mehr oder weniger gegen diese Karte? Nichts! Dafür würde er ganze Armeen beseitigen.

»Lass uns in Frieden und hau ab.« Wieland zitterte, wich jedoch nicht von der Stelle.

Die Kopfverletzung hatte offensichtlich doch ziemlichen Schaden hinterlassen. Der Blödmann sah den Schlag gar nicht kommen. Das Heft des Schwertes erwischte ihn mitten auf der Brust, sodass er in hohem Bogen durch die Luft flog und im Gestrüpp landete. Und damit noch nicht genug, denn er rappelte sich mühsam hoch und stöhnte: »Du bist ein Schwein, Brocken. Gemein und … rücksichtslos.« Dann brach er ohnmächtig zusammen.

»Nun zu uns beiden. Her mit der Karte!« Brocken hob den Zweihänder. Spätestens jetzt musste dieser kleine Mistkerl einknicken.

»Nein.« Ein Bibbern, ein Flüstern, aber ein klares Nein.

»Dann stirbst du!« Eine Spur von Bedauern streifte sein

Seelenleben, doch der Tod des Langfingers war unvermeidbar. Wenigstens würde er nicht leiden. Entschlossen setzte Brocken zum tödlichen Stich an. Ein heller Schatten flatterte an seinem Kopf vorbei.

Seit wann sind Schatten weiß?, fragte sich der alte Söldner.

Der Rabe ließ sich auf Raffaels Schulter nieder. »Korr«, krächzte er.

Ungläubig starrte Brocken den Vogel an. Zum zweiten Mal in so kurzer Zeit lähmte ihn die Verblüffung wie eine seltene Krankheit. »Da … bist du ja wieder«, hört er sich stammeln. Nein, das konnte nicht er gewesen sein, Brocken stammelte nicht.

Schmalhans hatte nur panische Augen für die Schwertspitze auf seiner Brust und beachtete den Vogel nicht.

Korr streckte sich, plusterte die Kehlfedern auf und blieb sitzen, wo er war.

Der alte Söldner schüttelte den Kopf und steckte sein Schwert wieder zurück. Hier geschahen wundersame Dinge. Er durfte nichts überstürzen. Das Zeichen war eindeutig, denn wenn es jemals so etwas wie Zufall gegeben hatte, dann war dieses Etwas schon lange, lange tot.

»Was willst du mir sagen, Korr?«, fragte er.

In diesem Augenblick schwang sich der Vogel in die Lüfte, um dann auf Brockens Schulter zu landen. Als sei es das normalste der Welt, pickte er nach seinem Ohrläppchen.

»Du willst nicht, dass ich ihn töte«, sagte Brocken.

Schmalhans verstand die Welt nicht mehr, sein Oberkörper bebte, die Lippen zitterten. »Was … willst du mit der

Karte, Brocken?«, brachte er mit belegter Stimme hervor.

»Das Tal finden. Und damit die Hexe«, antwortete er.

»Und … wo kommt dieser Vogel her?«

»Spielt keine Rolle. Jedenfalls hat er dir das Leben gerettet. Vorläufig«, knurrte Brocken.

»Haben wir etwa einen gemeinsamen Freund?«, der Gaukler zeigte auf den Raben.

Schmalhans hatte schon mit beiden Beinen im Grab gelegen und kroch nun auf allen vieren wieder heraus. »Vielleicht haben wir auch ein gemeinsames Ziel. Wir könnten zusammen dieses Tal suchen.«

»Hör zu, Schmalhans. Es grenzt an ein Wunder, dass du noch atmest. Und jetzt stellst du Forderungen?«

Der Hänfling hatte sich wieder gefangen. »Ich mache einen Vorschlag. Ich weiß nicht, wie lange ich es mit einem solch riesigen Arschloch wie dir aushalte, doch mein Angebot zur Zusammenarbeit steht. Freiwillig werde ich dir die Karte niemals geben.«

Ein drittes Mal ließ Brocken sich seine Verblüffung nicht anmerken. Nicht einmal vor sich selbst. Zweimal in zehn Jahren reichte. Schon wieder bewies der Kleine Mumm. Meinte er das etwa ernst? »Ich bin ein Einzelgänger, ich reise allein.«

»Vor wenigen Tagen sind tausend Männer hinter dir hermarschiert. Da wirst du es mit uns doch aushalten.«

»UNS?«, knurrte Brocken fragend.

»Wir sind zu dritt. Diego, Borsti und ich.«

»Du Spinner meinst deinen Gaul und den Wurm«, stöhnte Brocken. »Mit dir halte ich es vielleicht drei Tage aus, doch nur, wenn ich dir vorher die Zunge abschneide. He, Korr, hör auf, mir ins Ohr zu hacken.«

Der blöde Rabe dachte gar nicht daran. Brockens Unterkiefer mahlte. Wurde der siegreiche, berüchtigte Feldmarschall gerade von einer halben Portion und einem farblosen Vogel vorgeführt?

Raffael kletterte vom Wagen, kniete sich neben Wieland und untersuchte ihn. »Zum Glück ist er nur besinnungslos. Ihn werde ich auch noch fragen, ob er uns begleitet.«

»Nun mal langsam. Ich denke darüber nach«, sagte Brocken und hielt Korr seinen Zeigefinger hin. Begeistert rieb der Rabe seinen Schnabel daran. Seit ewigen Zeiten hörte Brocken auf die Zeichen der Vögel. Die einzigen Wesen, für die er so etwas wie Freundschaft verspürte. Aus welchem Grund auch immer, Korr plädierte für eine Kooperation mit dem Langfinger. Mit schrägem Blick beobachtete er, wie Raffael versuchte, seinen Freund aufzuwecken.

»Korr«, kommentierte Korr das Geschehen.

»Ich wäre schwachsinnig, wenn ich mit Schmalhans und Bimsbirne loszöge«, fluchte der alte Söldner. Sein Blick fiel auf den Pferdekarren und den bleichen Wurm in dem Glas. »Völlig schwachsinnig.«

Sold und Schuld

Brocken war der Trubel um seine Person zuwider. Vor allem die Schulterklopfer kotzten ihn an. Grundsätzlich hasste er jede Form von körperlicher Berührung – wenn endlich alles vorüber war, durfte ihn der Totengräber anfassen. Und nur der.

Wieder klatschte einer der Soldaten dem alten Söldner anerkennend auf den Rücken. Einen Moment überlegte Brocken, ob er zurückklatschen sollte, doch dann bahnte er sich lediglich weiter den Weg zu Garsicks Zelt. Letztere Bezeichnung wurde dem Bau nicht mehr gerecht, die Schanzmänner und Schreiner hatten während seiner Abwesenheit fleißig Hand angelegt. Zwei neue Holztürme, dazwischen ein purpurfarbener, goldbestickter Eingangsvorhang mit jeweils einer Wache rechts und links. Die Soldaten salutierten respektvoll und ließen ihn ohne Weiteres passieren, obgleich der Bidenhänder unübersehbar an seiner Hüfte schwang. Ruhm konnte auch nützen. Rundum gab es ein paar neue sternförmig angebaute Räume, und wie konnte es anders sein, in der Mitte thronte der Kriegsherr. Bislang hatte er mit dem Grafen noch nicht in Ruhe unter vier Augen sprechen können, es wurde höchste Zeit. Der gute Garsick fraß sich gerade durch einen Eimer Nachspeise. Das passte. Brocken wusste, dass er bei diesem gewichtigen Zeitvertreib ungern gestört wurde.

Mit verschmiertem Mund blickte der Graf auf. »Herr Feldmarschall Brocken, alter Freund. Verzeiht, dass ich Euch bei Eurer glorreichen Rückkehr nicht gleich empfangen konnte. Großartig, Ihr seid jede Feder dieses Rabens wert. Und Ihr habt Herzog Stoderring mitgebracht. Ich hörte, er wirkte etwas kopflos.« Er lobte sich mit einem hämischen Lächeln für den fabelhaften Humor, verzichtete aber immerhin darauf, seinen Speck zu schütteln.

»Ihr habt gerade meinen Sold erwähnt, Garsick. Ich erachte meine Aufgabe als abgeschlossen und werde Euch demnächst verlassen.«

Der Graf vergaß für einen Moment, den Pudding weiter in sich hineinzuschaufeln. Seine Augen wurden schmal. »Ich habe Euch für diesen Krieg angeheuert. Er ist noch nicht gewonnen.«

»Meine Arbeit ist getan. Die Belagerung der Burg ist Eure Angelegenheit. Wenn Ihr es geschickt anstellt, wird Bodenstein in Bälde kapitulieren.«

»Natürlich wird er das. Doch so lange dient Ihr in meiner Armee.«

»Einen Scheiß tue ich, und ein Diener bin ich schon lange nicht. Die Gefahr eines Krieges an zwei Fronten ist gebannt. Damit ist auch meine Schuldigkeit in diesem Handel getan.«

»Und wenn Bodenstein neuen Mut schöpft, sobald er erfährt, dass Ihr meine Truppen verlassen habt?«

»Dann sorgt dafür, dass er es nicht mitbekommt.«

Der Graf meckerte: »Natürlich. Ihr poltert hier rein, stört

mich beim Essen und serviert mir diese Unerfreulichkeiten.«

»Euch *zwischen* den Mahlzeiten zu erwischen, hieße, Euch zu wecken.«

Mit einer Serviette tupfte sich Garsick den Mund ab und wischte routiniert durch die Falte seines Doppelkinns. Sein Gesicht rötete sich. »Der Erfolg steigt euch zu Kopf. Der Scharfrichter kann derlei Attitüden kurieren.«

»Pft. Leere Drohungen sind wie leere Flaschen. Wir sind doch unter uns und können offen miteinander reden. Alles sieht nach einem grandiosen Sieg aus, also sollte Euer Stolz nicht noch größer als Euer Sieg sein. Der Schlachtzug ist ein voller Erfolg.«

Garsick starrte stumm vor sich hin und vergaß sogar, sein Kinn zu schrabbeln. Dann zog er plötzlich noch einen Pfeil aus dem Köcher. »Ich hörte, Ihr legtet keinen besonderen Wert auf mein Banner und meine Farben. Es gibt Stimmen, die meinen, Ihr hättet mich gar verspottet.« Nun wurde Garsick gar sickig.

»Der Zweck heiligt die Mittel. Ich gab den Fußknechten, was sie brauchten, um zu siegen. Und das taten sie dann auch. Zugegeben, ohne Eure Feldzeichen, doch ausdrücklich in Eurem Namen. Für wen haben wir diese Schlacht schlussendlich gewonnen? Wer macht sich die beiden Herzogtümer untertan? Sie liegen Euch zu Füßen.«

Das Gesicht des Grafen nahm noch mehr Farbe an. »Das mag ein Trost sein, doch Ihr habt mich zum Gespött gemacht. Und darüber hinaus Eure Kompetenzen überschritten und nahezu hundert Soldaten zu Unteroffizieren ernannt.«

»Die Beförderungen kosten Euch keinen Kupferling. Nur einige Unterschriften auf ein paar Schriftstücken. Letztlich hat uns diese Maßnahme zum Sieg verholfen.«

Der Graf hörte nicht zu, er knabberte noch an den vorherigen Eröffnungen. »Und nach alldem wagt Ihr es, unsere Vereinbarung einseitig aufzukündigen.«

»Wenn Ihr es so sehen wollt. Hört auf zu jammern, Ihr habt, was Ihr wolltet. Ich werde gehen.«

Garsick führte die Fingerkuppen zusammen. »Und wenn ich es Euch verböte?«

»Dann scherte es mich einen Dreck.« Ohne jede Gemütsbewegung sah Brocken dem Grafen in die Augen, dabei transportierte er die Gewissheit, seinem Gegenüber jederzeit den Schädel zu spalten, wenn er wollte. Ohne weiteres Nachdenken, ohne Rücksicht auf die Konsequenzen, aber mit viel Spaß.

»Wir … strapazieren nur Eventualitäten.«

»Wahrhaftig. Und bleiben Freunde. Daher denke ich, dass Ihr mich im besten Einverständnis ziehen lasst. Übrigens, ich nehme noch zwei Männer mit.«

»Natürlich. Darf es sonst noch was sein?«

»Nur eine Antwort. Woher hattet Ihr den weißen Raben?«

Die Laune des Grafen verbesserte sich. »Ein glücklicher Zufall, der es mir ermöglichte, den berühmten Brocken unfassbar günstig einzukaufen. Das Tier war mir zwei Tage vorher aus freien Stücken zugeflogen. Eines Morgens saß es auf der Fensterbank, zahm wie ein Ringeltäubchen. Habt Ihr sonst noch Fragen?«

»Das war alles.«

Endlich kraulte Garsick beide Kinne. »Darf ich erfahren, wer Euch begleiten soll?«

»Ein Söldner namens Wieland und einer der Feldscher von Balindar.«

»Die kann ich verschmerzen.« Geschäftstüchtig ergänzte er: »Natürlich bekommen die beiden keinen Sold.«

»Natürlich nicht«, bekräftigte Brocken.

Tiefe Ablehnung tropfte dem Grafen aus den Pupillen. »Ihr seid ein unverschämter Mistkerl, doch für die Truppen der größte Kriegsheld aller Zeiten. Diesmal sehe ich über Eure Unverschämtheiten hinweg, um meine höheren Ziele nicht zu gefährden. Dabei würde ich Euch viel lieber aufknüpfen lassen.«

»Das machen wir nächstes Mal«, schlug Brocken vor. »Euch verbleiben die anderen Offiziere. Vor allem Kristan hat sich als fähiger Offizier entpuppt und sich im Kampf gegen Stoderring bewährt. Nun trennen sich unsere Wege.« Der alte Söldner drehte sich um und verließ das Zelt. Als hätten seine letzten Worte ihn heraufbeschworen, kam ihm Meinhardt entgegen. Dessen hasserfüllter Blick störte Brocken nicht weiter. Noch fühlte er sich sicher, der Graf würde seinen siegreichen Feldmarschall nicht beseitigen lassen, bevor die Burg Bodenstein gefallen war. Dennoch wusste er, dass er einen Erzfeind dazu gewonnen hatte. Bedeutungslos, auf einen mehr oder weniger kam es auch nicht mehr an.

Allein die Karte zählte. Über dreißig Jahre hatte er nach der Hexe gesucht. Es gab nur wenige Menschen, die überhaupt von Aglajas Existenz wussten, und niemand hatte ihm jemals einen Hinweis geben können. Folglich hatte er sich bereits damit abgefunden, dieses Weibsstück nicht mehr zu Gesicht zu bekommen. Doch dann stolperte Schmalhans ungefragt in sein Leben und hielt ihm eine Karte des Hexenlochs unter die Nase. Brocken schnaubte erbost, als er daran dachte, dass Raffael die Karte nicht rausrücken wollte. Was wäre geschehen, wenn der Rabe nicht aufgetaucht wäre? Er hasste Eventualitäten. Mit wachsweichen Was-wäre-wenn-Überlegungen beschäftigten sich Schwächlinge. Die harte, einfache Antwort lautete: Er hätte ihn abgestochen und die Karte in der Tasche.

Ohne es zu wollen, suchten seine Augen den Himmel nach dem weißen Raben ab. Welche Rolle spielte Korr bei der Sache? Jedenfalls hatte der Vogel dem Kleinen das Leben gerettet. Vorerst. Ein Grund, warum er Raffaels Vorschlag zugestimmt hatte: Solange sie zusammenblieben, behielt Brocken die Karte im Auge. Erschlagen konnte er den Langfinger immer noch. Jederzeit, während der Reise. Und diese Bimsbirne mit dem albernen Rapier gleich mit.

Brocken packte seine wenigen persönlichen Sachen. Das meiste waren Waffen. Von Gantilas altem Reflexbogen war nur noch der Griff übrig, selbst an einem solchen Meisterstück machte der Zahn der Zeit nicht Halt. Schon vor vielen Jahren war das Holz morsch geworden, daher hatte sich Brocken nach dessen Vorbild neue Bogen fertigen lassen, ebenfalls mit der speziellen Biegung und dem kürzeren Teil unterhalb des Griffes. Ohne eingearbeitete Knochen fielen sie weniger durchschlagskräftig aus, doch dieses Defizit machte der alte Söldner durch die weitaus größere Bogenspannung wett. Kraft besaß er genug. Brocken schob sich den Bogen über die Schulter, packte Messer und Dolche sowie einige Rüstungsteile unter den Arm und brachte alles zum Pferdekarren. Ein Wagner hatte das Fuhrwerk auf Vordermann gebracht – Schmalhans bestand darauf, mit dem alten Karren zu reisen. Der Kleine war nicht zu sehen, er wollte sich noch von Balindar verabschieden. Der alte Söldner ging zum Zelt zurück, holte seinen Rucksack und die Schlafrolle. Mehr besaß er nicht. Er musste sich von niemandem verabschieden, und das war gut so.

Die Reise

Meister, ich danke Euch für die Einblicke in die Kunst des Heilens, die Ihr mir gewährt habt. Doch nun zieht es mich nach Drachenbein. Euch werde ich vermissen.«

Der große Kopf unter dem wirren weißen Haar legte sich schräg. »Raffael, ich danke dir für deine Hilfe. Von allen Gesellen bist du nicht nur der fähigste, sondern mir auch der liebste. Ich wäre nicht abgeneigt, dir eine feste Anstellung als mein Gehilfe anzubieten. In weniger als zwei Jahren könntest du den Status eines Wundarztes erreichen.«

Der Gaukler freute sich über das Angebot. Wenn dieser trostlose Krieg etwas Gutes mit sich gebracht hatte, dann den Medikus. Raffael empfand tiefe Achtung vor diesem Mann, der all sein Wissen und all seine Kraft in die Linderung des Leids steckte. »Eure Offerte ehrt mich. So gern ich sie annehmen würde, aber diese Kriege sind nichts für mich. Sie laugen mich aus und machen mich traurig.«

»Stattdessen stürzt du dich zusammen mit Feldmarschall Brocken in eine ungewisse Zukunft. Ich weiß nicht, was verzehrender ist: der Krieg oder dieser Mensch, zumal es genug Stimmen gibt, die da kaum einen Unterschied sehen.«

»So ganz verstehe ich es selbst nicht. Ich fühle mich wie ein Würfel im Becher, der ordentlich durchgeschüttelt und dann auf den Tisch geworfen wird. Etwas in mir sagt, dass Brocken ein Würfel im selben Spiel ist.«

Balindar kräuselte die Stirn in viele kleine Falten, seufzte und legte ihm zum Abschied die Hand auf die Schulter. »Ein perfides Spiel. Diesen Mann misst nicht einmal Gott mit normalem Maßstab. Er wird durch einen infernalischen Zerstörungsdrang getrieben, ohne jede Rücksicht, nicht einmal auf sich selbst.« Der Medikus schüttelte den Kopf. »Das Niederreißen ist so schlicht und einfach. Umso aufwendiger und wertvoller ist das Aufbauen, das Wiederherstellen, das Heilen. Diese Kunst schlummert in dir. Denk nur an den Soldaten mit der Bauchverletzung, den ich schon als hoffnungslosen Fall aufgegeben hatte. Er wird durchkommen und vielleicht noch ein langes Leben führen.«

»Es war nur Zufall und Glück.«

»Nein, es gehört mehr dazu, junger Freund.«

Raffael konnte nicht anders und drückte den Medikus kurz an sich. »Passt auf Euch auf, Meister Balindar.«

Bevor ihm das Herz ob dieses Abschieds noch schwerer wurde, machte sich der Gaukler auf den Weg zu den Schreibern. Der Graf beschäftigte derer zwei, die seinen grandiosen Feldzug für die Nachwelt dokumentierten. Sie saßen neben Garsicks Domizil an einem Tisch mit Pergamenten, Schreibfedern und Tintengläschen.

»Grüß Gott. Wer von Euch kann ein wenig Zeit erübrigen?«

Der linke der beiden hob den Kopf und seine Feder: »Was kann ich für Euch tun, Feldscher?«

»Es wird nicht lange dauern«, erklärte er und trug sein Begehr vor.

Gegen Mittag ging Raffael zu seinem Pferdekarren. Jede Menge Waffen lagen auf der Ladefläche, Brocken war nicht zu sehen. Schnell legte er die Feldscherkleidung ab und zog sein Wams, das gezackte Gugel und die Beinlinge an. Direkt fühlte er sich unbeschwerter.

Mit dem Rucksack auf dem Rücken und der Schlafrolle unterm Arm kam Brocken angestiefelt. »Wenn dein Rapierfreund auftaucht, können wir endlich losfahren«, stellte er fest. »Warum willst du den überhaupt mitnehmen?«

»Ich habe ihn gefragt, und er hat keinen Augenblick gezögert. Gern will er mich begleiten und beschützen, weil ich ihm das Leben gerettet habe.«

»Na toll, so wie es aussieht, darfst du ihn jeden Morgen daran erinnern.«

»Ich kümmere mich um Wieland. Mich hat er jedenfalls beeindruckt, als er dir die Stirn geboten hat, um mir zu helfen.«

»Er ist beeindruckend durch die Luft geflogen, mehr nicht.«

»Nicht viele sind so mutig, sich dir in den Weg zu stellen, Brocken.«

»Ein weiterer Beweis für das enorme Ausmaß seiner Kopfverletzung.«

»Du unterschätzt ihn. Ah, da kommt er.«

»Worüber redet ihr?« Wieland strahlte sie an und legte sein Bündel auf die Ladefläche. »Es kann losgehen. Wohin eigentlich?«

Brockens Falten vertieften sich noch mehr. Er stemmte seine muskulösen Arme in die Hüften. »Bevor wir endgültig aufbrechen, einigen wir uns auf ein paar grundlegende Direktiven.«

Raffael verschränkte die Arme vor der Brust. Mal hören, was der große Feldmarschall nun auspackte.

Brocken ließ sich nicht lange bitten. »Es wird getan, was ich sage. Wie besprochen, reisen wir als Erstes nach Drachenbein, um in der dortigen Bibliothek nach Hinweisen zu suchen, in welchem Landstrich dieses Tal liegen könnte.«

Im Grunde war das nächste Ziel zweitrangig für Raffael. Vor allem wollte er der soldatischen Gefangenschaft entfliehen. Die Machenschaften des Grafen erschütterten ihn, er musste einfach nur fort. Dafür nahm er selbst Brocken in Kauf. »Einverstanden. Du bist der Anführer. Doch ich werde keinen Befehlen folgen, die mein Gewissen belasten.«

»Sagt gerade einer wie du. So ein menschliches Gewissen trägt mehr als hundert Pferde. Ich traue niemandem mit einem reinen Gewissen.«

»Wir werden sehen. Brechen wir auf.«

Unter großem Jubel lenkte Raffael den Karren zwischen Latrinengraben und Pferdekoppeln in Richtung Weststraße. Es hatte sich herumgesprochen, dass Brocken aufgrund einer geheimen Mission das Lager verlassen würde. Die Soldaten links und rechts ließen ihn hochleben und wünschten ihm Erfolg. Selbst die Huren standen vor ihren Zelten und winkten. Reglos starrte der alte Söldner ins Leere, was der allgemeinen Begeisterung keinerlei Abbruch tat.

Als sie am Lazarett vorbeifuhren, hielt Raffael Ausschau nach Medikus Balindar, doch der kümmerte sich vermutlich im Inneren um die Patienten. Er würde den alten Wundheiler vermissen, so viel war sicher.

»Lass es gemütlich angehen, Diego. Wir müssen nicht hetzen.« Mit den Zügeln in der Hand saß Raffael neben Wieland auf dem Bock. Der Gaukler drehte den Kopf nach hinten. Das Reittier des alten Söldners trottete an einer Leine dem Karren hinterher. Brocken selbst streckte auf der Ladefläche die Beine aus. Rechts von ihm lagen der große Schild, der krumme Bogen und ein paar Messer, daneben standen zwei Kisten mit Essensrationen. Links befanden sich der Seesack und das Glas mit Borsti. »Alles in Ordnung da hinten?«

»Was sonst?«, grunzte Brocken ungehalten.

»Ich meinte Borsti«, erklärte Raffael.

Der alte Söldner warf ihm einen stummen Blick zu, nur der Unterkiefer mahlte.

»Hihi«, machte Wieland, was die Situation nicht unbedingt auflockerte.

Schnell fragte der Gaukler: »Wie heißt eigentlich dein Pferd, Brocken?«

Es dauerte einen Moment, dann grummelte er: »Gaul.«

»Wie? Einfach nur Gaul?«

»Bei den Direktiven vergaß ich zu erwähnen, dass dämliche Fragen unerwünscht sind.«

»Gaul ist doch kein Name. Also mein Pferd heißt Diego.«

»Ich finde Diego ist ein prima Name«, lobte Wieland.

Brocken stöhnte. »Wenn Schmalhans ins Gebüsch kackt, findet die Bimsbirne es auch prima.«

»Hat denn deine monströse Waffe einen Namen?« Raffael zeigte auf den Zweihänder.

»Ich denke nicht, dass du mit dem Schwert Bekanntschaft machen willst. Und jetzt lass mich in Ruhe.«

Das fängt ja gut an, dachte der Gaukler.

In der nächsten Stunde sagte niemand ein Wort. Diego trottete in aller Pferdegemütsruhe die Straße entlang in Richtung Süden. Ein laues Lüftchen wehte den Reisenden um die Nase, und die Sonne kitzelte angenehm auf der Haut. Allmählich entspannte sich Raffael. Er war dem Soldatentum tatsächlich vorzeitig entfleucht, ohne fahnenflüchtig zu werden. Er überlegte, ob er das Lied vom fröhlichen Goldfisch anstimmen sollte – warum eigentlich nicht. Besser fröhlicher Goldfisch als griesgrämiger Söldner.

»Geht das nicht ein bisschen schneller? Ich wollte die Hexe noch lebend in ihrem Tal antreffen«, murrte jemand mitten in seine Überlegungen hinein.

»Spann doch dein Pferd vor den Karren«, schlug Raffael vor und verzichtete immerhin darauf, die Augen zu verdrehen.

»Gaul ist die Deichsel nicht gewohnt. Er würde den morschen Karren in Einzelteile zerlegen.«

»Warum hast du es so eilig? Könnte Garsick es sich anders überlegen?«

»Zur Abwechslung ist die letzte Frage mal nicht bescheuert. Dem Dicken ist nicht zu trauen.«

»Ist es sinnvoll zu fragen, warum du überhaupt in Garsicks Dienste getreten bist?«

»Nein, sinnlos.«

Wieder blieb es eine Weile ruhig. Wielands Schweigen empfand Raffael als angenehm, eine zufriedene, in sich gekehrte Stille. Bei Brocken wirkte leider jede Ruhe wie die vor dem Sturm. Auch wenn er bewegungslos mit dem Rücken zur Fahrtrichtung auf der Ladefläche saß, knisterte die Luft um ihn herum. Ein aufziehendes Gewitter, das nur darauf wartete, sich mit Donner und Blitz zu entladen.

»Nach meinen Berechnungen werden wir knapp eine Woche bis nach Drachenbein brauchen«, versuchte der Gaukler einen Themenwechsel.

»Du könntest Borsti vor den Karren spannen, damit es schneller geht«, schlug Brocken vor.

Versuchte der Eisklotz, auf seine alten Tage noch witzig zu werden?

»Hihi«, machte Wieland.

Raffael sah ihn empört an. Der fand auch alles lustig. Wenn doch Krims nur hier wäre. »Borsti ist die Deichsel nicht gewohnt«, giftete er zurück und verschränkte die Arme vor der Brust. Der alte Karren knarzte unter dem Haufen schlechter Laune, den er transportieren musste.

Immerhin habe ich nun dein Vermächtnis verstanden, Krims, dachte Raffael. Ich folge dem Stern. Wobei ich nicht weiß, was ich davon halten soll, dass du mich durch die Karte mit einem übellaunigen Menschenhasser zusammengeführt hast, doch ich vertraue dir.

Mit fortschreitendem Nachmittag verbesserte sich seine Stimmung. Endlich war er der Knechtschaft des Militärs entkommen. Und Wegelagerer musste er auch nicht mehr fürchten, denen hätte vor allem Brocken durchaus etwas entgegenzusetzen. Obwohl, so ganz sicher konnte er nicht sein, der Eisklotz war in seinen Aktionen unberechenbar – wenn dieser merkwürdige Vogel nicht aufgetaucht wäre, hätte er Raffael vor wenigen Stunden getötet.

»Wollen wir das Lied vom fröhlichen Goldfisch singen?«, fragte er Wieland.

»Ich fürchte, das kenne ich nicht«, antworte dieser.

»Oder das von den dreizehn Raben?«, schlug der Gaukler vor.

»Au ja, zumindest den Refrain kann ich.« Wieland klatschte in die Hände.

Auf einmal wackelte der ganze Karren. Brocken war aufgesprungen und sah mit bedrohlicher Grimasse auf ihn herunter.

»Halt bloß das Maul, Schmalhans. Ich hasse diese Zahl. Sie ist verflucht und bringt nichts als Unglück. Nenne sie in meiner Gegenwart nie wieder.«

»Ist ja schon gut«, wunderte sich Raffael über diese Empfindsamkeit. Sonst brachte den Eisklotz doch so gut wie nichts zum Schmelzen. Erneut war ihm die Lust auf Gesang vergangen.

Als die Sonne beinahe hinter den Bergen verschwunden war, sprang Brocken vom Wagen, leinte Gaul los und schwang sich in den Sattel. Im nächsten Moment galoppierte er am Karren vorbei und verschwand hinter einer Wegbiegung.

»Was hat der denn?«, fragte Raffael.

»Ich weiß es nicht. Vielleicht sind wir ihn nun los«, meinte Wieland und drehte an seinem goldenen Ohrring.

»Das glaube ich nicht. Der Herr Feldmarschall würde niemals seine geliebte Waffensammlung zurücklassen. Schau dir mal den seltsamen Bogen an – völlig unsymmetrisch.«

»Der ist mir auch schon aufgefallen.« Wieland zeigte auf den Köcher. »Solche dreikantigen Pfeilspitzen habe ich vorher noch nie gesehen.«

»Ich habe erzählen hören, Brocken schieße die vom Pferderücken aus ab – dies sei eine seiner regelmäßigen Waffenübungen.«

Wieland leckte sich über die Oberlippe. »Beim Reiten? Kann ich mir kaum vorstellen. Aber ausgefallene Waffen mag ich. Und das Üben damit noch mehr. Habe ich dir mein Rapier schon gezeigt?«

»Ja, das kenne ich. Wie fühlt sich dein Kopf an, Wieland?«

»Schwer zu sagen. Ich verstehe, dass ich über Nacht vieles vergesse. Daher bin ich eine ziemliche Last. Danke, … dass ich dich begleiten darf. In der Armee hätte ich nicht bleiben können, die würden mir nicht jeden Morgen die Welt und den Krieg neu erklären. Wie brauchbar ist jemand, der stets die Befehle vom Vortag und den Feind vergisst?«

»Vermutlich ist es gar nicht so schlecht, den Feind einfach zu vergessen. Ich freue mich, dass du uns begleitest«, lächelte Raffael.

In diesem Moment tauchte der alte Söldner wieder auf und deutete nach rechts. »Wir fahren dort hinten in den Wald hinein, dann kann uns vom Weg aus niemand mehr sehen.«

In diesem Punkt vertraute Raffael voll und ganz auf Brockens Erfahrung. Es lag mit Sicherheit nicht allein an seinen unglaublichen Kräften, dass er so alt geworden war. Folglich lenkte der Gaukler den Pferdekarren vom Weg hinunter in einen immer dichter werdenden Fichtenwald hinein. Dort errichteten sie ihr erstes Nachtlager.

Sie aßen Bohnen und getrocknetes Fleisch. Natürlich gab Brocken nur das Allernötigste von sich, ansonsten starrte er dumpf vor sich hin. Dabei hatte Raffael es selbst erlebt – wenn er vor seinen Soldaten stand, konnte er reden wie ein Waschweib.

»Die Wache übernehme ich«, entschied Brocken. Danach setzte er seine übliche Lasst-mich-bloß-in-Ruhe-Miene auf.

Ein unbehagliches Unbehagen ließ Raffael mitten in der Nacht aufwachen. Er brauchte einen Moment, um zu begreifen, wo er sich befand: auf seinem Lieblingsplatz, hinten im alten Karren. Tiefe Dunkelheit umhüllte ihn wie ein schwarzes Tuch. Einige Augenblicke später brach die Wolkendecke auf, silbriges Licht kämpfte sich durch die dichten Fichtenzweige. Der Gaukler prüfte die Umgebung. Wieland schlief ein Stück weiter auf dem Boden, Brocken konnte er nicht entdecken.

Ach ja, der hielt Wache. Fragte sich nur, wo? Raffael reckte den Hals in alle Richtungen. Die Unruhe ließ ihn vom

Karren steigen und ein paar Schritte gehen, bis er den alten Söldner sah. Mit geradem Rücken saß er auf dem Boden mitten im Laub und starrte vor sich hin. Langsam ging Raffael auf ihn zu, doch er reagierte nicht. Gut, der weiche Waldboden schluckte die Schrittgeräusche, sonderlich aufmerksam wirkte Brocken dennoch nicht. Schritt für Schritt kam er näher. »Nennst du das etwa Wache halten, Brocken? Jeder dahergelaufene Volltrottel könnte sich an dich heranschleichen.«

»Gerade geschehen«, brummte der Alte.

Erst jetzt bemerkte Raffael die Eule auf der linken Stiefelspitze des Söldners. Mit riesigen Augen starrte sie den Gaukler an. Dann breitete sie die Flügel aus und verschwand in der Nacht.

»Bist du gekommen, um meine Freundin zu verjagen?«

»Nein, ich … bin aufgewacht und …«

»Und dachtest, der alte Sack sei bei der Wache eingeschlafen.«

»Äh, … nein … ja, so ähnlich.«

»Deine Schritte sind leise, dein Atem ist es auch, dennoch habe ich dich bereits in dem Moment gehört, als du dich aufgesetzt hast. Noch ein besserer Wächter als ich es bin, ist die Eule. Und sie signalisierte mir, dass wir hier mutterseelenallein sind. Keine Gefahr also.«

So ganz glauben konnte oder wollte Raffael dies nicht, doch was sollte er darauf erwidern? »Soll ich dich ablösen?«, fragte er nur.

»Nein!«

»Aber du solltest auch etwas schlafen.«

»Ich schlafe seit meinem zehnten Lebensjahr nicht mehr. Nun lass mich in Frieden.«

»Aha!« Spätestens jetzt war klar, was er diesem Kerl glauben konnte: nichts. Der war vollends verrückt. Ohne ein weiteres Wort ging er zurück zu seiner Schlafrolle und legte sich wieder hin.

Am nächsten Morgen begrüßte Wieland ihn mit neugierigem Blick. »Georg! Was machst du denn hier?«

Raffael fasste das Wichtigste zusammen und erklärte ihm, wie es um seinen Kopf stand.

»Du … willst mir weismachen, ich würde über Nacht alles vergessen, was sich seit der Kopfverletzung zugetragen hat?«

»Bisher sieht es danach aus. Körperlich geht es dir schon viel besser. Du hast in den letzten Tagen viel mit deinem Rapier geübt.«

Wieland streckte seine Glieder. Sein Gesicht nahm einen verwunderten Ausdruck an: »Sieh mal der Riese dahinten. Der sieht aus wie Brocken. Ich habe nicht schlecht gestaunt, als ich erfahren habe, dass der düstere Kerl aus dem Wirtshaus, der Damfoss mit einem Schlag getötet hat, unser Feldmarschall ist.«

Hm, ausgerechnet den Eisklotz hatte Raffael nicht erwähnt. Es dauerte noch ein paar Erläuterungen, bis Wieland auch brockenbezüglich auf dem Laufenden war. Raffael spürte das Vertrauen des jungen Mannes, während er in aller Ruhe seinen Worten lauschte.

»Und morgen früh wirst du mir alles erneut erzählen

müssen?«

»So sieht es aus. Gräm dich nicht, vielleicht erholt sich dein Gedächtnis eines Tages.«

Wieland betastete vorsichtig seinen Hinterkopf. »Ich spüre deine Münze. Es ist ein Wunder, dass ich noch lebe. Dank dir, Raffael.«

Den ganzen Tag reisten sie in gemächlicher Geschwindigkeit nach Süden. Die Straße wurde zum Weg und dann zum Pfad. Der Karren kam nur noch im Schritttempo voran. Raffael dachte gar nicht daran, Diego zu überanstrengen. Ein leerer Ochsenkarren mit einem Bauern, der es schaffte, beinahe so griesgrämig dreinzublicken wie der Herr Feldmarschall, kam ihnen entgegen.

»Seid gegrüßt«, rief Raffael ihm zu. »Sagt, guter Mann, wie ist der weitere Zustand der Straße in Richtung Süden?«

Der Fremde blieb stehen, sein Blick huschte misstrauisch von einem zum anderen, bis er dann am Karren hängen blieb. Er spuckte aus, nicht ohne sich danach die Hälfte des Speichels vom Mund zu wischen. »Zu dieser Jahreszeit müsste sie durchgehend befahrbar sein. Doch hütet Euch vor den Strauchrittern. Die treiben seit geraumer Zeit ihr Unwesen in der Grenzregion.«

Das klingt nicht gut, dachte Raffael.

»Das klingt gut«, meinte Brocken. »Ein wenig Abwechslung kann nicht schaden.«

Der Bauer runzelte die Stirn und spuckte vor Erstaunen direkt noch einmal aus. Wieder verrichtete der Ärmel seinen Dienst. »Denen wollt ihr sicherlich nicht begegnen. Seit der

Landesherr sie verstoßen hat, überfallen sie arme Reisende.«

»Wir sind reiche Reisende. Somit haben wir nichts zu befürchten«, meinte Wieland fröhlich. Auch er machte sich anscheinend keinerlei Sorgen.

Der Mann schimpfte: »Spottet nur. Wenn die Euch erwischen, ist es aus mit Euch. Die haben schon etliche Überfälle, Entführungen und Morde auf dem Kerbholz. Ihr werdet Euch wundern.« Dann zog er seinen Ochsen am Geschirr weiter die Straße entlang.

Gegen Mittag durchquerten sie ein kleines Dorf, aus dem der Bauer vermutlich stammte. Leere, graue Gesichter starrten ihnen hinterher, so richtig glücklich schienen die Bewohner nicht zu sein. Sie gehörten noch zum Herzogtum Bodenstein, denn die Grenze zur nächsten Grafschaft hatten sie noch nicht erreicht.

Wieland erzählte einige Begebenheiten aus seiner Kindheit als Sohn eines Töpfers. Es waren vergnügliche Geschichten, das eine oder andere Mal konnte er auch über sich selbst lachen. Brocken indes verzog keine Miene und gab keinen Ton von sich, was nicht unbedingt von Nachteil war. Gerade als Raffael überlegte, was er von sich preisgeben sollte, blieb Diego stehen und legte die Ohren an.

»Achtung! Hier stimmt etwas nicht«, sagte Raffael. »Vielleicht Wegelagerer oder Räuber.«

»Sprach der Dieb«, grunzte Brocken. Er stand bereits breitbeinig auf der Ladefläche und starrte den Weg zurück. Von hinten näherte sich ein Reiter im Galopp. Kein Wegelagerer – der Gaukler erkannte die schmucke Uniform von Weitem. Kristan, Garsicks junger Offizier.

Einen Augenblick später hatte er sie erreicht. »Ah, da seid ihr ja. Früher als gedacht habe ich euch eingeholt.«

Brocken zeigte auf Diego, der gemütlich an den Grasbüscheln am Wegrand zupfte. »Unsere normale Reisegeschwindigkeit.«

»Verstehe«, meinte Kristan, obwohl ihm anzusehen war, dass er nichts verstand.

»Du bist uns gefolgt. Warum?«, fragte Brocken.

Mit einer tiefen Furche über der Nasenwurzel erklärte Kristan: »Ich … ich wollte Euch warnen. Graf Garsick hat im Offiziersrat nichts Gutes an Euch gelassen und über Euren Fortgang getobt. Jedenfalls hat er beschlossen, einen großen Trupp unter der Leitung von Meinhardt hinter Euch herzuschicken.«

»Wie aufmerksam von ihm.«

»Das Üble daran, der Graf erteilte einen klaren Auftrag: Tötet Brocken! Und seine beiden Begleiter gleich dazu.«

»Das sieht ihm ähnlich.«

»Gute Güte! Warum das Ganze?«, erschrak Raffael.

»Er behauptet, Ihr hättet seinen Neffen ermordet. Einen gewissen Damfoss. Zudem sprach er von Diebstahl und Fahnenflucht. Ich glaube jedoch, Garsick befürchtet, dass Ihr bei einem seiner Feinde anheuert und ihm dann auf einmal gegenübersteht.«

Brockens Unterkiefer mahlte. »Wie kommt es, dass du mich warnst?«

»Aus alter Verbundenheit. Wir haben zusammen einen großartigen Schlachtzug gegen Stoderring geführt.« Kristan nickte bekräftigend. »Ich habe viel gelernt und Euch einiges zu verdanken.«

»Hm. Garsick wird dich mit Sicherheit vermissen.«

»Nicht nur das. Er wird erfahren, dass ich Euch gewarnt habe und es als Hochverrat auslegen, aber das nehme ich in Kauf, denn ich tue das Richtige. Ich würde Euch gern weiterhin begleiten.«

»Du weißt doch nichts über unser Vorhaben.«

»Dann erklärt es mir«, antwortete der junge Offizier lächelnd.

Brocken wollte sich offenbar nicht auf diese Diskussion einlassen. Er knurrte: »Wann werden unsere Verfolger zu erwarten sein?«

»Nach den Planungen des Grafen vor meiner Abreise spätestens morgen Mittag. Es sieht nicht nach Regen aus und der Spur des alten Karrens können sie leicht folgen. Also sollten wir machen, dass wir rasch fortkommen und uns gut verstecken.«

Völlig unbeeindruckt meinte Brocken: »Es ist Zeit fürs Nachtlager. In der Ruhe liegt die Kraft.«

»Erst konnte es nicht schnell genug vorangehen, und nun warten wir auf unsere Verfolger?«, fragte Raffael.

»Ich laufe nicht davon. Vor niemandem!«, erklärte der alte Söldner.

»Ich schon«, meinte Raffael. »Oft ist es das Einfachste und Klügste.«

»Das ist ein Trugschluss. Jage, was dich jagt.« Brocken zeigte auf ein halb zerfallenes Gebäude einige Pferdelängen abseits des Weges. »Wir schlagen dort hinter der Scheune unser Nachtlager auf.«

Kristan riss besorgt die Augen auf. »Garsick hat großen Respekt vor Euch – er wird dreißig Doppelsöldner hinter Euch herschicken.«

Irgendwie schaffte es Brocken, noch größer zu werden. »Hinter die Scheune! Noch einmal sage ich es nicht.«

Also lenkte der Gaukler den Karren an den gewünschten Ort und stieg vom Bock. Kristans plötzliches Auftauchen verwirrte und beunruhigte ihn gleichermaßen. Dem Grafen traute er jede erdenkliche Form des Grolls zu, daher erschien ihm die Warnung plausibel. Doch die Konsequenzen aus der Situation schmeckten ihm ganz und gar nicht. Waren sie ab heute ständig auf der Flucht? Auch über die Grenzen des Herzogtums hinaus? Würden aus drei ungleichen Gesellen nun vier? Brocken und Wieland waren auf völlig unterschiedliche Art bereits anstrengend genug – mit Kristan käme noch einer dazu. Letzterer hatte mit Sicherheit wenig Interesse, das Tal der Hexe zu finden. Jedenfalls war der Gaukler fest entschlossen, diese Entscheidung nicht allein dem Herrn Feldmarschall zu überlassen.

Am Abend kaute Raffael abwechselnd auf einem Stück Brot und einem Stück Trockenfleisch herum. Er beobachtete Kristan, der unruhig mit dem Rücken an eines der Räder des Karrens lehnte. Auch der sonst so fröhliche Wieland warf durchaus den einen oder anderen fragenden Blick umher. Nur Brocken saß mit übereinandergeschlagenen Beinen auf dem Boden und rekelte sich mit unbekümmerter Miene, als würde demnächst nichts Besonderes geschehen.

Auch Kristan irritierte dieses Verhalten. »Die Lage ist leider sehr ernst. Garsick hat jedem der Söldner drei Goldstücke zusätzlich versprochen, wenn sie mit Eurem Kopf zurückkehren.«

Raffael wurde schwindelig, denn das war eine schwindelerregende Menge Geld.

»Dann werden sie sich ja besonders anstrengen«, freute sich Brocken. »Ob du dich uns anschließen darfst, entscheide ich morgen.«

»Das beschließen wir zu dritt«, sagte Raffael mit fester Stimme. »Und zwar gleichberechtigt. Jeder hat eine Stimme. Wir sind nicht deine Untertanen und auch nicht deine Fußknechte.«

»Ach, Bimsbirne willst du eine Stimme geben. Der kann sich doch nicht einmal merken, wofür er überhaupt entschieden hat.«

Wieland hob den Kopf. »Du bist ein Arsch, Brocken. Das vergesse ich dir nie.«

»Oh je!«, antwortete Brocken. »Schlaf eine Nacht drüber.«

»Dann werde ich es Wieland erklären. Er entscheidet mit.« Raffael war fest entschlossen, sich nicht einschüchtern zu lassen.

Kristan schaute irritiert von einem zum anderen. Diese Gemeinschaft hatte er sich offenkundig anders vorgestellt.

»Ich halte Wache!«, entschied Brocken.

Na gut, dachte Raffael. Das kannst du meinetwegen ganz allein festlegen.

Wache

Brocken hielt Wache, ihm machte es nichts aus, zumal er ohnehin nicht schlafen konnte. Wachen war wie warten, wenn er es wollte. Zwar wusste er im Grunde nicht, für wen oder was er das tat, doch gab es dem Leben für eine gewisse Zeit eine Bestimmung. Darüber hinaus barg diese Nacht etwas Besonderes, denn Gefahr kroch heran wie giftiger Nebel. Brocken atmete tief ein, für diese Momente schlug die Kriegstrommel in seiner Brust. Gefahr begleitete ihn wie die Wolken und der Mond, Gefahr bereicherte sein Leben, in ihr fühlte er sich am wohlsten.

Erst nach dem Tod ist der Mensch außer Gefahr, dachte Brocken. Einer der ganz wenigen Gründe, am Leben zu bleiben.

Dreißig Doppelsöldner wogen schwer und das ihnen versprochene Gold noch schwerer. Dafür würden sie ihn ohne mit der Wimper zu zucken töten. Der alte Söldner akzeptierte das, schließlich würde er genauso handeln. Seine Freundin, die Schleiereule, ließ sich nicht blicken. Nicht unbedingt ein schlechtes Zeichen, denn sie würde ihn warnen, wenn sich die Verfolger näherten. Brocken vertraute auf seine Wächterkomplizen, in der Nacht die Schleiereule, am Tag der Eichelhäher. Es war ganz einfach: Auf die Vögel konnte er sich verlassen; auf die Menschen nicht.

Er hatte sich mitten in den Eingang der alten Scheune gesetzt mit dem Blick in die Richtung, aus der sie gekommen waren. Drei Wände standen noch, mehr aus Gewohnheit, denn die Holzbalken waren wurmstichig und verfault. Der nächste Sturm würde ihnen vermutlich den Rest geben.

Es ging los. Ähnlich wie gestern Nacht, leise Schritte, gedämpft durch weiches Gras, näherten sich.

Jeder dahergelaufene Volltrottel kann sich an dich heranschleichen, erinnerte sich Brocken. Soso.

In die Stille hinein ließ ein Windstoß die alten Dachbalken knarzen. Brocken rührte sich nicht, er harrte der Unvermeidbarkeit. Das leichte Kribbeln im Rücken schärfte seine Sinne. Die Nackenhaare stellten sich auf. Er kam durch das Loch in der Rückwand. Sanfte Tritte auf vergammeltem Stroh. Noch vier Schritte, noch drei.

Ehrgeiz ist ein Laster, eine Bürde und ein Sargnagel, dachte Brocken.

Jetzt war nicht der richtige Zeitpunkt, um über menschliche Unzulänglichkeiten zu philosophieren. Er konzentrierte sich auf die Vorgänge in seinem Rücken. Dem aberklugen Schmalhans würde er es zeigen.

Noch ein Schritt.

Zwischen seinem alten Schaller-Helm und der Kettenrüstung prangte ein schmaler, ungeschützter Bereich: sein Nacken, ein verwundbarer Punkt, eine Zielscheibe, eine Versuchung. Brocken schloss die Augen. Ein süßlicher Geruch stieg ihm in die Nase. Er fuhr herum, packte den Arm und verdrehte ihn. Langsam drückte er zu, bis der gebrochene Knochen durch die aufplatzende Haut drang. Ein gellender Schmerzensschrei zerschnitt die Stille der Nacht. Ein Messer fiel auf den Boden. Im nächsten Augenblick trat ihm Brocken mit seinem schweren Stiefel gegen das rechte Knie. Sein Gegner sackte zusammen. Ein wimmerndes Häufchen Elend im Dreck.

Die Schreie weckten die anderen.

Raffaels Stimme ertönte: »Was ist geschehen?«

Eine Frage, an Dämlichkeit kaum zu überbieten. »Wonach sieht es aus?«

Nun betrachteten Schmalhans und Bimsbirne mit runden Augen den schmerzgekrümmten Kristan vor ihnen auf dem Boden.

Brocken hob das Messer auf. »Damit wolltest du mich also töten. Wie viel hat dir Garsick dafür versprochen?«

»Nichts, glaubt mir. Ich … wollte Euch nichts antun«, stöhnte der junge Offizier. »Wir … sind doch Freunde.«

»Was geschieht hier?«, fragte Raffael entsetzt.

»Verstehst du es immer noch nicht? Genau das habe ich erwartet, nachdem er gestern bei uns aufgetaucht ist. Zumal ich ihn Garsick gegenüber gelobt habe wie einen engen Vertrauten. In dem Moment hat sich der Dicke ihn als sein nächstes Opfer ausgesucht. Sein vermeintlich gutes Verhältnis zu mir wurde ihm zum Verhängnis. Doch letztlich war es Kristans Entscheidung. Niemand hat ihn gezwungen, sich bei uns einzuschleichen, um mich hinterrücks zu ermorden. Er hätte auf den Handel nicht eingehen müssen.«

»So ist es nicht, nein.« Der Mann auf dem Boden strampelte entsetzt mit den Beinen. Seine Miene glühte vor Angst,

Schmerz und Unschuld.

Brocken fuhr ihn an: »Narr, ich habe dir damals vor Garsicks Zelt geraten, mir nicht den Rücken zuzukehren. Glaubtest du etwa, dies gilt nicht auch umgekehrt?«

»Nein, nein … ein Missverständnis«, jammerte Kristan. »Ich wollte … Euch Gesellschaft bei der Wache leisten und … dabei schnitze ich immer gern. Es ist nur ein kleines Messer.«

»Oh, dann tue ich dir halt Unrecht.« Brocken gab sich untröstlich. Bei Lichte besehen gab er sich stets untröstlich. Trost gehörte allein den Schwächlingen. Damit hatte er nichts zu schaffen.

»Was ist, wenn er die Wahrheit spricht?«, fragte Schmalhans mit schmaler Stimme.

»Was ist, wenn du naiv bist?« Brocken konnte es nicht fassen. Ausgerechnet der Langfinger klammerte sich krampfhaft an das Gute im Menschen.

Der alte Söldner besah sich das Messer und roch an der Klinge. »Ich denke, es ist vergiftet. Ein kleiner Schnitt bringt den sicheren Tod.«

»Nein, gewiss nicht. Wie kommt Ihr auf so was? Mit Gift … hantieren nur Weiber. Bitte glaubt mir.« Kristan hielt sich den gebrochenen Arm. »Mich trifft keine Schuld.«

»Vielleicht irre ich mich tatsächlich, und du bist mitten in der Nacht von hinten an mich herangeschlichen, um mir eine Blume zu schnitzen.«

»Das bin ich in der gestrigen Nacht auch«, meinte Raffael.

Jetzt meldete sich Bimsbirne zu Wort. »Wir werden die Wahrheit heute Nacht nicht mehr erfahren.«

»Ich will doch einer von euch sein«, jaulte Kristan. »Und vergesst nicht: Ich habe euch gewarnt.«

Beinahe hätte Brocken die Augen so wunderbar verdreht, wie es sonst nur Schmalhans konnte. Soso. Kristan war also unschuldiger als der Morgentau. Wo war denn dann nur die Schuld abgeblieben? Wohin hatte sie sich verkrochen? Brocken glaubte nicht an Schuld, daher fühlte er sich auch nicht schuldig. Niemals. Schuld gab es so viel oder so wenig wie Unschuld oder Unrecht. Oder Wahrheit.

»Schuld ist für Verlierer«, knurrte er, bückte sich zu Kristan hinunter und zog die Klinge mit einer schnellen Bewegung quer über dessen Wange. Nur ein Schnitt, nicht tief, der rote Streifen wurde schnell breiter, als das Blut hervorquoll.

Ausgerechnet die Bimsbirne verstand schnell. »Wir werden es gleich erleben. Mich dünkt, die Abstimmung, ob wir zu viert weiterreisen, wird sich erübrigen, Raffael.«

Gratulation. Wielands erster lichter Moment. Zum einen hatte er wohl noch nicht lange genug geschlafen, um seinen Arsch zu vergessen, zum anderen brachte er es auf den Punkt, ohne dusselige Fragen zu stellen.

Schmalhans bemerkte: »Verstehe.«

Kristans Hand fuhr an die Wange. Entsetzt glotzte er auf das Blut an seinen Fingern. »Was habt Ihr getan? Ich bin unschuldig. Alles ein Irrtum. Ich wollte nicht … nein …«

Zunächst geschah nichts. Ruhig und unerschütterlich stand Brocken da.

Schnaufen! Kristan atmete immer schwerer. Ein Schütteln und Krampfen ging durch seinen Körper, die Beine zuckten unkontrolliert.

Schmalhans starrte erschrocken auf das Messer in Brockens Hand und murmelte: »Verflixt!«

»Ihr seid ein dreckiges Pack!«, zischte Kristan plötzlich. »Sie werden … euch erwischen, euch alle. Ich … habe nicht gelogen. Die Doppelsöldner jagen euch!« Schaum spritzte ihm vom Mund wie bei einem tollwütigen Hund. Nun hechelte er auch wie ein solcher. Niemand rührte einen Finger, alle starrten den verräterischen Giftmörder an. Dessen Gesicht färbte sich blaugrün, langsam ebbte das Zucken ab. Ein letzter kehliger Schrei, ein Spucken und Stille. In seinen Augen war nur noch das Weiße zu sehen. Ein Gift, welches auch immer, hatte ihn dahingerafft. Brocken zielte mit dem Messer auf einen der Dachbalken. Mit zitterndem Knauf blieb es dort stecken. »Beim Sterben rückte er mit der Wahrheit heraus. Wenn Kristan in spätestens zwei Tagen nicht wieder im Lager auftaucht, weiß der Fettsack, dass etwas gehörig schiefgelaufen ist. Dann wird er uns seine besten Söldner auf den Hals hetzen, denn er muss davon ausgehen, dass ich nun Bescheid weiß. Und mich noch mehr fürchten als zuvor. Woran er gut tut!« Er fletschte die Zähne.

Kopfschüttelnd wandte sich Raffael ab. Der Kleine musste sich offenbar noch an viel gewöhnen. Die drei ließen den Verräter liegen und kehrten zum Nachtlager zurück. Keiner verspürte das Verlangen, ihn zu beerdigen.

An Schlaf war nicht mehr zu denken, so standen sie um den alten Karren herum.

»Das haut dem Fass den Nagel auf den Kopf«, wetterte

Schmalhans. »Brocken, wie konntest du diesen Verrat voraussehen?«

»Das hat mich das Leben gelehrt. Die Versuchung, mit einem simplen Messerstich reich und berühmt zu werden, war zu groß.«

»Wer Brocken tötet, wird selbst zur Legende«, kommentierte Wieland. »Und ist reich bis an sein Lebensende.«

Erstaunt sah Raffael ihn an. »Du weißt noch, was gestern geschehen ist.«

Selbst überrascht, meinte Bimsbirne: »Ja, ich habe wohl nicht lange genug geschlafen, dass mein Kopf alles vergisst. Vielleicht sollte ich von nun an kurz nach Mitternacht die Wache übernehmen, dann falle ich euch weniger zur Last.«

Schmalhans runzelte die Stirn. »Das Gehirn schlägt seltsame Kapriolen. Von mir aus versuchen wir es, vielleicht kannst du deinen Schlaf langsam verlängern, ohne etwas zu vergessen.«

»Ich muss damit leben und das Beste daraus machen.«

Brocken erklärte: »Mit hoher Wahrscheinlichkeit werden Garsicks Schergen uns einholen, bevor wir Drachenbein erreichen. Überlegt euch gut, ob ihr bei mir bleiben wollt. Schmalhans, am besten gibst du mir die Karte, und wir gehen unsere eigenen Wege. Die wollen mich, nicht euch.«

»Kommt gar nicht infrage, dass ich beim ersten Anzeichen von Gefahr weglaufe. Wir bleiben zusammen«, hielt der Kleine entschlossen dagegen.

Der alte Söldner verstand diese gezwungene Loyalität beim besten Willen nicht. Oder wollte er nur nicht die Karte rausrücken?

Es lag doch auf der Hand: Brocken konnte den Schmalhans nicht leiden. Und umgekehrt – den Schmalhans konnte Brocken nicht leiden. Dennoch beharrte der auf der gemeinsamen Reise.

»Was willst du überhaupt in diesem dämlichen Tal?«, fragte er.

»Ich erfülle ein Vermächtnis. Ich habe es meinem Freund Krims versprochen. Er gehörte zu den besten Menschen, die ich bisher in meinem Leben getroffen habe.«

»Wie rührend«, schnaubte Brocken, »doch deine Worte sind nichts als Wind. Also – was tust du, wenn wir das Tal gefunden haben?«

Schmalhans warf ihm einen eigentümlichen Blick zu. »Das wird sich ergeben. Ich folge einem Gefühl. Dem Gefühl, das Richtige zu tun.«

Soso. Der Dussel fühlt, dass er fühlt.

Was sollte Brocken nur mit solch einer Begleitung anfangen? Es gab wenig, was er noch mehr hasste als Gefühlsduselei.

»Was gedenkst *du* zu tun, wenn wir das Tal der Hexe Aglaja erreichen?«, fragte der Kleine plötzlich.

»Ich suche die Hexe.«

»Und dann?«

»Töte ich sie.«

»Du hast mit ihr also eine Rechnung offen?«

»Schlau kombiniert.«

»Für was nimmst du Rache?«

»Das geht dich nichts an, Schmalhans.«

»Du hast mich auch gefragt.«

»Und du einen Haufen Grütze als Antwort geliefert.«

»Was ist, wenn unsere Interessen gegenläufig sind? Wenn ich die Hexe lebend brauche?«

»Dann beseitige ich auch den kleinen, nervigen Langfinger, der einfach nicht lockerlassen kann. Niemand stellt sich mir in den Weg.«

»Verstehe. Der Hammer hält alles für einen Nagel.«

»Auf den Kopf getroffen!«

»Ziemlich behämmert.« Der Kleine rollte mit den Augen.

»Gut, dass wir uns ausgesprochen haben. Beim Morgengrauen reisen wir weiter«, sagte Brocken. Er beschloss, noch einmal in Ruhe darüber nachzudenken, wozu er den Schmalhans überhaupt brauchte.

Wieland, der ohne ein Wort zu sagen, die ganze Zeit danebengestanden hatte, zuckte nur mit den Schultern.

Die drei gingen zum Lagerplatz zurück und packten ihre Sachen zusammen. Bis zu den ersten Sonnenstrahlen würde es nicht mehr lange dauern.

Das Heulen

Die nächtlichen Ereignisse ließen Raffael nicht los. Als was für ein schrecklicher Mensch hatte sich dieser Kristan nur entpuppt? Wie niederträchtig und scheinheilig, sich auf diese Weise in die Gemeinschaft einzuschleichen, mit nichts als vergifteten Gedanken und vergiftetem Messer. Er schüttelte den Kopf. Brocken hatte es in keiner Weise verwundert. Der alte Miesgram ging stets vom Schlechtestmöglichen aus und hatte in diesem Fall Recht behalten. Der Gaukler weigerte sich zu glauben, dass dies für alles im Leben die richtige Einstellung war. Natürlich hatte er es schon oft gehört: Vertraue niemandem, dann kannst du auch nicht enttäuscht oder hintergangen werden. Nein, ihm war das zu banal. Und falsch. Er schielte zu Wieland, der summend neben ihm auf dem Bock saß. Der lebende Beweis, dass es anders ging. Raffael vertraute ihm; er genoss das Gefühl, ein Stück von sich wegzugeben. Und er spürte, dass er von Wieland etwas zurückbekam. Sollte der alte Söldner zu all dem nicht fähig sein?

Die sich durch zahlreiche Felsformationen schlängelnde Straße glich einem besseren Trampelpfad. Eine unübersichtliche, unfreundliche Gegend. Langsam doch stetig zog Diego den Karren weiter. Raffael achtete auf die Ohren des Pferdes.

Wenn ich jemanden überfallen wollte, würde ich es hier tun, dachte er.

Nach einer scharfen Rechtskurve tauchten in der Ferne einige Häuser auf, zunächst nur einfache Hütten mit Strohdächern, doch dann folgten aufwendigere Bauten aus Stein und Ziegel. Links und rechts dahinter weideten inmitten schiefer Zäune ein paar Schafe und Ziegen. Der alltägliche Anblick eines Dorfes, gäbe es nicht das hoch in den Himmel ragende Holzgerippe eines im Bau befindlichen Kirchturms. Die Straße wurde breiter und führte genau auf das Gotteshaus zu. Hier entstand ein beeindruckendes Gebäude. Das mit roten Backsteinen gemauerte Hauptschiff war nahezu fertiggestellt, nur Fenster und Eingangstür fehlten noch. An der rechten Seite standen bereits die Grundmauern und die steinernen Säulen des Seitenschiffs.

Laut klackerten die Hufe von Diego und Gaul über den gepflasterten Marktplatz. Mehr Platz als Markt, Stände gab es keine, alles war wie leergefegt. Nun gut, es war später Nachmittag, vielleicht hatten alle schon Feierabend. Doch irgendwo mussten die Kaufleute und die anderen Bewohner ja stecken.

Brocken saß hinten im Karren und tat so, als schere ihn das Dorf einen Dreck. Vermutlich, weil das Dorf ihn einen Dreck scherte. Merkwürdig, dass ihm die gelbe Galle nicht aus den Ohren herauslief.

»Hier hoffte ich Brot, Würstchen, Rüben und Ziegenkäse einkaufen zu können«, meinte Wieland. »Viel Ziegenkäse.«

»Siehst du einen Händler?«, fragte Raffael.

»Nein, alles wie ausgestorben.«

Ein Schild mit einem überschäumenden Bierkrug schwang sanft im Wind. »Dort drüben gibt es ein Gasthaus. Sollen wir mal nachfragen, wohin die Menschen verschwunden sind?«

Anstatt zu antworten, schwang sich Wieland vom Pferdekarren und betrat die Schenke. Raffael hörte ihn nach dem Wirt rufen.

Als er nach kurzer Zeit wieder herauskam, erklärte er: »Merkwürdig, da ist auch keiner.«

»Wir sollten uns mal umsehen. Kommst du mit, Brocken?«, fragte Raffael.

»Nicht von Interesse«, grantelte es hinter ihnen.

»Dann halt nicht. Pass auf Borsti auf, während wir weg sind«, meinte der Gaukler – eigentlich nur, um den Eisklotz zu ärgern. Der Wurm hatte erst kürzlich frische Erde und Blätter bekommen und kam in seinem Glas bestens allein zurecht.

Als Antwort grunzte Brocken wie ein trächtiger Eber.

Raffael und Wieland betraten die Kirchenbaustelle. Der Boden bestand aus einem prächtigen, bunten Mosaik über das schon viele Generationen von Schuhen gelaufen, gehüpft und geschlurft waren.

»Hier stand bereits eine Kirche. Vielleicht wurde sie zerstört oder abgerissen. Jedenfalls bauen sie auf demselben Platz eine neue«, stellte Wieland fest.

Der Gaukler nickte und sah sich weiter um. Eine lange Leiter führte in das Gebälk des zukünftigen Dachstuhls.

»Klettern wir hoch und verschaffen uns von dort oben einen Überblick«, schlug er vor.

»Einverstanden.« Wieland hielt bereits die Sprosse über seinem Kopf in der Hand.

Raffael machte, dass er hinterherkam. Oben auf der Leiter angekommen, balancierten sie auf einem Querbalken zum Baugerüst am Rand des Kirchturms und blickten hinunter. Zunächst sahen sie lediglich ein großes, verlassenes Dorf. Der Pferdekarren mit Brocken befand sich auf der gegenüberliegenden Seite und war von hier aus nicht zu entdecken. Hinter der Kirche erstreckte sich ein alter Friedhof.

»Sieh mal!« Mit ausgestrecktem Arm zeigte Wieland auf eine große Menschentraube auf der Wiese dahinter.

Dort hatten sich also die Bewohner versammelt. Alle wirkten seltsam steif und sahen in dieselbe Richtung. Warum, war auf diese Entfernung schlecht auszumachen. Raffael beschlich ein ungutes Gefühl. »Lass uns mal näher herangehen. Am besten so, dass sie uns nicht direkt bemerken. Wir schleichen quer über den Friedhof.«

Wieland nickte.

Beide näherten sich vorsichtig der Versammlung. Deckung fanden sie hinter kleinen Begrenzungsmauern, Grabsteinen und Gruften. Nun konnten sie erste Stimmen hören. Raffael zeigte auf die dichte Hecke rund um den Friedhof. Vorsichtig schlichen sie dorthin und lugten zwischen den Zweigen hindurch. Nicht weit von ihnen stand ein Mann mit einem verbeulten Gesicht und einer verbeulten Rüstung. Das Schwert in seiner Hand hingegen machte einen halbwegs gepflegten Eindruck, vor allem war es spitz und scharf. Etwa zwanzig derartige Gestalten bildeten einen Ring um die Dorfgemeinschaft, die aus dreimal so viel Menschen bestand – vor allem Greise, Frauen und Kinder.

Alle Augen waren auf drei kleine gefesselte und geknebelte Personen auf dem Boden gerichtet. Ein hagerer Mann mit Vollbart schritt zwischen den Gefangenen hindurch. In seinem Rücken bewachten ein halbes Dutzend Männer in schäbigen Rüstungen mit schäbigen Mienen das Geschehen. Auch sie waren bis an die Zähne bewaffnet.

»Geht es wahrlich nicht anders? Muss ich auf diese Weise eurem Gedächtnis nachhelfen?«, fragte der Vollbart mit freundlicher Stimme und breitete die Hände aus wie ein Priester beim Segnen der Gemeinde. »Zum letzten Mal: Wo ist das Geld für eure neue Kirche? Dieser Bau verschlingt Unsummen. Wo habt ihr das Gold versteckt?«

Nun verstand Raffael. Die wehrfähigen Männer waren vom Herzog für den Krieg einberufen worden, somit war das Dorf ohne wirksamen Schutz zurückgeblieben. Die Bande von Strauchrittern, vor denen der Bauer gewarnt hatte, machte sich diese Situation zunutze.

Der Kerl mit dem Vollbart erklärte mitfühlend: »Ich bin ein friedliebender Mensch, daher zwingt mich nicht, eure Kinder zu erhängen.«

Mit aufgerissenen Augen warf Raffael Wieland einen Blick zu. Der presste die Lippen zusammen, und seine Wangenknochen verhärteten sich.

Einige Frauen fingen an zu weinen. Eine Alte rief mit erstickter Stimme: »Nehmt mich! Lasst die armen Kinder frei.«

Sanft entgegnete der Vollbart: »Das ist nobel von dir, Mütterchen. Doch nichts löst die Zunge besser, als den eigenen Nachwuchs baumeln zu sehen. Also, Dorfschulze, deine drei Töchter sind die ersten Auserkorenen. Bevor die Füßchen deiner Lieben den irdischen Boden verlassen, fällt dir doch bestimmt ein, wo der Dorfsäckel versteckt ist, oder?«

Ein kleiner Mann mit Glatze warf sich auf die Knie. »Habt Gnade mit meinen Kindern, Herr. Nach dem Überfall von Graf Garsick auf unser Land hat Herzog Bodenstein sämtliche Geldmittel abgezogen. Seitdem steht der Kirchenbau still. Versteht es doch bitte, wir haben kein Gold.«

Ein Strauchritter mit Spitzbart und schwarzem Zopf schlug vor: »Der lügt doch. Fangen wir mit der ältesten Tochter an. Dann kommt ein Balg nach dem anderen an die Eiche, das verlängert den Spaß.«

Raffael konnte nicht glauben, was er sah. Wie viel Niedertracht hatte sich denn hier versammelt? Es war kaum zu ertragen, doch was konnten sie schon gegen diese Bande ausrichten? Er stupste seinen Kameraden an die Schulter und signalisierte mit dem Kopf, dass sie verschwinden sollten. Ein stummes Nicken, und die beiden zogen sich zurück.

Unbemerkt schafften sie es über den Friedhof. Als sie wieder die Kirche erreichten, brachte Raffael atemlos hervor: »Oh, nein. So etwas Widerwärtiges! Was können wir nur tun? Wenn einer helfen kann, dann Brocken.«

»Was soll selbst der gegen dreißig oder mehr von diesen Halunken ausrichten?«

»Ich weiß es nicht«, antwortete der Gaukler und fühlte sich schrecklich hilflos.

***

Brocken lag mit den Armen hinter dem Kopf im langsamsten Pferdekarren der Welt. Wenn sie in dieser Geschwindigkeit weiterreisten, müsste er für ein Wiedersehen mit der Hexe Aglaja einhundertzwanzig Jahre alt werden. Wenn das mal hinkam. Die Situation stellte ihn ganz und gar nicht zufrieden.

Hektische, aufgeregte Schmalhansschritte näherten sich, dahinter folgten bimsbirnige. Lange hatte die Ruhe ja nicht angehalten.

»Brocken, Brocken!«, rief Raffael.

Genervt hob er den Kopf. Hatte der Langfinger rote Flecken in einem weißen oder weiße Flecken in einem roten Gesicht?

»Die Strauchritter haben das Dorf überfallen und die Bewohner hinter dem Friedhof zusammengetrieben. Sie wollen die Goldlinge für den Kirchenbau. Schnell, wir müssen was tun.«

Erstaunlich. Auf einmal kannte der Langfinger das Wort *schnell.*

»Wo liegt das Problem? Die können das Geld besser gebrauchen als die Götter. Selbst wenn sie es nur ordentlich versaufen und verhuren.«

»Aber … aber sie ermorden die Leute.«

»Ja und?«, wunderte er sich.

Aufgebracht sprudelte es weiter aus Schmalhans heraus: »Als Beweis, dass sie es ernst meinen, wollen sie als Nächstes die drei Mädchen des Dorfschulzen aufhängen. Das geht doch nicht, es sind Kinder!«

»Natürlich geht das. Sie müssen die Schlingen nur kleiner machen«, beruhigte ihn Brocken.

Dem Kleinen entglitten die Gesichtszüge. »Das kann nicht wahr sein! Was bist du nur für ein herzloser Bastard! Du willst wirklich nicht helfen, dieses Unglück abzuwenden?«

»Unglück? Hierbei gilt es immer, mindestens zwei Seiten abzuwägen.« Der alte Söldner überlegte nur kurz. »Unglück für wen? Nicht für mich.« Er gähnte zufrieden. Bildete er sich das ein, oder fühlte er sich plötzlich furchtbar müde? »Außerdem habe ich keine Zeit, ich muss auf Borsti aufpassen.«

Schmalhans sah aus, als wollte er sich auf ihn stürzen und ihm die Nase abbeißen.

Nun schaltete sich auch noch der ehrsame, ehrliche, ehrenhafte Wieland ein. »Etwa dreißig Strauchritter haben sich um die Dörfler verteilt, um sie in Schach zu halten. Die können sich nicht wehren, es sind fast nur Kinder, Frauen und Greise.«

Brocken machte keinen Hehl aus seiner Verwunderung. »So etwas geschieht jedes verfluchte Jahr hundert Mal in diesem verkommenen Land. Warum macht ihr ausgerechnet dieses hier zu eurem Problem?«

»Weil wir direkt darüber gestolpert sind und nun nicht tatenlos zusehen können.«

»Bleibt einfach hier, dann müsst ihr nicht zusehen.«

Voller Wut zischte Raffael: »Ich werde etwas tun. Ich bin zwar noch unschlüssig, doch mir fällt schon noch was ein.«

Wieland nickte und streichelte den Griff seines Rapiers. »Ich komme mit.«

»Viel Vergnügen beim Kampf gegen dreißig Strauchritter.« Für den alten Söldner war die Sache erledigt. Günstigstenfalls lösten sich damit einige Probleme ganz von selbst. Zumindest genau zwei.

Wütend verschwand Schmalhans mit seinem Leibeigenen in der Kirche. Genau, da gehörten sie hin, der direkte Weg in den Himmel. Brocken richtete sich auf, zufällig oder auch nicht, blieb sein Blick am Seesack neben ihm hängen. Wenn die beiden Verrückten meinten, irgendwelchen Bälgern helfen zu müssen, konnte er sich in Ruhe die Karte schnappen und weiterziehen. Allein und schnell. Dafür musste er Raffael nicht einmal erstechen, erschlagen oder erhängen, das übernahmen die braven Strauchritter für ihn. Er stutzte. Nur einen kurzen Moment. Würde ihn das mehr kratzen als ein Mückenstich? Nein, albern, wieso dachte er überhaupt darüber nach? Der alte Söldner öffnete die Kordel des Sacks und schüttete den kompletten Inhalt auf der Ladefläche aus. Na also, schon kullerte ihm das Pergament direkt vor die Füße. Er griff danach und rollte es auf – nur die veraltete Karte der Ländereien. Donnerschlag! Wo war das Pergament mit dem Tal der Hexe? Trug der Schmalhans es etwa bei sich unter dem Wams, das ihm ohnehin viel zu groß war? Kaum vorstellbar. Er verzichtete darauf, den ganzen Kram wieder in den Sack zu räumen. Das Zeug gehörte schließlich nicht ihm. Brocken schwang sich von der Ladefläche und durchsuchte die Satteltaschen von Diego. Außer einem Wasserschlauch konnte er nichts finden. Danach schaute er vorne auf dem Bock und hinten unter dem Öltuch nach, ohne Erfolg. Wo hatte dieser misstrauische Mistkerl die Karte versteckt?

Brocken stöhnte. Die beiden verbohrten Idioten würden heute sicherlich auch am Baum baumeln. Was, wenn Schmalhans das Pergament tatsächlich bei sich trug? Dann würde die wertvolle Rolle den Strauchrittern in die Hände fallen. Oder er hatte sie an einem anderen Ort versteckt – dann würde er sein Geheimnis mit ins Grab nehmen.

Die Karte gehört mir, dachte er. Ich habe ein Anrecht darauf.

***

Erneut schlichen sie über den Friedhof zum Ort des Geschehens. Raffael dampfte vor Wut. Dieser Brocken entpuppte sich als noch schlimmer als befürchtet. Was war die Steigerung von Arschloch? An dem war genauso wenig Gutes wie am Anführer der Strauchritter.

Vorsichtig steckte er seinen Kopf in die Hecke, um sich einen Überblick zu verschaffen. Wie eine von wilden Hunden umgebene Schafherde standen die Menschen zusammen, jammerten, heulten und schluchzten. Elend, wo er auch hinsah. Ein etwa zwölf Jahre altes Mädchen stand mit einer Schlinge um den Hals unter einer Eiche und weinte fürchterlich. Dahinter hielt ein Mann den Strick in den

Händen. Er musste nur noch ziehen, und die Kleine würde jämmerlich ersticken. Raffael schluckte bitter. Ein schrecklich langsamer Tod, noch viel schlimmer, als an einem Galgen mit einem Ruck ins Leere zu fallen und sich dabei das Genick zu brechen.

Der Hagere sah richtig traurig aus. Mitleid heischend wandte er sich dem Mädchen zu: »Du musst verstehen – ich kann nicht anders. Nur weil dein Papa mir das Gold vorenthält. Strafe muss sein.«

Neben Raffael ertönte ein dumpfer Schlag. Wieland sackte in sich zusammen. Bevor sich der Gaukler umdrehen konnte, riss ihn ein starker Arm zu Boden, und im nächsten Augenblick hatte er eine Klinge an der Kehle.

»Ich habe euch doch gesagt, dass ich Schritte gehört habe. Und nun seht, was ich gefunden habe. Ganz schön lebendig für Leute auf einem Friedhof.« Einer der Strauchritter drückte ihm das Knie auf die Brust.

»Ein kleiner Trost, nachdem es hier nichts von Wert zu holen gibt«, erklärte ein anderer.

Aus der Gruft hinter ihnen kamen noch drei weitere Männer herausgeeilt. Ihre gezogenen Schwerter blitzten in der Abendsonne. Denen war nichts heilig – das sollte einer ahnen, dass diese Kerle sogar bei den Toten nach Beute suchten.

»He, Prangels, wir haben hier zwei komische Gestalten überwältigt, auffällig jung und bewaffnet«, rief einer über die Hecke dem Anführer zu. »Sehen nicht aus wie von hier.«

»Bringt sie her!«

Der Strick um den Hals kratzte unangenehm wie grobe Schafwolle. Mit diesem Problem musste er sich nach Lage der Dinge nicht allzu lange herumplagen. Die Hände waren fachkundig auf dem Rücken gefesselt. Was war er nur für ein Idiot. Der Ärger über Brocken, die Furcht um die Kinder und die himmelschreiende Ungerechtigkeit hatten ihn in diese Lage gebracht. Und Wieland gleich dazu.

Der Hagere grinste. »Du hast dich vorgedrängelt, da lassen wir uns nicht zweimal bitten. Dein Freund ist dran, wenn er wieder aufwacht. Einen Bewusstlosen aufzuhängen, macht keinen rechten Spaß.«

Das Mädchen hatten sie zurück auf den Boden gestoßen, dafür hatte Raffael ihren Platz eingenommen. Er war ein wahrer Held.

Der Anführer drehte sich zu den beiden Männern hinter Raffael. »Er lebe hoch! Einmal reicht. Aber dafür schön langsam.«

Die Schlinge um den Hals zog sich zu, der Druck wurde unerträglich. Raffaels Fußsohlen verließen den Boden. Krampfhaft stellte er sich auf die Zehenspitzen – für einen schmerzhaft kurzen Moment der Entlastung. Nein, nein, der Zug an seinem Kopf wurde noch stärker. Er wollte schreien, konnte jedoch nicht einmal krächzen. Sein eigenes Gewicht schnürte ihm brutal die Kehle zu. Krims, dachte er wehmütig. Er spürte seine Augen hervorquellen. So fest er konnte presste er die Lider zu – an atmen war nicht mehr zu denken. Seine Zunge hing wie ein fetter Lehmklumpen in seinem Rachen, jedenfalls ließ sie keine Luft mehr durch. Sie rissen ihm den Kopf ab, die Lungen brannten, seine Füße strampelten hilflos Halt suchend. Das Letzte, was er in seinem Leben hörte, war ein immer lauter werdendes Heulen. Und ein zweites. Einen Ton, den er noch nie zuvor vernommen hatte. Das Heulen endete abrupt, dafür machte es hinter ihm kräftig Pock und Pock. Augenblicklich ließ der Druck am Hals nach. Raffael landete auf den Füßen, konnte sich jedoch nicht aufrecht halten, denn seine Beine bestanden aus Watte. Die beiden Henker hinter ihm hatten das Seil losgelassen. Aus gutem Grund. Jedem ragte ein Pfeil mitten aus der Stirn. Die Gesichter hatten vor dem Tod keine Zeit mehr gehabt, einen erstaunten Ausdruck anzunehmen.

Dafür starrte der Hagere umso ungläubiger auf seine beiden Männer. Er riss den Mund auf, wohl um zu fluchen oder einen Befehl zu rufen, doch in diesem Moment drang das nächste Geschoss in seine linke Schläfe ein. Der Kopf ruckte heftig zur Seite. Mit lautem Knacken brachen die Halswirbel. Ein Gurgeln, ein Zucken, dann fiel er tot um.

Das Heulen und Pfeifen setzte sich fort. Links, rechts, vorne, hinten und von oben. Stets endete es mit einem dumpfen Einschlag. Sehen konnte Raffael nichts, zu sehr war er damit beschäftigt, sich röchelnd auf der Erde zu winden. Nur zögerlich strömte wieder Luft in seine Lungen. Hatte sich Gott erbarmt und ein Wunder gewirkt? Mit großer Anstrengung richtete er sich auf. Nun erlebte er sein Wunder. Ein großes Wunder. Es galoppierte auf einem riesigen Gaul um die Menge herum. In atemberaubender Geschwindigkeit schoss es mit einem krummen, verbauten Bogen Pfeile mit dreikantigen Spitzen ab. Jede davon bohrte sich tief in Kopf oder Brust eines Strauchritters. Das

Wunder drehte sich im Sattel nach links und rechts und schoss eine tödliche Ladung nach der anderen ab.

Raffael liefen Tränen über die Wangen. Unglaublich. Brocken war gekommen. Keinen Augenblick zu spät. Mit einer Hand an seinem wunden Hals und der anderen vor dem Mund staunte er über die Treffsicherheit des alten Söldners auf dem wogenden Pferderücken. Nun gut, nicht der Himmel hatte ihn geschickt, sondern der Teufel persönlich – mit einem diabolischen Grinsen. Und Raffael war es mehr als recht. Die Dorfbewohner verstanden noch weniger, was vorging, sie sahen nur, wie ein Strauchritter nach dem anderen tödlich getroffen zusammensackte. Der Gaukler wischte sich die Tränen ab und lief zu Wieland, der nicht weit entfernt von den Eichen auf dem Boden lag. Er versuchte ihn anzusprechen, doch seine Stimme versagte. Das Schreien, Staunen, Sterben und Jubeln ging weiter. Aus dem Augenwinkel sah Raffael zwei der Strauchritter fliehen. So schnell sie konnten rannten sie in Richtung einer nahegelegenen Baumgruppe. Brocken schickte ihnen zwei Pfeile hinterher. Schreiend rissen sie die Arme hoch und fielen nach vorn.

Wieland atmete noch. Erleichtert stellte Raffael fest, dass er nur bewusstlos war. Wieder hatte sein armer Schädel dran glauben müssen, jedenfalls deutete eine dicke Beule an der Schläfe darauf hin.

Direkt neben ihm sprang Brocken aus dem Sattel. Mit noch mehr Furchen auf der Stirn als sonst musterte er Raffael. Sein Blick war ähnlich durchbohrend wie die Dreikantpfeile. Dann tat er einen Schritt vor, und die großen

Hände umfassten Raffaels Hüften.

Ist er froh, dass ich noch lebe und will mich in den Arm nehmen? Bedeute ich ihm vielleicht doch etwas?, dachte er verwirrt.

Der Gaukler blieb stumm und steif, er verstand die Welt noch weniger als zuvor. Mürrisch schüttelte der alte Söldner den Kopf und zerschnitt mit einem Messer aus seinem Gurt die Handfesseln auf Raffaels Rücken. Als Nächstes hob er Wieland vom Boden hoch und hievte ihn aufs Pferd. Ohne ein Wort, stieg er auf und ritt in Richtung Dorfmitte davon.

Der Blumenkranz

Die Dorfbewohner wunderten sich über das Wunder. Reihum drückten die Frauen die drei Mädchen an die Brust und freuten sich über die unverhoffte Rettung.

»Euer Begleiter ist ein Held. Ein zur rechten Zeit vom Himmel gesandter Engel in Gestalt eines Titanen, der Gerechtigkeit ausübt«, strahlte der Dorfschulze, dessen Stimme vor Ehrfurcht und Dankbarkeit troff. »Wo reitet er hin? Wir wollen ihn ehren und preisen.«

Für Erklärungen blieb Raffael keine Zeit, er lief zurück ins Dorf, um nach Wieland zu sehen. Und um Brocken, der sich als wahrer Freund erwiesen hatte, von ganzem Herzen zu danken. Auf gewisse Weise freute sich Raffael für ihn. Seine Kehle schmerzte. Nun gut, er hätte auch einen Moment früher auftauchen dürfen, das wäre nicht weiter schlimm gewesen. Die luftige Erinnerung an die Grausamkeit würde den Gaukler noch länger verfolgen als der wunde Hals.

Als er auf den Pferdewagen zu ging, stolperte er beinahe über den bewusstlos auf den Pflastersteinen ausgestreckten Wieland. Wie ein Leuchtturm stand Brocken mit verschränkten Armen daneben. Wieso hatte er ihn nicht auf die Ladefläche gelegt?

Der nächste Blick lieferte die Antwort. Sogar mehrere Antworten, eine bitterer als die andere, doch noch weigerte sich Raffael, es wahrzuhaben. Mit schmalen Augen betrachtete er das Durcheinander; all seine Besitztümer lagen heillos verstreut im Karren. Weit konnte der Übeltäter nicht sein. Er funkelte den Engel in Gestalt eines Titanen an. »Gute Güte! Du … hast in meinen Sachen herumgewühlt. Einfach alles ausgeschüttet.«

Keine Antwort – so viel wert wie ein klares Eingeständnis.

»Du …du …« Ihm fiel nichts genügend Abgründiges ein. »Schämst du dich nicht, Brocken?«

»Riesig. Äh … warum?«

»Du bist ein rücksichtsloser, charakterloser Mistkerl. Du wirst dich noch wundern. Jeder kriegt das, was er verdient.«

»Einverstanden, ich schäme mich. Aber nur weil ich die Karte partout nicht finden konnte. Weder du noch Bimsbirne trägt sie bei sich. Also, wo ist sie?« Der alte Söldner stemmte die Arme in die Hüften, was ihn noch breiter und größer machte. Ein riesiger Berg tat sich auf, ohne die kleinste Spur eines schlechten Gewissens.

Gedanklich klatschte sich der Gaukler an die Stirn, dass es klatschte. Erst Erkenntnis, dann füllte Enttäuschung seine Seele mit grauer Leere. Die ganze Zeit war es dem Eisklotz nur um die Karte gegangen. Raffaels Traurigkeit überschattete seine Wut. Leise sagte er: »Für wie blöd hältst du mich? Natürlich habe ich vorgebeugt. Die Karte habe ich schon lange nicht mehr bei mir.«

»Was? Das ist ein großer Fehler, damit verspielst du deine

Lebensberechtigung. Ich will die Karte!«, grollte Brocken wie ein aufziehendes Gewitter.

»Kommt nicht infrage! Sie ist vor deinen gierigen Pranken in Sicherheit. Immer denkst du nur an dich – in erschreckend rücksichtsloser, egoistischen Manier.«

»Das liegt daran, dass ich erschreckend rücksichtslos und egoistisch bin. Ich habe nie etwas anderes behauptet.« Er stutzte, als müsste er kurz nachdenken. »Moment – wer hat euch eben den Arsch gerettet?«

»Genau dort liegt das Huhn begraben!«, rief Raffael zornig. »Du bist uns doch nur zu Hilfe geeilt, weil du dachtest, ich hätte die Rolle bei mir.« Er spürte die Empörung in seinem Kopf pulsieren. »Und weil dir Töten Spaß bereitet.«

Brocken fletschte bestätigend die Zähne. »Stimmt! Warum denn sonst? Aber lenk nicht ab, Schmalhans! Wo ist die verdammte Karte?«

Der Gaukler tippte sich an die Stirn. »Hier drin. Und zwar nur hier drin. Jede Einzelheit habe ich mir eingeprägt, sodass ich sie jederzeit aufzeichnen könnte. Ich musste schließlich sicherstellen, dass nicht das geschieht, was gerade geschieht. Vor unserem Aufbruch habe ich sie in der Nähe des Zeltlagers vergraben.«

Brocken mahlte mit dem Unterkiefer. Er schien zu überlegen, ob er ihn jetzt oder sofort erschlagen sollte. »Du kleine Kröte, ich nehme dir nicht ab, dass du alles im Kopf behältst. Was ist mit der Textpassage auf dem Pergament? Die seltene Sprache kannst du dir nie und nimmer merken. Damit hast du dich gerade überflüssig gemacht.«

Nun wühlten sich auch Wut und Enttäuschung durch die faltigen Gesichtszüge des Söldners, nur aus völlig anderen Beweggründen. »Ich denke, damit kann ich das Tal der Hexe für immer vergessen. Einen Vorteil hat das Ganze – ab jetzt kann ich auf deine Begleitung verzichten.« Brocken trat auf ihn zu. »Ich zerquetsche deinen Kopf mit bloßen Händen.«

Auch ohne körperliche Berührung spürte der Gaukler, wie ihm die Wucht des Zorns den Atem raubte. Der Hüne machte ernst, todernst. Die frostigen Augen durchbohrten ihn wie der Stahl der dreikantigen Pfeilspitzen. Die Arme schossen vor und packten seinen Kopf. Die in Raffaels Schläfen einströmende Kälte ließ seine Augen gefrieren.

»Halt! Sieh her!« Raffael flatterte mit den Armen. Eine Hand fand seine Gürteltasche, nestelte am Verschluss herum und zog zitternd etwas hervor. Seiner Stimme war die Furcht nicht anzumerken. »Hier habe ich eine Abschrift. Einer von Garsicks Schreibern hat die Zeilen Letter für Letter kopiert.«

Mit einem Grunzen ließ Brocken los und riss ihm die kleine Rolle aus der Hand. Nach einem Blick darauf erklärte er: »Wie kann ein kleiner Dieb nur so gerissen und verschlagen sein? Die Abschrift behalte ich.«

»Bitte schön. Ich habe noch eine Kopie. Den Rest der Karte gibt es jedoch nur in meinem Kopf.«

»Genau den reiße ich dir ab, wenn du so weitermachst, Schmalhans.«

Raffael stampfte mit dem Fuß auf. »Ach herrje, jetzt muss ich mich so fürchten, dass mir doch glatt die Erinnerung verblasst. Wie war das noch? Verläuft der Flussarm in dem Tal nach Norden oder nach Süden?«

Der Eisklotz konnte Menschen sicherlich auf mindestens hundert verschiedene Arten mit bloßen Händen töten. Deutlich war ihm anzusehen, dass er augenblicklich eine Methode nach der anderen durchspielte. Raffael verstand sich selbst nicht. Vor lauter Angst musste er dringend pinkeln und bekam kaum Luft. Und ihm fiel nichts Besseres ein, als diesen unberechenbaren Menschenklotz bis aufs Blut zu provozieren. Aus selbstzerstörerischem Trotz? Aus grenzenloser Dummheit? Oder war es der Stolz, sich nicht einfach alles bieten zu lassen?

Brockens Pranken rangen miteinander. Bestimmt war er gedanklich bei diversen Würgetechniken angekommen.

Es dauerte noch einen Augenblick. Die Lippen des alten Söldners bewegten sich kaum, als er herauspresste: »Verstehe. Wohl oder übel muss ich dich vorerst am Leben lassen. Sorge dafür, dass *vorerst* möglichst lange anhält. Du fertigst mir eine neue Karte an. Und wenn du dich nicht an jedes Detail erinnerst, prügele ich es aus dir heraus. So oder so. Noch einmal rettet dich weder der Rabe noch deine Hinterlist.«

Was hatte Raffael erwartet? Genau das, ansonsten hätte er nicht genau diese Vorbereitungen getroffen. Dennoch bohrte die Enttäuschung in ihm. Er hatte gehofft, die gemeinsame Reise mit dem gleichen Ziel würde sich in mancherlei Hinsicht positiv auswirken. Doch leider war dieser Mann dermaßen verdorben, dass seine guten Eigenschaften schon vor langer Zeit Reißaus genommen hatten. Wie der wohl als Kind gewesen war? Mit grummelnder Wut im Bauch steckte der Gaukler seine Sachen wieder in den

Seesack, verschnürte ihn und verstaute ihn an seinem Platz. Ein Stöhnen neben dem Karren ließ ihn aufhorchen. Wieland richtete sich auf und fasste sich an die Stirn. Verwundert blickte er sich um. »Georg! Was machst du denn hier?«

Zwischenzeitlich hatten die Dorfbewohner die drei Mädchen getröstet und die vielen toten Strauchritter ausreichend bestaunt. Unter großem Jubel erreichte der Zug den Marktplatz.

Der Dorfschulze rief begeistert: »Dort, unser Held, unser Retter, unser Heiland.«

Raffael raufte sich die Haare. Die nannten den Widerling Heiland, fast war es lustig.

»Ihr habt meine Töchter gerettet, ihr habt unser Dorf gerettet. Dem Himmel sei Dank«, jubelte eine Frau, breitete die Arme aus, umarmte den alten Söldner und gab ihm einen schmatzenden Kuss. Der sah aus, als würde er sie gleich zerfleischen.

Einige Dörfler fingen an zu tanzen, andere sangen Loblieder. Auf das Dorf, auf den Herrn, auf den Retter.

Ein alter Mann klopfte Brocken auf die Schulter. Hammer, Kratzer und Zange in den Schlaufen einer Lederschürze wiesen ihn als Hufschmied aus. »So etwas wie Euch habe ich mein Lebtag noch nicht gesehen. Eure Reit- und Schießkunst ist einzigartig. Nur Euer Mut ist noch größer. Ihr seid ein …« Der Hufschmied überlegte.

Arschloch, dachte Raffael und starrte Brocken an. Zu weiteren Gedanken war sein Schädel im Moment nicht fähig.

»Ein … ein Phänomen!«, lobte der Hufschmied.

Richtig. Ein phänomenales Arschloch. Erbost wandte der Gaukler den Blick ab. Zu viel Hohn auf einen Streich.

Der Dorfschulze jubilierte: »Wir ernennen Euch zum Ehrenbürger unseres Dorfes. In ewiger Dankbarkeit werden Euch stets alle Türen offenstehen.«

Der Ehrenbürger verzog keine Miene, was bei ihm schon den Gipfel an Freundlichkeit bedeutete.

Damit dieser ganze Wahn einen Sinn ergab, sagte Raffael: »Unser Reiseproviant geht zur Neige. Wir würden uns sehr über Brot, Würstchen, Rüben und viel Ziegenkäse freuen.«

Wieland leckte sich über die Oberlippe und strahlte. »Das klingt hervorragend. Ausgezeichnete Idee.«

Sie hatten in den besten Zimmern des Wirtshauses genächtigt. Nicht ohne zuvor mit einem wahren Festmahl verwöhnt worden zu sein. Brocken hatte den Jubel um seine Person mit erstaunlich stoischer Ruhe ertragen. Einmal hatte Raffael sogar den Eindruck gehabt, dass er es genoss, aber nur weil der schmale Hans sich darüber aufregte.

Das ist vermutlich Blödsinn. Ich nehme mich wieder viel zu wichtig, schalt sich Raffael selbst.

Trotz der frühen Tageszeit versammelten sich die Dorfbewohner vor dem Gasthaus. Alle wollten Abschied nehmen vom Heiland, vom Titanen, vom Ehrenbürger. Eine junge Frau versuchte, Brocken einen bunten Blumenkranz um den Hals zu legen, doch sie bekam diesen nicht über den breiten Helm gestülpt. Natürlich dachte der alte Söldner gar nicht daran, ihn für einen Moment abzunehmen, so blieb der

Kranz wie ein Heiligenschein auf dem Schaller liegen. Unter großem Jubel und Winken verließen sie endlich das Dorf und reisten in trauter Dreisamkeit weiter. Wieland saß neben Raffael auf dem Bock. Glücklicherweise hatte er vom gestrigen Tag nur eine dicke Beule über der Schläfe davongetragen, wobei ihm während der tiefen Ohnmacht wieder einiges entfallen war. Den Vormittag verbrachte Raffael damit, ihn auf den Stand der Dinge zu bringen. Brocken saß zur Abwechslung nicht hinten im Karren, sondern trottete auf seinem Gaul hinterher, was dem Gaukler ganz recht war. Je mehr Abstand zu dem Mistkerl, desto besser. Über die Schulter warf er ihm seinen bösesten Blick zu. Den alten Söldner kümmerte es nicht, er sah aus wie immer: faltig, grantig, kantig. Nur der bunte Blumenkranz auf seinem Helm wollte überhaupt nicht ins Bild passen.

Noch heute würden sie das Herzogtum Bodenstein verlassen und in die Grafschaft Dunkelberg einziehen.

»Habe ich das richtig verstanden? Mit hoher Wahrscheinlichkeit hetzt uns Graf Garsick die Doppelsöldner auf den Hals?«

»Vermutlich. Es sei denn, Kristan hat gelogen, was ich nicht glaube.«

»Dann bringt Brocken uns also in Lebensgefahr, denn letztlich sind sie hinter ihm her.«

»So kannst du es sehen. Garsick fürchtet ausschließlich Brocken. Vor allem, dass er eine Armee gegen ihn ins Feld führen könnte.«

»Ohne ihn wären wir also in Sicherheit.«

»Richtig.«

Wieland nickte mit ernster Miene und streichelte das Heft seines Rapiers. »Ein Grund mehr, bei ihm zu bleiben und ihn zu beschützen.«

Aha, Brocken *beschützen*? Der Gaukler blinzelte zu seinem Nebenmann hinüber. Der Schlag auf den Kopf war vielleicht noch folgenreicher, als bisher angenommen.

»Zudem werden wir gemeinsam das Tal mit der Hexe finden.«

Unwissenheit nährt Optimismus, dachte Raffael. Vielleicht könnte ich auch einen Schlag auf den Hinterkopf gebrauchen.

Der Gaukler musste auf andere Gedanken kommen. »Halt mal kurz die Zügel, Wieland.« Er reichte sie seinem Nebenmann, kletterte nach hinten und holte Borsti aus dem Glas. Der Wurm erinnerte sich wohl an alte Zeiten und kroch ihm in den Hemdärmel. »Nein, Borsti, du musst heute nicht den Krankheitswurm spielen.« Erstaunt streckte der Wurm dem Kopf aus dem Ärmel. Oder war es der Schwanz?

Wieland begann, ein Liedchen zu summen. Allmählich verbesserte sich Raffaels Laune, und er kramte die alte Karte hervor, um sie zu studieren.

»Warst du schon mal in Drachenbein?«, fragte Wieland.

»Zweimal. Eine beeindruckende Stadt. Für meinen Geschmack jedoch zu beeindruckend. Groß und gefährlich. Wie der miese Klotz hinter uns.«

»Ach, so schlimm ist der doch gar nicht. Er kann halt nicht aus seiner Haut.«

»Wie bitte?« Überrascht sah er den Gefährten neben sich an. »Du hast ihn in der Spelunke selbst erlebt. Als du mich verteidigen wolltest, hat er dich sogar geschlagen. Wie kannst du Partei für ihn ergreifen?«

»Der Feldmarschall soll mich angegriffen haben? Im Soldatenlager habe ich viele Geschichten über ihn gehört. Du hast mir eben selbst erzählt, welch kurzen Prozess er mit den Strauchrittern gemacht hat. Glaube mir, wenn Brocken jemanden angreift, kann der mit Gewissheit nichts mehr erzählen. Er wollte mir höchstens eine sanfte Lektion erteilen.«

Das hatte Raffael anders in Erinnerung, alles eine Frage des Blickwinkels. Aber Wielands stets positive Einstellung rührte ihn. In etlicher Hinsicht war er das genaue Gegenteil vom Eisklotz und verkörperte trotz seines angeschlagenen Gedächtnisses ein Füllhorn an Lebensfreude. »Ich bin froh, dass du mich begleitest«, sagte er plötzlich.

Wieland erwiderte seinen Blick. »Was soll ich erst sagen. Wir haben uns bei unserem ersten Treffen schon gut verstanden. Du hast mein Leben gerettet und erklärst mit geduldig, was mir alles entfallen ist. Wir haben einen Pakt geschlossen.«

»Mir wird warm um die Füße«, brummte Brocken, der herangeritten war und offenbar den letzten Teil der Unterhaltung mitbekommen hatte.

Raffael verdrehte die Augen, so böse er konnte. »Dann zieh doch deine stinkigen Stiefel aus – das hast du noch nicht ein einziges Mal getan, seit wir unterwegs sind. Ich will nicht wissen, wie deine Füße aussehen.«

»Kein Problem. Da ich die Stiefel anlasse, wirst du es nie erfahren, Schmalhans.«

»Ekelhaft. Und deine Haare strotzen sicherlich vor Fett.«

»Da ich den Helm auflasse, wirst du es nie erfahren, Schmalhans.«

»Hör endlich auf mit diesem ›Schmalhans‹. Ich heiße Raffael. Alles musst du miesmachen, in den Dreck ziehen und darauf herumtrampeln. Einfach alles. Das ist so einfach!«

»Tatsächlich? Dann probier's doch mal.« Brocken starrte ihn unverwandt an.

»Hihi«, machte Wieland neben ihm.

Empört drehte Raffael ihm den Kopf zu. Auf wessen Seite stand der eigentlich? Die warmherzigen Gefühle für Wieland verflogen noch schneller, als sie gekommen waren.

Eine knallrote Mohnblüte hing dem alten Söldner in die Stirn. Raffael rauschte ihn an: »Nimm den albernen Blumenring ab, den hast du nicht verdient.«

»Jeder kriegt das, was er verdient. Da sorgt der liebe Gott für«, erklärte Brocken mit heilandiger Stimme. Es fehlte nur noch das Amen.

Entgeistert starrte Raffael in das faltige Gesicht. »Na klar, du kommst bestimmt in den Himmel.«

»Willst du mich ärgern? Was soll ich im Himmel? Da kenne ich keine Sau.«

»Hihi«, machte Wieland.

Mann Krims, was hast du dir nur dabei gedacht, mein Schicksal mit dem von diesen beiden Spinnern zu verknüpfen?, dachte Raffael und verdrehte die Augen rechtsherum.

Wieland zeigte auf sein Rapier. »Soll ich dir mal meine Klinge zeigen, Brocken? Wir können zwischendurch mit unseren Waffen üben.« Vor lauter Begeisterung überschlug sich seine Stimme.

Raffael verdrehte die Augen linksherum.

»Deine Stricknadel kenne ich schon«, meinte Brocken. »Lass mal stecken, nachher pikst du dich noch.«

»Och, ich kann gut fechten. Wir können bestimmt voneinander lernen.«

»Was willst *du* mir zeigen, Bimsbirne? Bisher hast du jedes Mal geschlafen, wenn es brenzlig wurde – beim Scharmützel vor der Burg Bodenstein, während des gesamten Schlachtzugs gegen Herzog Stoderring sowie gestern, als es gegen die Strauchritter hoch herging.«

Der arme Wieland, dachte Raffael. Aber jetzt merkt er am eigenen Leib, was für ein gehässiger Fiesling sein ehemaliger Herr Feldmarschall ist. Hoffentlich nimmt er sich das nicht zu sehr zu Herzen.

»Da habe ich einfach Pech gehabt. Doch nach Pech folgt Glück und nach Regen Sonnenschein«, erklärte Wieland fröhlich. »Du nennst mich Bimsbirne?« Er überlegte. »Weil ich ein Loch im Hinterkopf habe und immer alles vergesse.« Er schlug sich auf den Schenkel. »Das ist lustig.«

Irritiert sah Raffael ihn an. Tatsächlich, Wieland amüsierte sich. Den konnte wohl nichts aus der Ruhe bringen.

Sein Freund klopfte auf das Rapier an seiner Seite. »Was ist, wenn ich neue Finten und Tricks mit meiner Waffe lerne? Vergesse ich die am nächsten Tag wieder?«

»Das weiß ich nicht. Probiere es aus.«

»Hast du gehört, Brocken? Wir probieren es einfach aus.«

Der Alte verzog keine Miene. Damit war dieses Thema abgehakt.

Die Grenze zur Grafschaft Dunkelberg verlief unspektakulär. Mitten auf der Straße stand ein Pfosten, der auf den neuen Landesherrn hinwies.

Am Abend suchte der alte Söldner wieder den Lagerplatz aus. Raffael hatte schon bemerkt, dass es Brocken stets in die Nähe eines Waldes oder eines Dickichts zog, so auch diesmal. Sie bogen in ein Buchenwäldchen ab. Dank der Vorräte aus dem Dorf würden sie an diesem Abend fürstlich speisen.

»Wie heißt das Dorf eigentlich, in dem du jetzt stolzer Ehrenbürger bist?«, fragte Raffael.

»Woher soll ich das wissen?«, antwortete Brocken. »Interessiert mich auch nicht. Ich halte Wache. Gegen Mitternacht wecke ich dich, Bimsbirne. Mit etwas Glück vergisst du auf diese Weise nicht wieder alles.« Er stand auf und entfernte sich ein gutes Stück vom Lagerplatz.

Wieland schaute ihm hinterher und sagte dann zum Gaukler: »Die Idee ist gut. Ich bin froh, dass ich mit zwei Kameraden reise, auf die ich mich verlassen kann.« Er lächelte sein Lächeln.

Dazu fiel Raffael wahrlich nichts ein.

Vergangenheit

Schmalhans guckte immer noch ziemlich verkniffen drein. Der war ja empfindlicher als Zuckerwatte. Dabei wäre es ganz schnell gegangen – seinen Kopf zwischen den Händen hätte Brocken nur noch zudrücken müssen. Ein rascher Tod, er hätte es weder verstanden, noch gemerkt. Zugegeben, in letzter Zeit verwarf Brocken solche Gedanken immer häufiger, denn ein platzender Schädel erzeugte eine enorme Schweinerei. Letztes Mal.hatte er einen halben Tag damit verbracht, seine Kettenrüstung von Blut und Glibber zu reinigen.

Brocken mahlte mit dem Unterkiefer. Er hatte ihn unterschätzt, der kleine Gauner entpuppte sich als großer Schurke. Jetzt machte er sich zu allem Überfluss mit der Karte im Gedächtnis wichtig. Und unentbehrlich, aber nur fürs Erste.

Also mache böse Miene zum bösen Spiel, bevor du ihm den Kopf abreißt, knurrte der alte Söldner sich selbst an.

In Drachenbein sollte er die beiden endlich quitt werden – natürlich erst, nachdem der Langfinger ihm eine Zeichnung vom Tal der Hexe Aglaja angefertigt hatte. Brocken konnte es noch immer kaum glauben – nach fünfzig Jahren tauchte völlig unverhofft der erste brauchbare Hinweis auf ihren Aufenthaltsort auf. Diesem Weibsstück hatte er alles Übel zu verdanken. Das lange, leidvolle Elend. Und sie war für den Untergang seines Volkes verantwortlich. Sein Volk? Er war noch ein Junge gewesen, als sie ihn verstoßen hatten. Weggeworfen wie einen gebrochenen Schild. Warum, war ihm bis heute nie klar geworden. Letztendlich erinnerte er sich nur vage an die Gordonen. Die meisten Menschen heutzutage hatten noch nie etwas von seinem Volk gehört. Raghdall der Verbannte, Raghdall der Vergessene. Auch äußerlich hatte er sich weit von seinen Wurzeln entfernt. Die ehemals braunen Augen hatten sich zu einem tiefen blau und seine Gestalt zu einem Riesen gewandelt. Wie gern würde er der Hexe, die ihm das angetan hatte, das Schwert bis zum Heft in den Bauch stoßen, wieder herausziehen und noch einmal rein. Ob sie ihn dabei beschüttete oder bespuckte oder was auch immer, spielte keine Rolle. Hauptsache, sie starb, und er konnte zusehen. Sein glühender Hass belebte ihn, richtete ihn auf, hielt ihn am Leben. Seit einem halben Jahrhundert. Unwillkürlich schweiften seine Gedanken zu dem weißen Raben, und ohne es zu wollen, suchten seine Augen den Himmel ab. Korr tauchte auf, wann er wollte. Wenn Brocken am allerwenigsten damit rechnete. Und dennoch: Falls er für jemanden etwas empfand, dann für seine gefiederten Freunde. Er beneidete sie um ihre Freiheit, ihre Ungebundenheit. Sie konnten sich einfach in die Luft schwingen und auf dem Wind reiten. Einmal fliegen! Was für ein Traum. Doch er klebte hier alt und schwer auf der Erde fest. Ein kleiner Sprung in die Höhe kostete viel Kraft – zu viel Kraft, denn sofort zog der Boden ihn wieder an, wie ein

Magnet die Eisenspäne. Welch übernatürliche Kräfte waren hier am Werk? Die Konsequenz hieß: Mensch, wandle auf der Erde und bleibe auf dem Boden der Tatsachen.

Der morsche Karren machte sich bemerkbar, sie kamen kaum voran; noch drei Tage bis sie endlich Drachenbein erreichen würden. Er beruhigte sich. Im Grunde spielte es keine Rolle, auf einen Tag mehr oder weniger kam es nicht mehr an.

Der alte Söldner legte den Kopf in den Nacken. Der Himmel wurde immer grauer, die Wolken sanken unaufhörlich, so als wollten sie alles unter sich zerquetschen. Erfreulich, ein Gewitter zog auf, das Nass würde ihm guttun.

»Es wird gleich regnen. Wir sollten uns unterstellen«, meinte Wieland.

»Hast du Angst, dass die Münze in deinem Schädel rostet? Wieso anhalten?«, brummte Brocken.

»Wieso hast du es so eilig?«

Er hasste Gegenfragen. Normalerweise ein guter Grund zuzuschlagen. Eine schlagkräftige Antwort aufs Maul erklärte in der Regel mehr als ausschweifende Erläuterungen. »Vielleicht sollten wir doch mal die eine oder andere Waffenübung praktizieren, damit ich dir das Fell über die Bimsbirne ziehen kann.«

»Au ja!« Wielands Strahlen schaffte es beinahe, die Wolken zu vertreiben. Richtig schlau wurde Brocken aus dem Kerl nicht, vermutlich lag es daran, dass Wieland nicht richtig schlau war.

Die Gegend wurde immer unübersichtlicher. Halbhohe Bäume wechselten sich mit kantigen Felsen ab, dazwischen wiegte hüfthohes Gras im Wind. Hüfthoch für Brocken wohlgemerkt, Schmalhans würden die Büschel in der Nase kitzeln.

»Was wollen wir eigentlich in der Bibliothek von Drachenbein?«, fragte Wieland.

Bimsbirne wurde in der vorherigen Nacht früh genug geweckt und hatte tatsächlich alles Wesentliche behalten. Dadurch nervte er weniger als der Kleine, ohne Zweifel. Es gab sogar Momente, in denen Brocken eine gewisse Geistesverwandtschaft zwischen ihnen feststellen konnte – allem voran die Liebe zu den Waffen und zum Kampf. Wobei er Bimsbirne diesbezüglich wenig zutraute. Auf seine jugendfrische, fröhliche Art wirkte er wie ein Künstler, ein Bildhauer oder Maler, wie jemand, der kein Blut sehen konnte, jedenfalls nicht wie ein Kämpfer und schon gar nicht wie ein Söldner.

Brocken presste die Lippen aufeinander. Für Erklärungen war Raffael zuständig.

Doch der sagte nur: »Das soll der Große dir erzählen. Schließlich war es seine Idee.«

»Höre, Schmalhans, auch für dich zum letzten Mal: Wir lassen in der Bibliothek die Zeilen auf der Karte von einem Gelehrten übersetzen. Zudem bringst du die Karte in deinem Kopf zu Papier, vor allem die Einzelheiten, mit deren Hilfe wir feststellen können, wo sich das Tal der Hexe befindet. Der wichtigste Hinweis ist der Fluss, denn davon gibt es nicht allzu viele in diesen Landen.«

»Und dann?«

»In der Bibliothek befindet sich der Saal der Geographie.

Dort wälzen wir alle Karten, auf denen die bekannten Gegenden dieser Welt verzeichnet sind.«

Schmalhans legte den Kopf leicht schräg: »Wieso kennst du dich so gut aus?«

»Ich war schon dort«, brummte Brocken.

»Wozu? Ein Mordauftrag?«

Brocken verzog keine Falte. »Auch wenn die Antwort auf die folgende Frage für so einen wie dich ungemein schwer ist … wofür gehen Menschen in eine Bibliothek?«

»Sag nicht, du kannst lesen.«

»Iwo, dort gibt es auch Bücher mit bunten Bildern«, antwortete Brocken. »Und dort gibt es Schreiberlinge oder Kartografen, die deine Erinnerung zu Papier bringen werden.«

»Wenn ich dir eine Karte liefere, gebe ich meinen einzigen Trumpf aus der Hand. Warum sollte ich das tun?«, fragte Schmalhans.

»Weil mir andernfalls der Geduldsfaden reißt und ich dich vom Sockel schubse.«

»Damit kann ich leben.«

»Kannst du. Ungefähr vier deiner Herzschlägchen bis zum Aufprall. Sockel heißt der höchste Turm der Bibliothek.«

»Ich finde es niedlich, wie ihr euch immer neckt«, meinte Wieland und lächelte fröhlich.

Niedlich? Neckt? Bislang hatte Brocken noch nicht herausgefunden, ob der wirklich so blöd war oder nur so blöd war. Misstrauisch taxierte er den jungen Söldnerkameraden. Den hielten bloß Naivität und Glück am Leben. Wie lange ging das noch gut?

Der Wind frischte auf und blies ihnen die ersten Tropfen ins Gesicht.

Seine beiden Begleiter zogen die Schultern bis über die Ohren. Sie taten so, als goss es gefährliche Säure vom Himmel.

»Die Menschen nennen das Regen. Ist nichts Schlimmes«, beruhigte Brocken.

»Heute Morgen habe ich auf meiner Karte gesehen, dass das nächste Dorf nicht mehr weit ist. Dort können wir einkehren«, meinte Raffael.

Der alte Söldner entgegnete nichts. Er war nun mal mit zwei Mimosen unterwegs, die bei jeder Gelegenheit froren, schwitzten, bibberten. Sobald er die Lage des Tals in Erfahrung gebracht hatte, musste er die beiden dringend loswerden.

Trotz des Dreckswetters behielt Wieland seine gute Laune bei. »Reisen ist so schön. In meinem bisherigen Leben bin ich nicht allzu weit herumgekommen und habe noch nicht viel von unserem Land gesehen. Und nun sind wir die drei Weltenbummler.«

»Vor allem Bummler«, grantelte der alte Söldner.

»Du kannst gerne den Karren ziehen, Brocken«, schlug Schmalhans mit schmalen Lippen und schmaler Stimme vor. Er reagierte stets empfindlich, wenn auch nur ein kritisches Wort bezüglich seines Pferdes fiel.

»Was hältst du davon, wenn wir den Klapperkasten stehen lassen und Wieland einen Gaul besorgen? Dadurch verdoppeln wir unsere Reisegeschwindigkeit.«

»Was hältst du davon, wenn du voranreitest und in Drachenbein auf uns wartest?«

»Hast du den Karren auch so furchtbar lieb wie Diego und Borsti?«, fragte Brocken mit einer für ihn erstaunlich hohen Stimme.

Schmalhans antwortete ruhig: »Ja, dieser Karren hat Krims gehört. Er bedeutet mir sehr viel.«

»Krims, so heißt niemand. Was war das für einer?«

»Ein guter Mensch. Voller Verständnis. Jemand, der zuhören konnte. Und nicht nur an sich selbst dachte.«

»Also ein Langweiler.«

Der Kleine fiel auf die Provokation nicht herein. »Pfft. So kommen wir nie auf einen gemeinsamen Zweig.«

Brocken mahlte mit dem Unterkiefer. »Bist du sicher, dass das so heißt?«

»Ganz sicher«, bekräftigte Raffael.

»Dann ist ja gut«, meinte Brocken. Er schwieg. Das beste Mittel gegen Geschwätz.

Doch irgendetwas rumorte in ihm, drängte, den Faden wieder aufzunehmen, so ganz verstand er es selbst nicht. »Krims war also kein Langweiler?«, hörte er sich plötzlich sagen.

Schmalhans warf ihm einen überraschten Blick zu. »Genau, Krims war das Gegenteil von langweilig. Stets lebendig und überraschend.«

»Das bin ich auch!«, stellte Brocken klar.

»Das stimmt allerdings, nur war Krims dabei warmherzig und einfühlsam.«

Was kennt dieser Schmalhans bloß für Wörter? Brocken

schüttelte sich. Warmherzig und einfühlsam. Das übertrifft sogar Bimsbirnes *niedliches Necken.*

»Schnief!«, schniefte Brocken. »Mir kommen die Tränen.« Er zeigte auf seine Wangen.

»Gib dir keine Mühe, du Lügner. Das sind nur Regentropfen.«

»Zugegeben, du hast mich durchschaut.«

»Von Krims stammt übrigens die Karte mit dem Tal der Hexe. Ich habe sie in seinem Seesack gefunden.«

»Und wo hat er sie her?« Brockens Ohren wurden spitzer.

Raffael zuckte mit den Schultern. »Das weiß ich nicht. Eigentlich kenne ich nur wenige Details über seine Vergangenheit. Sein Vater war Hauptmann, und sein älterer Bruder Markus wurde von einem Barbarenvolk brutal ermordet. Und dennoch hat sich Krims den Glauben an das Gute im Menschen bewahrt.«

Der alte Söldner erstarrte, selbst sein Unterkiefer stand plötzlich still. Die Frage kam von ganz allein heraus: »Wie alt war dieser Krims?«

»Jenseits der fünfzig, er wirkte jedoch jünger.«

»Hat Krims jemals eine Hexe erwähnt?«

»Nein, nie.«

»Weißt du, wie der Graf hieß, unter dem Krims' Vater gedient hat?«

»Warum interessiert dich das alles? Du bist doch sonst so … gleichgültig.«

Zu viele Gegenfragen in letzter Zeit, der alte Söldner ballte die Faust. Er bemühte sich um einen sachlichen Ton. »Beantworte die Frage.«

Schmalhans überlegte. »In einer seiner Geschichten kam der Name mal vor. Mir fällt er nicht mehr ein. Doch, sein Vater hieß Richard.«

Donnerschlag! Knirschend schob Brocken die Puzzleteile zusammen. Dieser tolle Krims war der kleine Bruder des Rotgesichtigen gewesen, der vor einem halben Jahrhundert über dem Eimer ausgeblutet war – folglich ebenso ein Ururenkel der Hexe Aglaja, was auch die Karte in seinem Seesack erklärte.

»Bist du etwa mit diesem Krims verwandt?« Es klang wie eine Drohung.

Wieder beäugte der Kleine ihn misstrauisch, antwortete dann jedoch: »Nein, ich kannte ihn auch noch nicht so lange.«

Er spürte Raffaels Blick eindringen. Dieser fühlende Feinfühler merkte, wie es in Brocken nagte, bohrte und pikste. Wieso versuchte der, ihn zu ergründen. Was ging ihn das Ganze überhaupt an? Wieder dieser unbegreifliche Zufall. Schmalhans entpuppte sich als giftiger Stachel der Vergangenheit, der sich in den falschen Momenten in sein Fleisch bohrte. Seltsamerweise war der alte Söldner bereit, diesen Preis zu bezahlen, schließlich ermunterte er ihn durch seine Fragen dazu.

»Was beschäftigt dich? Willst du mir auch etwas erzählen?«, fragte Raffael.

Eine innere Stimme, die sich seit vielen Jahren nicht mehr zu Wort gemeldet hatte, räusperte sich. »Nein!«, reagierte Brocken etwas zu heftig.

So weit kommt es noch, dachte er und schlug die Tür

wieder zu.

Sie schwiegen, machten sich beide ihre eigenen Gedanken, und der kurze Moment der Annäherung verschwand.

Stundenlang sagte niemand ein Wort. Wohltuend – Schmalhans summte nicht einmal das dämliche Lied vom fröhlichen Goldfisch.

Die mittlerweile breite Straße wurde vom Regen schlammig und rutschig. Schmalhans ließ Diego vom Trab ins Schritttempo fallen, nicht dass der Liebling stolperte und ein Hufeisen verbog.

Wenig später tauchte ein Dorf auf, das überraschende Ähnlichkeit mit dem vorherigen aufwies – nur die sich im Bau befindliche Kirche fehlte. Die Menschen hier konnten sich offenbar nur eine kleine Kapelle leisten. Dafür war das riesige Wirtshaus auf der rechten Seite nicht zu übersehen. Ach so, die setzten ihre Prioritäten anders. Brocken war es recht.

Auf einem Schild, das aussah wie ein Schild, stand geschrieben: *Zum lustigen Soldaten.*

»Das klingt gut«, meinte der lustige Soldat Wieland. »Lasst uns dort einkehren und auf besseres Wetter warten.«

Brocken erwiderte nichts, er weilte immer noch in der Vergangenheit.

»Diego, halt an. Hier rasten wir.« Raffael deutete das Schweigen als Zustimmung.

Der alte Söldner stieß die Tür zum Schankraum auf. Lautes Stimmengewirr stürzte auf ihn ein. Vermutlich nahm das halbe Dorf das schlechte Wetter sowohl zum Anlass als auch zur Rechtfertigung, sich gemütlich volllaufen zu lassen.

Überall an den Wänden hingen einfache Regale mit Tonbechern, Krügen und Tellern. Ein Zeichen, dass es hier überwiegend friedfertig zuging, ansonsten müsste der Schankherr sich nach jeder ordentlichen Prügelei neu eindecken.

Zwei Färber und ein Bauer saßen auf Schemeln ganz vorn am Tresen und glotzten zu ihm hoch. Wie ein Gewitter schaffte es der alte Söldner stets, durch sein bloßes Erscheinen die Stimmung merklich abzukühlen. Er hatte keine Ahnung, woran das liegen mochte.

»Macht Platz! Sonst gibt's Klatschen«, grollte er das Pack an, das ihm den Weg versperrte. Die Stimmen wurden leiser, immer mehr Leute schauten zu ihm herüber.

»Genau, klatschen!« Wieland applaudierte. »Hallo, Freunde! Gesellig ist es hier bei euch!« Er grinste von Westen nach Osten. »Lasst uns feiern. Die nächste Runde geht auf mich.«

Die Sonne schien wieder hell und brav, ohrenbetäubende Zustimmung unterstrich dies. Zwei Helfer brachten Tabletts voller Humpen, die sie rasend schnell auf die Gäste verteilten. Die Dörfler klopften Wieland auf die Schulter und prosteten ihm zu. Im Nu herrschte wieder beste Feierlaune.

»Wenn die Herrschaften mir bitte folgen möchten. Hinten finden sich mit Sicherheit noch ein paar freie Plätze.« Der Wirt führte sie zu einem Tisch mit vier Stühlen.

»Was könnt Ihr auftischen?«, fragte Wieland.

»Das Gericht des Tages: Schweinshaxe mit Kohl«, kam als Antwort.

»Hm, und was noch?«

»Kohl mit Schweinshaxe«, erklärte der Mann.

Brocken knurrte ungehalten: »Wie wär's mit Wirtshaxe?«

Mit gnadenloser Unbekümmertheit bestellte Bimsbirne begeistert: »Dann nehme ich das erste. Und ihr?«

»Schmalhans, welchen Teil seines Gehirns hast du bei der Operation draußen liegen lassen?«

»Hihi«, machte Wieland.

Der Kleine antwortete nicht. Mit Ausnahme des Gesprächs über diesen Krims gab er sich seit den Vorkommnissen im Dorf auffallend wortkarg. Vielleicht schmollte er immer noch wegen des Seesacks.

Nachdem Brocken das gastronomische Angebot erneut gedanklich durchgegangen war, bestellte er das Gericht des Tages und dazu einen Humpen Bier.

»Für mich auch.« Raffael zeigte, dass er noch reden konnte.

»He, Schmalhans! Mit deiner eingeschnappten Fratze gehst du mir gehörig auf den Sack. Verdirb mir meine gute Laune nicht.« Brocken lehnte sich zurück, unter seinem Gewicht knarzte der Stuhl gefährlich.

»Gute Laune? Du? Seit wann?«

»An mir kann es nicht liegen. Ich bin wie immer.«

»Allerdings! Tu nicht so, als wüsstest du es nicht.«

»Gut, ab jetzt tu ich so, als wüsste ich es.« Brocken setzte sein schlaustes Gesicht auf.

Keine Reaktion.

»Ich denke, Raffael ist sauer, weil du dich manchmal so egoistisch verhältst«, vermittelte Wieland. Immerhin sah der so aus, als würde er sich daran überhaupt nicht stören.

»Manchmal? Immer!«, zischte der Kleine. »Du kapierst es nicht, Brocken. Wir reisen zusammen und haben ein gemeinsames Ziel, doch dir kann man nicht den Rücken zukehren, du bist nicht vertrauenswürdig.« Er holte tief Luft. »Dein Dasein besteht nur aus Drohungen und Gemeinheiten. Ein großer, tumber Eisklotz, nicht fähig zu einem freundlichen Gedanken, nicht fähig zu Gesellschaft, nicht fähig zu Freundschaft.« Schmalhans kam langsam in Fahrt. Wenn doch nur der Karren so schnell rollen würde. »Ein Mistkerl, der nur an …«

»Da kommt unser Bier«, freute sich Wieland. »Behalt im Hinterkopf, was du sagen wolltest, nur lasst uns vorher anstoßen.« Er leckte sich über die Lippen.

Brocken kniff die Augen zusammen. Die Bimsbirne schaffte es tatsächlich, dem Kleinen den Wind aus den Segeln zu nehmen, indem er ihm den Bierhumpen entgegenstreckte.

»Zum Wohl, Raffael. Zum Wohl, Brocken.«

Die Bierkrüge stießen aneinander.

»Prost«, sagte Raffael und atmete tief durch. Dann lehnte er sich vor und fragte mit starrer Miene: »Kannst du dem Klotz mal erklären, dass wir als Ganzes größer sind als die Summe der Einzelnen?«

»Hä? Hier ist nur einer groß«, stellte Brocken klar.

Empört drehte Schmalhans den Kopf: »Du bist doch so stark. Also denk mal kräftig darüber nach. Wir sind eine Gemeinschaft.«

»Du sagst es: Ich bin gemein und ihr schafft. Die Gäule

müssen heute Abend noch versorgt werden. Und dein dämlicher Wurm ebenso.«

»Das Pferd heißt Diego und der Wurm Borsti. Letzterer ist nicht dämlich. Sie gehören zu unserer Gemeinschaft.«

»Blödsinn. Soll ich meinen Sackratten auch Namen geben?«

Raffael verschränkte die Arme vor der Brust. »Siehst du, Wieland. Genau das meine ich.«

Der hielt sich raus.

Brocken erklärte: »Wir reisen miteinander, nicht füreinander.«

Raffaels Lippen wurden noch schmalhansiger als sonst. »Ich weiß, wie wir die Kuh aus dem Feuer kriegen. In der Bibliothek fertigen wir zwei Karten an. Eine davon für den Herrn Brocken. Dann kannst du fortan das Tal auf eigene Faust suchen. Hauptsache, ich sehe dich nie wieder.«

»Abgemacht!«, antwortete der alte Söldner.

»Ja, das werden wir dann sehen«, meinte Wieland mit einem Lächeln dazu.

Brocken trank den Krug leer. Zum wiederholten Mal wunderte er sich über den Mut des Kleinen. Irgendetwas Absurdes, Abstruses, Abartiges hatte dieser blasse Bursche an sich, nur wusste er immer noch nicht, was genau. So hatte noch niemand mit ihm gesprochen. Die meisten Menschen trauten sich kaum, ihm in die Augen zu blicken, noch nicht mal auf die Stiefel, während sie vor ihm auf dem Boden krochen. Vor Antritt der Reise hatte der Medikus Brocken aufgesucht und ihn gebeten, gut auf den Kleinen Acht zu geben. Er sei etwas Besonderes, hatte er betont.

Bin ich eine Amme?, hatte der alte Söldner als Antwort geschnaubt. Dennoch konnte er nicht von der Hand weisen, dass der Wundarzt große Stücke auf Raffael hielt. Dabei war ja nicht viel an ihm dran. Er betrachtete das schmale Gesicht ihm gegenüber, die braunen Augen, die spitze Nase und die ungezähmten Haare.

Der Wirt erschien mit drei Tellern auf einem riesigen Tablett. Den Haxen nach zu urteilen, waren die Schweine groß wie Ochsen gewesen. Das Mahl schmeckte allen. Wenigstens beim gemeinsamen Schmatzen waren sie sich einig.

Als sie fertig waren, leerte Brocken den Bierhumpen mit einem Zug. Ihm wurde es zu warm, zu stickig, zu eng in dem Gasthaus. »Ich sehe nach den Pferden«, sagte er und erhob sich.

Die Hüllen

Raffael sah Brocken hinterher. Dieser Kerl war der anstrengendste Mensch, den er bisher in seinem Leben getroffen hatte. Nein, eher noch anstrengender. Er suchte Wielands Blick. »Hör mal, ich denke darüber nach, uns von Brocken zu trennen. Wäre es nicht das Beste, wenn wir ihm in Drachenbein eine Kopie der Karte in die Hand drücken und unseren eigenen Weg gehen? Ich weiß nicht, wie lange ich den noch ertrage.«

Sein Freund überlegte nur kurz. »Ich habe es dir schon gesagt, ich denke, Brocken braucht uns. Und wir ihn.«

Der Gaukler konnte es kaum fassen. Gestern hatte er Wieland noch den halben Vormittag die ganze Welt erklären müssen – was bisher geschehen war, warum er auf einmal Brocken und einen Gaukler an seiner Seite fand und nicht zuletzt, wohin sie unterwegs waren. Nun drehte Wieland den Speer einfach um und erläuterte ihm die Zusammenhänge menschlicher Gemeinschaft.

»Das meinst du im Ernst?«

»Aber ja. Aus unerfindlichen Gründen haben wir zusammengefunden. Ich bin sicher, daraus wird bald ein Schuh.«

Aha! So ein alles erklärendes, fragendes Aha. Raffael

konnte nicht richtig nachdenken. Wieso Schuh? Hieß das nicht Stiefel?

Der Wirt stand plötzlich neben dem Tisch. »Noch ein Bier?«

Wieland strahlte ihn an. »Ich nehme zwei. Und eins für meinen Freund.«

»Ein wahrer Genießer. Wir verstehen uns. Ich bin gleich wieder da.« Der Wirt grinste und verschwand.

Dieser junge Kerl besaß eine bemerkenswerte Leichtigkeit im Umgang mit anderen Menschen. Wenn Raffael darüber nachdachte, kam Wieland auf seine Weise sogar einigermaßen mit dem stinkstiefeligen Söldnergrantler aus.

»Gut, warten wir ab. Es gibt Momente, da denke ich, Brocken schlägt uns gleich den Kopf ab. Und darauf folgen Augenblicke, da fürchte ich, er schlägt uns den Schädel ein.«

»Autsch!« Sein Freund fasste sich an den Hinterkopf. »Bei mir schon passiert. Dank deiner Hilfe darf ich überhaupt noch hier sitzen.«

Der Wirt knallte drei volle Humpen auf den Tisch. Wieland hob einen in die Luft und rief: »Auf meinen Lebensretter.«

Raffael hielt mit seinem Krug dagegen. »Die beste Tat, die ich bisher vollbracht habe«, sagte er leise. Wielands glänzende Augen zeigten ihm, dass er es gehört hatte.

Im Eingangsbereich des Wirtshauses wurde es lauter. Raffael hob den Kopf, hoffentlich machte Brocken keinen Ärger. Nein, neue Gäste waren eingetreten, drei unbewaffnete Männer in einfacher Kleidung, vermutlich Feldarbeiter.

Einer rief: »Es gibt gute Kunde! Wir müssen uns nicht

mehr vor den Strauchrittern fürchten. Unglaubliches ist geschehen. Ein Götterbote ist vom Himmel herabgestiegen und hat Gerechtigkeit geübt. Ganz allein hat er dreißig von diesen Teufeln zurück in die Hölle geschickt.«

Die Männer im Schankraum riefen alle wild durcheinander. Manche hielten es für ein Ammenmärchen, andere dankten dem Herrn und jubelten.

Raffael vergrub das Gesicht zwischen den Händen.

Die Lobpreisungen gingen weiter. »Er ist drei Meter groß und stark wie dreizehn Bullen.«

Die hatten Glück, dass Brocken draußen war und den Gebrauch seiner Lieblingszahl in unmittelbarem Zusammenhang mit ihm nicht mitbekam.

Der Nächste hob seinen Bierkrug und behauptete bierernst: »Und mit seinem Bogen kann er durch Wände schießen. Sein Schwert glüht, sodass die Feinde allein beim Anblick der Klinge geblendet darniederfallen oder ihr Heil in der Flucht suchen. Zwei Diener begleiten ihn. Auf seinem Streitwagen fahren sie zusammen durch die Lande, stets auf der Suche nach dem Bösen, um es niederzuringen.«

Streitwagen konnte er sogar durchgehen lassen. Von morgens bis abends.

Die Luft wurde noch dicker, geschwängert von Halbwahrheiten und Übertreibungen. Es war erst ein Tag vergangen, welche Blüten trieb die Geschichte erst in einem Jahr?

»Einer der Diener behauptete, ihr Herr sei über tausend Jahre alt.«

Das muss ich gewesen sein, dachte Raffael. Das kam der

Wahrheit ausnahmsweise nahe.

»Und sein Ross«, jubelte ein anderer, »sein Ross ist …«

Raffael steckte sich beide Zeigefinger tief in die Ohren, sodass die Fingerkuppen sich in der Mitte des Kopfes berührten. Er wollte nichts über das Wunderpferd hören, vermutlich konnte es wie ein Drache fliegen.

Wieland grinste etwa zehn Fingerspannen breit.

Der Gaukler murmelte: »Und wenn er nur die Stiefel auszieht, rafft er mit einem Schlag ein ganzes Heer dahin.« Er schüttelte den Kopf und vermisste eine dritte Hand, um sich bei dem Gedanken auch noch die Nase zuzuhalten.

Nach einer Weile tippte Wieland ihm auf die Schulter. Vorsichtig zog der Gaukler die Finger aus den Ohren.

»Lass uns nachschauen, was der tausendjährige Götterbote draußen so treibt. Und … äh, kannst du mir nochmal Geld leihen? Ich muss eine Menge Bier bezahlen.«

»Warum *nochmal*? Schuldest du mir schon etwas?«

Er tippte sich an den Hinterkopf.

Nun musste Raffael grinsen. »Die Münze war geschenkt. Lass sie bloß an ihrem Platz. Ich bezahle.«

Sie erhoben sich. Am Tresen winkte er den Wirt heran und beglich die Zeche.

Die drei Neuankömmlinge saßen nun an einem Tisch am Fenster und machten sich weiterhin inmitten einer Traube Naivlingen wichtig. »Ich denke, mit diesem Helden kann es nicht einmal der legendäre Brocken aufnehmen.«

»Meinst du den berühmten Söldner, den einzigen Überlebenden der Schlacht im Nebelmoor?«

»Genau den.«

»Schnell raus hier!«, zischte Raffael. »Und wenn der Götterbote immer noch den Blumenkranz auf dem Helm trägt, bringe ich ihn um.«

Der Wirt winkte Wieland zum Abschied freundlich hinterher.

Am nächsten Morgen thronte Brocken wieder auf einer Decke hinten auf der Ladefläche. Seine beiden Diener mussten es sich auf dem harten Bock unbequem machen. Eine verwelkte Blüte wackelte wie ein Pendel vor der Stirn des alten Söldners hin und her, auch die restlichen Blumen wirkten mittlerweile ziemlich mitgenommen.

Immerhin sieht der Himmel am heutigen Tag nicht nach Regen aus, versuchte Raffael seine Laune zu verbessern. Ein hartes Stück Arbeit mit dem egoistischen Griesgram hinter sich. Dennoch, es gab noch etwas Erfreuliches: Wieland hatte alles im Kopf behalten, da er die halbe Nacht aufgeblieben war. Diego machte einen zufriedenen Eindruck, und Borsti bohrte sich unermüdlich durch frische Erde und Blätter. Jetzt musste Raffael es nur noch schaffen, durch Brocken hindurch oder an ihm vorbeizuschauen, was verflixt schwer war, zumal nicht zuletzt der vergammelte Blumenkranz auf dem Schaller seinen Blick magisch anzog.

Am späten Nachmittag erreichten sie eine Kreuzung und hielten vor einem windschiefen Pfosten mit drei windschiefen Schildern an. Mühsam brachte Raffael die Buchstaben zusammen: *Drachenbein*, *Rübendorf* und *Meer*.

Wieland meinte: »Wir fahren nach Osten ans Meer.«

Raffael hob die Brauen. In zweierlei Hinsicht war diese

Aussage verwunderlich. Erstens gab es hier weit und breit keine Küste und zweitens hatte sich Wieland bislang stets zurückgehalten, wenn irgendwelche Entscheidungen gefällt werden mussten. Brocken, dem es nie schnell genug gehen konnte, stutzte zunächst, doch dann nickte er gnädig.

Folglich holperten sie einen schmalen Pfad entlang in östliche Richtung. Nach kurzer Zeit erreichten sie ein Gewässer, zu groß für einen Teich, zu klein für einen See.

»Sie nennen diese Pfütze Meer«, erklärte Wieland.

Raffael schaute sich um. Die in der Abendsonne glitzernde Wasseroberfläche und die dicht am Ufer wachsenden Weidenbäume mit den tiefherabhängenden Ästen schufen eine wundersame Friedlichkeit und Fülle, wie es nur die Natur vermochte.

Konnte das sein? Ein verdächtiges Funkeln in den eisblauen Augen des alten Söldners verriet, dass es auch ihm zu gefallen schien.

»Schön hier!«, fasste Wieland es treffend zusammen und sprang vom Bock. Er kniete am Ufer nieder, füllte seinen Wasserbeutel und nahm einen Schluck. »Schmeckt hervorragend.«

An diesem Platz schlugen sie ihr Nachtlager auf. Wie immer achtete Brocken darauf, dass Karren und Pferde vom Weg aus nicht entdeckt werden konnten. Sie besaßen noch genügend Essensvorräte aus dem Ehrenbürgerdorf, sodass sie weder jagen noch Feuer machen mussten. Als alle satt waren, setzte die Dämmerung ein. Wieland krempelte sich die Hosenbeine hoch und stapfte barfuß ins Wasser. Laut prustend reinigte er Hände und Gesicht.

Brocken saß in der für ihn typischen Art mit dem Rücken an einen Weidenstamm gelehnt und beobachtete das Treiben mit schmalen Augen. Wieland zog sich das Hemd über den Kopf, warf es ans Ufer und wusch nun den Oberkörper. Dann beugte er sich vor und tauchte den Kopf samt Zopf ein. Als er wieder hochkam, wrang er letzteren aus wie ein Tuch. Gemütlich watete er zurück ans Ufer und rief: »Herrlich!«

Nun erhob sich auch Brocken. Raffael verschlug es beinahe den Atem. Würde sich der alte Grantler tatsächlich diesem merkwürdigen, glitzernden, flüssigen, gefährlichen Zeug nähern? Jedenfalls kamen seine Füße dem Nass verdächtig nah.

»Bevor du ins Wasser gehst, lass mich noch schnell meinen Schlauch füllen«, meinte der Gaukler für alle Fälle.

»Hihi«, machte Wieland.

Angewidert von so viel Humor rotzte der alte Söldner auf den Boden. »Sieh mich an, Schmalhans. Das sind alles Lachfalten.«

Egal, Brockens Stinkstiefeligkeit musste er in allen Belangen ernst nehmen, also nutzte Raffael die Zeit, um seinen Wasservorrat aufzustocken. Und tatsächlich – einen Augenblick später stapfte der alte Söldner ins Wasser – samt Stiefel.

Gute Güte. Der Gaukler beschloss, sich über nichts mehr zu wundern.

»Nimm auch ein Bad, Raffael. Das Wasser ist wunderbar erfrischend«, forderte ihn Wieland auf.

»Mir ist jetzt nicht danach«, meinte er und merkte selbst,

wie lahm die Ausrede klang. Er senkte schnell den Kopf, damit die anderen nicht sahen, wie ihm das Blut ins Gesicht stieg.

»Los, hab dich nicht so. Es wird dir gefallen«, lächelte Wieland.

»Lass mich in Ruhe!«, entgegnete Raffael heftiger als beabsichtigt.

Raa, Raa. Ein Eichelhäher krächzte.

»Gefahr!«, rief Brocken und hastete ans Ufer, sodass es spritzte wie unter einem Wasserfall.

Schon das Donnern der Hufe klang bedrohlich. Von beiden Seiten des kleinen Sees kamen Soldaten herangaloppiert. Gleich erreichte der alte Söldner die Weide. Ein Pfeil zischte an Raffael vorbei und schlug in Brockens Brust ein. Die Kettenrüstung schien das Schlimmste zu verhindern, denn er wischte den Schaft weg wie eine Klette. Mit einer für sein Alter unmenschlichen Geschwindigkeit griff er nach seinem riesigen Schwert und riss es hoch wie einen Schild. Keinen Moment zu spät. Mit einem Pling tropfte eine Pfeilspitze an der breiten Klinge ab.

Wie gelähmt saß Raffael auf dem Boden. Einige Gesichter erkannte er. Garsicks Doppelsöldner. Vor wenigen Tagen hatten sie noch auf der gleichen Seite gestanden und gegen Herzog Stoderring gekämpft, nun brachten sie ihnen nichts als Feindschaft und Tod.

Der Gaukler erkannte die Stimme von Meinhardt. »Konzentriert euch nur auf Brocken. Die anderen beiden sind Schlappschwänze und nicht wichtig. Schießt dem alten Scheißkerl in den Hals!« Mit der Waffe in der Hand sprang der Offizier von seinem Pferd.

Im nächsten Augenblick verstand Raffael, wem diese Anweisung galt. Nur zwei Söldner führten Bogen mit sich, doch er konnte davon ausgehen, dass die beiden zu den besten ihrer Zunft gehörten. Schon hatten sie die nächsten Pfeile angenockt und legten auf Brocken an. Der stand bereits einer Übermacht anrückender Schwertkämpfer gegenüber. Er machte zwei Schritte zurück, sodass er zumindest den Weidenstamm im Rücken hatte. Doch wie sollte er sich den Fernkämpfern erwehren? Gar nicht. Es war unmöglich für ihn, an die Bogenmänner heranzukommen. Er hatte keine Chance.

Was soll ich nur tun? So kann es doch nicht zu Ende gehen, dachte Raffael schreckerfüllt. Vor Aufregung pulsierte das Blut in seinen Ohren. Welche Unmenge an Hass und Gold jagte diesen alten Söldner?

Die beiden Bogenschützen zogen die Sehnen ganz durch, diesmal würden die Geschosse genügend Durchschlagskraft erreichen. Ihre Pferde verharrten, als wären sie aus Stein gemeißelt. Gut ausgebildete Tiere.

»NEIN!«, rief Raffael, doch allein mit Neinrufen hatte noch niemand die Welt verändert.

Ein ersticktes Husten ertönte, als dem linken Bogenmann für einen winzigen Moment eine schmale Klinge aus der Brust lugte. Dann fiel er tot vom Pferd. Der andere ließ die Sehne los, doch vorher machte sein Pferd einen Satz, sodass er den Schuss verriss. Ihm blieb keine Zeit, sich darüber zu ärgern, denn diesmal drang die Klinge in seinen Hals ein. Es geschah innerhalb zweier Herzschläge. Raffael traute seinen

Augen nicht. Geschmeidig und tödlich wie eine Raubkatze bewegte sich Wieland an den sterbenden Bogenmännern vorbei und griff den nächsten Doppelsöldner an. Die Klinge seines Rapiers leuchtete rot, und das lag nicht am Licht des Sonnenuntergangs.

Offenkundig hatte Brocken aus dem Augenwinkel mitbekommen, dass die Bogenschützen keine Gefahr mehr darstellten, denn im nächsten Moment richtete er seine volle Aufmerksamkeit auf die Schwertkämpfer vor ihm. Das war auch dringend nötig. Drei Doppelsöldner nebeneinander bedrängten ihn frontal und jeweils zwei von der Seite. Dahinter gab ein widerwärtiger Offizier mit schneidender Stimme Befehle. Immer mehr Söldner umkreisten Brocken. Diesen Kampf würde er verlieren. Nicht einmal fliehen konnte er, die Feinde stellten alle Himmelsrichtungen zu.

Das sah Meinhardt genauso. Zufrieden brüllte er: »GIB AUF! DANN MACHEN WIR ES KURZ!«

Brocken sah noch älter aus als sonst. Wie ein verwittertes Monument ragte er aus der Mitte der Todestraube. Beide Hände umklammerten das Heft des klobigen Schwerts. Raffael wusste, der alte Mann sparte Atem und Kraft, vermied tunlichst jeden Aufwand, der nicht zum Tod eines Gegners führte. In aller Seelenruhe schwenkten seine Pupillen zum anderen Kampf etwa zehn Pferdelängen entfernt, wo zwei Doppelsöldner Wieland zurückdrängten. Nachdem letzterer die beiden Bogenschützen getötet hatte, nahmen sie ihn wohl doch etwas ernster. Glücklicherweise ließen sie Raffael bislang in Frieden, auch weil sie ihn wohl als harmlosen Feldscher kannten, der außerdem vielen

Kameraden geholfen hatte.

Wielands Rapier schwirrte nur so durch die Luft und durchbohrte den nächsten Hals. In fließenden Bewegungen wich er den grobschlächtigen Schlägen der Doppelsöldner aus, um im richtigen Moment zuzustechen.

Ein weiterer Offizier befahl mit weicher, melodischer Stimme: »Noch zwei Mann hierher. Schneidet dem Dreckskerl die Eier ab.«

Dem schien selbst der stets gütige Wieland wenig abgewinnen zu können, denn er wehrte die Angriffe nun noch flinker ab. Wie schaffte er das nur? Gegen die breiten Zweihänder sah seine Waffe fürchterlich zerbrechlich aus. Trotz aller mutiger Gegenwehr begriff Raffael jedoch, dass sie nicht den Hauch einer Chance hatten, gegen diese Übermacht zu bestehen. Ihre drei Leben würden hier enden, und er konnte sich nicht einmal richtig wehren. Kämpfen hatte er nie gelernt. War das sein Fehler? Eigentlich nicht, denn selbst wenn er ein ganz guter Fechter geworden wäre, was hätte er hier schon ausrichten können?

Gewandt bewegte sich Wieland vorwärts. Seine Sohlen schienen kaum den Boden zu berühren, während er flink und leichtfüßig in die Lücke der Deckung seiner beiden Gegner stieß. Erst rechts, dann links, in einer einzigen Bewegung. Ein Söldner fiel mit aufgeschlitzter Gurgel um, der andere senkte das Kinn und schaute ungläubig auf das kleine Loch in seiner Brust, aus dem ein pulsierender Blutstrahl hervorspritzte. Ein bescheidener Zwischenerfolg, der jedoch nichts am Ergebnis änderte – es verblieben noch zu viele Feinde.

Raffael wurde bewusst, dass er inzwischen stand und sein kleines Schwert in der Hand hielt. Mit der Waffe konnte er sich prima eine Scheibe vom Käserad abschneiden, doch für einen Kampf auf Leben und Tod war sie gänzlich ungeeignet. Vor allem in seiner Hand. Ein Ruck zog ihn nach hinten, ein Unterarm drückte auf seine Kehle. Verflixt, er hatte nicht einmal gemerkt, dass sich ein Angreifer von hinten angeschlichen hatte. Merkwürdig, der saure Geruch des schwitzenden Söldners störte ihn noch mehr als der Würgegriff.

»BROCKEN, WIRF DIE WAFFE WEG ODER DEIN KAMERAD STIRBT«, brüllte es direkt neben Raffaels Ohr.

Durch diese Aktion schien die Zeit stillzustehen. Alle verharrten einen Augenblick, um abzuwarten, ob das Faustpfand Wirkung erzielte.

Unter Raffaels Kinn blitzte etwas, im nächsten Augenblick spürte er die Dolchklinge am Hals.

»Ich schneide deinem Freund die Kehle durch«, drohte der Kerl.

Der alte Söldner drehte sich nicht einmal zu ihnen um, sondern behielt die Angreifer in den Augen. Er knurrte: »Der ist nicht mein Freund. Ab in die Hölle mit ihm. Und ich werde euch alle hinterherschicken.«

Der Sanfte Siegbert erläuterte sanft: »Ein sinnloses Unterfangen. Zähle mal die Doppelsöldner, die ihre Waffen auf dich richten. Du bist bereits tot, alter Mann.«

»Was reden wir, schlagen wir dem Schwein den Kopf ab!« Meinhardts glühender Hass spiegelte sich in Gesicht und Stimme wider.

»Leider haben wir hier kein Fenster, durch das ich dich werfen kann«, bedauerte Brocken.

Raffael schwanden die Sinne. Die Angst schnürte ihm ebenso die Luft ab, wie der Unterarm an seiner Kehle. Und mit welcher Kälte und Gleichgültigkeit Brocken ihn eben dem Tod preisgegeben hatte, nagte schwer an ihm. Gute Güte! Wie albern, sich jetzt darüber auch nur einen Gedanken zu machen – als hätte er keine anderen Probleme.

»Letzte Gelegenheit aufzugeben, sonst töte ich ihn«, drohte der Söldner und ritzte dem Gaukler schon mal vorsorglich quer in den Hals. Das Blut kitzelte, als es hinunterlief. Hastig schluckte Raffael, hastig atmete er, beides ging noch.

»Rede nicht, tu es!«, meinte Brocken nur.

Wütend spannte der Stinker die Armmuskeln an, wohl um den Dolch durch Raffaels Kehle zu ziehen. Der Gaukler sah nur noch weiße flatternde Flecken. Mit letztem Lebenswillen stieß er sich mit beiden Beinen kräftig vom Boden ab, um den Feind nach hinten umzuwerfen. Der lockerte seinen Griff, schrie, ließ das Messer fallen, schrie, hielt sich die Hand vor das rechte Auge und schrie. Raffael drehte sich mit aller Kraft zur Seite. Blut tropfte dem Söldner durch die Finger.

Aus einem spitzen Schnabel über seinem Kopf krächzte es wütend: »Korr.«

Der weiße Rabe hackte nach dem anderen Auge. Blind und brüllend warf sich Raffaels ehemaliger Peiniger auf den Boden. Wie ein Wiesel krabbelte der Gaukler auf Brocken zu.

Für die geübten Kämpfer dauerte dieser Moment der Verwirrung nur einen Herzschlag, doch Brocken genügte er für seinen Angriff. Die linke Hand verließ den Schwertgriff, was seine Reichweite mit der verbliebenen Hand erhöhte. Er machte einen Ausfallschritt, holte Schwung und zog die Klinge in Form eines Halbkreises herum. Die darin liegende Kraft und Geschwindigkeit hätten auch im Weg stehende Bäume gefällt. Vier Doppelsöldner mähte er einfach um, zwei davon offenbar tödlich getroffen. Mit dem Mut der Verzweiflung stürzte Raffael sich auf den Sanften Siegbert, der plötzlich neben ihm stand. Der Rabe hatte ihn auf den Gedanken gebracht, dass Augenauskratzen nicht besonders schön, doch ein probates Mittel war.

Der Offizier grinste nur schäbig, wich dem Angriff aus und stieß mit seinem Schwert nach Raffael. Richtig zustechen oder schlagen konnte er nicht, dafür war der Gaukler zu dicht an ihm dran. Doch die Schneide drang durch das Wams in Raffaels Brust. Der brennende Schmerz raubte ihm den Atem. Mit einem verächtlichen Schnauben schubste Siegbert ihn zu Boden und holte zum Todesstoß aus. Die breite Klinge fuhr direkt auf sein Herz zu. Von der Seite schoss etwas heran, Metall krachte auf Metall, doch nur ein banales Klacken ertönte. Ein Schwert verhinderte den Einstich. Brockens muskulöser Arm zitterte, nicht vor Angst, sondern die Wut verlieh ihm noch mehr Kräfte, als ohnehin schon in ihm tobten. Die freie linke Faust fuhr dem Sanften Siegbert unsanft geradewegs ins Gesicht. Es krachte und splitterte. Der Schlag zerstörte mindestens zwanzig Zähne und zwanzig Knochen. Brockens Faust glich einem blutigen Klumpen. Auch er musste sich einige Finger gebrochen haben, denn er trug keinen Handschuh. Siegberts Kopf ruckte nach hinten, der Rest des Körpers hatte Mühe hinterherzukommen. Der alte Söldner verließ sich darauf, dass der Mann tot oder unschädlich war, denn er drehte ihm den Rücken zu, um sich gegen die wütenden Angriffe der anderen zu wehren. Eine Schwertspitze von rechts erwischte seine linke Wange. Kaum der Rede wert, wenn es dabei bliebe. Eine Narbe oder Falte mehr fiel kaum auf. Doch danach sah es nicht aus. Von allen Seiten schlugen die Feinde auf ihn ein. Hätte er nicht den Baum im Rücken, wäre es längst vorbei. Die Aufregung, die Wunde an der Brust, das Entsetzen – Raffael versuchte, alles zu verdrängen. Wenigstens wollte er kämpfend sterben. Ein Ellenbogen von links krachte ihm ins Gesicht, ihm war, als fielen seine Augäpfel heraus. Bevor er zu Boden stürzte, war bereits alles schwarz um ihn herum.

***

Stinkig war er immer, gefährlich wurde es, wenn er grimmig wurde. Und dieser Grimm nährte ihn bisher und steigerte sich zu Wut. Ein loderndes Ziehen in seinem Körper, seinen Muskeln, seinem Blut verlieh ihm neue Kraft.

Aus der Drehung schlug er einem Feind den Kopf ab. Das heißt nicht ganz, der Schädel klappte seitwärts auf die Schulter, nur noch gehalten von Gewohnheit und ein paar Halswirbeln. Als Nächstes parierte er einen Schlag von der Gegenseite.

Neben ihm hatte Schmalhans es sich auf dem Boden bequem gemacht, sodass er aufpassen musste, nicht über ihn zu stolpern. Sonst war dies eher Bimsbirnes Stil. Der aber kämpfte einige Schritte entfernt gleich gegen zwei Gegner. Ähnlich einer tollwütigen Biene wedelte er mit seinem Stachel herum. Unglaublich, dass er immer noch auf den Beinen war und behände tödliche Stiche austeilte. Doch nicht nur Schnelligkeit zeichnete ihn aus, ein guter Fechter ahnte, was der Gegner vorhat. Er kannte den nächsten Schlag. Dieser blondzopfige Bursche kannte den übernächsten. Nicht zu vergessen, dass er wie ein pfiffiger Soldat als Erstes die beiden Bogenmänner ausgeschaltet hatte. Er lebte noch, weil sie ihn nicht ernst genommen hatten. Bedauerlich – so wie es aussah, würde der alte Söldner ihm in dieser Welt nicht mehr sagen können, dass auch er ihn unterschätzt hatte. Vielleicht traf er ihn auf dem Weg zur Hölle.

Trotz der tapferen Gegenwehr verblieben etwa zwanzig Doppelsöldner. Er sollte Stolz verspüren, wie viel Garsick sein Tod wert war, doch dafür blieb keine Zeit. Brocken presste seinen Rücken an den Weidenstamm und wehrte die Angriffe nur noch ab. Zum Austeilen fehlte die Zeit, die Lücken und die Kraft.

»Haltet ihn weiter in Schach. Er wird langsam müde«, rief Meinhardt.

An einigen Stellen des Körpers spürte Brocken das Blut laufen, an anderen trocknen. Seine linke Hand brannte, als steckte sie in einem Haufen glühender Kohlen. Es machte ihm nichts aus, ganz im Gegenteil, ein wohliger Schauer lief ihm über den Rücken, als er daran dachte, wie er kurz zuvor die Faust in Siegberts Fresse versenkt hatte. Das Gegenteil von sanft, mein Freund.

Hier ist ein guter Platz zum Sterben, dachte er. Und ein guter Anlass – in einem epischen Kampf gegen Meinesgleichen. Doch vorher muss Meinhardt noch dran glauben. Wie komme ich nur an ihn heran?

Ein Schlag von links, Brocken riss das Schwert hoch und parierte ihn. Ein Stich aus der Mitte, sein Schwert senkte sich und wehrte auch diese Attacke ab. Den Schild könnte er gebrauchen, doch der hing bei Gaul am Sattel. Leider behielt Meinhardt Recht, langsam ließ seine Kraft nach. Er spürte jeden Muskel. Sein Atem beschleunigte sich.

»Versucht, seinen Freund zu töten. Der ist ihm nicht egal, sonst hätte er Siegberts Todesstoß nicht abgewehrt.« Meinhardt deutete auf den bewusstlosen Raffael auf dem Boden.

Soso, dachte Brocken.

Weiterhin parierte er einen Angriff nach dem anderen. Er wusste, dass die Söldner ihn nur halbherzig angriffen, äußerst darauf bedacht, sich keine Blöße zu geben. Es ging ihnen lediglich darum, ihn mit jedem Schlag zu ermüden, ohne selbst Schaden zu nehmen. Dabei wechselten sie sich ab. Schwitzende, grimmige Gesichter, die eigentlich nichts gegen ihn hatten, bis auf die Kleinigkeit, dass er zwischen ihnen und dem Berg aus Gold stand, den der fette Garsick ihnen versprochen hatte.

Eine schleudernde Armbewegung weiter hinten. Instinktiv bewegte Brocken den Oberkörper zur Seite. Eine Wurfaxt drehte knapp an ihm vorbei und blieb knirschend im Weidenstamm stecken. Wieder wechselten die Angreifer und setzten ihre Zermürbungstaktik fort.

Wie lange halte ich das noch durch?, fragte er sich.

»Lange hält er nicht mehr durch. Verschont sein Gesicht. Wenn Garsick ihn nicht mehr erkennen kann, gibt es kein Gold«, empfahl Meinhardt. Immer schön, wenn einer mitdachte. Ein Hieb erwischte Brocken am linken Bein. Der Schnitt ging tief, verletzte jedoch weder Sehnen noch Knochen. Seine Arme wurden schwer. Zum ersten Mal zollte er dem Gewicht des Zweihänders Tribut, denn er führte ihn die ganze Zeit nur mit der rechten Hand. Ein Doppelsöldner näherte sich Raffael schräg von hinten. Mit einer halben Drehung schlug ihm Brocken den Schwertarm ab. Diese kleine Blöße den Angreifern gegenüber reichte aus – schon erwischte ihn ein Stich am Rücken. Machte sich der zwar langsame, doch stete Blutverlust bereits bemerkbar? Der alte Söldner spürte es am ganzen Leib. Es war so weit. Ganz einfach. Er starb. Hatte er sich das nicht gewünscht? Hier und jetzt endete sein Leben. Wie Bluthunde rochen die Feinde seine Müdigkeit, seine körperliche und geistige Schwäche. Nun griffen sie noch vehementer an.

Meinhardt lachte. »Gleich haben wir ihn.«

Eine helle Stimme schrie: »NEIN, IHR SCHWEINE! LASST MICH LOS!«

Nun konnte auch Wieland nicht mehr helfen. Sie hatten ihn überwältigt.

»Wenn Brocken tot ist, rammen wir dem anderen sein eigenes Rapier gemütlich in den Hals«, grinste Meinhardt.

Ob Schmalhans überhaupt noch lebte? Brockens linkes

Bein knickte ein. Kniend erwehrte er sich jedoch mit den wenigen verbliebenen Kräften der Angriffe. Nun war es endgültig so weit. Er spürte den letzten Lebenswillen durch seinen Körper strömen. Nein, eher tröpfeln. Was hielt ihn noch am Leben? Mechanik? Reflexe? Was klammerte er sich eigentlich an die Scheiße hier? Schlimmer konnte es in der Hölle nicht werden. Zwei Klingen drohten, ihn gleichzeitig zu erstechen. Wieder das schadenfrohe Lachen von Meinhardt. Es klang wie ein dreckiges Rülpsen. Sollte es das Letzte sein, was er in dieser Welt hörte? Es war vorbei. Er schloss die Augen.

***

Lava brodelte durch seine Adern. Umgeben von feindlichem Blut riss er die Augen weit auf. Auf Hass gab es eine einfache Antwort: Gegenhass.

Tod diesen Hunden! Ich bin Raghdall der Rasende. Das ist meine Bestimmung.

Mit einem Satz sprang er auf die Füße. Eine ferne Erinnerung waberte in seinem Kopf. Schmerzen? Vergessen! Müdigkeit? Fortgeblasen! Wie ein Rammbock stürzte er vor und schwang Nachtbringer auf dieses atmende, stinkende Volk.

Blutgier, Blutbad, Blutrausch.

Schreien, Spritzen, Schmatzen schallte in seinen Ohren.

Wie die Fütterung einer Meute hungriger Jagdhunde.

Sein ganzes Dasein widmete er dem nächsten Schlag. Dem nächsten Sterben. Er war der Überbringer. Der Bote.

Und stets hieß die Nachricht Tod. Sein Herz schlug hart von innen gegen die Wandungen. Eine Kriegstrommel. Gesichter spielten keine Rolle. Stimmen spielten keine Rolle. Schreie spielten keine Rolle. Es zählte nur das Blut und der Tod. Er biss sich auf die Unterlippe, schmeckte Eisen. Mehr! Seine Zähne schnappten nach Fleisch. Stahl prallte von ihm ab wie von einem Schild. Der Rasende wütete durch die feindlichen Körper, stürmte, stach und schlug auf alles ein, was sich bewegte. Er suchte es – das Blut. Es roch süß, metallisch, rein. Es verkroch sich in den Hüllen.

Unverständliche Laute drangen an sein Ohr.

»WIE? Hilfe!«

»NEIN!«

»Das kann nicht sein!«

»Das ist kein Mensch. KEIN MENSCH!«

Geräusche, die ihn bei seinem Blutfest störten. Es galt, Eimer zu füllen. Eimer randvoll mit Blut. Er hackte auf die Fleischhüllen ein. Und es gab noch mehr. Er witterte es. Das Leben, die Angst, die Verzweiflung. Die einfache Lösung hieß: Bereite alldem ein Ende, denn nach Gewalt folgt Blut. Grimm, Wut, Raserei hämmerten in seinem Schädel. Schnüffelnd lief er umher. Immer noch zu viel warmes Blut um ihn herum. Er konnte erst aufhören, wenn es in seinem Umkreis kalt wie der See war.

Wie im Nebelmoor. Grimm, Wut, Raserei. Alle hatte er niedergemacht, gleichgemacht, kaltgemacht. Restlos! Er unterschied nicht. Hauptsache Blut.

Eine Gestalt kroch von ihm fort. Sie wollte wohl fliehen, wollte ihn um den Lohn betrügen. Egal wer, egal was.

Grimm, Wut, Raserei. Nur der Tod zählte.

Die Bluthülle gab Laute von sich. Störendes Brabbeln ohne Sinn.

»Brocken, nein! Tu es nicht. Bitte, bitte. Ich … habe Garsick gleich gesagt, er soll … dich in Ruhe lassen.«

Mit einem Brüllen holte der Rasende aus und schlug zu. Der Länge nach. Nachtbringer durchtrennte Fleisch, Knochen, Sehnen und grub sich tief in die weiche Erde. Er stieß ein Siegesjaulen aus. Doch noch immer gab es Hüllen, die ihm ihr Blut vorenthielten. Empört kräuselte er die Nase. Dort! Eine kleine Gestalt unter dem Baum. Warm, viel zu warm. Sie musste sterben, er wollte auch ihr Blut. Mit zwei Sprüngen stand er über ihr und holte aus.

»NEIN! Halt ein!«, ertönte es neben ihm.

Welche Bedeutung hatten diese Geräusche? Ein Störenfried, noch eine viel zu warme Hülle.

»Nein, es ist Raffael. Komm zu dir, Brocken!«

In seinem Schädel brodelte es. Wer war der Störenfried? Wenn er es so wollte, würde sich Raghdall der Rasende zuerst um ihn kümmern. Mit einem riesigen Satz sprang er über ihn.

»Brocken! Ich bin es, Wieland. Hör auf! Ich … ich bin dein Freund!«

Freund? Freund! Freund! Es klang wie Schweinegrunzen. Der Laut hatte eine Bedeutung, einen Wert. Der Rasende grübelte. Er hatte keinen Freund. Das Blut war sein Freund. Nachtbringer verlangte den Preis. Abermals hob er die mächtige Klinge über den Kopf.

»Raffael, du und ich, wir wollen das Tal der Hexe finden.

DAS TAL DER HEXE!«, rief diese nutzlose Bluthülle vor ihm.

Grunzend hielt er inne. Was für hässliche Laute. Brocken schimpfte er ihn. Raffael schimpfte er den anderen. Wieland schimpfte er sich selbst. Lächerlich! Doch inmitten der Blutgier störte etwas. Die Hitze in seinen Adern ließ nach, sein Herzschlag wurde weicher. Die mächtige Waffe vibrierte in seiner Hand. Tief in seinen animalischen Gelüsten regte sich ein kleines, unerwünschtes Licht. Ein Fünkchen. Was sollte das? Woher kam es? Wie sollte er es nennen? Verstand? Vernunft? Oder Versagen?

In Brockens Schädel bröckelte es.

Langsam ließ Raghdall der Rasende sein Schwert Nachtbringer sinken.

Das Etwas

Unter großer Anstrengung öffnete Raffael die Augenlider. Dabei kämpfte er gegen einen Widerstand an, so als wären sie festgeklebt. Nur langsam holten seine Sinne Informationen ein. Morgendämmerung, die Umgebung verbarg sich noch im Halbschatten. Er lag auf seiner Schlafrolle im Gras. Es roch nach Wasser. Gezwitscher um ihn herum, die Vögel begrüßten den neuen Tag. Angestrengt horchte er in seinen Körper, von unten nach oben. Jucken am Fuß, Drücken der Blase, Stechen im Bauch, Brennen auf der Brust. Letzteres schmerzte am meisten. Er spürte etwas eng am Oberkörper anliegen, etwas, das dort nicht hingehörte. Der Schreck fuhr ihm in Geist und Glieder und machte ihn auf einen Schlag hellwach. Er wollte sich aufsetzen, doch ein stechender Schmerz ließ ihn stöhnend zurücksacken. Aufgeregt glitt seine Hand unter das Wams und betastete das Etwas. Ein Verband quer über der Brust! Was war geschehen? Die Erinnerung taumelte durch seinen Kopf wie ein Betrunkener durch den Nebel. Richtig, der Sanfte Siegbert hatte ihn mit der Schwertspitze vorne erwischt. Und dann hatte ihn offensichtlich jemand verbunden. Raffael biss die Zähne aufeinander. Verflixt und verflucht. Dieser Jemand wusste nun definitiv zu viel. Seine

Finger ballten sich zu Fäusten, ohne dass er es wollte.

Wie ging es jetzt weiter?

Sieh den Tatsachen ins Gesicht. Damit endet diese merkwürdige Reise, bevor sie richtig angefangen hat – vielleicht ist es besser so, fuhr es ihm durch den Kopf.

Sobald er wiederhergestellt war, würde er fortgehen, wenn sie ihn nicht schon vorher fortjagten.

Schritte näherten sich. Lange Schritte von großen Füßen, ungewöhnlich unrhythmisch. Der Boden vibrierte. Auch das noch. Der Gaukler versteifte sich. Brocken – diesem undankbaren, miesen Dreckskerl hatte er das ganze Malheur zu verdanken. Die Erinnerung an die Worte während des Kampfes kehrte wie ein stechender Zahnschmerz zurück. *Der ist nicht mein Freund. Ab in die Hölle mit ihm.*

Schon sah der Eisklotz auf ihn herunter, Raffael zu ihm hinauf. Würde er ihn nun verhöhnen? Zu seiner Überraschung hielt Brocken den Mund. Er gab ein fürchterliches Bild ab. Schnittwunden im Gesicht, die Lippen aufgesprungen und geschwollen, blutverkrustete Hände und ein verbundener Oberschenkel, von dem das Blut in den Stiefel lief.

»He, Schmalhans ist wach!«, stellte er nach langem Schweigen unfreundlich fest. In diesem Ton befehligte er sonst seinen Gaul. Ohne ein weiteres Wort drehte er ihm den Rücken zu und verschwand wieder.

Raffael blieb allein zurück. Mit seiner Unsicherheit, seinen Befürchtungen, seiner Last.

Was sollte das denn? Wusste Brocken von nichts? Oder tat er nur so? Unmöglich, aus dem Grantler schlau zu werden.

Der Dritte im Bunde erschien. Ein weiches, gütiges Gesicht. »Wie fühlst du dich?«

Merkwürdig – Wieland sah aus wie immer. Sein blonder Zopf fiel ihm über die Schulter, als er sich zu ihm herunterbeugte. Seine Pupillen blitzten wie immer, seine Stimme klang wie immer, sein Lächeln leuchtete wie immer. Mit den leichten Schatten unter den Augen wirkte er höchstens ein wenig übernächtigt.

Raffael blinzelte ihn an. Mit brechender Stimme fragte er: »Hast … du … weißt du …?«

Wieland legte den Finger auf die Lippen und sagte leise: »Ich habe dich versorgt und verbunden, somit blieb mir nicht verborgen, was du unter deinem weiten Wams versteckst. Ich frage mich, warum ich es nicht schon früher gemerkt habe. Brocken hingegen hat keine Ahnung. Wenn du nicht willst, dass jedermann weiß, dass du eine Frau bist, wirst du deine Gründe haben. Für mich verändert sich dadurch nichts.«

Es klang so einfach, so nett. Befreit stieß Raffael die Luft aus. »Dennoch, ich … ich will es erklären.«

»Nur, wenn es dir wichtig ist. Du bist mir keine Erklärung schuldig. So oder so habe ich dich schätzen gelernt. So oder so hast du mein Leben gerettet.«

»Es fällt mir nicht leicht, alle Welt zu täuschen. Und … sogar dich.« Raffael rang nach Worten. »Verstehe bitte … als Weibsstück kann ich unmöglich das Leben so führen, wie ich es möchte. Kein Herumreisen, keine Freiheit, nicht als Gaukler oder Heiler arbeiten, nicht einmal ordentlich fluchen darf ich. Abgesehen davon, muss ich ständig befürchten, dass die Kerle über mich herfallen.« Er dachte an seine Mutter, ihre gellenden Schreie in der Nacht des Überfalls.

Wielands verständiges Nicken linderte den aufkommenden Schmerz. »Als Frau wärst du nicht in die Nähe meines verletzten Kopfes gelangt.«

»Mein Leben besteht aus dieser Lüge, ich habe mich daran gewöhnt. Ich hoffe … du kannst es auch.« Raffael presste die Lippen aufeinander. Mehr Einblick in sein Seelenleben wollte er ihm im Moment nicht gewähren. Vor allem nicht in sein weibliches.

»Dein Geheimnis ist bei mir gut aufgehoben«, versicherte Wieland.

Raffael spürte, wie ernst er es meinte.

»Wie lautet denn dein richtiger Name?«, fragte er sanft.

»Georgette«, flüsterte sie.

Wielands Lächeln war umwerfend, zum Glück lag sie schon. »Du kannst mir später mehr über deine Vergangenheit erzählen, wenn du möchtest. Jetzt komm erst einmal wieder zu Kräften.«

»Was ist überhaupt geschehen? Plötzlich waren die Doppelsöldner überall. Dieser … Siegbert hat mich mit seinem Schwert erwischt. Wieso leben wir noch? Bist du verletzt?«

»Viele Fragen auf einmal«, sagte Wieland. Sein Gesichtsausdruck blieb unverändert. Er grinste nicht einmal. »Das ist eine ziemlich unglaubliche Geschichte. Ruh dich erst einmal aus, später erzähle ich dir alle Einzelheiten.«

Sonderlich zufriedenstellend war dies nicht, doch Raffael fühlte sich so erschöpft, dass er erst einmal zurücksank. Die

Erleichterung ließ ihn beinahe schweben. Wieland akzeptierte ihn so, wie er war. Oder besser, wie sie war. Er wusste gar nicht, wohin mit seiner Freude.

Wieland erhob sich.

»Bevor du gehst, sag mir bitte, wie Brocken es gegen die unzähligen Doppelsöldner aufnehmen konnte«, fragte Raffael.

»Nun ja, es war unglaublich. Erst hat er dich … irgendwie beschützt. So sah es zumindest aus. Doch einige Augenblicke später dachte ich, er bringt dich um. Und dann … ich traute meinen Augen kaum.«

»Beschützt? Unmöglich! Wir reden über Brocken. Als sie mich als Geisel genommen hatten, hat er mich einfach weggeworfen wie überflüssigen Ballast. Korr, der weiße Rabe hat mich gerettet.« Nachdenklich ergänzte er: »Zum zweiten Mal.«

»Was hätte Brocken in der Situation tun sollen? Die Waffe fallen lassen, auf die Knie sinken und *bitte tut ihm nichts* flehen? Er konnte nur so reagieren.«

»Ach was! Du willst stets nur das Gute im Menschen sehen.«

Brockens liebliche Stimme erscholl im Hintergrund. »He, Bimsbirne. Sag mir eins: Woher wusstest du von diesem schönen Plätzchen am Meer?«

Wieland drehte ihm den Kopf zu. »Ich habe den Stallburschen im letzten Dorf nach einer geeigneten Stelle zum Rasten gefragt.«

Ein verächtliches Stöhnen folgte. »Soso, du bist noch dämlicher, als ich dachte, Bimsbirne. Daher wussten die also, wo wir sind. Stell doch das nächste Mal direkt Wegweiser für unsere Verfolger auf.«

»Das ist der Brocken, den ich kenne«, flüsterte Raffael. »Ein Arsch und ein Loch. Wie passt das wohl zusammen?«

»Autsch! Er hat aber Recht.« Wieland griff sich an den Hinterkopf und rief laut nach hinten: »Tut mir leid, Brocken. Da habe ich Mist gebaut. Kommt nicht wieder vor.«

Stille.

Mit diesem einfachen Eingeständnis nahm er dem Eisklotz die Segel aus dem Wind, denn erstaunlicherweise blieb es ruhig. Kein Gemecker, kein Hohn, kein Nachtreten. Wie schaffte Wieland das nur?

»Du … du wolltest vom Kampf berichten. Du trautest deinen Augen kaum … und dann?«, fragte Raffael.

»Ich werde dir alles ausführlich erzählen, doch es ist noch sehr früh am Morgen. Schlaf jetzt. Der Schnitt ging nicht sehr tief, aber du hast eine Menge Blut verloren und solltest ruhen.« Wieland lächelte ihm aufmunternd zu und ließ ihn allein.

Vorsichtig drehte sich Raffael auf die Seite. Erleichtert wie er war, begann er sich zu entspannen und fiel schnell in einen tiefen Schlummer.

Als er wieder aufwachte, schien bereits die Sonne – warm, gütig und stolz, als sei nichts geschehen. Raffael fiel auf, dass sie an einem anderen Teil des Ufers genächtigt hatten. Brocken und Wieland konnte er auf den ersten Blick nicht entdecken. Mühsam erhob er sich, die Brust schmerzte. Sein Karren gab ein vertrautes Bild ab, friedlich daneben graste

Diego. Das Pferd hob den Kopf und wieherte leise zur Begrüßung. Raffael umarmte ihn. Auf der Ladefläche stand das unversehrte, bauchige Glas. Ein Blick hinein verriet: Borsti rekelte sich genüsslich und machte sich noch länger, als er war.

Wo steckten seine beiden Begleiter?

Nach einigen Schritten ums Meer herum, verriet ihm als Erstes seine Nase, warum sie ans andere Ufer gezogen waren. Dann meldeten die Ohren ein lauter werdendes Summen, je näher er dem gestrigen Schlachtfeld kam. Und zum Schluss lieferten ihm seine Augen Bilder, die er nicht sehen wollte. Die Idylle des Platzes war vollends zerstört, das Wasser des Teichs schwappte dunkelrot ans Ufer. Wo er auch hinblickte, der Boden voller zerhackter, zerfleischter, zertrümmerter Leiber. Leichen, Blut, Fliegen. Im Feldlazarett hatte er schon einiges gesehen und mitgemacht, doch dieses Gemetzel ließ ihn unwillkürlich schlucken.

Raffael erstarrte. Hinter einer der Weiden trat Brocken hervor. Mit auf den Boden gerichtetem Blick sah er sich einen Toten nach dem anderen genau an. Ab und zu drehte er einen mit seinem Stiefel um wie einen morschen Baumstamm. Ob ihm das Spaß bereitete?

Raffael atmete heftig, was seinen trockenen Mund noch trockener machte. Ihm fehlten die Worte.

»Schmalhans, du hast gestern den Höhepunkt verpasst«, sagte der alte Söldner, ohne aufzublicken. »Ich zähle nur neunundzwanzig. Einer ist entkommen.«

Mühsam sammelte der Gaukler Speichel, um sprechen zu können. »Vielleicht … waren es nur neunundzwanzig«, würgte er hervor.

»Nein, Kristan erwähnte dreißig, und Garsick ist kein Mann der krummen Zahlen. Außerdem kann ich den Sanften Siegbert nicht finden. Vermutlich ist er trotz eingeschlagener Visage entkommen.«

Entsetzt zeigte Raffael auf die blutigen Überreste der Doppelsöldner. »Wie willst du das bei den Fleischklumpen erkennen? Einigen fehlt sogar der Kopf.«

»Er trug Offizierskleidung, so wie mein spezieller Freund Meinhardt, der hier drüben in Frieden ruht.« Brocken zeigte auf zwei Hälften.

Bei diesem Anblick konnte dem hartgesottensten Feldscher schlecht werden. Der Mann war vom Kopf bis zum Becken zweigeteilt. In der Mitte zog sich eine tiefe Furche durch den Boden, wie auf einem gepflügten Acker, nur dass diese mit Blut gefüllt war. Raffael fehlte sämtliche Vorstellungskraft, wie es dazu gekommen war. Gut so, auf eine genaue Rekonstruktion verzichtete er gerne.

»Wenn er wirklich entkommen ist, dann wird er einiges zu berichten haben.« Der Gaukler bemühte sich, nicht genauer hinzusehen. »Wie konntet ihr beiden, Wieland und du, gegen eine solche Übermacht bestehen? Und …«, er schüttelte ungläubig den Kopf, »… wie habt ihr die so zugerichtet?«

»Ich habe das getan«, meinte Brocken sachlich. Er machte ein paar Schritte und zeigte auf einige Leichen, die etwas weiter von der Weide entfernt lagen. Erstaunlicherweise sahen sie beinahe unversehrt aus. »Die hier und die Bogenmänner dahinten hat Wieland erledigt. Mit seiner Stricknadel, ganz penibel – sauber und fast ohne Blut.« Seine Stimme verriet nicht, was er davon hielt, doch er hatte den Gefährten immerhin beim richtigen Namen genannt.

»Das erklärt noch nicht, wie wir diesen Angriff überleben konnten.«

»Du machst dir zu viele Gedanken, Schmalhans. Nenne es ein Wunder, nenne es Glück, danke Gott, aber nimm es einfach hin.« Mit diesen Worten stapfte er zum Ufer und reinigte dort sein klobiges Schwert.

Typisch Eisklotz. Aber Wieland würde es Raffael schon erzählen. Er dachte an sein Gespräch am frühen Morgen, und ihm wurde warm ums Herz. Wieland hatte sich als echter Freund erwiesen und Brocken kein Wort verraten, das fühlte Raffael.

Gemeinsam gingen sie zum Lagerplatz zurück. Brocken humpelte.

»Soll ich mir dein Bein und deine anderen Wunden ansehen?«

Brockens Unterkiefer mahlte, die blauen Augen blitzten wie Eiszapfen in der Sonne.

Jetzt kommt irgendeine Gemeinheit, war sich Raffael sicher.

»Kümmere dich zuerst um deine eigene Verletzung.«

Wie? Hieß das: Ja? Und … es hatte nicht einmal abfällig oder überheblich geklungen.

Sie erreichten ihr Lager, wo es nicht mehr nach Verwesung stank, da der Wind in eine andere Richtung wehte. Raffaels Brust brannte, als er tief durchatmete.

Ein Stück entfernt auf dem Boden bewegte sich etwas.

Ein blonder Zopf lugte unter einer Decke hervor, dazu ein weiches, freundliches Gesicht mit zwei erstaunten Augen, die gerade wach geworden waren.

»Georg! Was machst du denn hier?« Wieland blickte verwirrt um sich.

Mit langsamen Bewegungen, tief in Gedanken, lud Raffael seine Schlafrolle, das kleine Schwert, den Wasserschlauch und den restlichen Proviant auf den Karren. Unschlüssig, ob er sich freuen oder traurig sein sollte, dass Wieland nichts mehr wusste. Und mit nichts, meinte er nichts. Alles vergessen seit dem Scharmützel vor der Burg Bodenstein. Was für eine Laune des Schicksals. Er spannte Diego vor den Karren und klopfte ihm auf den Hals. »Bald erreichen wir Drachenbein, alter Freund.«

Brocken wuchtete sich hinten auf die Ladefläche. Er hatte sein Kettenhemd ausgezogen und über die Schulter gelegt.

Wieland setzte sich neben den Gaukler auf den Bock, wobei er das bauchige Glas auf den Schoß nahm. »Du bist also Borsti«, sagte er und tippte mit dem Fingernagel an die Wandung. »Ich bin Wieland.«

Mit knarzenden Rädern verließen sie diesen schaurigen Platz. Gestern noch unberührte Natur, heute verschandelt durch menschlichen Hass, menschliche Gier und menschliche Gewalt.

Einfach unmenschlich. Raffael fühlte sich schlecht.

Mein Geheimnis ist wieder mein Geheimnis, dachte er. Er wusste noch immer nicht, wie sie gegen die Übermacht der Gegner hatten überleben können.

Wieland hob das Kinn. »Erklärt mir mal bitte, was es mit dem Krieg gegen die Herzöge Stoderring und Bodenstein auf sich hat. Wie kommen wir hierher, und was waren das für Leichen?«

Von hinten grantelte es: »Deine Aufgabe, Schmalhans. Zu irgendwas musst du ja nütze sein.«

Bevor er sich über den Eisklotz ärgern konnte, fing Raffael an zu reden. Mit der Geduld von drei Engeln erklärte er dem Gefährten, was sich seit dem fürchterlichen Schlag auf dessen Hinterkopf alles zugetragen hatte.

»Leider ist der Sanfte Siegbert dem gestrigen Scharmützel entkommen«, ergänzte Brocken plötzlich von hinten.

Überrascht drehte Raffael den Kopf. Der alte Söldner sah immer noch schrecklich aus. Das faltige Gesicht blutverkrustet mit blauen und grünen Flecken, der Arm in einer Schlinge, der Oberschenkel verbunden. Die großen Hände wirkten, als hätte sie ein Schmied auf dem Amboss bearbeitet. Doch nicht das erstaunte Raffael, sondern Brockens Worte, um Wieland auf den neusten Stand zu bringen. Bislang hatte der alte Eisklotz dies tunlichst vermieden und verächtlich als Zeitverschwendung abgetan. Der Gaukler spürte, dass es durch den gestrigen Abend und den brutalen Kampf eine Veränderung in der Beziehung der beiden gegeben hatte.

Die Bestätigung dieses Gedankens folgte auf dem Fuße: »Du hast mir den Arsch gerettet, Bimsbirne. Nämlich, als du im richtigen Moment die Bogenmänner ausgeschaltet hast. Ich weiß nicht, ob ich dir dankbar sein soll.«

»Schon gut, Herr Feldmarschall«, antwortete Wieland. »Es war mir eine Ehre.« Er fasste sich an den Hinterkopf. »Was habe ich denn getan?«

Raffael unterdrückte ein Stöhnen.

»Nenn mich nie wieder Feldmarschall!«, grunzte der alte Söldner. »Versuch, dir wenigstens das zu merken.«

»Einverstanden, Brocki«, lächelte Wieland.

Raffael hielt die Luft an.

Schon grollte es ungehalten in seinem Rücken: »Brocki? Nur meine Freunde nennen mich Brocki.«

»Ach ja? Und wie viele sind das?«, überwand Raffael seine Atemnot.

Brocken untersuchte sorgfältig sein Kettenhemd – einige Glieder waren arg deformiert, andere abgerissen. Für die Reparatur würde er wohl in Drachenbein einen Schmied aufsuchen müssen.

Der alte Söldner gab keine Antwort.

»Wieso habe ich mir das nur gedacht?«, meinte Raffael.

Wieland hielt das Glas ins Licht. »Borsti sieht nett aus.«

»Ja, und er ist ganz friedlich. Ich gebe zu, anfangs bin ich mir mit dem Wurm ein wenig blöd vorgekommen.«

»Wieso nur anfangs?«, brummte Brocken.

»Hihi«, machte Wieland.

»Halte Borsti nicht so lange in die Sonne. Seine Haut ist sehr empfindlich«, maulte Raffael. Doch er konnte nicht vermeiden, dass etwas in ihm lächelte. Er wusste nicht genau was, seine Mundwinkel waren es jedenfalls nicht. Niemals.

Der Streitwagen

Am nachlassenden Rumpeln und Schütteln des Karrens merkte Brocken, dass die Straße besser wurde. Ein Zeichen, dass sie Drachenbein, der großen Hauptstadt des Südens, näherkamen. Vergleichbar dazu rumpelten und schüttelten die Gedanken durch seinen Schädel. An Einzelheiten erinnerte er sich nicht, doch es war wieder geschehen. Raserei hatte ihn heimgesucht, fremdes Leben zerstört, das Seinige gerettet. Nicht zum ersten Mal und dennoch war diesmal alles anders gewesen.

Donnerschlag, ich habe *sie* nicht getötet. Weder Schmalhans noch Bimsbirne. Warum nicht?

Wenn er es nicht verstand, wer dann? Nie zuvor hatte er im Blutrausch ein Leben verschont. Dann unterschied er nicht mehr zwischen Freund und Feind, zwischen Hüben und Drüben, zwischen Gut und Böse. Schlussendlich war dies nur Lug und Trug – nur eine Geisel des Blickwinkels. Wie viele eigene Soldaten hatte er in seinem Wahn niedergestreckt? Er wusste es nicht genau … viele. Was er genau wusste: Niemals zuvor hatte er als Berserker auch nur ein Leben verschont.

Und nun dies. Was zum Teufel hatte ihn gestern davon abgehalten, auch seine beiden Begleiter zu erschlagen? Diese

Unstimmigkeit machte ihm mehr zu schaffen, als er sich eingestehen wollte.

Brocken legte den Kopf in den Nacken und betrachtete kritisch den Himmel direkt über sich. Es hätte ihn nicht gewundert, wenn er ein Marionettenkreuz entdecken würde, denn so manches Mal fühlte er sich wie an unsichtbaren Fäden gezogen. Doch da gab es nichts. Was für Gedanken! Machte sich so die Alterswirre bemerkbar? Denn er glaubte nun mal weder an Götter noch an Vorsehung. Und auch nicht an Schicksal oder Zufall. Zufälle gab es höchstens zufällig. So kam es ihm arg verdächtig vor, dass Raffael ausgerechnet mit dem lahmen Karren von Krims, einem Ururenkel der Hexe Aglaja, unterwegs war. Und auch, dass ausgerechnet der Vogel, dem Brocken die Freiheit wiedergegeben hatte, dem Kleinen bereits zweimal den Arsch gerettet hatte. Was führte dieser weiße Rabe im Sinn?

Eine Menge Hinweise, die dem Langfinger eine gewisse Bedeutung verliehen. Vielleicht sollte er zur Abwechslung mal ein freundliches Wort an ihn richten. »Hast du die Karte noch im Kopf, Schmalhans? Das hoffe ich für dich«, sagte er so entgegenkommend, wie er konnte.

Geht doch, dachte er, denn er war ganz zufrieden mit dem Ergebnis.

Empfindlich wie der Kleine nun mal war, zog er eine Schnute. »Hör auf, mir zu drohen, Brocki«, entgegnete er mit einer Stimme voller Zuckerguss.

Der Moment der Milde verschwand.

Verflucht, wieso habe ich den Kleinen in meinem Blutrausch nur übersehen?, fragte er sich erneut. Vermutlich bloß, weil der die verwunschene Karte mit dem Tal der Hexe im Kopf hat.

»Außerdem habe ich die Karte nicht im Kopf«, erklärte Raffael.

Brocken zog die Stirn in noch tiefere Falten. »Was soll das heißen? Hast du sie etwa vergessen?«

»Nein, ich habe sie bei mir, du bist nur zu stumpf, sie zu finden.« Täuschte er sich, oder schwang ein gewisser Triumph in seiner Stimme mit?

»Hör genau zu, Schmalhans. Bisher war ich freundlich und friedliebend, doch nun reißt mir der Geduldsfaden. Rück mit der Wahrheit raus oder heute Abend gibt es Pferdegulasch.«

Diego legte die Ohren an und blieb stehen. Das Vieh war schlauer als der Kleine und wusste tatsächlich, wann handfeste Gefahr drohte.

»Diego, ich lasse nicht zu, dass er dir was antut«, beruhigte Schmalhans seinen Gaul. »Solche primitiven Drohungen gehören nun mal zu so einem blöden Grobian!« Er nickte bekräftigend. »Oder groben Blödian. Passt auch.«

Brockens Finger trommelten auf die Bretter der Ladefläche. »Wo ist die Karte?«

»In meinem Geheimversteck.«

Das Trommeln wurde schneller, fordernder, wütender.

»Du kannst dazu noch mit den Füßen stampfen, das ändert gar nichts.«

»KARTE! HER MIT DER SCHEISSKARTE!«

»Au ja, ich würde sie auch gern mal sehen«, meinte Wieland.

Mit schmalen Lippen, was sonst, hüpfte Schmalhans vom Bock und kroch tief unter den Wagen. Dort fummelte er herum, bis er mit einer Rolle in der Hand auftauchte. »Hier! In Drachenbein lassen wir eine Kopie anfertigen, und dann kannst du damit endlich in den Wind schießen.«

Brocken nahm das Pergament entgegen und rollte es auf. Drei Köpfe beugten sich darüber und glotzten auf die Karte der Hexe.

»Hübsch!«, lobte Wieland.

Brockens Zähne knirschten. »Die ganze Zeit über hast du mich angelogen. Du … Betrüger.«

Ob ich mit meinen groben Fingern überhaupt um seinen schmalen Hals herumkomme, um ihm den umzudrehen, knurrte der alte Söldner tief in sich hinein.

Mit großen Augen entrüstete sich Raffael: »Aber ich bin ein ehrlicher Betrüger.«

Brocken starrte ihn an. Das Männlein meinte das ernst. Plötzlich erfasste ihn eine ungewohnte Stimmung, er fühlte sich eigenartig. Nicht, dass er krank wurde! Seine Falten vertieften sich, Wasser sammelte sich in seinen Augen. Unzählige Muskeln spannten sich an, zuckten unkontrolliert, von einigen hatte er nicht einmal gewusst, dass sie existierten. Luft, er brauchte Luft. Ganz tief atmete er ein. Sein Brustkorb vibrierte, das Herz schlug schneller. Nein, das war keine Raserei, kein Blutrausch. Donnerknall! Es staute sich in ihm, es drückte, es wuchs, es wollte raus. Noch nie in seinem Leben hatte er um Hilfe geschrien. Unkontrolliert öffnete Brocken den Mund, und es brach hervor.

Mit zerknautschter Stirn sah Raffael ihn an. »Was ist? Lachst du etwa?«

Mit aller Gewalt, und das hieß bei Brocken einiges, bekam er sich rechtzeitig in den Griff. »Blödsinn. Wie kommst du darauf? Ich muss nur mal pinkeln.«

Schnell sprang er vom Wagen und verschwand in die Büsche.

Als er wieder zurückkam und es sich hinten auf seinem Stammplatz bequem gemacht hatte, fühlte er sich besser. Die Krankheit sowie der Ärger über diesen verlogenen Langfinger waren verflogen. Wenn er es nicht besser wüsste, war er nicht einmal stinkig. Die Gefahr durch die Doppelsöldner war vorerst gebannt. Zweifelsohne würde der dicke Garsick nicht lockerlassen und die nächste Schweinerei aushecken, um ihn loszuwerden, doch das nahm einige Zeit in Anspruch. Wenn er es sich recht überlegte, hatte er es nicht mehr so furchtbar eilig.

»Wenn du allein losziehen willst, Brocken – dann tu das. Ich bleibe bei Raffael«, platzte Bimsbirne dazwischen, während er die Landkarte mit den Herzogtümern und Grafschaften studierte.

»Wen wundert das?«, entgegnete der alte Söldner.

»Ich fänd's aber schade«, erklärte Wieland, »Nach dem, was wir alles schon erlebt haben.«

Raffael verdrehte die Augen. »Das weißt du doch nur aus unseren Erzählungen.«

»Genau. Daher kann ich es auch besser beurteilen.«

»Vielleicht habe ich dir die ein oder andere besondere Charaktereigenschaft des Herrn Feldmarschall verschwiegen.«

Wieland hob den Zeigefinger. »So will Brocki nicht genannt werden.«

»Dann hör du auf, ihn Brocki zu nennen.«

»He, Schmalhans, ich sitze direkt hinter dir. Rede nicht in der dritten Person von mir.«

»Aber wir sind doch zu dritt«, stellte Bimsbirne verwundert fest.

Bislang hatte Brocken noch nicht herausgefunden, ob der wirklich so blöd war oder nur so blöd war.

Immerhin regte sich Raffael zur Abwechslung auch mal über Bimsbirne auf. Der Kleine stemmte die Hände in die Hüften und schimpfte: »Das ist ein viel zu ernstes Thema für irgendwelche Späße.«

»Sieh nur!« Wieland lächelte so breit wie der Kutschbock und zeigte auf das Glas. »Auch Borsti kringelt sich vor Lachen.«

Mit zornigem Funkeln betrachtete der Gaukler den bleichen Wurm, der spiralförmig auf der Erde lag, dann drehte er den Kopf. Tiefgezogene Augenbrauen begegneten Wielands unschuldigem Blick. Auf einmal entspannten sich Raffaels Wangenknochen, seine Miene wurde milder, die Mundwinkel wanderten nach oben. Sein Lachen klang rein und mild. Ein schöner Laut, wenn Brocken es nicht besser wüsste.

»Albern«, presste der alte Söldner heraus. »Fahrt endlich los!«

»Ja, lasst uns weiterreisen. Bald erreichen wir Drachenbein. Dort wird sich schon alles Weitere ergeben«, sagte Schmalhans und deutete auf die Karte.

Nach ehernem Gesetz ergibt sich immer alles Weitere, dachte der alte Söldner. So oder so, oder auch so.

»Ich denke, wir bleiben zusammen und setzen unsere Reise gemeinsam fort«, erklärte Wieland und drehte an seinem Ohrring.

Tief in sich spürte Brocken, dass Bimsbirne damit richtig liegen könnte, nur wahrhaben wollte der alte Söldner es noch nicht.

»Mal sehen«, knurrte er knurrig.

»Mal sehen«, meinte Raffael. »Egal wie wir uns entscheiden, eines sage ich dir: Wenn du nochmal in meinen Sachen herumwühlst, kannst du bleiben, wo der Hafer wächst.«

Brocken mahlte mit dem Unterkiefer. »Bist du sicher, dass das so heißt?«

»Ganz sicher«, bekräftigte Raffael.

»Dann ist ja gut«, ließ Brocken es gut sein.

Am nächsten Vormittag tauchten im Westen Berge auf. Dieses Gebirge mit seinen Kohlevorkommen hatte die Hauptstadt des Südens reich gemacht.

»Gegen Mittag werden wir die Stadt sehen«, erklärte Raffael. »Ich erkenne die Gegend wieder.«

Wieland, der die zweite Wache übernommen und deshalb offensichtlich nichts vergessen hatte, antwortete: »Nach Drachenbein wollte ich immer schon mal. Woher kommt eigentlich der merkwürdige Name?«

»Es heißt, im dortigen Gebirge habe jahrhundertelang ein mächtiger Drache gehaust. Teile seiner Gebeine sollen von Bergarbeitern in den alten Minen gefunden worden sein.«

»Ich glaube nicht an Drachen«, erklärte Brocken. »Die existieren nur in Märchen. Hirngespinste gegen die Langeweile.«

Schmalhans drehte sich zu ihm herum. »Mag sein, ich habe auch noch nie einen Drachen gesehen, nicht einmal die Gebeine. Doch einer Hexe bin ich auch noch nicht begegnet. Wie wäre es, wenn du bei Gelegenheit etwas mehr darüber preisgibst? Vor allem, warum du so eine Stinkwut auf die Hexe Aglaja hast.«

»Wozu willst du das wissen? Wie wäre es, wenn du dich lieber um deinen Wurm kümmerst und mich in Frieden lässt«, knurrte Brocken. »Dann kommen wir direkt besser miteinander aus.«

Der Gaukler spitzte die Lippen. »Menschen reden miteinander. Sogar Konflikte lassen sich verbal lösen.«

»Seit wann?« Brocken streichelte den Knauf seines Zweihänders und wusste beim besten Willen nicht, wovon der Kleine schwafelte. Zur Antwort verdrehte Schmalhans lediglich mal wieder die Augen, also erklärte der Söldner. »Ich will der Hexe den Kopf einschlagen. Und was sucht *du* eigentlich in ihrem Tal?«

Schmalhans überlegte. »Vielleicht … Glückseligkeit.«

Wieder so ein unfassbares Wort. Brocken fasste sich an die Stirn. »So, so. Wie findet man denn diese Glückseligkeit?«

Raffael führte aus: »Erste Regel: Nicht mit Idioten streiten.«

»Das ist doch Blödsinn!«

»Du hast recht.«

»Hihi«, machte Wieland.

Brocken mahlte mit dem Unterkiefer.

Na gut, Schmalhans – die Schlacht hast du gewonnen, den Krieg jedoch noch lange nicht. Irgendetwas stimmt nicht mit dir. Ich werde es schon noch herausbekommen und wenn ich dir dabei deinen frechen Hals umdrehen muss.

Nach einer scharfen Linkskurve war es so weit: Drachenbein lag vor ihnen. Oder besser unter ihnen, denn sie standen auf einer Bergkuppe und blickten auf das langgezogene Tal hinunter. Ein breiter Fluss teilte das Areal in zwei gleiche Hälften, was an einen gigantischen Schmetterling erinnerte. Zahllose Häuser erstreckten sich auf beiden Seiten, verbunden durch zwei breite Brücken. Von hier oben sah es sauber und friedlich aus, doch Brocken wusste es besser. Bei einer derartigen Ansammlung von Menschen auf engem Raum, wie es sonst nicht einmal auf dem Schlachtfeld vorkam, konnte es nicht sauber und friedlich zugehen. Der tägliche Krieg um die materiellen Bedürfnisse wurde nur mit anderen Mitteln geführt.

Ursprünglich hatte er geschworen, nie wieder nach Drachenbein zurückzukehren. Doch was bedeutete schon ein gebrochener Schwur gegen Informationen über den Aufenthaltsort von Aglaja. Er würde das Tal der Hexe finden. Die Gewissheit darüber besänftigte und beflügelte ihn gleichermaßen.

Ein weißer Rabe flog über den Pferdekarren hinweg. »Korr«, krächzte er.

Es klang wie eine Bestätigung.

*** ENDE ***

Im zweiten Band der Trilogie »Die Hure und der Söldner« geht die Reise weiter.

Dankeschön!

Lieber Leser, vielen Dank dafür, dass Sie den Söldner auf seiner Reise begleitet haben.

Wenn Sie etwas Zeit erübrigen können, schreiben Sie doch bitte eine Leserbewertung auf Amazon. Für einen unabhängigen Autor sind positive Rezensionen die einzige sinnvolle Form von Werbung.

Auch das direkte Feedback meiner Leserinnen und Leser ist mir sehr wichtig – über Kritik, Lob und Anregungen freue ich mich und werde Ihnen garantiert antworten.

Meine Email lautet: sam.feuerbach@t-online.de.

In einem Newsletter sende ich Ihnen gern aktuelle Informationen über Sam Feuerbach und seine Welten, wenn Sie möchten. Registrieren können Sie sich über meine Homepage www.samfeuerbach.de.

Die Taschenbücher sind beim Verlag bene Bücher erhältlich, auf Wunsch signiert: www.benebuecher.de.

Vielen Dank!
Sam Feuerbach

Sam Feuerbach: Der Totengräbersohn

High Fantasy Mittelalter Reihe in 4 Bänden
erschienen als Ebook, Taschenbuch und Hörbuch

Buch 1 gewinnt in 2018 den Deutschen Phantastik Preis
in der Kategorie bestes deutschschsprachiges Hörbuch

In modernem Sprachgewand und mit viel Humor entlarvt die Reihe, dass sich seit dem finsteren Mittelalter bis zum heutigen Tag das Miteinander der Menschen kaum geändert hat. Es geht um Freundschaft, Ritterspiele, eine Prophezeiung, das Gute im Bösen und das Böse im Guten – und das alles in einer fantastischen Welt im Mittelalter ohne fremdartige Wesen, bis auf einen wortgewandten Dämon.

Einzeln oder im Schuber erhältlich

ISBN 978-3-947515-10-3 Schuber
ISBN 978-3-947515-00-4 Totengräbersohn Buch 1
ISBN 978-3-947515-01-1 Totengräbersohn Buch 2
ISBN 978-3-947515-02-8 Totengräbersohn Buch 3
ISBN 978-3-947515-03-5 Totengräbersohn Buch 4

Das geheimnisvolle Amulett

Das Dorf Haufen ist im Weltenreich gelegen. Dort lebt der 18-jährige Farin. Der Junge ist ein Außenseiter, denn als Sohn des Totengräbers wird er von den anderen Dorfbewohnern geächtet und verprügelt. Dennoch hat er keine andere Wahl, als den Beruf des Vaters zu übernehmen, der zunehmend dem Alkohol verfällt. Die Dinge ändern sich für Farin schlagartig, als die Dorfhexe stirbt und er die Giftmischerin für die Beerdigung vorbereitet. Denn die Hexe trägt ein geheimnisvolles Amulett um den Hals, und Farin kann nicht widerstehen, das Schmuckstück an sich zu nehmen ...

In der Burg von Ritter Emicho konzentriert er sich darauf, ein guter Knappe zu werden. Beim bedeutendsten Ritterturnier des Weltenreiches übernimmt er Verantwortung und darf deshalb seinen Herrn auf einen Eroberungszug ins Weltenreich begleiten. Mit von der Partie ist sein stets unberechenbares, geheimes Anhängsel.

Der 13. Paladin

von Torsten Weitze

High Fantasy Reihe in 13 Bänden

Mit der Reihe "Der 13. Paladin" nimmt Torsten Weitze den Leser mit in die fantastische Welt Joraths. Der heranwachsende Ahren lernt, sich gegen Dunkelwesen zu behaupten und begibt sich mit seinen Gefährten auf eine gefahrvolle Reise ins Reich der Elfen.

Von seinem trunksüchtigen Vater verprügelt und von der Dorfjugend schikaniert, kann der heranwachsende Ahren sein Glück kaum fassen, als er bei der alljährlichen Eignungsprüfung von Falk dem Waldläufer als Lehrling auserwählt wird. Bei ihm lernt er das Bogenschießen und den Kampf gegen Dunkelwesen.

Am Tag der Frühlingszeremonie geschieht das Unerwartete. Unbeabsichtigt weckt Ahren dunkle Mächte aus der fernen Vergangenheit Joraths, die er nie für möglich gehalten hat. Eine abenteuerliche Reise beginnt.

Ahren
Der 13. Paladin Band I
Broschiert
Preis14,99 €
ISBN 978-3-497515-71-4

Außerdem in dieser Reihe bei bene Bücher erschienen:

Die Ernennung	Band II	ISBN 978-3-497515-72-1
Die Eherne Stadt	Band III	ISBN 978-3-497515-73-8
Die Schlafende Mutter	Band IV	ISBN 978-3-497515-74-5
Die Inseln der Klingensee	Band V	ISBN 978-3-497515-75-2
Der Kampf um Hjalgar	Band VI	ISBN 978-3-497515-76-9

B bene Bücher